JN218867

里中高志

早川書房

栗本薫と中島梓

世界最長の物語を書いた人

栗本薫・中島梓（本名山田純代）は、石川島播磨重工業勤務の父・山田秀雄と、宮内省職員の家に生まれた母・良子との裕福な家庭に育った。写真館で撮影されたこの写真には、生まれたばかりの弟・知弘とともに、当時のお手伝いさんも写っている。（なお、この女性はのちに長年同居した「善子さん」ではない）（今岡清提供）

日出学園小学校の運動会にて。運動は苦手であった。（葛飾区立中央図書館蔵）

一九六五年に中高一貫の女子校・跡見学園に入学。文芸部に所属し、作家としての感性を育てる。高二時には部長も務めた。（今岡清提供）

竹田良子のペンネームで描かれた中高時代のマンガ作品『生まれたくなかったノンちゃんの話』。このページはペン入れもされていないが、このころからすでに現実世界への違和感が彼女のテーマになりつつあったことがうかがわれる。（葛飾区立中央図書館蔵）

早稲田大学時代、山田純代が中学時代からの親友にミステリの歴史をレクチャーするために書いてみせたレポート。このころからミステリの伝統を踏まえて、自分はそこにどのような展開を加えるか構想を始めていたのだろう。（岡田小夜子提供）

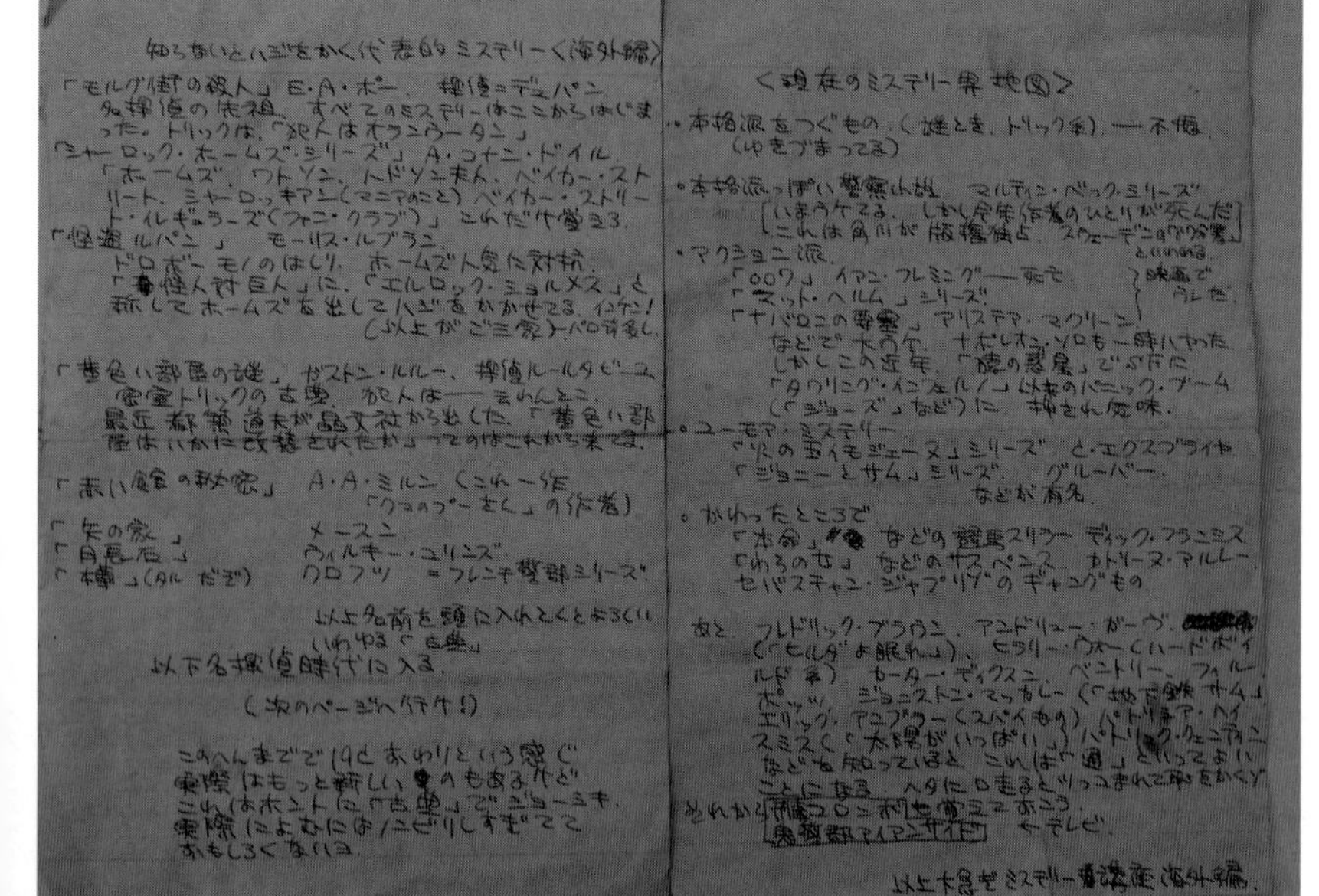

知らないとハジをかく代表的ミステリー〈海外編〉

「モルグ街の殺人」E・A・ポー、探偵＝デュパン
名探偵の先祖。すべてのミステリーはここからはじまった。トリックは、「犯人はオランウータン」
「シャーロック・ホームズ・シリーズ」A・コナン・ドイル
「ホームズ、ワトソン、ハドソン夫人、ベイカー・ストリート、シャーロッキアン（マニアのこと）ベイカー・ストリート・イレギュラーズ（ファン・クラブ）」これだけ覚える。
「怪盗ルパン」　モーリス・ルブラン
ドロボーモノのはしり。ホームズ人気に対抗。
「奇怪人対巨人」に、「エルロック・ショルメス」と称してホームズを出してハジをかかせてる。イケン！
（以上がご三家）―パロ物多し。

「黄色い部屋の謎」ガストン・ルルー、探偵ルールタビーユ
密室トリックの古典。犯人は――云わんとこ。
最近都筑道夫が晶文社から出した「黄色い部屋はいかに改装されたか」ってのはこれから来てる。

「赤い館の秘密」　A・A・ミルン（これ一作　「クマのプーさん」の作者）
「矢の家」　メースン
「月長石」　ウィルキー・コリンズ
「樽」（タル だぞ）　クロフツ　＝フレンチ警部シリーズ

以上名前を頭に入れとくとよろしい　いわゆる「古典」
以下名探偵時代に入る。
（次のページへ行ケ！）

このへんまでで19Cおわりという感じ
実際はもっと新しいのもあるけど
これはホントに「古典」でジョーシキ。
実際によむにはノンビリしすぎてて
おもしろくないヨ。

〈現在のミステリー界地図〉

・本格派をつぐもの。（謎とき、トリック系）―不振
（ゆきづまってる）
・本格派っぽい警察小説　マルティン・ベック・シリーズ
［いまウケてる。しかし夫婦作者のひとりが死んだ
これは角川が版権独占。スウェーデンの「87分署」］といわれる。
・アクション派
「007」イアン・フレミング――死亡
「マット・ヘルム」シリーズ
「ナバロンの要塞」アリステア・マクリーン　｝映画でウレた
などで大ウケ。ナポレオン・ソロも一時はやった
しかしこの近年、「猿の惑星」で下火に。
「タワーリング・インフェルノ」以来のパニック・ブーム（「ジョーズ」など）に押され気味。
・ユーモア・ミステリー
「火の玉イモジェーヌ」シリーズ　と・エクスブライヤ
「ジョニーとサム」シリーズ、グルーバー
などが有名。
・かわったところで
「本命」などの競馬スリラー　ディック・フランシス
「わらの女」などのサスペンス　カトリーヌ・アルレー
セバスチャン・ジャプリゾのギャングもの

あと　フレドリック・ブラウン、アンドリュー・ガーヴ、（「ヒルダよ眠れ」）、ヒラリー・ウォー（ハードボイルド系）カーター・ディクスン、ベントリー、フィルポッツ、ジョンストン・マッカレー（「地下鉄サム」）エリック・アンブラー（スパイもの）パトリシア・ハイスミス（「太陽がいっぱい」）パトリック・クェンティンなどを知っておくと「これぞ通」といってよいことになる。ヘタに口走るとツッコまれて恥をかくゾ
それから「刑事コロンボ」も覚えておこう。
「鬼警部アイアンサイド」←テレビ

以上大急ぎミステリー講座海外編。

一九七八年に栗本薫名義の『ぼくらの時代』で第二十四回江戸川乱歩賞を受賞。写真は、その授賞式で両親とともに写ったもの。前年の中島梓名義での『文学の輪郭』での第二十回群像新人賞に続く受賞は、栗本薫・中島梓を一躍スター作家に押し上げることとなる。（今岡清提供）

一九八二年、中島梓と今岡清は、作家で歌手の戸川昌子（左端）のシャンソニエ「青い部屋」で結婚パーティーを開いた。恋愛発覚時には、今岡清には妻子があったため、週刊誌やワイドショーでも大きく報じられた。（今岡清提供）

青戸の実家で両親、今岡清、生後間もない長男・大介と。長男の名前は自らが生み出した名探偵・伊集院大介の名から命名した。（今岡清提供）

一九八一年に刊行された『ネフェルティティの微笑』のための、エジプト取材旅行での一枚。エジプトやシルクロードといった砂漠の辺境を中島梓は愛し、繰り返し旅をした。（葛飾区立中央図書館蔵）

逝去の四ヶ月前、二〇〇九年一月十一日に行なわれたライブにて。亡くなる直前まで、中島梓は定期的にライブを開き、自らピアノを演奏した。（葛飾区立中央図書館蔵）

栗本薫と中島梓　世界最長の物語を書いた人

目次

私はといえば、実に、たしかに、天性のストーリーテラーであった――つまり「お話作り人」であった。私の頭のなかにうかんでくる、ありとある壮大なドラマの万華鏡に、私の頭と手が追いつかなかった。

中島梓『マンガ青春記』（集英社）

本文中に登場する人物の敬称は省略しました。

その女性の胸のうちには、つねに溢れんばかりのさまざまな物語が息づいていた。早く外に出してほしいと叫びだすそれらのストーリーを必死で書き取る彼女は、生まれながらのストーリーテラーであると同時に、自らのことをよくこんな風に言っていた。

「物語に書かせられている筆記機械」

彼女が物語を書いているのか。それとも物語が彼女に書かせているのか。

どちらなのかわからないほど、物語がほとばしり出て、止まることがなかった。

栗本薫。またの名を中島梓。

小説家としては栗本薫として。

エッセイ・評論を書く時や、舞台の演出、音楽活動、その他プライベートを過ごす時も含めて、ふだんは中島梓として過ごした。

「中島梓という人が栗本薫というペンネームで小説を書いていた」

夫である今岡清は、「ふたり」の関係性をこのように語る。

そんな自身のことを、彼女はたびたび「多重人格」と語っている。

彼女の多面性をそのまま伝えるため、本書でも私人としては中島梓、小説家としては栗本薫とふたつの名前を使い分けることにする。

中島梓の最後の闘病記であり、遺作となった『転移』（朝日新聞出版）の巻末には、彼女の全著作リストが掲載されている。

それによると、彼女が生涯に書いた本の数は四百二十四冊。

ここからは、文庫化や再販は除かれている。商業ベースでない同人誌の形態でも大量の本を書いた彼女のことだから、このリストでは把握しきれなかった著作もあるだろう。

また生前にホームページで書いていた文章や、パソコンに残されていた文章を夫の今岡清が中島梓／栗本薫の個人事務所である天狼プロダクションから同人誌や電子書籍などの形態で刊行しており、その作品数は没後も増えている。


そして、作品のジャンルの幅広さ。

ミステリー。SF。時代小説。ファンタジー。ホラー。伝奇小説。エッセイ。評論。男性同士の性愛を描いたやおいもの。さまざまな作品世界を並行して手がけ、いくつものシリーズを持っていた。

そのなかでももっとも広大な世界を持つ作品が《グイン・サーガ》（ハヤカワ文庫）である。

一九七九年にスタートしたこのシリーズを、栗本薫は二〇〇九年に五十六歳で亡くなるまで、平均して二ヶ月に一冊というハイペースで刊行し続けた。栗本薫が描いた《グイン・サーガ》の冊数は、正篇だけで百三十冊、キャラクターたちのサイド・ストーリーなどで構成される外伝は二十二冊。累計販売部数は三千三百万部にも及んだ。

主要なキャラクターだけで数百人。名前が出てくる人物をカウントすれば数千人にのぼるといわれる。膨大な地名、土地ごとの風俗。食物。信仰されている神々。《グイン・サーガ》の世界では、すべてが現実と同じように生きて動いている。この広大な世界を、栗本薫はひとりで生み出した。その分量においても、個人が書いた小説としては世界最長であることは、ほぼ間違いがない。早川書房がギネスブックに申請した時は、単一の物語だと認めてもらえず、登録がかなわなかったが。

さらに彼女は自ら舞台の脚本や演出も手がけ、音楽の作詞作曲をしてピアノ演奏やライブ活動も行い、長唄や清元の名取でもあった。

あらゆる世界を自分の手で創り出さずにはいられないという意味で、彼女ほど貪欲な人もいなかっただろう。

だが、その豊穣すぎるイマジネーションは、時に、いやしばしば彼女を苦しめるもとともなった。

『いちばん不幸で、そしていちばん幸福な少女』

彼女の没後に八冊出版された『グイン・サーガ・ワールド』に連載されたエッセイで、夫の今岡清は彼女のことをそんなふうに書いている。

「作家として大成したというばかりでなく、小説を書いているときの、すべてが小説に没入して全能感に満ち溢れている姿はまさしく幸せとしか言いようがありませんでした。しかし、一方で精神を病み、自分自身を認めることが出来ない拒食症の奥さんにとっては、生きていることそのものが苦行だったのです」（『グイン・サーガ・ワールド1』）

人気作家として、マルチ芸術家として活躍する彼女が、幸福でありながら同時にそこまで不幸であったとはどういうことなのか。

創作の女神に彼女ほど愛された人もいなかったが、イマジネーションの奔流は絶え間ない苦しみをもたらすものでもあったのか。

世界一長い物語を書いたストーリーテラーの、五十六年の濃密な人生。その「幸せ」と「不幸せ」のかけらを辿っていくことで、どんな宇宙が見えてくるだろうか――。

序章　移りゆく時

月命日

毎月二十六日の月命日になると、今岡清は、妻・中島梓の墓参りに訪れる。

自宅のある学芸大学から東横線で横浜まで行き、そこからタクシーで京浜急行の南太田駅近くの浄土真宗大谷派瑞延寺に行く。今岡家の菩提寺であるそのお寺では、今岡のために、本尊の前に「法名中島梓」と書いた法名軸が掲げられている。浄土真宗では戒名ではなく法名というが、いずれにせよ、死後のための特別な名前を付けず、生前の筆名のままにしてほしいというのは、生前の彼女が望んだことだ。

寺のご夫人からお茶とお菓子をいただき、挨拶を交わしたあとは、妻が眠る横浜市営久保山墓地に向かう。

開港の街である横浜らしく、クリスチャンネームの墓碑も多いその墓地は、すりばち状に凹んだ視界一面の丘陵を埋め尽くすように広がっている。晴れた日などは、特に青空と墓石のパノラマが訪れた参拝者に見事な景観を見せる。

馴染みの「からす茶屋」で求めた線香と花、バケツを手に、今岡は墓地の階段を下りていく。中島梓が亡くなって年月が経つごとに、だんだんと階段の昇り降りが大変になってきた。

「今岡家之墓」と刻まれた墓石。傍らの墓誌には、「中島梓」の名が刻まれている。墓石・墓誌・花立をゆっくりと水と布で拭き清める。そのあと静かに手を合わせる間、亡き妻に自らの想いを重ねてゆく——。

二〇〇九年に妻が亡くなってから、またずいぶん世の中は変わった。

東日本大震災があり、福島第一原発事故があった。

スマホが普及して、ツイッターやFacebookの世の中になった。中島梓が毎日更新していた手作りのホームページ「神楽坂倶楽部」は、ニフティのサービス終了とともに、閲覧できなくなってしまった。

中島梓の個人事務所「天狼プロダクション」の事務所が以前あった神楽坂の街は、落ち着いた花街から、賑やかな繁華街へとすっかり様相を変えた。

夫婦が住んでいた学芸大学の街と都心をつなぐ東横線は地下鉄副都心線とつながり、東横線渋谷駅は地下にもぐってしまった。

中島梓がいまの日本を見たらどう思うだろうか。がっかりするような気もするし、物事はすべて移りゆくものだから——、とほほえみと共に受け入れるかもしれない。

そんなことを今岡は考える。

「私の一生は中島が亡くなったときにある意味で終わったんです。だから今はおまけのようなものなんですよ」

二〇一六年の十月二十六日。今岡の墓参りに同行させてもらった筆者は、墓地の傍の喫茶店で彼と話していた。

「それでも毎月ここに来ているのは、なんでしょうねえ。人間ってどうしても過ぎ去ったことを忘れていってしまうものだけど、彼女と一緒にいた日々とつながっていたいんでしょうね。きっと」

一九四八年生まれの今岡は、早川書房の編集者として中島梓と知り合い、結婚。早川書房退社後は、天狼プロダクションの社長として、公私ともに彼女を支えてきた。

和服姿に肩までかかる金髪。耳にはネイティブアメリカンの意匠をかたどった手のひらの形のピアス。ファンキーな風貌だが、その表情や語り口は柔らかい。

旅行などどうしても日程が合わず、数日墓参りをずらしたことは何度かあるが、欠かしたことは一度もない。だが、それが彼女の魂と対話するためなのかと問われれば、少し違うような気が今岡はする。中年を過ぎてからも仏教大学に入ってサンスクリット語を学ぼうかと本気で考えたほど仏教に関心の深い今岡は、霊魂の不滅といったことはあまり信じていない。あの世の世界を語らない初期仏教の無常観のほうが、しっくりと来る。

それなのに毎月お墓参りに行く理由を問われれば、奥さんと一緒に過ごした三十年間をいつまでも身近に感じていたい、という理由が一番的を射ているような気がする。

今岡は中島のことをよく「奥さん」と書いたり言ったりしていた。「妻」という言葉は夫に従うというニュアンスを感じてしまうので好まない。もちろん「家内」なんて言うはずもない。

今岡清は、三十三歳のときに二十八歳の中島梓と結婚。彼女が五十六歳で亡くなった六十歳のときまで、奥さんと一緒に人生を送った。

あの日――。

二〇〇九年五月十七日。

中島梓がその生涯で最後に入力した文字が、彼女が愛用していたＩＢＭのパソコン、ThinkPad のハードディスクに残されていた。

ま

のあとに九個のリターンキーのあと。

そして

」


中島梓／栗本薫がその一生でどれだけの文字を書いたかなど計算のしようもない。ただ、彼女の作品は一作につき原稿用紙四百枚を基準としていた。もちろんすべての作品が四百枚なわけではなく、八百枚やそれ以上の分量で一冊になっている作品もある。だが仮に四百枚×四百字を一冊の分量としてみると、原稿用紙の余白を含めば一作あたり十六万字。

これに『転移』の著作リストにある四百二十四冊をかけると、六千七百八十四万字。

最少に見積もっても、六千七百八十四万もの文字を彼女は生涯に紡いだことになる。

さらに、中島梓／栗本薫は、書籍化された以外にも、毎日、パソコン通信「天狼パティオ」では、大量の書き込みにひとつひとつ返事をし、自らも書き込みをして、ホームページ「神楽坂倶楽部」やmixi でもそれぞれ日記を書き、それでもなお、発表のあてのない小説を自ら書き溜めていたほどである。

ファンクラブ「薫の会」の会長を今に至るまで長年務めている田中勝義は、「書いていないと死んじゃうような人だったから」と、彼女の取り憑かれたような執筆量を説明する。

その膨大な文章を生み出した生涯のなかで、最後に記した文字となった「ま」のあとに、彼女は何を記そうとしたのだろうか。

膵臓がんが肝臓に転移し、壮絶な闘病生活を送っていた中島梓は、それでも日々の出来事や感情を書き続けた。最後は体力が限界に近づき、執筆ペースが極端に落ちていったが、それでも書こうとする。ついにはキーボードを打つのがつらくなり、およそ二十年ぶりに手書きで原稿執筆を試みる。だが、一文書いては気を失い、意識が戻ってはまた書き、また意識を失う。

「転移」には、五月十六日に書かれたそんな原稿も手書きのまま収録されている。

そして、五月十七日には最後の入力があり、同日から昏睡。

九日後の五月二十六日に永眠。

それからの日々は今岡は奥さんを失ったという事実に取り乱していたし、読者や関係者が集まってのお別れの会の準備や、さまざまな事務処理などで怒濤のような忙しさが押し寄せてきた。

そして数ヶ月ののち、落ち着いた日々が戻ってくると、奥さんがいなくなったことで、自分の生活にぽっかりと穴があいたような心持ちがしていた。

今岡と中島梓は、毎朝起きると一時間はいろんな話をした。そのときどきで興味を抱いていること。悩んでいること。機嫌が悪い時はあたられることもよくあった。その長い空白とともに過ごすことが、奥さんを亡くしたあとも生きていくということだった。

今岡は現在、中島の生前に暮らした学芸大学のマンションを引き払い、同じ学芸大学の駅の反対側にある民家の二階部分を間借りして暮らしている。

表札には、「今岡」とともに、中島梓の個人事務所である「天狼プロダクション」の文字も掲げられている。今岡は、いまも天狼プロダクションの社長を務めている。

筆者は、長年、栗本薫＝中島梓の評伝を書きたいと思い続けている間、抱いていたひとつのイメージがあった。

夫である今岡のインタビューに自宅に伺うと、栗本薫の書斎が残されており、そこには、四百冊を超える膨大な栗本薫と中島梓の著作が整然と並べられている。

ひとりの人間がうみだした広大な宇宙の全貌を一目で眺められたら、どんな感慨が起こるだろう——

——と夢想していたのだ。

しかし、そんなことは筆者の勝手な妄想に過ぎなかった。

今岡は栗本薫・中島梓の著作の大部分や膨大な生原稿、デビュー前に書かれた原稿、蔵書などを中島梓が生まれ育った葛飾区の中央図書館に寄贈していたのだ。

「作家の遺族に話を聞くと、皆さん残った本や原稿をどうするかで悩んでいるんです。だから、私の代で誰もが見られるように、公共の施設にきちんと預けようと思ったんですよ」

そう今岡は言う。確かに、個人が所蔵しているよりも、作家・栗本薫が残したものに触れたいと思うものがアクセスできるようにしたほうがよかったのだろう。

「奥さんに会いたいなぁ……」

筆者が本書のための取材を始めたのは二〇一六年だが、その年にも栗本薫・中島梓の残した世界にとっていくつかの区切りがあった。

十一月十日、栗本薫がずっと続けてきたホームページ「神楽坂倶楽部」が表示されなくなった。

プロバイダのニフティが、インターネットの黎明期から続けてきたホームページサービス「@homepage」を終了させたのだ。

「神楽坂倶楽部」は、栗本薫が二〇〇〇年に開設したホームページで、亡くなる直前まで近況を日記で綴ったり、お知らせを告知したりしていた。

ホームページ作成ソフトを使って作られた、色鮮やかで、見方によってはどぎついそのレイアウトはいかにも二十世紀の手作りサイトだが、そこにアクセスすることで、栗本薫の生きていた息吹を感じさせるものがあった。


中島梓のページです！　4／28手術も無事にすみました。やれやれ→最新近況報告「グイン・サーガ」第126巻「黒衣の女王」好評発売中！「グイン・サーガ」アニメ、BS版でオンエア中です！あわせて新装版の合本も順調に発売中！矢代俊一シリーズ書き下ろし

ずっと表示されていた最後の更新状況は、グーグルの検索結果の下に表示されるのみとなり、それもいつしか検索しても出てこなくなってしまった。ブックマークのホームページ名をクリックしてみても、「404　Not found」の表示と、ニフティのお知らせが出るだけだ。

後継サービスにデータを移し替えることもできたが、今岡はとりあえずホームページのデータを自らのパソコンに保存するに留めた。今岡は筆者へのメールで、

「なんとかデータだけは保存しておきますが、神楽坂倶楽部もずっと続けているわけにもいかないの

でよい機会ではないかと思います」

と書いた。

栗本薫は、長年、商業出版だけでなく、同人誌の形でも小説を発行し、コミックマーケットなどのイベントでその冊子を販売していた。

その販売は、栗本薫の没後も今岡によって手がけられ、同人誌即売会への出店が続けられていた。そして、ネット上では、栗本薫が亡くなった年である二〇〇九年の暮れから「梓薫堂」というネットショップでそれらの商品を販売。角川春樹監督で一九八六年に映画化された栗本薫の小説『キャバレー』の主人公でもある、矢代俊一という四十代のジャズマンと、彼を取り巻く男性たちの性愛の物語である《矢代俊一シリーズ》二十四冊と、周辺の人物のエピソードからなる《矢代俊一シリーズ外伝》十七作。そして栗本薫のパソコンに残されていたデータから編集した《矢代俊一未完作品集》が二冊。そのほかに、代表作《グイン・サーガ》のキャラクターが登場する作者本人による《グイン・サーガやおい本》が二冊。

以上が《天狼叢書》と名付けられ、ほかに短めの「ハードヤオイ」小説で構成される『浪漫之友』が二十冊。ほかに中島梓本人や、今岡のミュージシャンとしての名前「いまおか」、そのほかゆかりのミュージシャンのCDも売られていたし、売り切れになった同人誌をパソコンからのプリントアウトで提供するプリントアウトサービスもあった。

その梓薫堂から、二〇一六年の十月二日に『矢代俊一シリーズ未完作品集2　トゥオネラの白鳥』が発売され、それが梓薫堂の最後の出版物となった。

十月二日には、池袋サンシャインシティで開かれた同人誌即売会「J.GARDEN41」に出店。それが栗本薫の同人誌サークル「栗本薫・浪漫倶楽部」の最後のイベント出店。

そして梓薫堂は十二月十日に受注を締め切り、十二月十五日まで入金分の発送をもって、閉店された。

これらの同人誌は印刷・製本代で原価割れしていて、在庫を抱えながら営業を続けることが困難になったのだ。

そうやって過ぎ去っていくものごとがある一方で、今岡は栗本薫＝中島梓の作品を電子書籍に移行する仕事を続けていた。

中島梓が雑誌〈ＪＵＮＥ〉誌上で連載していた『小説道場』。多くの読者から寄せられた小説を批評しながら、小説の書き方を指南していくこの試みは、単行本が長いこと絶版になっていた。その『小説道場』が、『新版・小説道場』として四分冊で発行元：天狼プロダクション、発売元：ボイジャー・プレスで刊行を開始。そのほか、ホームページに書いていた文章から編集した『思い出の街』や、「京堂司」のペンネームで書かれた『京堂司掌編全集』も同じ発行元・発売元から刊行され、さらにさまざまな未刊行本や絶版本の電子書籍化が続いていくこととなった。

その一冊一冊を、今岡は自ら校正し、編集を手がける。

今岡はいまでも毎月のように音楽ライブに出演する。共演するミュージシャンは、中島梓の生前からのライブ仲間のこともあるし、新しい仲間のこともある。

いずれにせよ、音楽は、中島梓が小説と同じようにこよなく愛した世界だから、スーツを着てライブに主演するとき、今岡は中島のことを必ず思い出す。そして、中島が作詞や作曲、訳詞した曲をはにかむような声で歌う時、今岡は中島と一緒にいるような気がする。

今岡にとって、中島と一緒に暮らすことは、嵐とともにいるような日々だった。

「刺激的だったり、普通でなかったり、そんなことが面白かったんだと思いますね。普通に生活したら体験できないことをしているなあ、っていうのが一番大きかった。中島は自分のなかにいろいろな要素をあまりにも持ちすぎていて、本人も大変だったんだろうと思うけど、周りも振り回されちゃう。いったん怒りだすと感情が増幅してとまらなくなっちゃって、それが自分でもつらいから、怒らせないでくれって言うんですよね。そういう人と一緒に生活するっていうのは、ちょっと変わった人じゃないと無理かなという気はしましたね」

筆者が、

「今岡さんでないと無理だったということでしょうか？」

と聞いてみると、

「うーん。なんとなく続いてきたなという結果があるばかりで、それがなんで続いたのかは、自分でもよくわからないですよね」

と言う。

どうして夫婦の絆が続いたか、などということは当事者にとってもなかなか言語化はできないものだ。確かなのは、創作の世界とはいえ、男性同士の性愛物語を通じて暴力と紙一重の激しい愛情表現の姿を取り憑かれたように書き続けた栗本薫＝中島梓の愛のあり方が、激しいものでなかったはずはないということである。そして、その膨大な作品世界は、心の中に住まう光と闇のギリギリの均衡の上に成り立っているものだった。それについては本書のなかでおいおい考察してゆくが、我々がいま参照できる刊行物としては、中島梓・今岡清の共著として一九九四年に学習研究社から出版された『今岡家の場合は　私たちの結婚』の終わり付近に、このようなことが書かれている。

私と一緒に生きるのは――スタッフとしてや友達としてならばともかく、夫として、一緒に暮らす家族としては、おそらく非常に辛いことだし、難儀なことだし、大変なことだろうと思う。だから私はそれに対して、「なんだってこの人はこんな難儀なしんどいことをあえて選んでしまったのだろう」という吐息のようなものだけはいつも感じる。何度もいうけれども「私だったら絶対ごめん」なような難儀だからである。

私の何がいいのだろう、といつも思う。なんだってこの男は知合って以来いつもこんなに私の我儘と横暴と身勝手と非常識と気紛れを嬉しそうな顔をしてにこにこと見守っているのだろう。なんだってこの男は「私でなくてはいけない」のだろう。


中島梓の死去と同時期に胃がんで入院し、胃を全摘出した今岡は、あまりたくさん食べることができず、体調が悪くなることも多い。目も調子が悪く、長時間パソコンを見たり、文章を校正しているとつらくなることもある。

今岡の現在の住まいには中島梓が生前弾いていたピアノや、ふたりの子供の今岡大介が小さいころに家族三人で映った写真が飾ってある。ピアノは学芸大学のマンションに引っ越してきた八四年に購入したもので、いまも鍵盤に触れると妻が奏でた音色を思い出す。

テーブルの上にはメダカが入った水槽。鳥かごもあり、そこにいるインコの名前は「メダカ」というから、ややこしい。

そして、部屋の隅のライティングデスクには、中島梓がほほえんでいる写真や位牌が飾ってあり、仏壇のようになっている。

穏やかな暮らしのなか、ときおり、

「早く奥さんに会いたいなぁ……」

そんなことを思う。

中島梓の没後二年後に刊行開始された『グイン・サーガ・ワールド』に連載された、『いちばん不幸で、そしていちばん幸福な少女』というエッセイがある。今岡清と中島梓の特異な魂の結びつきについて綴ったそのエッセイによれば、ふたりのあいだには、いくつもの約束があった。

台所のシンクの縁がいつでも濡れていないように拭いておくこと。事務所から家に帰るときには、事務所を出るときに電話をし、家の近所のバス停から降りるときにもまた電話をすること。中島は、その電話によって、今岡が帰るときにちょうど出来上がるように料理をした。そうした約束のなかでも、いちばん大事な約束は、今岡が中島よりも長生きをするというものだった。

「私の奥さんはとても淋しがりで、また依存傾向が強かったものですから、自分ひとりが取り残されるということをとても恐れていたのです」(『グイン・サーガ・ワールド1』)

今岡のほうが五歳年上にもかかわらず、夫婦の間ではなんとなく中島が先に旅立つのではないか、と思っている節があったという。

「あなたは友達もいっぱいいるし、みんなと楽しくやっていけるから、私がいなくなったってやっていけるわよ、というのが私の奥さんの主張でした。私がそれほど人とうまくやっていける人間かどうかは私にはわかりませんが、奥さんには私がいなくなってしまったら大変だろうなとはつねづね思っていましたから、私と奥さんのあいだでその約束は守らなければならないものとなっていたのでした。でも、まさかその約束があのような形でとつぜん果たされることになるとは、思いもしませんでしたが」(『グイン・サーガ・ワールド1』)

まさかそんなに早く訪れると思わなかった別れのあとの長い年月で、残されたものは旅立ったもののことを思う。今岡が著者に語ってくれたことによると、中島梓の人格には攻撃的な部分と、穏やかな部分が拮抗しながら激しくせめぎあっていた。今岡が書き残した夫婦の特異な絆については本書のなかでいずれ触れていくが、それは決して平穏な日々ではなかった。それでも、膨大な時間を共に分かち合った魂の片割れにたまらなく会いたくなるのは、自然にわき上がってくる感情である。だからこそ、流れていく時をつなぎとめようとするように、今岡は毎月中島梓の墓を訪れる。

ジャズシンガーの肩書きも持ち、CDも出して定期的にライブを開いている今岡が、よくステージで歌う曲がある。マット・デニスなど数々のシンガーによって歌い継がれたスタンダード曲「Everything happens to me」。

僕の人生にはあらゆることが起こる——。デートの予定を立てると必ず雨になり、パーティーをすると上の階から怒られるというついてない男の独白が歌詞になっている。この曲を歌うとき、今岡は、「Everything happens to me」というフレーズがまさに自分の人生を言い表しているように思える。

妻子がありながら流行作家と恋に落ちて結婚し、音楽と酒とSFと芝居とさまざまな楽しいことも経験した。だが同時に病気や借金にも苦しめられた。妻の激しい怒りに精神を傷つけられながらも過ごした人生を思い返すとき、たまらない懐かしさを感じる。今岡が「奥さんに会いたいなぁ」とつぶやくときには、そういったさまざまな感情が溶け込んでいるのである。

『時の石』

栗本薫が一九八一年に出した『時の石』（角川書店）という本がある。

中篇三篇が収められたこの本は、栗本薫の初期の代表作のひとつで、九〇年代には「角川文庫の名作１００」にも入っていた。『時の石』の初出はデビューしたばかりの一九七八年の〈野生時代〉十一月号。二十五歳のときの作である。

栗本薫は、自分の小説の最大のテーマは「時」であると、たびたび書いている。そんな彼女の作品群のなかでも、この中篇集はとりわけ「時」についての思いが深く綴られた一冊だ。

高校生の「ぼく」が川原でみつけた奇妙な石。持つ者を陶酔させ、惑わすその石は、時間を操ることができる世界からもたらされた、持つ者をもっとも甘美な思い出の時間に留める石だった。

その石に魅入られた人は思い出のなかに囚われ、死を選んでしまう。生きていくためには過ぎさっていく時の中に身を委ねなければならないことを知った「ぼく」は、こう述懐する。


時。時のなかにぼくらがあること、そしてその意味。

ぼくたちは《時》のとらわれびとだろうか、それとも《時》に棲むささやかな魚だろうか？

ぼくたちのすべての生は《時》に所属している。そして、そのなかでぼくたちは、過ぎていったもの、ものが過ぎてゆくことを、いたんだり、悲しんだり、そして恨んだりする。

しかし、いま、ぼくは、《時》のなかにいるからこそ、生きてゆかなくてはいけないのだ——と、そんな気がしてならないのだった。


そして、同じ中篇集に収録されている『ＢＵＲＮ』は、初出が〈野生時代〉一九八〇年十二月号。一夜のうちに紫色の光におおわれ、人間がほとんどいなくなった世界で、世界が取り返しのつかないほど変わっていき、わずかに残された人間もそのあり方を変えてゆくというそのことを受け入れた主人公の思いはこうだ。

生にはつねに絶対の位相などというものはひとつもない。死児の年をかぞえ、思い出をすすって生きるのも人間だけだ。うつろうからこそ生なのだ。失われるからこそいとおしく、輝かしいのだ。そうだ――人間だけが、どうしても、滅びてはならぬわけなど、何ひとつありはしない。人間が恐竜やネアンデルタール人のように、滅びてゆくなら、それもまた祝福であり、滅びぬならばそれもいよいよよきことだった。何もかもが正しく、そしてよいことだった。ただ、死すべき運命を逃れようとあがきさえしなければ――そしてまた、自らを特権階級と思いさえしなければ。自然のうちには貴族階級はいない。だからこそ、摂理と自然のめぐみはすべての生物と無生物の上にあまねくふりそそぐのだ。

すべては移り変わり、姿を変えていく――。それは、栗本薫が二十代のころから追い求めたテーマであり、繰り返し作中で語ってきたことだった。栗本薫は、自分がいなくなったあとの世界のことを想像しただろうか。それからあとも、続いていく世界のことを。

栗本薫の代表作であり、最大の長篇である《グイン・サーガ》も、その物語の構造のなかに「時」が主要なテーマとして織り込まれている。三十年以上にわたり刊行され続けたこの物語のなかで、現実世界の時の流れよりはゆるやかであったが、少年少女であったパロの王女と王子、リンダとレムスが大人になっていったように、確実に時は流れていた。ある登場人物はこの世から去り、ある登場人物には子供が生まれた。長い時の流れを物語のなかで表現するということは、このような大長篇にして初めて可能になったことだった。

時の持つ宿命をもっとも託された登場人物は、メインキャラクターのひとりであるイシュトヴァーンだろう。初登場時、地位も名誉も財産もなにもなく、ただ野望と、底抜けの明るさ、バイタリティーだけを持ち合わせていたこの傭兵は、長い物語のなかで、一国の王となるという夢を叶えていく。しかし、その夢を実現させた時の流れは、同時に彼を苦しめるものでもあった、イシュトヴァーンのなかにはいつまでも少年でいたい、時の流れを止めていたいという欲求があるが、時はその願いを叶えることなく、彼は否応なく大人にならざるを得ない。この時の流れの悲劇こそが、彼を破滅に追い込んでいく。その過程を、栗本薫は《グイン・サーガ》の主要なテーマのひとつとして、克明に書き出してゆく。

永遠に少女でいたいという思いと、成熟して生きたいという思い。その相反する関係こそが、栗本薫の人生を複雑なものにしている。それは、中島梓と栗本薫という、ふたつの人格の葛藤にもつながっていく。本書では、彼女の人生を辿りながら、その複雑な関係性を見ていきたい。

第一章　父と母

誕生

栗本薫、またの名を中島梓。本名・今岡（旧姓・山田）純代（すみよ）は、一九五三年（昭和二十八年）二月十三日、東京都葛飾区に生まれた。

生まれ育った青戸（あおと）という街は、東京都と千葉県、そして埼玉県を隔てる荒川と江戸川に挟まれ流れている中川という川に沿って広がる住宅街だ。このあたりは、海面より低い「ゼロメートル地帯」と呼ばれ、たびたび洪水の被害にあってきた。川は住宅街よりも一段高い土手の向こうを流れており、山田純代の母は、よくその土手で飼い犬を散歩させたものだった。

京成（けいせい）電鉄の駅の名前は「青砥（あおと）」と、住居表示の「青戸」とは一文字異なっている。「青砥」の表記は鎌倉期にこの地に住んだ鎌倉北条氏の家臣・青砥（あおと）藤綱（ふじつな）に由来する。青砥の隣駅、京成高砂（たかさご）で京成金（かな）町（まち）線に乗り換えた一駅先に『男はつらいよ』の舞台で知られる柴又帝釈天（しばまたたいしゃくてん）のある柴又駅がある。下町の風情と江戸の名残が漂う地域だ。

山田純代の父は山田秀雄（ひでお）。母は山田良子（よしこ）。筆者の取材に答えてくれた良子は、昔の日記をもとにしたメモを筆者に手渡してくれた。

「昭和二十八年二月十三日　予定日ぴったりに標準体重七百八十匁、身長四十九糎に誕生。純代と命名」

一匁（もんめ）は約三・七五グラムなので、七百八十匁は二千九百二十五グラムほどか。糎はセンチメートルと読む。

出産は自宅で近所の産婆さんを呼んで行なった。安産であっという間に出てきたのは助かったが、すぐに親戚や知り合いが大勢やってきて、お祝いの言葉や挨拶が夜更けまで続く。おかげで眠れなくなって頭がいたくなってしまったと良子は振り返る。

二〇一七年の十二月八日に刊行された『栗本薫・中島梓傑作電子全集』（小学館）の第一巻には、良子が当時書いていた育児日記の抜粋が掲載されている。純代が生まれた日の記述を引いてみる。

昭和二十八年二月十二日（木）

パパが出勤してすぐ徴候があり、あわてて会社へ電話して夕方早目に帰ってもらう。

午後四時陣痛がはじまる。会社の三浦さんの娘さんで立石に住んでいる人を手伝いに頼む。午後九時入浴、少し痛みが楽になる。

滝本助産婦に泊まって頂き、八畳の座敷に寝る。十二時頃から痛みがやや強くなり、三時頃、子宮口が開いたということでバタバタと準備にかかる。

痛みが絶えられ（ママ）ぬほど強く長くなってもうすぐもうすぐと言われるのにちっとも出て来ないので「随分なかなかですね」といったら、「そんなことがいえる内はまだまだ」とやられた。

いよいよ苦しくなってもうどうにでもなれ、と思った時、天井がぐるぐる廻り出して、滝本さんの顔が二つにみえてやっと頭が出た。出たなと思ったら力が湧いてあとは簡単に午前四時四十五分、元気な可愛い産声をあげて女の子が生れた。男だとばかり思っていたので意外だった。七百八十匁四十九糎（一匁は三・七五グラム）で標準通り、しかも予定日ぴったり。

　十三日午前九時岳医師がみえ、眠れるように睡眠剤の注射をして下さったのに、数人の来客で朦朧とする意識を耐えながらしゃべっていたら眠れなくなり、頭が痛くて困った。


純代という名前は純粋の「純」という字を使いたいと思ったものの、ありきたりな「じゅん」ではなく「すみ」と読ませたい。「純子」では「じゅんこ」と読まれてしまい、「すみこ」とは読まれないだろうということで、良子が夫の秀雄と話し合って命名した。

母と娘

その良子は、筆者が二回目の取材に訪れた二〇一七年で九十二歳という年齢ながら、矍鑠として淀みなく質問に答える。かつ穏やかな人柄で、相対するものを暖かい気持ちにさせてくれるご婦人である。一年の大半を和服姿で過ごす良子は、この日も紬の着物姿で、聞いてみるとそれは娘の純代の形見の品であった。

　今でも毎週小唄の稽古に通い、俳句の会にも出席する。年を重ねてやることがないと本人は言うが、聞いてみるといまなおなかなかの活動派である。筆者が良子に会ったのは一月の十九日だったが、その三日前の一月十六日には娘の夫の今岡清と歌舞伎座へ歌舞伎見物に出かけている。

今回の演目を選んだのは、この日が良子が長年大ファンとして観続け、また本人とも単なるファンを超えて親しい付き合いをしていた五世中村富十郎の七回忌追善狂言だったからである。五世中村富十郎は二〇一一年に亡くなったが、六十九歳のときに生まれた長男が十七歳になり、中村鷹之資としてこの日越後獅子を踊った。

「あるとき『中村富十郎後援会』という立て札を歌舞伎座の中で見つけて、『私も入れていただけますか』とお願いしたんです。そのうちに切符を送ってくれるようになったんですが、天王寺屋番頭の川島老が『後援者たるもの、京大阪まで見に行くものですよ』と言うんです。でも夫を置いて行くわけにもいかないと思って、夫に言ったら、笑って『行ってこい』って。それで京都の南座や名古屋の御園座までずいぶん見に行きましたが、なかなか楽屋には入れてくれないんです。どうしてかしらと思って、別の関係者に話したら、『富十郎さんが奥さんに手を出しそうで危ないと思ったんでしょう』って、言うからおかしくって。そんなわけないでしょと」

中村富十郎の舞台を観続けた良子は、やがて中村富十郎本人とも知己を得て娘・中島梓も交えて食事をしたり、オーストラリア旅行にも招待されるようになった。その五十年にわたる観劇の記録を、娘の夫・今岡清が編集して、『珠玉天王寺屋　五世中村富十郎』という本にまとめて中島梓の事務所である天狼プロダクションから二〇一五年に山田涼子のペンネームで発行している。

昔はよく銀座の歌舞伎座を訪れた良子だったが、年齢を重ねて血圧が高くなってからは長時間の観劇がつらくなり、足が遠のいていた。だから二〇一三年に改築された新しい歌舞伎座は、このときが初めての訪問だった。以前の歌舞伎座は一九五〇年に竣工した建物で、その前の歌舞伎座は東京大空襲で焼け落ちている。良子はその戦災で焼ける前の一九二四年（大正一三年）竣工の歌舞伎座でも観劇をしたことがあるので、彼女にとってこれが三代目の歌舞伎座となったわけである。

新歌舞伎座を訪れて気になったのは、以前は敷地の隅に鎮座していたお稲荷様の社が正面から入ってすぐに祀られていたことで、お稲荷様が祟る神であることも知っている良子にとっては、不吉なことのように思えてしまう。実際、歌舞伎座建て替えの前後には中村富十郎、中村芝翫、中村雀右衛門、そして中村勘三郎や坂東三津五郎といった名優たちが相次いで亡くなっており、ネット上でも「お稲荷様のたたり」と囁かれたりしていたのだった。

迷信深いところのある良子は、大事な決断をするときには知り合いの占い師に相談してみることもある。娘が八四年に六本木から目黒区の学芸大学に引っ越すときには、占い師から「方角が悪い」と言われた。結局、娘夫婦に頼んで三ヶ月引っ越しを待ってもらったのだが、その間に目黒のマンションに泥棒が窓ガラスを割って入ってしまったのには、さもありなんと思ったのだった。

もっとも、いま良子が住んでいるのも、その方角が悪いと言われた同じマンションなのである。娘が亡くなる一年前に、夫や長年同居したお手伝い、愛犬にも先立たれ、葛飾区青戸の中島梓の実家にひとりになってしまった良子を慮り、娘が自分の隣の部屋を購入して一緒に住めるようにしてくれたのだった。

だが、小さい頃はいつも「ママ、ママ」と良子のあとをついて歩いていた純代は、大学を出て作家としてデビューしてからというもの、何かと母親に反発するようになっていた。

作家・中島梓＝栗本薫の母との葛藤については、中島梓・栗本薫がたびたび自身の本に書いているし、今岡清への取材でも触れられていたことだった。その先入観から良子に会う前はよほど厳格な方なのだろうかと思っていたのだが、お会いすると暖かな日だまりのような方で、この母親のどこにそんなに反発したのだろうかと思う。その疑問を良子に尋ねてみると、

「あたしのやることなんでも気に入らないんですよ。なんでも自分のほうがえらい、うまいと思いた

いんですね。あたしが編み物やってセーターとか着せていたでしょ。そうすると自分も負けないで手編みでやるんですね。それから三味線もそうだし、なんでもあたしより上じゃないと気がすまないんですね」

と、そこだけは相変わらず穏やかな口調ながら話の内容は辛口になるのである。

料理も娘さんはすごくこだわって作っていたそうですね。と筆者が聞くと、

「料理もすごいんですよ。あっという間に和洋中全部うまくなって、人をいっぱい呼んでごちそう作ってましたね。でもあたしもいろいろ稽古ごとやっているでしょ。長唄もお茶も俳句も小唄もやって、全部三十年、四十年だから、普通なら弟子をとって先生をやるんですよ。でもあたしは一生弟子をやるっていう主義なんです。そうしたら娘がね、教えりゃ金になるのにママは遊んでお金を使ってばっかりでばかじゃないのって言うんですよ。でもプロになると、芸の出来によって身分の差ができて、目上の人にお茶を入れたり、ぺこぺこしたりして大変でしょう。それよりあたしは一生弟子として芸を磨くという主義だから、娘とは考え方が違うんですよね」

そんな調子だから、娘がいまの部屋を購入してくれ、引っ越してからも、喧嘩をして隣に住めなくなった場合を想定してしばらく青戸の家を処分しないでおいたくらいである。いざ隣同士に住むようになると、時々は娘がお茶を飲みにくるようになったが、三十分くらいするとまた忙しそうにいなくなってしまう。そのうちに、隣に住んでいたはずの、娘の息子、今岡大介が、こっちに自分の部屋を持ちたいと言って、良子と一緒に住むようになってしまった。娘が亡くなったのち、今岡清は隣の部屋を引き払い、同じ学芸大学の民家の二階に新しく住居を構えているのだが、良子と良子の孫息子にして中島梓の息子、今岡大介はいまもここに一緒に暮らしている。その今岡大介はいま中島梓・栗本薫の著作も扱っている電子書籍の会社・ボイジャーで社員として働いている。

今岡大介とふたりで会ったとき、筆者は「どうして中島梓さんはご自分のお母さんにそんなに反発していたのでしょう」と聞いてみたことがある。すると大介は、

「それは僕には明確に説明できるんですよ。要するに祖母はまったく良識的な人間で、切羽詰まった世界のことが想像もつかない、普通の世間から見たらとってもいい妻であり母なんですよね。それに対して母は純粋な芸術家としての人生を歩んでいたから、自分の創作の世界がすべてで、通常の尺度とはまったく相容れない人なんです。お互いに住む世界が違いすぎて、お互いのことがまったく理解できなかったのでしょうね。祖母は母が何を考えているのかさっぱり分からなかったし、母は祖母がまったく自分のことを理解してくれなかったことを憾(うら)みに思っていたということなんですね」と言ったのである。

だが、水と油のような母娘だと説明されながらも、良子と会った時に、筆者は生前一度しか会ったことのない栗本薫の面影を感じ取っていた。実際、中島梓・栗本薫は相当に大きなものごとをこの母親から受け継いでいるのに違いないのである。

いましばらく、さらに時を遡り、中島梓の母、山田良子のことから話をはじめたい。

二・二六事件と母・良子

山田良子、旧姓・竹田良子が生まれたのは、一九二五年（大正十四年）十一月十五日。関東大震災から二年経ったこの年は普通選挙が実現し二十五歳以上のすべての男子に選挙権が付与されると同時に、治安維持法が公布された年でもある。

良子の父・竹田錫吉(すずきち)（一八九五・明治二十八年生まれ）は、若い頃から、当時は省だった宮内省の、

建築などを担当する内匠寮という部署に勤めており、一九二五年から一九三五年（昭和十年）まで内大臣を務めた牧野伸顕伯爵に長く仕えていた。大久保利通の子である牧野伸顕は、麻生太郎の曾祖父でもある。

良子の母の名前はきよ。当時はモダンな職業であった電話交換手をしていたことがあり、琵琶が得意で名取にまでなっている。良子は錫吉ときよの間に生まれた長女で、下に弟が一人いた。ちなみに、良子という名前は、その誕生当時に皇太子であった昭和天皇の妃、良子女王（のちの香淳皇后）の名にあやかったものである。

当時、宮内省の官舎が三田にあり、良子も三田で育った。一九三二年（昭和七年）に五・一五事件があり、首相官邸が襲撃され、犬養毅首相が殺された。五・一五事件の実行者は四組に分かれているが、このとき一組が内大臣官邸を襲撃している。牧野伸顕内大臣は不在で難を逃れたが、三田小学校に通っていた良子は、事件のあと、板塀に機関銃の穴がいくつも開いているのを見て愕然としたのを覚えている。そのとき良子は六歳だった。

一九三一年（昭和六年）の満州事変と一九三七年（昭和十二年）の盧溝橋事件、それに続く日中戦争の勃発に挟まれたこの時期は、まさに日本が政府も新聞も国民の意識も、戦争へ向けて昂揚していった時期だった。そして、五・一五事件の規模をはるかに上回る反乱事件である、一九三六年（昭和十一年）の二・二六事件のことも、良子はよく覚えている。

雪の日だった。事件の報を受けた良子の父・錫吉は長靴をはいて出ていこうとする。その長靴を暖めるために、良子の母のきよが靴の底にとうがらしを入れていた。そんな記憶である。

「斎藤実という方が内大臣で、四谷にいらして、父が朝起きていったんです。雪の中を。大臣を奥さんがかばって守ろうとしたら奥さんもパンパンと撃って。しょうがないやつらですよ」

良子はいまでも最近のことのように話すのである。なお、撃たれようとする夫を守ろうと銃の前に立ちふさがり、自らも撃たれた斎藤実の妻春子は、夫が蜂の巣のように撃たれたのを見ながら一命をとりとめ、その後昭和四十六年まで生き、九十八歳の天寿を全うした。錫吉が長年仕えた牧野伸顕もこの日、湯河原の旅館にいたところを襲撃されているが、裏口から逃げて無事であった。

戦時下の青春

良子が青春時代を過ごした女学校・実践高等女学校は渋谷にあり、いまは実践女子学園となっている。三田で生まれた良子の生家はその後麻布へ転居。良子が女学校に通っていたころは谷中に居を構えていた。

実践高女を卒業したあとは、実践女子専門学校の家政科という専門過程に進んだ。文学好きの良子は本当は文学科に進みたかったが、「文学などやったら身を持ち崩す」と、父が認めてくれなかった。進んだ家政科は、家事の教育というよりは化学や物理の授業が多く、理科系の苦手な良子は困惑した。しかし、入って一年もたたぬうちに太平洋戦争が始まり、女専の二年目からは良子たちも勤労奉仕に駆り出されることになった。武器弾薬を作る造兵廠(ぞうへいしょう)で薬莢が良品か不良品かを検査し、選別するのが良子の仕事だった。

宮内省の役人だった父・竹田錫吉は、役人をやめ、香港に渡り、香港東急ホテルの支配人になった。太平洋戦争が起こると、日本軍は香港を統治していたイギリス軍を放逐(ほうちく)し、以来終戦まで、香港は日本の統治下に置かれていた。その香港の東急ホテルの職は、錫吉に宮内省の倍近い三百円の給料を約束してくれたのである。良子たち家族は日本に残り、戦時下を過ごしている。

住んでいた谷中は墓地の多い土地だったため、空襲の被害はあまり受けなかったが、上野や銀座が焼け野原になった様子は目に焼き付いている。造兵廠からの帰りに積み上げられた死体がまだ燃えている真横を通って家路についた。そんなとき空を見あげると、米軍のＢ29が綺麗な編隊を組んで上空を飛んでいるのが見えたこともあった。

いよいよ空襲が激しくなると、良子は当時、父・錫吉の姉、つまり伯母で呉服屋に嫁いだふさが身を寄せることにした長野県の小諸にいっしょに疎開している。この伯母・ふさは歌舞伎役者にも顔がきいたことから、良子を少女時代からよく歌舞伎に連れていってくれた。良子がいまにいたるまで歌舞伎を観続けているのも、この伯母がきっかけである。日本橋に住んでいた伯母だったが、空襲で家が焼けたため、縁者のいた小諸に疎開することにした。その際にひとりでは心細いので良子を連れていったのである。疎開先の小諸は島崎藤村が明治三十二年から六年間過ごした土地で、藤村はこの土地を舞台に『千曲川のスケッチ』などの本を書いている。藤村を愛読し、詩集『落梅集』に収められた詩『小諸なる古城のほとり』も読んでいた良子にとっては憧れの場所であり、戦時下の東京とはまったく異なる空気の野山をそぞろ歩いた。もっとも、学校のこともあり、戦争がまだ終わらないうちに良子は東京に戻っている。

昭和二十年八月十五日の玉音放送は学校で聞いた。雑音が多く何を言っているかよく分からなかったが、放送が終わると、だれからともなく、「よく分からないけど終わったみたいね」と言いだした。先生が話をしはじめると泣き出す生徒もおり、皆これからどうなるのか不安を抱えていた。

地方から来ていた生徒の多くは郷里へ帰って行った。良子は伯母から「アメリカ兵が上陸するから若い女の子は危ない。小諸にいらっしゃい」と言われ、戦争が終わったあとではあったが、また小諸に疎開する。しかし、恐れていたようなことは起きていないことがわかり、東京も恋しくなって、また東京に戻ってきた。

　東京のようすは一変していた。一緒に勤労奉仕をしていた友達から「いま米兵とつきあってるの」と打ち明けられて驚いたりもした。香港から引き上げてきた父・錫吉はしばらく就職先がなかったが、しばらくすると上野の老舗フランス料理店・精養軒でチーフウェイターの職を得た。精養軒は明治五年の創業で、日本におけるフランス料理の草分けのような存在である。創業の店舗は東京の築地に居を構えていたが、関東大震災で焼失してからは、上野の支店が本店機能を果たすようになっていた。

　良子は二十三歳のとき、元陸軍少尉の男性と結婚している。父・錫吉の友人の息子だったその男性は、終戦後、竹田家の二階に下宿していた。小諸から帰ってきたのち良子はその男性と仲良くなり、男性の親にも気に入られ、結婚することになったのだった。

　しかし、生活を共にしてみると、男性は気難しい性格であることが分かってくる。新婚生活も半年を過ぎると、良子は毎日、ことあるごとに叱られるようになった。食事のおかずが気に入らないとか、掃除の仕方がよくないといった内容である。男性は獨協大学の学生でもあったが、ろくに学校にいかず、毎日家でごろごろしていた。夫とのそんな生活が嫌になり、毎晩ひとりで涙を流すような生活を三年は続けたが、我慢ができなくなり、実家に帰ってしまう。

「姑は私を気に入っててね。それじゃあんたを養女にしてあれを追い出すからとまで言ってくれたんですけど、そんなわけにもいかないから、結局別れて。だから純代の父親とは再婚なんですよ」

　離縁後、良子は一家の生活を支えるために、一九二九年（昭和四年）創業の長い歴史を持つ理工学系の出版社・朝倉書店に勤めにでた。校正や事務、そして謄写、いわゆるガリ版などが仕事内容で、給料は六千円だった。そのうちに、元の夫の姑が、いい人がいるからと前の年に妻をなくしたばかりの男性を紹介してくれた。自分の息子と別れた女性の再婚を世話するくらいだから、よほど良子のことを気に入っていたのだろう。その紹介された男性が、山田秀雄。山田純代、のちの中島梓・栗本薫の父親である。

「主人は奥さんがなくなって、すっかりがっかりしちゃって、毎日飲んだくれててね。あれじゃあ今にだめになっちゃうって言う人がいたんですって。それで最初の夫の姑が世話するっていって、あたしが離婚して戻っていったもんですから、吉祥寺に相手の家があるからって、お見合いしたんですよ。私は着物を着ていきましたら、主人は着物が好きなんですね。それですぐに話がまとまっちゃって。私のほうも主人がちょっといい男だったからひかれちゃったんでしょうね」

当時秀雄は口ひげをはやしていたのだが、それがまるでイギリスの俳優、ロナルド・コールマンのようだと良子には感じられた。『心の旅路』などの映画で知られるコールマンは日本でも人気を博していて、トレードマークの口ひげは「コールマンひげ」などと呼ばれていた。知り合った頃、一緒に、ジョン・フォード監督、ジョン・ウェイン主演の西部劇『駅馬車』を見にいった。それまで西部劇を見たことがなかった良子は、迫力あるアクションや銃撃戦に度肝を抜かれたが、そんな新しい世界をのぞかせてくれた秀雄にまたひかれたのだった。

「前の夫には毎日怒られていたのに、主人とは一度もけんかしたことないんです。本当に穏やかな人で、楽しくてしょうがないような生活になりました。おなじあたしなのにどうしてこうも違うんだろうと思いましたね」

父・山田秀雄

山田秀雄は一九一一年（明治四十四年）の生まれ。良子よりも十四歳年上である。市電の運転士をしていた父親のもとに九人きょうだいの四男として名古屋で生まれた（後述する中島梓のエッセイ『父の血』によると八人兄弟。良子によると、九人のうち一人は早くに亡くなったとのこと）。母親のかぎは働き者で、子だくさんで生活が大変な中、子供の着物を自分で縫い、汚れると洗い張りをして、夜中の三時ごろまで縫い物をしていた。子供が夜に勉強しているとよく雑炊を作って持ってきたという。良子によると、兄弟たちはそれぞれ三歳ほど年の差があって、先に働き出したものが下の弟の学費を援助する。そうして学校を出た下の弟は、さらに下の弟を援助するというように、順番に支え合って社会人になったという。秀雄の兄弟は長男が銀行の重役。次男がＮＨＫの局長。三男が保険会社の重役と、みな後年出世している。

秀雄は十七歳で上京して官費で寮制の商船学校に入学。卒業後日本郵船に入ったが、そのときにすでに結婚していた。半年から一年にわたる航海で妻に会えないのが寂しくてすぐにやめてしまい、その後親戚のつてで造船会社の石川島造船所に勤めていた。戦争中多くの軍艦を作っていた軍事産業に勤めていたため徴兵に取られることなく、終戦を迎えている。

山田秀雄が勤めていた石川島播磨重工業は、現在はＩＨＩという社名になっている。この会社は、幕末に隅田川河口の石川島に造られた造船所がはじまりであり、戦前から戦後にかけて日本の重工業をリードしてきた。なお、石川島播磨重工業は一九六〇年に石川島重工業と播磨造船所が合併してできた会社であり、良子が山田秀雄と結婚したとき秀雄が勤めていたのは石川島重工業のほうであった。

敗戦直前の一九四五年（昭和二十年）に社名を石川島造船所から石川島重工業株式会社と改めており、終戦後は各地の工場撤収整理を行なっている。『石川島播磨重工業社史』（石川島播磨重工業株式会社）によれば、造船部門では昭和二十五年に早くもブラジル石油公団のタンカー三隻を受注。造機部門ではガス循環器、圧縮機、ターボ送風機、ポンプなどを生産し、そのほか水力発電開発に伴う水門類も受注。機械工業において主導的立場に立ち、昭和二十四年度には手持ち受注残高二十四億六千九百万、二十四年下期の利益としては三千三十五万円の利益をあげている。しかし、二十五年には外航海運の再開にあたり、戦時標準船を二重底に改造する工事が大幅赤字を出し、再評価積立金を取り崩さねばならず、株式が無配になった。その危機にあたり石川島重工業の社長として迎えられたのが、石川島芝浦タービンの社長をしていた土光敏夫である。土光敏夫といえば、石川島播磨の社長・会長のほか、東芝の社長・会長や経団連会長をのちに務めた日本経済界の重鎮であると同時に、質素な食事で夕飯にはめざしを食べていたことが有名で、「めざしの土光さん」として知られるようになった人である。山田純代の父・山田秀雄は、長年この土光敏夫の部下として働いている。

後年石川島播磨の重役として常務まで務めたのち、子会社の石川島コーリングの社長を務め、勲三等と藍綬褒章まで受けたこの山田秀雄と、家庭を守り、長唄や歌舞伎といった上質な趣味に関する薫陶を娘に授けた山田良子。まさに昭和の理想的な父母であるような夫婦から、想像力のかたまりであり、終生物語の世界に生きた中島梓／栗本薫が生まれたことは、意外なようにも思えるが、ある意味では必然でもあった。「会社員のパパと専業主婦のママの幸せな家庭」に対する嫌悪、批判というモチーフは、のちの栗本薫の小説にたびたび現れるのだが、中島梓＝栗本薫という才能を形作ったのも間違いなくそういう幸せな家庭であった。これについては後述する。

一九九四年に出版された『私の父・私の母』（中央公論社）という随筆集は、〈小説中公〉の連載をまとめたもので、毎回異なる人気作家が父母の思い出について書いたものが収録されている。そのなかに中島梓が『父の血』というエッセイを書いている。そこには、「自分の父と母」を、「自分が生まれる前の、別々の男と女」とは想像できないでいる、ひとりの娘の気持ちが綴られている。

私がものごころついたころには当たり前だがもう両親は私の両親であった。だからわたしは父親のことは父親だと思い、母親のことは母親だとしか思わずにずっと一緒に暮していた。それがそれぞれの自分の固有の名前のある、別の人格と自分の人生とを持つ別個の人間である、などということに気がついたのは一体いつのことだったのだろう。それほど年をとってからではなかったような気がする。だが、自分の両親であるがゆえに、ただの他人が自分と別個の人間であり、しかも同じ人間であることにシンパシーを持つように、両親に対してシンパシーを持つようになるまでにはずいぶんかかったか、あるいはまだ全面的にはそこに至っていないかもしれない。それはあるいは人間というものは誰しもそうであるのかもしれない。母親がどういう過去のある女性で、父親は本当は何を考えている男性である、などということを子供というものはあまり考えたがらないものだ。子供はただ自分の両親に、男と女、個人としてではなくて、自分の親としてのみ存在してくれるように要求する………

中島梓は父と母を深く愛しながらも、終生その存在に対する葛藤を抱えていたのだが、それは父と母をいつまでも父と母として認識し続けていたがための袋小路だったかもしれない。父母が理想的な父母であればあるほど、その迷路からは抜け出せないのだった。『父の血』の文章は、こう続いている。

私はずっと父親にとても可愛がられて、日曜になると本屋に本を買いに連れていってくれ、夏には軽井沢へ避暑、ゴルフにゆくときはゴルフ場のプール、買物のあとはレストランでお食事、などと贅沢のしほうだいをさせてもらった。私が野球を好きになったので野球マニアの父親はとても喜んで、毎週毎週石川島の持っているネット裏の最高のボックスシートをとってきては私を連れていってくれた。中華料理を食べてから後楽園にゆくのが私たちの楽しみだった。それからおそまきの反抗期になって、ものなど書くようになった私は父親が実業家なのを俗物だと思い、感性の全然相容れない人間だと思ってことごとく父親に反抗していた。結婚も両親の意にさからう結婚をしたし、職業も勝手に選び、とにかく孝行娘の正反対のことだけをずっとし続けていた。やがて結婚式もあげられなかったそういう結婚でも子供、つまりひとりっ子みたいなものの私だから親にしてみれば初孫が生まれて、たまたま石川島の箱根の寮に夫抜きで両親と赤ん坊とゆくことになった。母親が別の旅行からまわってくることになっていたので、私は生まれてはじめて父と自分の息子と三人の旅をして、夕方に箱根についた。母はまだきていなくて、どっちも酒飲みである父と娘は早速温泉に入ってビールを飲み始めた。なんとなくよもやま話をしながら、赤ん坊を膝に父娘で酒をくみかわす、などという経験もはじめてであった。そのときになってふいに私はこの父親がとても自分を可愛がってくれたのだなあと思い、それこそ一年ぶりくらいに、この人が私の父親なのだなあと思ってなんとはない非常な共感のようなものを覚えたのだった。それはこの人がどんな会社にいてどんな人生を送ってきたのか、何を考えて私の父親でいたのかについて私は何も知らないのだけれども、しかしこの人が私の父親なのだ、というふしぎな共感だった。それがおそらく私がはじめて感じた〈血〉というもののきずなの意味だったのだろうと思う。

父と母があまりに自分にとって父らしく、母らしくあったがために、自分が生まれる前から存在する独立した人間としての父母を、大人になってからもなかなか想像できなかった。それは、山田純代

＝中島梓がいかに父と母を愛し、その庇護のもとに愛されていたかという証でもある。だが、愛するほどに親はいつまでも娘を子供として扱う。そしてその娘は愛されるほどに愛に対する渇望を感じるのである。その渇望は山田純代の心の奥の想像力を育てた。そして、その想像力と現実とのギャップがまた彼女を苦しめるのである。

第二章　物語る少女（〇歳〜十二歳）

読み書きよりも早く

「二つ三つの頃に絵本を読んであげますでしょ。じっと聞いてるんです。二、三回読んであげると、あとはまだ字が読めないはずなのに、自分で絵本を持ってじっと見ているんですね。だからこの子すごい文学好きなんだなあと、そう思いましたね」

母・良子は、純代の幼児期を振り返ってそう証言する。読み書きもできず、言葉もまだ覚束ない年頃に、すでに自分は物語作家であろうとしていた。のちの栗本薫が自らについてそう記している一文がある。

そのむかし、文字の読み書きを覚えるよりも早く、物語を語ろうとまわらぬ舌で語っていた一人の幼い子供がいました。そうしたものは、血筋も環境もかかわりなく、あたかもヤーンの導きによるようにして確かに歴史のあちこちにどうしようもなく存在してしまうようです。アガサ・

クリスティーの伝記にも、まわらぬ舌で物語を語ってきかせようとする二歳の赤児の話が出てきていました。（《グイン・サーガ》八十巻『ヤーンの翼』あとがき）

ここで栗本薫が言及している、アガサ・クリスティーの伝記にある二歳の赤児の話がどれのことなのか、はっきり特定することができなかったが、『アガサ・クリスティー自伝』の上巻には、幼いアガサ・クリスティーが、クローバー、ブラッキーなどという名前の空想上の〝子ネコちゃんたち〟の友達になって遊んでいたことが書かれている。また、『アガサ・クリスティーの生涯』の上巻には、「自分でいろいろなゲームやお話を発明した」「理解力よりも空想力が先行し、しかも、人一倍言葉に敏感な子供である」といった描写がある。

理解するよりも先に空想が羽ばたいていく、言葉に敏感な子供。それはまさに栗本薫も同じであったかもしれない。

なお、「ヤーン」とは、《グイン・サーガ》を読んでいる人ならばお馴染みの、同作品に登場する運命を司る神の名前である。栗本薫を語る上で書かせないこの名前については、またあとで触れることがあるだろう。

『栗本薫・中島梓傑作電子全集』第二巻に収録されている良子の育児日記には、純代が生まれた年の十二月四日にこんな記述がある。

私が娘の頃、

「あなたの子供さんは人並みすぐれた、後世に名の残るような人になりますよ」

とある占い師に言われたことをふと思い出す。私の子である貴女が無能な筈はない。あなたはきっと世の中に有能な人間として出てゆくに違いない。ママはそう信じています。

親は誰しも自分の子供が赤ん坊のとき、特別な資質の持ち主なのではないかと思うものだが、良子の場合はその確信も一際であった。厚い期待と愛情を受けて、純代は成長していった。

幼稚園は、千葉県市川市にある私立の日出（ひので）学園幼稚園に進んだ。この日出学園幼稚園に入るとき、入園児対象の知能テストがあった。子供たちが別室に集められ、母親たちは別の部屋で待機しているのだが、終わった子たちが次々と出てくるのに、純代はいつまでも出てこない。良子はうちの子はよっぽどできないのかと不安だった。結局純代が出てきたのは一番最後だったが、その試験はできるまで解答し続け、できなくなったらやめるという形式だった。後日、純代のテストの結果が知能指数百五十四で一番だったことを知らされ、秀雄と飛び上がって喜んだ。

こうして日出学園幼稚園に入園し、毎日良子に送り迎えをされて通ったが、純代は、幼稚園ではなかなか友達のできない子供だったという。幼稚園に迎えにいくと、「ママ、私友達できないの」とべそをかいていた娘のようすを、いまでも良子は覚えている。

「二月十三日生まれだから同じ学年の子と比べて身体が小さかったのもありますけど。初めのうちはとても積極的に遊んでたんですよ。でもそのうちだんだんほかの子が遊んでくれないとか、何かちょっと言われて傷ついたとかで、幼稚園に行きたくないって言いだして。無理に連れて行って園に置いて来るとわーわー泣くんですよ。先生がお母さん帰ってくださいというので行くんだけど泣くのが聞こえてね。そういうのがしばらく続きましたね」

だが、いや、だからこそ純代は終世の友となる天性の想像力を、幼少期から育ませていった。

「絵本を読んでくれ読んでくれと言って、私に持ってきて。そのうちにまだ文字が読めないのに内容を暗記しちゃって、自分で朗読しはじめるんです。言葉もまだちゃんと覚えてないのに、講談社の絵本が大好きで、新しいのが出るたびに買わされて家に山のようにありました」

母の良子はそう回想する。そのころから、純代のなかでは物語の世界が現実と等価に、いや現実よりもいきいきと息づいていた。

姉と弟

小学校は幼稚園からエスカレーター式に日出学園小学校に進んだ。この小学校在学時から純代はますます本と、そしてマンガの世界に傾倒していくのだが、その前に触れなければならないことがある。純代の二歳年下の、弟の存在である。

山田純代の弟・山田知弘(ともひろ)は、一九五五年三月二十五日に生まれた。その誕生のことを、母・良子はこう振り返る。

「あの子はね、あたしが産み損なっちゃってね、十日くらい遅く生まれたんですね。そうしたら大きくなりすぎちゃって、頭がね、出て来ないんですよ。それで無理に出したから、こう締めちゃった。それで死んで生まれたのを逆さまにしてたたいたり水に入れたりしてオギャーッていうんですけど。三ヶ月くらいのときに愛育病院の内藤寿七郎(ないとうじゅしちろう)先生(愛育病院院長・日本小児科医会初代会長などを歴任)に診てもらったら、『この子は三つか四つで死にますよ』と言うんです。それでも三つくらいまでは普通に育ったんですけど、そのうちに引きつけを起こすようになって、もう寝たきりになっちゃったんですね。別のときも、この子は十五くらいで死んじゃいますよって、お医者さんに言われたんですけど。でも四十三歳まで生きました。大変だからお手伝いの人も頼んで、その人がいたおかげで私は京都にもなんでも行かれたんですけどね。それでね、娘がその弟のことでなんかひとつ小説を書いたんですよ」

中島梓の筆名で書かれた唯一に近い小説である『弥勒』という作品は、〈群像〉の一九七九年一月特大号に掲載されてから、二〇一七年に電子書籍化するまで、一度も単行本に収録されたことがなかった。ここには、彼女の内面のどろどろとした葛藤がこれでもかと描かれている。その『弥勒』によれば、弟が生まれた時の山田純代のようすはこうだった。

ともかく私は本人に断りもないまま姉になってしまった。私が、おとなしい手のかからない幼児であったくせに、しばらくはどうなだめても云うことをきかぬ不安にかられた暴君になって、赤んぼをにくらしそうに眺めていた、とあとで母は私に云った。

その知弘という名前は、純代を妊娠していたときに、お腹の子は男の子だと思っていた良子が用意していた名前だった。『弥勒』のなかで中島梓は、

知弘であったのは、染色体ひとつの差で、私だったかもしれないわけだ。

と書いている。

知弘が三歳のときから引きつけを起こすようになったのは、日本脳炎にかかったことがきっかけだった。

「『弥勒』という小説に書かれていることは事実なのですか」

と筆者が聞くと、良子は「事実ですね」と答えて、続ける。

「その子はときどき引きつけるものですから、あたしがね、すぐそっちにいっちゃうんですね。娘が帰ってきて今日こんなことがあった。あんなことがあったって、幼稚園のできごとを話していると、うんうんって聞くんだけど、その子が引きつけるとわっとそっちにいっちゃうでしょ。するとすっかりむくれちゃう。そういうことが何度もあったんですよ」

「寂しい思いをしたんですね」

「そうなんです。ひがんじゃったんですね。ママは知弘のほうが大事だって」

「でもしょうがないですよね」

「しょうがないんですよ。でもそういう子を産んだのは私が悪いんですからね。しょうがないんですけどね」

『弥勒』から引用する。


知弘の幸運は、母親の胎内でさかさまに芽ぶいてしまったときにゆらぎ、助産婦にぴしゃぴしゃ叩かれてこの世に戻って来てしまったときに使い果たされたのだろう。三歳でようやく二歳くらいの知恵においついたとたんに、高熱とひきつけにとりつかれて、彼は順天堂にかつぎこまれた。

(にほんのうえん)

(のうせいまひをへいはつ)

それは、わけのわからぬ経文のように私の頭に沈みこんでいたことばだ。父母は瀕死の長男のために死を覚悟しつづけながら病院につめっきりになり、五歳の私はまた手伝いの少女か谷中の祖母に預けられて異変の空気に目を瞠っていたはずだが、知恵づきが異常に早すぎて、「この子は早く死ぬよ」と祖母に云われたような子どもであったくせに、そのころ読んだ本や、遊んだ友達や、一家でいった平塚の海岸の家のことを全部はっきりと思い出せるくせに、そんな異変の前後についての記憶は、またこわいほど鮮かに、私の中からぬけおちてしまっている。幼稚園にもう行ってはいなかったのか？　病院につれていかれて、弟にさいごの別れをさせられたことは、なかったろうか。何もわからない。弟がすべての精神の働きを止めて、やせこけ、小さくちぢんで、布団ごと抱かれて青砥の家に帰ってくるまでに、母のことばでは、丸半年かかった。

純代が中学生のころまでは、知弘はある程度は自分の力で動いたり、後ろから支えれば歩いたりもできた。目も開けているのだが、自分の意思を言葉に表すことはできない。しかし、柔らかいものを食べることはできた。知弘の世話は、純代が生まれた時から山田家にいた住み込みのお手伝いさんが担うことになる。良子は昔風に「女中さん」と表現していた、師岡善子（もろおかよしこ）というその女性は、一九四五年三月十日の東京大空襲で親や家族をすべて失った人で、のべ五十年を山田家の住み込みのお手伝いとして生きることになる。

幼い純代にとって、一家は知弘を中心に回っているように思えただろう。二〇一八年に発見された、中島梓の私小説『ラザロの旅』には、「この小さなコミューンの最大の関心は必ず彼のためにさかれ、（地震が来たらとんちゃんをどうしようか）（火事のときはどうしようか）そのためにあらゆる策がたびたび検討された。家で最大の事業は知弘の入浴と床ずれを撃退することと便通のためについやされる大さわぎであり、父親は（おれが死んでもとんちゃんとママぐらいは一生困らずに暮せるように）そのために自分を富ませることに精魂かたむけた。母親は（とんちゃんが私より先に死ぬ）ように毎朝晩長いこと仏壇に手をあわせた」とある。

私を見てほしい。そんな叫びを心の奥底に抱えたまま成長して行った少女・純代は、膨大な量の本を読んでは、想像力を膨らませていった。一人でほうっておかれることの多かった純代は、家にたくさんいた犬の人形を登場人物にした物語をいつも考えていた。頭のなかで物語を作ることは、幼い純代にとって生きることと同義のように、いつしか当たり前の習慣になっていった。

良子が回想する。

「学校の行き帰りにね、二宮金次郎じゃないけど本を読みながらランドセルしょって道を歩いてるんですね。どぶに落ちちゃうと危ないからやめなさいって言うのにやめなくて、『道のはじっこ歩かなければいいでしょ』て言うんです。そういうところは小さいころから異常でしたね」

休日になると、毎週のように父親が青戸にあった本屋に純代を連れていった。あれもほしい、これもほしいと純代が選ぶままに十冊近くも買い与えると、家に帰って部屋の隅っこで読んでいる。良子が覚えている子供時代の純代の姿といえば、この隅でうずくまって本を読んでいる姿である。

習い事

一方で習い事は、良子の記憶に従うならば、六歳のときにピアノと長唄を習い始めている。

中島梓は、自身のことを書いたエッセイで、たびたび「三歳からピアノ、六歳から長唄を習った」と書いている。だが、良子の記憶によると、ピアノを習い始めたのも六歳で、「三歳ではまだ弾けないわよ」とのこと。中島梓と良子の記憶のどちらかが事実と異なっているのだろう。この本の取材を通して、中島梓に関するひとびとの思い出をたずねてゆくと、人間の記憶がいかにあやふやなものかを改めて知ることとなる。また、中島梓の作家としてのサービス精神ゆえか、それとも自分の人生をも物語化したのか。筆者が取材したなかには、「彼女のエッセイはどうも事実と少しニュアンスが異なっているような気がする」と言っていた人もある。いずれにせよ、中島梓があんなにもたくさん身辺の記録を書き残したのも、人々の記憶がやがておぼろになり、物事はすべて過ぎ去ってゆくことを人一倍意識していたからであるかもしれない。

ピアノのほうは、幼稚園の先生をしていた伊藤という女性に初めに習った。始めてみると、純代の音感がいいことがすぐにわかる。先生がドミソの和音を弾くと純代はドミソと答える。ドファラと弾くと純代はドファラと答える。良子は自分もそんなことは聞き分けられないのに、どうしてこの子は分かるのだろう、と舌を巻いた。伊藤先生が「とてもたちがいいので、ものになりますね」と言うので良子も喜んで、早速ピアノを購入した。そのピアノの値段は十九万だった。

「その当時の主人の給料が、まだ部長だったから二十万程度だったかしら（ちなみに一九五九年の公務員の大卒初任給は一万二百円であるから、二十万というのはかなりの高額である）。ピアノが十九万円なのに、子供が生まれたりでお金がかかったから、貯金が十六万しかなかったんですね。それで当時お手伝いに来てた子に三万円借りた覚えがあります。神保町の楽器屋に買いに行って、純代がすぐ弾きたいというので、今日持ってきてくれっていったら、ちゃんと夕方に持ってきてくれて。それからはいつも弾いてましたね」

ピアノは二、三年習って上達すると、伊藤先生の紹介で小保内恭子（おぼないきょうこ）というＮＨＫのテレビやラジオでもよく演奏していた著名な先生に替わって習い続ける。

手ほどきをうけていたのはピアノだけではない。良子は若い時から、後に人間国宝となる山田抄太（しょうた）

郎に長唄の稽古を受けており、純代を産んでからも良子の家には稀音家六里治という長唄のお師匠が青戸の家まで出稽古に来ていた。古くより芸事は六歳の六月六日に始めるのがいいと言われており、純代もこれに合わせて、稀音家師匠から「小さいころからやるとうまくなるわよ」と言われ、六歳から指導を受けるようになった。長唄は歌い手と三味線の弾き手の二パートに分かれているが、修得する者はその両方の役割ができることを求められる。純代は特に三味線が得意で、良子が譜を出して弾いていると、ちょっと見てはすぐに自分でも弾いてしまう。忙しい手の弾き方など、いつしか純代が良子を教えるようになっていた。

当時の思い出がうかがわれる記述が、中島梓が着物について書いたエッセイ『着物中毒』（ソフトバンククリエイティブ）のなかにある。

毎週水曜日になると長唄の先生がうちに、母のお稽古にみえるんですね。で、六歳のころから「はい、お稽古しましょう」というので、私もついでにひきすえられて、長唄を唄わされるようになりました。それが何なのか、どういうものなのか、特にわからないままに、私は、水曜になると谷中のおじいちゃん（母の父）もよく遊びにくるんですね。この祖父が上野の精養軒につとめてチーフ・ウェイターをやっていた人で、くるときに、サントリーの角ビンにポタージュスープを詰めてきてくれるんです。それと「モーニングロール」っていうフランスパンを小さくしたようなパンと。

このパンとスープが好きで好きでね。私の当時の最大の好物っていうのはこの精養軒のパンとスープだったんだけど、「お稽古したらご褒美だよ」っていうんで、夜にはそのパンとスープを食べられる。ときどき長唄の先生も私の機嫌とりにお菓子なんか持ってくる、で「お稽古お上手にできたらご褒美あげるよ」というわけで、そういうお菓子やパンにつられて、長唄をお稽古しました。犬に芸仕込むのと同じですね（笑）

でもって、そうすると、年に何回か、発表会というかおさらい会があるわけです。ピアノはね、私はそのころ小保内恭子先生というピアノの先生についていて、相弟子にねえ、元首相の宮澤喜一さんの姪御さん二人とか、いたりしたんですね。学習院の生徒さんで。で、発表会だと、母がドレス作ってくれる。白いドレス着て、「トルコマーチ」なんか弾いてる写真がありますけど、長唄のおさらい会というと、着物着せられるわけです。ごく小さいころにはワンピースでおさらい会出てたんですが、ちょっと大きくなると着物着ないとおかしいってことで、着物着せられるようになりました。

少女の大きな好奇心

お稽古ごとと読書の世界に没頭しながら、成長していった純代。良子は昔の日記を読み返していたら見つけたといって、母と娘のほほえましいやり取りの記録を書き写したものを見せてくれた。こんな内容だ。

昭和三十六年　九才（なお、年齢表記は数え年か？　以下同）

純代との会話

純代「ショパンはね、ジョルジュ・サンドと結婚して間もなく離婚したんですって。何故かしら」

ママ「それはね、芸術家って感情が激しいからそんな事がありがちなのよ」
純代「そう、ママはサラリーマンと結婚してよかったわね」
ママ「！」
純代「ねえ、パパとママは好き合って結婚したんでしょ」

昭和三十七年　十才
純代「『セックス』って何？」
ママは聊かたじたじし乍ら
ママ「それは性、つまり男性と女性の事よ」
純代「だって愛のセックスって何よ。新聞に出てたわよ」
ママ「それは男の人と女の人が仲良くすることよ」
純代「ああ、つまり愛し合ふってことね」
純代「私は結婚するのに顔や年はどうでもいいの。只パパの様に優しい人と結婚して、ママの様にいい奥さんになりたいのよ」
パパとママ、顔を見合わせてニヤリ。途端に
「フン、ほめられたと思っていい気になってるわ」

よく頭が回り、知識を乾いた布のように吸い込んでいく早熟な少女。ませたことを言って両親をどぎまぎさせたり、喜ばせたりする家族の姿だ。創作歴はすでに始まっていて、『マンガ青春記』によれば、小学校時代にすでにマンガや小説のようなものをたくさん書き、幼稚園で『ブーチャン』とい

う連載マンガさえも書いているという。良子はマンガがあまり好きではなかったが、〈りぼん〉（集英社）や〈なかよし〉（講談社）は、あまり嫌がらずに買い与えていたようで、純代はそれをむさぼるように読んだ。

小学校五年生になると、貸本屋を利用することを覚えた。そこで純代が利用したのはお手伝いの善子である。純代の部屋は二階にあったが、その窓を開け、ひもをくくりつけたカゴを下ろすと、善子が、借りてきた漫画雑誌を入れてくれるのだった。返してもらうときも、カゴに入れて二階から下までつり下げる。このようにして、〈まんが王〉〈冒険王〉（以上秋田書店）、〈少年〉（光文社）、〈少年画報〉（少年画報社）などを読み続けたと、『マンガ青春記』にある。

純代には小学校時代、洪さんという台湾にルーツのある親友がいた。彼女とともに創造した異世界についての話も『マンガ青春記』に描かれている。

「百一ぴきわんちゃん大行進」も「わんわん物語」ももちろん好きで、レディちゃんとトランプ、白地に黒のブチのあるポメラニアンたちの瀬戸物の人形は、私の大事なコレクションであった。私とさいしょの親友の洪さんとは、この犬のおもちゃをキャラクターにして、「ダイヤモンドエース」という架空の星をつくり、犬の頭で人のからだをもつ人々の物語をマンガに書いた。「わんわん忠臣蔵」のテーマをかえ歌にして国歌にし、地図をつくり、誰と誰がどこに住んでいるというこまかい設定をつくって、それもしだいに手がこんできて、本当にひとつの世界のように感じられるほどだった。

物語の世界、空想の世界はつねに純代とともにあった。希代のストーリーテラー・栗本薫の萌芽はすでにこのときに表れていたし、「ダイヤモンドエース」の犬頭人身の世界は、豹頭人身の戦士グインを主人公とする《グイン・サーガ》となんらの関わりもない、ということはなかっただろうと、中島梓ははっきりと述べている。本、マンガ、アニメ。すべてが純代の想像力の原資となった。このイマジネーションあふれる少女が物語世界に耽溺するとき、あるいは、後年世界一長い小説を書く原動力となったある痛切な思いを、早くも抱いていたかもしれない。

――物語は、なぜいつか終わってしまうのだろう。

――私はいつまでも終わらない物語のなかに身を浸していたい。

そして、

――終わらない物語を書きたい――という思いを。

「すみよの詩集」

中島梓が生まれ育った東京都葛飾区の中央図書館には、今岡清が二〇一〇年に寄贈した栗本薫／中島梓の膨大な自筆原稿が収められている。多くは、作家として暮らした目黒区鷹番の家や、二〇一三年に取り壊された青戸の実家に収められていたものだ。そのなかには、デビュー前の中高生時代や小学生時代に書かれた草稿もある。その内容は、葛飾区立図書館のサイト「かつしかデジタルライブラリー」にネット上でアクセスしたり、館内からパソコンで閲覧することで見ることができる。

このライブラリーは膨大な量にのぼるのだが、そのなかでも一番古い部類だと思われるのは、「山田スミヨ」の名で書かれた「すみよの詩集（しろばら1）」だろう。検索窓に「すみよの詩集」と入力することで表示できるこのノートの冒頭には「使い始め　2年3月17日　使い終わり　4年10月14

日」とある。それぞれ小学二年、小学四年のことだろう。そのなかにはこんな詩がある。

「どくしょのゆめ」
わたしはどくしょがだいすき。
本をよんでいると、
その本の中の、人がゆめになってまいおどる。
わたしの目の前でまいおどる。
わたしのあたまの中だって、
いろんなゆめが、まいおどる。

三年
十月二十九日

作家・中島梓＝栗本薫は、のちにいたるまで、自分にとって現実の世界と物語の世界は同じ価値を持っているどころか、その境界は極めて曖昧で、物語の世界のほうがより現実らしく感じられるのだと語っている。この読書に関する詩のなかでも、物語の世界がまるで現前するかのように目の前に広がるさまが伝わってくるようだ。

この詩集にはほかにも、少女純代の日常と、その感受性の強さが手に取るようにわかる詩がいくつもあるので引用する。

「かなしい日」

とうとうかなしい日がきた。
前からびょうきのネコのペルはしんだ。
わたしは学校から帰って、
このことをしった。かなしくてたまらず、
死ぬまでないていたかった。

三年
十一月十七日

「思い出」
いままでの思い出。
いやなこと、
くるしいこと、うれしいことが、
たくさんあった。
中でも一番いやなのは、
ペルの死。早くわすれよう。

三年
十一月二十七日

「わすれない」ではなく「わすれよう」なのが、一瞬意表をつかれるが、それだけ猫の死のイメージに悩まされていたのだろうか。

「月よう日」
わたしは、
一しゅうかんのうちで
月ようが一ばんきらい。
だって、月ようから
また六日の学校せいかつが
はじまるんだもの。
月ようなんて、
大っきらい。

三年
十二月十二日

「はち」
はちさん、ねっしんですね。
みつはどこにあるの。
どうやってのむの。
おいしかったらくださいな。
フリージャのみつ、
おいしいでしょ。

三年
三月十九日

「発ぴょう会」
ピアノの発ぴょう会が
あと一月にせまっている。
私がひくのはヘンデル作曲
『ゆかいなかじや』。
きょうは下ざらい。
ちょっとまちがえた。
発ぴょう会の日にびょう気になりたい。

四年
三月二十九日

「ママにたいするきもち」
私の
ママに対するきもち
そんけいのこころと
きらいなこころ。
どっち本当かわかりゃしない。

私だけしかわからない。
ネ、そうでしょ。

四年七月十六日

「あこがれ」
私はなにになるのかしら。
デザイナーじゃない。
ピアニストかしら。
先生か、えいごの先生か、
とくにピアニストに
たいするあこがれはつよい。

四年七月三十一日

この時点で作家やマンガ家ではなく、ピアニストという職業を挙げているところが興味深い。

全三十七ページのノートから興味深い詩を抜き出してみた。この少女時代の純代の内面が描かれた日記から伝わるのは、ピアノや母親に対する好きと嫌いが混ざり合った感情のうねりだろう。と同時に、内面の世界を書き取ることを早くも覚え始めた少女の愉悦すら伝わってくるようだ。

十一歳の「誕生」

かつしかデジタルライブラリーのなかには、ほかにこれも小学生時代の習作とみられる、首にマントをまきつけた奇妙な鳥を主人公にした短篇『くちばしレッドの大冒険』なども収められている。その後中高生時代になると、習作は小説ではなくマンガが中心になっていく。

〈なかよし〉、〈少女フレンド〉（講談社）、〈りぼん〉、〈マーガレット〉（集英社）。牧美也子、わたなべまさこ、北島洋子、花村えい子、水野英子……。少女マンガに描かれた想像の世界に少女・純代は耽溺した。特に〈なかよし〉に掲載されていた手塚治虫の『リボンの騎士』の性別の入れ替わり、中性的で両性具有や同性愛を思わせるファンタジー世界には魅了された。

中島梓が小学生のころは、週刊の少女マンガ誌が誕生し、少女マンガが最初の黄金期を迎えようとしているときであった。一九六二年に〈週刊少女フレンド〉（講談社）、一九六三年に〈週刊マーガレット〉（集英社）と二誌の少女マンガ誌が連続して誕生したのが、純代が十歳のときである。一九六八年創刊の〈週刊少女コミック〉（小学館）とともに、これらの雑誌は絢爛たる世界を生み出していく。少女マンガ雑誌の週刊の発行、という出版形態は、いまはなくなっている。少女マンガがもっとも輝いていた時代と人生の歩みを同じくしたことは、純代の創作にとっても決定的な影響を持っている。

『マンガ青春記』に、純代が小学校五年か六年のときの、「私のマンガのキャリアについて極めて決定的な出来事」についての記述がある。

前出の良子の伯母・ふさの息子である寿一の息子、つまり純代のハトコに梶原一明という人物がいる。一九三五年生まれのこの人物は雑誌〈財界〉の記者として経済記事を書き、経済評論家として多数の著作を刊行。二〇一二年に亡くなっている。その梶原の家に純代は良子に連れられていったのだが、大人たちの話に退屈し、当時二十代後半だった一明――純代は一ちゃんと呼んでいた――の部屋を見にいった。すると、その本棚に鈴木出版刊の『手塚治虫漫画選集』があるので仰天したところ、一明は純代に「あげる」と言い、純代は一明の気の変わらぬうちに風呂敷につつんで持ってかえった。それらのなかには雑誌で断片的に読んだことのある作品もあったが、系統立てて読むことによって、それらのマンガがただ通り過ぎていくだけのものではなく、確かに存在する世界だということをはじめて知ったというのである。

たしかに私はそのころから、虚実の被膜の境い目のゆれうごきやすい少女だったのだ。

という。十二歳のころからつけ始めた日記の内容は、マンガとアニメと小説の話ばかりで、自分が面白いと思うマンガを友達がつまらないと言ったり、「アトム」という名前のキャラクターが『鉄腕アトム』とは別のマンガに出てきたことで悲嘆したり激怒したりしていたという。

その純代が、親戚の一明から譲り受けた『手塚治虫漫画選集』を寝食を忘れて読みふけることで、十一歳の夢見心地な少女に初めて「歴史」と、「過去」が出現したのだという。

この日、私は、二回目に生まれ出たのであった。一回目は母の胎内からこの世へ、そして二回目は、ただそこにある石ころか、草木のようなものから、稚くても意識と記憶をもつ小さな存在として。記憶のパズルのさいごの一辺がカチリとあった。私は、はじめて、自分が「現在」だけでなくきのうと一年まえと五年まえに存在していた「あの自分」であることを知った。それは幼いが美しいことであった。

自分の存在が確かにあり連続していることを、ほとんどの子供は自然と知っているのではないだろうか。だが、純代にとって、それは十一歳にして衝撃とともに発見されたことであり、そのきっかけは手塚治虫の物語であった。たしかに、純代は物語との境界を生きている少女であった。そして、小説家・栗本薫として、人間・中島梓として、生涯を通して物語の世界に止まり、住み続けた。その世界に生き続けるということが最高の幸せであり、同時に不幸でもあった。

小学校卒業時に担任の女性教師から送られたメッセージには、

「文学少女　ゴハンツブ女史　あまり本を読みすぎないように」

と書かれている。このころの純代は、色が白くて体が小さいことや、いつもすみっこで小さくなっていたことから、「ゴハンツブ女史」というあだ名がつけられていた。担任の先生が心配するほどに本の世界に没頭していた少女は、小学校六年も後半になったころから、中学受験の準備に取りかかる。母の良子によると、最初は桜蔭学園も考えたが、理数系を志望する生徒が多い学校で試験が難しいことから、文京区にある跡見学園を受けることにしたとのこと。当時、跡見学園の入学試験は桜蔭にも匹敵するほどの難関だった。純代の場合は家庭教師をつけて試験対策をしたとのことだが、この当時からすでに中学受験のために塾通いをする小学生はいた。いまのように平日に通うのではなく、土日に塾に行くことが多かったらしいが、取材した純代と同年代の跡見学園の卒業生も多くは中学受験にあたって塾通いをしたと証言しており、家庭教師だけで受験をしたというのは珍しいほうかもしれない。

第三章　才能の萌芽（十二歳〜十八歳）

新入生

一九六五年、純代は跡見学園中学校に進学する。

東京都文京区、丸ノ内線の茗荷谷（みょうがだに）駅のそばに校舎を構える跡見学園は、一八七五年（明治八年）に開校した中高一貫の女子校である。跡見学園の学校パンフレットによると、創設者の跡見花蹊（かけい）は一八四〇年（天保十一年）摂津国（せっつのくに）（現大阪市）に生まれ、十二歳には画と琴を修得し、十六歳で学問修業のため京都へ。頼山陽（らいさんよう）の門下生であった宮原節庵（みやはらせつあん）のもとで漢学・詩文・書法を、丸山応立（まるやまおうりゅう）と中島来章（なかじまらいしょう）に円山派の画を学んだ。一八五八年（安政五年）に父親とともに大阪中之島に前身となる跡見塾を開設し、明治八年には東京の神田中猿楽町（なかさるがくちょう）に跡見学校を開校した。これは日本人による初の私学で、華族や上流家庭の子女八十名が集まった。

跡見学園は明治十八年には外国人教師による英語教育を開始。昭和五年には和装が主流の時代に洋装の校服を制定。これらはいずれも当時としては珍しく、他校に先んじていた。

その跡見学園に、青戸に住んでいた純代は、京成電車で日暮里まで行き、山手線に乗り換えて大塚で下りて、さらに都電に乗り換えて大塚窪町という駅から学校に通っていた。なお、運賃が十五円だったこの都電十六番系統は純代が跡見学園を卒業した一九七一年に廃線になっている。

跡見学園には「泉会」という校友会組織があり、その泉会の深井えり子には、この本の取材にあたって様々に紹介の労を取っていただいた。その深井によると、跡見学園は主に下町のお嬢様が集まる学校で、歌舞伎や能、文楽等、日本人として基盤となるべき教養を、実際に見に行くことで自然と身につけさせてくれる。良妻賢母の育成というと時代がかって聞こえるが、跡見学園の言う良妻賢母とは、出入り商人や使用人が大勢いる商家であっても、家のことを切り盛りできる女性のことを指しているのであり、それは今でいう社会での活躍と変わらないのだということだった。

跡見学園の生徒は、校門に入るとき、校門を出るとき、創立者である跡見花蹊の銅像に向かって一礼して「ごきげんよう」と挨拶する。その跡見学園に入学したばかりの中一のクラスで、山田純代は親友となる少女に出会った。山崎小夜子というその女性は、現在の姓を岡田小夜子といい、『マンガ青春記』やそのほかのエッセイで、「S子」あるいは「ピン子さん」という名前で登場する。

現在大妻女子大学短期大学部の家政科の教授として、学生にビジネス実務を教えている岡田は、六十歳を過ぎた今でも、かつての親友のことが懐かしくてたまらない。

「何しろ際立った才能のある子でしたから、私は彼女からすごく影響を受けたんですよ。それが若いときのことだったからすごく生々しくて、若い頃から今でも定期的に彼女のことを夢に見るんです。ふたりでしゃべっていたり遊んでいたり、全部楽しい夢で、とにかく切実に彼女のことが好きだったから、心にいまでも残っているんでしょうね」

旧姓が山崎だった彼女は名前が五十音順で山田と近かったので、最初の座席の配置で前と後ろになり、登校初日から仲良くなった。

「彼女のことはずっとマナと呼んでいました。これは私が彼女につけたニックネームで、どんぐり眼（まなこ）からマナにしたんです。あのころは眼がくりんとしてたんですね。私はお下げがピンと下がっているということからピン子と呼ばれていたんですが」

山田純代は、決して特別なオーラを持つような、目立つ少女ではなかった。

「勉強もスポーツもそんなにできたわけではないし、ぱっと見たときに、それほど目立つ子ではないんです。ただ、初めて会ったときから話のリズムが合って、話しても話しても尽きないくらいいろんなことを話したんですけど、最初にこの子はほかの子と違うなと思ったのは、本をものすごく読んでいるということが分かったときですね。それを知ったのは彼女からではなくて、学校の図書館で司書の先生から言われたんです。『あなた山田さんと親しいでしょ。山田さんすごい本読んでいるのよ』っていうので初めて知ったんです。実際に、図書館の本の巻末の図書カードを見たら、どの本にも彼女の名前があるんですね。それで聞いてみたら本当に本を読んでいて、哲学とか、中国文学とか、外国文学とか。どんなジャンルでも網羅しているのでとても話についていけない。哲学者の名前もいろいろ言っていたんですが、私はそのころ哲学なんて知らなかったので、誰の哲学だったのかは覚えていないんです」

井上（旧姓今村）和代も山田純代と中一のときから同じクラス。山田が所属した文芸部には、岡小夜子は中学生の時のみの所属だが、井上和代は高校になってから入部している。その井上の、中一のときの山田純代に対する印象は、「後ろのほうの席にいる、小柄でぽっちゃりした女の子。恥ずかしそうに下を向きながら、ダダダーッと早口でしゃべるので、面白い子だと思った」というもの。井上和代の回想。

「彼女が本好きなことが分かったので、『あなたの好きな本があったら読ませて』と言ったら、彼女が持ってきたのが、倉田百三(くらたひゃくぞう)の『出家とその弟子』でした。こういう本を読むんだ、とびっくりしたのを覚えています。中を見たら傍線が引いてあって、『どうして線引いたの』って聞いたら、『これはお母さんからもらった本で、線はお母さんが引いた』と言っていたから、お母さんも文学少女だったんでしょうね」

倉田百三の『出家とその弟子』は、浄土真宗の開祖である親鸞(しんらん)を主人公とした戯曲で、親鸞の主著である『歎異抄』と、そこに書かれた悪人正機説を戯曲化した大正時代の作品である。自らを極悪人であると言い、地獄に落ちると信じるところから始まる親鸞の台詞は、純代の胸にどう響いたのだろうか。

文学作品を読みあさる一方で、純代は筋金入りのマンガ好きでもあったので、井上和代は、「彼女の家に行ったら、〈週刊少年マガジン〉のバックナンバーがダーっと積んであって、女の子なのに珍しいな、と思った」と振り返っている。

岡田小夜子が回想する。

「彼女はすごくナイーブな子で、言葉の暴力にとても怯えていたところもありました。だから自分が他人に与える言葉にも気を使っていたと思います。いまではそんなことはしないでしょうが、五十数人のクラスメート全員にあてて、それぞれが無記名の短い手紙を書くっていう授業があったんですね。だけど彼女は特徴的な丸文字だから、彼女が書いた手紙はそれと分かってしまうんです。皆が『山田さんがこんなこと書いてたよ』って言っていたんですけど、彼女はみんなにいい事を書いていて、決して批判的な文面はなかったようでしたね」

それはある意味では、他人にあてた悪意が自分に返ってくることを恐れていたのかもしれない。織細な心を持った中学生時代の純代は、自分から積極的に友達を作るタイプではなかった。そんななかで友達になってくれた小夜子は、「あなたはきついことを言わないから」と純代に言われたことがある。それ以来、小夜子は純代に話す言葉に、傷つける要素がないか気をつけるようにもなった。

純代は頭の回転が速すぎたのか、周りが彼女の話についていけないところがあり、遠足のときなど、ペアを組む相手がおらず、バスの隣の席が空席だったりしたこともあった。あまり友達を増やせない純代に対し、誰とでも話せる小夜子にはだんだん友達が増えていった。そんな小夜子に、純代は「ほかの子とあんまり話さないで」と言ったこともあった、という。

家族愛と反発心

のちに純代が文芸部の部長になったとき、副部長を務めたのが牛島（旧姓加藤）三枝子である。岡田小夜子と並んで、牛島は跡見時代の純代の最も親しい友人だった。その牛島は、大学時代の先輩と結婚して、ともにカナダに移住し、貿易などの仕事をしながら、バンクーバー郊外のリッチモンド市に居住している。彼女が夫とともに一時帰国した際、宿泊先のホテル近くのファミレスで会った。

「彼女とクラスが一緒になったのは中二の一回だけなんです。とにかく本が好きで、一緒に本屋に行くと、一度に五冊も六冊も買うんですね。一回で私の一ヶ月の小遣いを超えちゃうくらい。家に遊びに行くと、二階の彼女の部屋は本棚に囲まれてマンガがずらーっと並んでいて、『火事になったらどうしよう』と本気で心配をしていて、『窓から下に投げるわ』って」

一方で、マンガ好きの純代に、三枝子が、「自分の兄弟とマンガの『カムイ伝』のセリフを交互に読んで、それをテープに吹き込んで遊んでいる」という話をすると、「そんな兄弟がいるなんていいね」と羨ましがられている。そういったきょうだいの触れ合いに憧れがあるようだった。

「彼女に『きょうだいはいるの？』って聞いたら、最初は『一人っ子だ』って言っていたんです。でも家にお手伝いさんがいるというので、『三人家族なのにすごいね』って言ったら、『実は弟がいるの』って。『弟と言っていいのか、人間と言えるのかも分からない』って言ったかもしれません」

実際に、家に行くとトレパン姿の弟・知弘が横になっており、赤ん坊のようなうなり声を出している。そんな知弘のことを、家族は「とんちゃん」と呼んでいた。時折、知弘はトイレの処理をする必要があり、おしめを取り替えたり、浣腸して便を出したり、容器を取り替えなければならない。そんなときは、母良子とお手伝いの善子が知弘のそばに行き、良子は、「うんち取るからくさいからねー」と、純代や友達を部屋から出させた。その言い方があくまで明るいところに、三枝子は良子の類いまれな人柄のよさを感じている。三枝子の回想。

「純代が言うには、純代が子供のころは、まだ弟は立って歩いていたそうなんです。それが何年かに一回高熱を出して、そのたびに身体能力が落ちて、いまはほとんど動けない状態になってしまった。『私は弟を見るたびに、これは食べて排泄するだけなのではないか。生きているとはどういうことか。人間として生きるということは何が条件なのか。否応なく考えるの』って、そんなことを言っていました」

重度障害者の弟を生きていると素直に思えないことは、純代のメンタリティの頑(かたく)なさを示しているのだろうか。私小説『弥勒』によれば、良子はよく「とんちゃんは仏さまだ」「とんたんがうちのわるいことをみんなかわりに背負ってくれたから、うちにはなんにもわるいことがない」と言っていた。だが純代はそれを素直に受け取れない。知弘を生んだ父母と違い、自分は同じ家に生まれた姉に過ぎないと思う。そして、父と母と知弘とのゆるしの三位一体から、私はいつもひとり拒まれてある。

というのである。

『弥勒』のなかにはこんな一節もある。

「お姉ちゃんがとこちゃんの分までおつむをもってっちゃったからね」

母親は奇妙な微笑をうかべて口癖のように云う。

「本当はともたんは大秀才だったのよね」

そうだ、と私はこっそり肯っている。やっぱり私は弟殺しの姉なのだ。私は弟の血を吸って生きのびた。私は弟をつきとばして生きつづけた。私は弟を踏みにじって幸運を、ラッキーストライクを出しつづける。私は一度だって（私の実力）などを信じたことはなかった。私に強運の日がつづけばつづくだけ、それは弟の生血を吸う道のりだ。

自分の家庭が裕福であることや、自分に才能があることを徐々に認識していくなかでも、純代のなかには素直にそれを祝福と受け取れない自身がいた。恵まれていることすらも、弟・知弘が自らの不幸を代わりに背負ってくれた結果であり、一種の罰のように感じられていた。思春期に抱いたそのような複雑な感情は、後年作家となる彼女の創作の原点でもあった。

愛されながらの孤独

純代の家は当時の東京にはまだ残されていた伝統的な気品に溢れていて、牛島三枝子が遊びに行くと、時には和服をきちんと着こなした母・良子が出迎えてくれた。昼ご飯に、茶室のような二階の和室の旅館のようなテーブルの上に出された弁当は、四角いお重に入った、お刺身と卵焼きの寿司。あまりに見事なお膳なので、三枝子は最初は仕出し弁当かと思ったのだが、それは良子がお手伝いさんの善子と一緒に作ったものなのである。ガラスの器には大きな粒のマスカット、お吸い物も立派な塗りの器に入っていた。そして、純代が二階から「善子さん。お代わりー」と言うと、朗らかな母・良子は下の階から「取りに来ーい」と叫ぶのだった。

　おやつのホットケーキはレストランでも見ないくらい見事に分厚くふわふわの二枚重ねで、「こんな大きいのどうやって作るの」と聞くと、純代は当時は珍しかったテフロン加工のフライパンで焼いているのだと教えてくれた。

　三枝子は、純代の家で泊まっていって、と言われ、何度も泊まったことがある。休日には、よく父・秀雄がレストランに連れていってくれたし、平日でも秀雄は純代が会社の近くから電話をかけると、いつも会社を抜け出て美味しいものをご馳走してくれた。日本橋にあった「ピーコック」という西洋料理のレストランでは、支配人が挨拶に出てきて「いつもごひいきに」と言ってくれる。ピザを食べたときは、「すーちゃんは食べるの早いから一生懸命食べないとなくなっちゃうよ」と三枝子に言いながら、秀雄は娘・純代をにこにこ見ているのである。店で食事をしている間、秀雄は嬉しそうに純代を眺めていた。三枝子は、純代が当時こんなことを言ったのを覚えている。

「パパと食事していると、パパが私の顔を見たら笑うから、こっちも笑わないといけないの。めんどくさいでしょ」

自分のことを「すーちゃんすーちゃん」と言う父・秀雄のことを純代はよく「万年副社長候補」と言っていた。なお、秀雄は一九六四年に取締役、一九七〇年に常務になっている。

岡田小夜子も、よく秀雄に純代と三人での食事に連れていってもらった。フランス料理や、からすみなど、珍しいものをご馳走になり、家に帰って母親に報告すると、「私もそんなの食べたことないわ」と言われたものである。

山田純代の食生活については、一九八七年に刊行された食について書かれたエッセイ『くたばれグルメ』（集英社）にもいろいろな思い出が書かれている。この本は、むしろ美食をありがたがる世間の風潮に批判を加える論調で書かれているのだが、そのベースとして、幼少時よりさまざまな美食を経験したからこそ、むやみにありがたがったりするものか、というところも垣間見える。ともあれ、その『くたばれグルメ』によると、

　私の親父というのはたいへん年とってから私が生まれたので、けっこう偉くて、あちこちつれていってくれたが、一番の行きつけ、というのは、日本橋の「丸善」の地下の「ピーコック」というこれもしにせのレストラン、それに「弁慶」という天ぷら屋、「寿司幸」というすしや、「銀座大飯店」という中華料理屋であった。

とある。

さらに、「ピーコック」へ行く時は、個室を取ってくれたし、長唄の師匠も「神田川」や「いせ庄」のうなぎ、「天庄」の天ぷら、「松山」のすしをしょっちゅうおごってくれた。それもほとんどカウンターで、純代は天ぷらやすしというのは、「お好み」で、好きなものを好きなだけ食べるもの

なのだと頭から信じていたとある。なんとも恵まれた食生活である。
秀雄は非常にマメな性格で、娘の純代の部屋まで掃除して、高校生のころの純代はそれがイヤで仕方がなく、「パパに私の部屋を掃除させないで」とヒステリーを起こしていたと、中島梓と今岡清の共著によるエッセイ『今岡家の場合は』にあり、それにつづけて、

いまとなると、明治生まれの男がよくまああんなにまめに家の中で働くし、働いているわけでもない母親があんなによく遊び歩くのをおおらかに大目に見ていたものだと思う。

と父親の性格を回顧している。
また同書の別の箇所によれば、中島梓が誰でも自分の面倒を見てくれる「お父さんにしてしまう秘術を持っている」と人から言われると記したあとで、こう書いている。

これは疑いもなく私がファザコンだからだろうと思う。親父の四十二歳のときの最初の娘で、その親父というのが滅茶苦茶人の面倒を見るのが好きな男で、頼もしくて優しくて大きくて強くて偉くてお金があってヒゲを生やしてハンサムで（自分の父親のことを普通そこまでいうか）、その親父に溺愛されて育った娘なのである、私は。またこの親父がとにかく人の面倒を見るのが趣味みたいな男で、仲人した数は数百組、という人だ。毎週日曜の午後になると（ゴルフにいってなければだが）「本を買ってあげるから散歩にいこう」といいだす。私はもう内心またかというくらいなんだが愛想よく「うん」と嬉しそうについていって、自分では買えない高い本を山のように毎週買ってもらう。こっちの気分は「買ってもらってあげてる」感じ。で、「買ってもら

ってあげた」御褒美に本当に欲しいマンガの本（親父はマンガを買うのは反対だったし母親なんか絶対買ってくれなかった）を買ってもらうわけである。

そのように父親からあり余る愛情を受けていた山田純代の、中学時代の内面はどのようなものだったろうか。山田純代が中高時代所属した文芸部では、年一回〈白壁〉という部誌を発行していた。中二のときには、純代はこんな詩を掲載している。タイトルは『ひるまの星』。

日光をまっすぐ浴びて
ちらちら光る　しいの木の
梢の方の若葉をごらん
濡れて光って星のようだ
あれはきっと夜のまに
空から落ちて道に迷って
あの木にとまった星の子だ
だれも呪文をしらないけれど
呪文が星を生きかえらせて
空のむこうにつれて行く
今はまだその時でないから
星は黙って昼間の空を
一人みつめているけれど

昼間の星は美しい。

人に気づかれない昼間の星に心情を仮託したこの詩は、誰かに才能を見つけられることを待っている少女の思いのようにも読める。この詩と同じページに掲載されていたのは、『孤独』というタイトルの詩だ。

一人ぼっちだ
一人ぼっちだ
鐘が告げる
ラジオが歌い、ストーブは燃える。
お伽話と現実のさかい目で
私は孤独にめざめ
ただ一人、夜をみつめる
ノートと鉛筆　窓の外には
星も見えない町の空
あらたに見いだした
孤独な安らぎが私の中で
静かで寂しい喜びを歌う。

孤独をかみしめながら、創作するという行為に、新たな喜びを感じ始めていたのだろう。物語の世界に傾倒してゆくことへの恐れと憧れが、『ひるまの星』と合わせて読むと、感じられる。

中学時代の創作

純代にとって、物語の世界と現実の境目にある孤独な時間こそは、創造力の源泉であった。このころの内面を振り返って、中島梓は『マンガ青春記』のなかでこんなことを書いている。

私はずっとマンガとアニメと小説で頭をいっぱいにし、そればかりに浸って幼・少年期を送ってきた子供であった。現実よりもそういうフィクションの世界の方がずっとすばらしく、美しく、真実に思えたから、私はフィクションの世界の方をずっと愛し、いつもその中に入ってゆきたかった。「うつし世は夢、夜のゆめこそまこと」という、江戸川乱歩のことばを、私はまだ知ってはいなかったが、そのころの私ほどにも、このことばのまことの意味がわかるものは少なかったにちがいない。たぶん私の生が本当の意味ではじまるより前に、私は夢のなかで生きてしまっていたのだった。

フィクションの世界を現実よりもリアルなものと感じるだけでなく、このころの純代は独自の主観的な世界観を持っていたようだ。評論家・中島梓としてのデビュー作『文学の輪郭』（講談社）の単行本に収められている、作家・三田誠広との対談ではこんなことも言っている。

中学のときに友達に喧嘩うって、私はこの世界で唯一のほんとうの主観だから、世界は私の主観の中にだけ存在するとか云ったら、あいてがかんかんに怒っちゃった。それで少し反省して「愛と認識との出発」かなんか読むとみんなそういうのが出てくるでしょう。それで少しあせって、ニーチェとか、西田幾多郎、キェルケゴール、フォイエルバッハ、ショーペンハウエルくらいまでは読みあさりました。カントは完全にチンプンカンプンだった。

ちなみに、『愛と認識との出発』は、『出家とその弟子』の倉田百三が二十代のときに書いた愛や真理についての論考集である。

東西の文学作品や哲学書を読みあさる一方で、純代は誰よりもマンガを愛する少女であった。中学二年、一九六六年末には、マンガ雑誌〈COM〉が創刊される。手塚治虫が創刊し、石森（石ノ森）章太郎や永島慎二、竹宮惠子などが活躍することになるこの雑誌に純代はたちまち魅了された。この頃の純代は、小説家よりもまずマンガ家に憧れ、〈COM〉の新人育成企画「ぐら・こんまんがスクール」に投稿を繰り返すようになる。

岡田小夜子は、「今日投稿した」「結果が来るのが楽しみだ」と純代が時々言っていたのをよく覚えている。他の友達には言ってなかったようだから、親友の小夜子にだけ打ち明けていたのかもしれない。

葛飾区立中央図書館のアーカイブには、このころ純代が投稿したマンガ原稿も収められている。「創作ノート」という短いノートには、純代が中高生時代に描いたマンガや作品のリストが短いコメントとともに記されている。これをみると、山田弘美、山田純代、やまだ純、ヤマダジュン、竹田良子、岡田響と、習作のペンネームが変わっていったことが分かる。ちなみに竹田良子は母・良子の結婚前の名前だ。

マンガ『生まれたくなかったノンちゃんの話』は、竹田良子のペンネームで描かれている、十ページの短い作品だ。自閉症の少女のもとを、彼女の母親の依頼で訪れた医大生は、彼女の訴える話を聞く。それは生まれる前にいた世界が素晴らしかったので、自分は生まれたくなかった、というものである。医大生は少女の母親に「子供らしい空想にすぎません」と伝えるが、母親は医大生に、去り際に「悩みのない世界ってすばらしいと思いませんか」と言う。そして医大生は「実際すばらしいですよ。悩みのない世界……無意味ですけれどね。何とか卒論もまとまりそうだな……」と考えながら歩いていくというものだ。五ページ目からはペン入れもされておらず鉛筆書きのままだが、中高時代の純代の心象風景がどことなくうかがえる作品だ。

岡田小夜子と純代は、よくA４の壁新聞を一緒に作ったり、ひとつの小説の続きを交互に書いていく競作を楽しんでいたという。

中三のときには、学園祭の劇の脚本を担当している。作品は、ケストナーの『ふたりのロッテ』であった。『ふたりのロッテ』は、湖畔のサマーキャンプで出会った少女が、お互いについて話し合ううち、自分たちが双子であることに気づき、別れた親たちを仲直りさせようとする物語である。純代が脚本を書いた舞台について覚えていた井上和代によると、

「『パパとママがキスしてるー』って、子供たちが言うシーンをラストシーンに持ってきていました。実際にキスしてるところは見せないんですけど、そのセリフで客席がどっと沸いたのを覚えています」

コンプレックス

作家としての才能の兆しは、すでに芽生えつつあった。

それでも中学のときはまだ目立たない少女だった純代が、学校の中でもその才気が認められるようになったのは、高校に入ってからだった。岡田小夜子の回想。

「中学の時には一部の心を許した人にしか自分の才気を見せていなかったけど、高校になってから持ち前の才気が表面に出るようになりましたね。先生たちも一目置いていて、よく『山田さんはどう思う』って意見を聞いていました」

純代は、高校に入る時に仲良しだった牛島三枝子と井上和代を自分の所属していた文芸部に誘って入部させている。井上の回想。

「山田さんが加藤（牛島）さんと私に、文芸部に入って入って、と言って。『何も書けないわよ』ってあたしは言ったんだけど、『とにかくおいでよ』って」

跡見学園の英語教師だった中嶋公明は、山田純代と牛島三枝子に請われて文芸部の顧問になった。すでに跡見学園を退職しているが、いまでも多くの卒業生と交流がある。中嶋とは、跡見の同窓会である泉会の紹介で、電話で話をすることができた。

「山田は教科書や参考書には関心を示さないのに、学校の図書館に行くと、どの本を見ても山田が借りているし、本の話をするとどの先生もビックリするくらい、読んでいる世界が広い。トーマス・マンや北杜夫からアガサ・クリスティーまで、あらゆる名前が出てきて、これはほかの高一の生徒のレベルとは違うというのはすぐ分かりました。エネルギーがあふれているのが分かるというか、とにかく型破りでしたね」

純代が牛島三枝子と一緒に、嘉納治五郎（かのうじごろう）が創設した柔道の総本山とも言うべき講道館に通ったのも、そんな内なるエネルギーをもてあましていたからだとも言える。また、純代は当時テレビドラマ化されて人気を博していた、原作・梶原一騎（かじわらいっき）、作画・永島慎二（作画はのちに斎藤ゆずるに交代）のスポーツ漫画『柔道一直線』の愛読者でもあった。牛島三枝子による回想。

「山田さんが私に、『一緒に習いに行こう』って誘ってきたんです。『山崎さん（岡田小夜子）にはもう断られたから』とのことで、結局私とふたりで習い始めました」

純代は体型が柔道に向いているとのことで、講道館の先生には「強くなるよ」と言われた。講道館の稽古は時間や曜日は決まっておらず、好きなときに来ていいことになっていて、ふたりはそれぞれのペースで行き始めたのだが……。

「私は講道館で一級までいったんです。ところが山田さんは、私を誘っておいて、さぼるんですね。半年も続かなかった。休んでいると、私のところには、お姉様みたいな方から『このごろどうしてるの。出ておいで』って電話がかかってきたんだけど、彼女のところには電話がなかったらしくて、『なんであなたのところには電話来るの』って気にしていました。彼女は人の輪の中にすんなり入れないところがあって、講道館でもなんとなく寂しさを感じて来なくなってしまったんだろうな、と思います」

野球も好きだった純代は、毎朝学校へ来る途中でスポーツ新聞を買って、教室で読んでいた。スポーツ新聞を読んでいる女子高生などいないから、当然「変わった子」というポジションになっていた。純代は当時巨人の人気外野手だった高田繁（たかだしげる）の大ファンだった。岡田小夜子によると、

「マナはきれいな男の子、か弱い感じの美少年が好きでした。高田も巨人の外野手だったときは、細くて背も大きくなくて、顔立ちがよくて、ひかれたんですね。当時高田が中野に住んでいて、哲学堂公園のあたりを夜マラソンしているという話をマナが聞き込んで、ふたりで夜の八時か九時くらいに、寒い中ずっと待ち伏せしたことがあります。あと『巨人の星』が好きで、ライバルの花形満が主人公

の星飛雄馬の大リーグボールを打って、グラウンドを回ってホームベースの前で『ううっ』って倒れるシーンがあるんですけど、仲のいいメンバーと一緒に、よくマナが花形君の役に扮して、そのシーンを再現する寸劇をやっていましたね。クラスメートはそれを見て『またやってる』って言ってました（笑）」

栗本薫が生み出した名探偵・伊集院大介が登場する二冊目の長篇であり、初期から中期にかけてワトソン役を務めた森カオルが初登場する『優しい密室』は、跡見学園を思わせるような私立女子高が舞台になっていて、純代が中高時代に抱いていた感情がベースになっている。名探偵に憧れる女子高生・森カオルに、教育実習生として学校にやってきた伊集院大介はこんなことを言う。

「あなたは、何だか、かわいそうですね。あなたは、あなたのいまいる年齢とぜんぜんあっていないんだね。でもそういうのって、一時的なものだから——そんな気がするな。いまに、あなた自身と、あなたのまわりが、ピントがあうからね。きっとそうなるよ」

牛島三枝子によると、純代は時折、「必ずいつかみんなに私の話をきかせてみせる」と言ったり、夏休み明けに「世界的名作が書けた」と言ったりしていた。また、あるとき中嶋先生が、授業で生徒ひとりひとりに今年の抱負を聞いたとき、ほかの生徒が成績や学校生活のことを言うなか、純代は「自分に忠実に生きる」と答えた。その答えに、生徒達は若干引いたようになった。

中島梓の新婚時代・大学時代・中高時代それぞれの馴染みの場所について、二〇〇四年にホームページ「神楽坂倶楽部」に書いたエッセイをまとめた電子書籍『思い出の街』では、中高時代についてこう振り返っている。

　まあ私に関していうと、確かに中高時代って、人格形成のもろに途上って感じで、一番半端な時代ではありましたね。あっちにゆらぎこっちに揺れ、中学時代の日記には、自分が「平凡」だと思ってすっごい悩んでいるかと思うと、「みんなと同化できない」って——考えてみると、平凡なら同化してるわけなんだから、この悩みそのものが矛盾撞着なんだけれども、その当時は大真面目。「十代、二十代に戻りたい」という人は多いんでしょうけれど、私、私に関していうと、何年をとるごとにだんだん生きるのが楽になっていって、いまが一番楽なので、あんな苦しくて何ひとついいことのなかったような十代になんか、たとえ「いまのなかみや経験をもったまま」で戻してくれると云われたって、絶対戻りたくないです。何がなんだかわからないで、水のなかにおっこちてひたすらもがいている犬、みたいな状態だったですからねえ。とても苦しかったし、自分がなんで苦しいのか、苦しいんだってことさえ知らなかったと思う。

内なるエネルギー

　心のうちには、無限の創造力から生まれるまだ形をなさない物語が渦巻き、自分は必ずストーリーテラーとして世の中に出ていくと思ってはいながらも、まだいまの自分は何者でもなく、誰からもその才能を認められたわけではない。それは、あまりにもできすぎた母・良子を前にしても同じで、この母の前ではことさら純代は自分の卑小さを感じざるを得なかったかもしれない。
　牛島三枝子にとっても、純代の母・良子については鮮烈な記憶が残っている。

「着物の襟を大きく抜いて。色っぽくて美人なお母さん。学校への手紙も巻き紙に流麗な達筆で書いて、先生が『こんな立派なものは神棚に飾らないと』と恐縮していました」

芸事には一家言のあった良子。ある時は、定期購読していた〈暮しの手帖〉に、女優の岸惠子が映画で見せた三味線を弾くシーンが絶賛されていたのに、「あの程度で弾いたっていうなんて」と憤慨。編集部に巻き紙で達筆の抗議の手紙を送ったが「加藤ちゃんきいてちょうだい。うんともすんとも言ってこないのよ」と訴えたりもしていた（加藤は牛島の旧姓）。

暮らしの隅々まで洗練された趣味は行き届いていた。良子は布団の打ち直しを自ら行なっていたが、そのような主婦は当時でもすでに珍しかった。

そんな素敵な母のことを、「苦手なの」と言う純代のことを、牛島はなんてぜいたくを言うのだろう、と思ったこともある。もっとも、良子は娘に対して一言多いところがあった。

夏休み前、牛島が純代の家に行くと、純代が「今日は仕立て屋があつらえ服を作る生地の見本を持ってくるの」と言う。その優雅さに牛島は圧倒されたのだが、良子は、「この子は太っているから着られる服が売ってないのよ。おデブちゃんでしょ」と言うのだった。

母の良子が娘・純代の中高時代を振り返って言う。

「年頃になるとすごく卑下感を持っちゃったんですよね。おデブちゃんで田舎の娘みたいで、ママばかりいい着物着てなによ、なんていってね。あたしに焼きもちやいてくるんですよ」

体型が太めであることを純代はいつも気にしていて、デパートに行くと、「こんな服素敵」と言いながら、自分に合うサイズがないことにがっかりしていた。

太ってしまうことに関して、純代はお手伝いの善子に対する恨みを言うことがよくあった。牛島が純代の家から帰る時も、「駅まで送ってあげましょう」と言って、別れ際にはお菓子をおひねりにして持たせる面倒見のいいこの女性にとっては、食べ物をあげることこそが人に対する敬愛の念を表現する一番の方法だった。三食の食事以外にも夜食や間食にしきりとうどんやおにぎりなど、炭水化物の食事を持ってくるのに純代は閉口して、トイレに捨てたり、食べたあとに吐いたりしていた。純代は大人になってからも、拒食と過食を繰り返す摂食障害的なところがあったのは、このころの食生活に原因があるのではないかと自身で書いている。

二〇〇九年四月十一日という、中島梓が亡くなる一ヶ月前に書かれた文章のなかに、この善子をめぐる食生活のことが書かれている。ガン闘病を綴った最後のエッセイとしてまとめられた『転移』に掲載されているものだ。病魔のなかで恨み節のように書き綴っていることが、思春期の食生活がいかにトラウマになっていたかをうかがわせる。

あの当時は、強引なお手伝いさんがいて、10歳くらいまで何の問題もなかった私の食生活や人生は急におかしなゆがんだものになってしまっていた。お手伝いさんは結局40年間うちにいて、うちで亡くなるかたちになったが、戦災孤児で、9歳のときから人の家で働いて住み込んで生きてきていて、そのせいかおそろしくゆがんだ奇矯な食生活を身につけていた。

ひとりでモツ料理を作って食べたり、それがくさいと母親に言われるとそれ専用のフライパンを自前で買ってきて隠しておいて、それ一杯にモツを炒め煮にして、山のように食べたり、麺類と御飯をとりあわせて食べるのがクセで、ソース焼きそばを作るとかならず「つきものだ」といって白い御飯を皿に山のように盛って出してきたし、ケチャップぎとぎとのナポリタンを作っても、やはり白い御飯を山のように出してきた。「焼きそばには赤飯がつきものだ」といってお赤飯を沢山買ってきて出すこともあった。

それに夕飯の買物にゆくと、帰ってきて、夕食の前だというのに、買ってきたのりまきだの、もち菓子だのを「食べろ」という。それは彼女がなけなしの小遣いで買ってくるものなので、母も私もつきあいで仕方なく食べた。母も私も、彼女がやってきてから太ってしまったのではないかと思う。

続く文章でも、中島梓は善子の作る料理、特にカレーうどんなどが嫌でたまらず、トイレに流してしまったり、彼女が作ったサンドイッチも握りつぶしたり、吐いてしまったことがあったとある。

もっとも、良子の記憶では、良子はそのように無理矢理食べさせられたことはなかったとのことである。いずれにせよ、知弘という自分で身動きのできない弟を抱えた山田家にとっては、お手伝いの善子はいなくてはならぬ人であった。母・良子の回想。

「善子さんはとっても面倒見がよすぎちゃって、下の子のことも、最初はあたしが一緒に寝てたけどそれだとあたしがよく眠れないもんだから、『あたしが寝ますから』って、自分がだっこして寝て、ずーっとあの人が育ててくれたようなもんなんです。下の子は目は開いているからわかることはわかっていて、あたしには笑わないいんだけど、善子さんにだけは笑うんですね。あたしには本当に神様みたいに有り難い女中さんで、あの子がいたから、下の子も四十五まで生きられたんだと思うんだけど、娘は彼女のことは嫌いでしたね。世話焼きでうるさいって言って」

山田家は玄関を入るとすぐ右が六畳ほどの茶の間になっており、ガラス戸の向こうは小さな日本式の庭になっていた。暖かそうな服を着て、カラフルなプラスチックの輪をつなげた女の子用の玩具を首からさげた知弘はいつも誰の目にも入るところにいて、良子はテレビを見るときも読書をするときも、縫い物や稽古ごとのおさらいをするときも、いつも知弘と一緒だった。牛島三枝子は、和服姿の父・秀雄が、知弘にひと匙ずつおじやのようなものを食べさせ、「うまいか。もっと食べるか」と優しそうに話しかけていた姿をよく覚えている。

障害のある知弘を秀雄と良子は慈しんだが、純代は複雑な感情を抱いていた。七九年に〈群像〉に掲載された私小説『弥勒』で、その内面を吐露しているのはこれまでに見た通りだ。同作では、高校生のときのエピソードとして、このような記述がされている。

それはたぶん、私が十六か、七かのときだった。理由はなかった。台所で、母親と口争いをして、苛立っていた私は弟が食器運びの邪魔になる入口にころがっていることに無性に憎しみを感じて、裸足で弟のよだれに汚れた頬をふんづけてやった。鋭い声がした。声をたてたのは父親だった。弟は痛そうな顔さえせず、足をどけようと手をうごかすことさえせずに、そこにあった。弟が声をたてようはずもなかった。弟はそこにあった。父親は私を見、しかし私が足をひっこめたのをみるとそのまま、そんなことをするんじゃない、とつぶやいて顔をそむけた。私は黙って食器を食卓において台所へ戻った。それはあわれみの目だったのだ、と私は考えたかもしれない。永遠に罪であるものが、永遠にゆるしであるものへの苛立ちにそれを汚そうとすることへの、父親のあわれみ。私が罪であり、弟が聖であることに彼は手をふれるすべがなく、母親である私の神よりもいっそう彼は私をあわれに思っていたかもしれない。彼は私を叱らなかった。私は彼が私を叱らなかったことで傷ついていた。私は非難してさえも貰えぬほどに、ゆるされるすべのなさにあらかじめ封じられているものだったのだ。

弟の存在をまるで自らの原罪のように受け止める純代の葛藤。父と母からたくさんの愛情を受けていながらも、両親の関心が弟に向かうことに疎外感を抱いていた。特に、純代が欲していたのは母・良子の愛情が自分に向かうことだったかもしれない。

くちなしに向かいていたり　くちなしは母の匂いがするなり

牛島が書き留めて残していた、純代が国語の授業中に作った歌である。自分より背の低い娘に身を屈めるようにして話す良子と純代は、牛島の目にはとても素敵な母娘に映った。父親の無条件な慈愛も、純代は時に鬱陶しがりながら、信じて甘えていたように見えた。その純代が、なぜのちに自ら繰り返し語ったり、作品のモチーフとしたような絶望的な孤独を抱えながら青春時代を過ごさねばならなかったのか。牛島三枝子が当時純代から聞いたところによると、時に純代は自分の部屋で頭から布団をかぶりながら、「馬鹿ヤロ馬鹿ヤロ」と罵っていた。純代は一体誰に対して罵っていたのか。

文芸部

中学三年生の時の文芸部誌〈白壁〉に純代が載せた詩には、絶望的な孤独と爆発しそうな感情が綴られている。その内なるエネルギーの激しさは、高校時代も変わることはなかっただろう。

戦争

いつたいこの大きすぎる宇宙にとつて

この小つぽけなおれが何だと云うのだ？
宇宙は無　果しない無の地帯　その中で
無ではない小つぽけな　小つぽけなおれ
だから宇宙は相反する物質であるおれを
徐々に　徐に
抹殺しようとするのだ　宇宙は
動的な　エネルギッシュなものを嫌い憎むやからの
集りだからだ
おれは独立している　一人ぼつちだ
一人ぼつちの闘士だ
——おれは自分の腕にさわつてみる　たしかに
服の袖を通して伝わつてくるのはこのおれの熱だ
今のおれを支配している唯一のものだ　宇宙が
やつきになつて消そうとしているこのおれの
心臓の熱だ
巨大な　巨大すぎる宇宙に　単身戦いを
挑んでいる勇敢な
おれ自身もてあましている勇敢な熱　この熱が
おれを望みのない戦いにかりたてる
けれど長い戦いに疲れそぬぐえない

心を熱が支配していながらおれの体には寒気が走る
無・無・無のなかに　おれの心はいつしか冷めてく
なつゆく
—敗けだ

（誤植と思われる箇所があるが原文のまま掲載した）

そんな純代の内なる激情が向けられるのは、いつも物語のなかの世界だった。七〇年安保闘争の当時は学生運動が全盛の時代で、純代が通っていた跡見学園の周辺も、当時その近くにキャンパスがあった東京教育大学（現筑波大学）のデモでヘルメットと角材の学生で騒然とすることがあった。『思い出の街』には、高校のとき、お茶の水駅で地下鉄を降りて階段を上ると、目の前の道路ががらんとしていて、右側に機動隊、左側にヘルメットと角材の学生が対峙していて、さらに催涙弾が放たれていたのであわてて地下に引き返したことがあると書かれている。そうした、騒然とした世の中だった。だが、純代の関心はそんな世相とは裏腹に、物語と幻想の世界のなかにあった。

ほんとうに私はたくさんのものが、好きで好きでならなかったのだ。森茉莉も伊丹十三も三島由紀夫も、トーマス・マンも、ドストエフスキーもL・M・モンゴメリも、E・R・バローズもエラリー・クイーンも、小松左京も筒井康隆も平井和正も、好きなものすべてが。ここに書くことのできたのは氷山の一角にすぎなくて、あるいは私のもっている最大の才能、といえるのは、人——や小説やなにかを、好きになる能力だったのではないか、と思う。（『マンガ青春記』）

なかでも、純代が熱烈に愛したのが、森茉莉（もりまり）の世界であった。森鷗外の長女である森茉莉の幻想の万華鏡世界ともいうべき作品群のなかには、少年愛的な要素を含むものもある。『森茉莉全集』２巻の月報に収録された、中島梓の『森茉莉との出会い』という文章によれば、中学三年のとき、ピアノのレッスンの帰りに寄る本屋で、『同性愛の世界』という本を見つけた。さんざん迷ったあげくに購入したその本のさいごに、同性愛を書いた文学作品として、森茉莉の『枯葉の寝床』と『恋人たちの森』について触れられていた。「森茉莉」という名前と、そこに紹介されたわずかな小説の内容から漂ってくる香りに、純代はひきつけられた。森茉莉のエッセイ『贅沢貧乏』と『私の美の世界』はまもなく入手できたが、当時文庫にも入っていなかった『枯葉の寝床』はなかなか入手できなかった。偶然に入った本屋の片隅で『枯葉の寝床』を見つけたのは、探し始めて三年後だった。『枯葉の寝床』を読んだときのことは、《グイン・サーガ》二十七巻のあとがきに書いてある。

『枯葉の寝床』の単行本をさがして狂ったように神田を歩きまわった夏は、あれはもはや、二十年の昔です。はじめて、手に入れて、黄昏の室の中でページをひらいたとたん、異次元にふっとばされ、一気に読了して現実の中に墜落したとき、あたりはとうに暮れてまっくらでした。そのまま、熱にうかされたように茫然としばらく座りこんでいました。あまりのことに恐しくって、そのあと一ヶ月、『枯葉の寝床』を読み返すことができませんでしたっけ、万一、再読して、あの物凄い陶酔、恍惚を味わうことができなかったら——すべては初体験の衝撃にすぎないのだったらもう生きていけないのではないか、と思って。ようやく二度めに読んで、あの世界、あの熱にうかされた感動がちゃんと再び私にやってくるのを知ったときの安堵と慕わしさ——

仏文学の助教授のギランと、青年になりかけの美しい少年、レオの愛憎に満ちた関係を描いたこの作品は、年上の男性による年下の男性への愛情と嫉妬、愛するものの嗜虐と愛されるものの被虐という、のちに栗本薫がＪＵＮＥ作品のなかで繰り返し描いた物語の構造を、あたかも原型のように見出すことができる。前出『森茉莉との出会い』には、その作品が自身に与えた決定的な影響について、こうも書いている。

「枯葉の寝床」に出会ってから、私の人生はすべて変ってしまった。こんな小説を書きたい――これこそが私の求めていたすべてのものだった――この世界に入りたい、同化したい、ひとつになりたい――それは苦しいほどの憧れだったし、願望だった。私は自分が男の子でないゆえにホモセクシュアルになれないことをうらみ、現実の世界が森茉莉の描く世界のように美にみたされても調和がとれてもいないことに悲哀を感じ、そしてやがて猛烈な勢いで、少しでも森茉莉の小説のような世界でもって世界を埋めようとして小説を――最初は本当にもろ森茉莉の物真似以外のものではないような小説を書き始めて、そしてそれからだんだん自分の世界に入っていった。

純代にとっては、森茉莉の世界こそが、いかに、美しくない現実の世界と違った理想の世界であったか。そしてその世界にとどまりたいがために、自分も創作を始めていったことが、はっきりと分かる。

また、のちに《グイン・サーガ》を生み出す萌芽となるヒロイック・ファンタジーとの出会いは高校一年のときであった。《グイン・サーガ》第一巻のあとがきによると、一九六九年の〈ＳＦマガジン〉十月臨時増刊号に、『黒い河の彼方』（冒険児コナン）ロバート・Ｅ・ハワード、『地獄のササイドン』（魔術師ナミラハ）クラーク・アシュトン・スミス、『ドラゴン・ムーン』（冒険王子エラーク）ヘンリー・カットナーの三篇が、「クラシック冒険幻想譚」と銘打ち掲載されていたのが、純代の心をたまらなく引きつけた。それは、「ある『魂の本質的な昏さ』、ある『病的で不幸な熱狂』とでもいったものが、ついに満たされたかたちでそこにあった」からだったという。

〈COM〉などへのマンガの投稿はいくら送っても落選続きで、編集部からの返却原稿が自室の奥に大量に溜まっていくほどだった。一方で、長篇小説の創作も本格的に始めていた。高校時代に書き始めた『背徳』というタイトルの五百七十枚の長篇は、野球選手を登場人物にした同性愛もの。栗本薫の生涯のテーマとなる男性同士の性愛の世界に対する希求は、すでに始まっていた。そして、純代の頭のなかに浮かぶストーリーを形にするには、一コマ一コマ絵にしなければならないマンガは時間がかかりすぎた。小説にすることで、ようやく想像のスピードに筆が追いつき始めていた。

　高一のときの文芸部誌〈白壁〉に掲載した『産婆』という作品は、大家からの家賃の催促に追われる産婆を描いた短篇だ。その大家は昔産婆が取り上げた赤児だったのであり、産婆はかつて自分の手の中に命をゆだねられていた男児がいま自分を追い出そうとしていることを悔しがる。悩んだすえ家を追われた産婆は、道中ひとりの産気づいた女性に出会うが、それは大家の妻であった。結局女性の助産を名乗り出る産婆。短い構成の中に、人生の皮肉を織り交ぜた作品である。

　高二時に文芸部の部長に就任すると、活躍の場を与えられたことで、だんだんと自分に自信をつけてきたようでもある。純代が高三のときに中一として文芸部に入部した迹見令子にとって、純代は最初から「すごい先輩」だった。迹見令子の回想。

「私たち新入生を勧誘する各部活の勧誘会が開かれたとき、山田先輩のしゃべりがとにかく印象的だったんです。あまりに昔なので話していた内容は忘れてしまいましたが、シャイな人柄を感じさせる下を向きながらの話し方ながら、この先輩はほかの人たちと全然違うという印象を持ったことだけは覚えています。山田先輩にひかれて文芸部に入部したから私たちの代だけほかの代より人数が多かった」

　迹見令子は、跡見の創立者、跡見花蹊につながる家系であるが、その迹見令子いわく「跡見は良妻賢母型の学校なので、あの人のような個性が強い人は珍しい」と言う。先輩と後輩として接する純代の話は、迹見にとって先生の話よりも面白かった。

　文芸部の顧問だった中嶋公明も、こう回想する。

「文芸部の夏合宿は、軽井沢にある跡見学園の宿舎で行なわれ、有島武郎（ありしまたけお）や堀辰雄（ほりたつお）ら文学者ゆかりの場所を散歩したりするのですが、その間も山田は部員たちをいろいろな話で笑わせながら引っ張っていく。夜になると、下級生が山田の周りを囲んで、いつまでも話を聞いていました」

　合宿は四泊五日で行なわれ、短歌を作ったり、短篇小説を戯曲に直したりもした。

　また、高二の文化祭では、中嶋の指導のもとで、各部員が外国の文学者と日本の文学者の比較を行なった。純代は、北杜夫とトーマス・マンの比較を行い、その論考は〈白壁〉にも掲載されている。その北杜夫には、純代は図書館の刊行物に載せるインタビューのために、自宅を訪れて対面している。それが純代が初めて本物の作家と会った日だった。

　跡見の文芸部の下級生にとって、純代はよき先輩であり部長だった。跡見学園のすぐ近くにあるお茶の水女子大前に老夫婦がやっている「スイートコーナー」という喫茶店があり、そこに初めて連れていってくれたのも純代たち上級生だったと迹見令子は記憶している。この「スイートコーナー」については、『くたばれグルメ』にも詳しく書かれていて、無口な老夫婦が作るホットドッグが絶品で「私はスイートコーナーの忠誠なシンパであった」と書かれている。

文芸部長としての山田純代は、ほかにも「恋と愛の違い」について考えさせたり、〈白壁〉に書くペンネームが凝りすぎていたら「宝塚じゃないんだからちゃんと考えなさい！」と指導したり、ブロンテ姉妹をテーマに『嵐が丘』と『ジェーン・エア』を読ませたり、後輩が書いた文章を直したりと、面倒見もよかったようである。

二〇〇二年に刊行された『接吻——栗本薫十代短編集』（角川書店）の冒頭には、文芸部誌〈白壁〉に掲載された『ぬくもり』という作品が掲載されている。『接吻』の巻末には、『ぬくもり』は、「七〇年（文芸部誌「白壁」より）」と記載されているが、その後、『栗本薫・中島梓傑作電子全集』の編集者である小学館の森脇摩里子の調査により、実際には七一年、純代が高校三年時の〈白壁〉に掲載されていたことが明らかになった。

『傑作電子全集』に収録された〈白壁〉掲載作品の原本は、中三〜高二時は、筆者が牛島三枝子より提供されたものを森脇にさらに提供したもの。中一、中二時は跡見学園の泉会に保存されていたもの。そして高三時は、森脇がツイッターとFacebookで呼びかけ、跡見学園の卒業生から提供されたものである。

> そうね。ひとりの人間の一生って、その生まれおちた瞬間に、やっぱり、最後まで決まってしまうのではないかしら。その点、わたしの二十四年の生涯の台本は、わたしを無事に生み落とした代償として、わたしの母が死んでいったときに、書きあげられたと云っていいのです。

という文章からはじまる『ぬくもり』は、母の死をいつまでも受け入れられず、母の死の原因となった「わたし」を許せない父親と、家をとりしきる「吉田さん」という陰気なおばあさんとともに寒くて広く、薄暗い家に暮らしている少女の物語。父の死後、「わたし」は家を売り払い、吉田さんは故郷に帰り、「わたし」には異性の取り巻きができる。男から男へさまよう「わたし」にある男は「きみはぬくもりを欲しがりすぎる。あまり求めすぎる。きみの望むほど熱烈な、はげしい愛でひとを愛せるひとはそういないし、いたとしても、すぐに燃えつきてしまうよ」と別れを告げる。孤独のなか、沸かしっぱなしの風呂のなかで身体が溶けていくイメージでこの短篇は終わる。ここには、自らの内なる熱情の激しさをもてあましている少女が、自分にコンプレックスを持ちながら、同時に自分を特別だと思いたい気持ちが表れている。

跡見学園からは半分近くの生徒が付属の短大か大学へ進む。高二の一月に進路指導があり、担任の先生は、純代の成績が悪かったにもかかわらず、「早稲田を受けてみてはどうか」と薦めた。このときに、純代は「マンガ家になりたい」と先生に打ち明けるが、「大学に入ってから目指してもいいのではないか」と先生に言われてしまう。その後の良子を交えた三者面談でも、マンガが嫌いだったはずの良子が「別にマンガ家になりたいならかまわないじゃないですか」と言ったことで、とりあえず早稲田を目指すことになってしまったと『マンガ青春記』にある。純代にとっても、サークル「早稲田大学漫画研究会」と「ワセダミステリ・クラブ」の名前はかねてより聞き慣れていて、マンガ家や作家を輩出する早稲田には憧れを感じるところがあった。

高三になり、受験期を迎えた純代は、夏休みが明けると早稲田ゼミナールに週二回通った。岡田小夜子は、クラスでも下の方だった純代の成績が、どんどん伸びて学校の成績上位者の掲示に張り出されるようになったのをよく覚えている。三島由紀夫が割腹自殺し、純代にも大きな衝撃を与えたのは、そんな受験期の秋、一九七〇年十一月二十五日であった。

純代は早稲田の第一文学部と教育学部、慶應の文学部、学習院の文学部の四つの試験を受けた。慶應と学習院に落ち、跡見の卒業式の日に早稲田の発表があった。一文と教育学部の両方に合格していた。親友の牛島三枝子も早稲田の一文、岡田小夜子も教育学部に合格していた。前出『思い出の街』には、「高校の卒業式と早稲田の合格発表の日が重なっちゃって、やはり早稲田の教育に受かった親友と二人で手続きすませて大急ぎで高校にいったら、ちょうど卒業式の真っ最中で、そのまま講堂にかけこんで『早く早く』と列にいれてもらい、みんなひそひそと『どうだった』ってきくから『受かった』といって『おめでとう』云ってもらった」とある。こうして、純代は中高時代の友人とともに早稲田大学に入学することになったのである。

第四章　青春の熱情（十八歳〜二十二歳）

ワセダミステリ・クラブ

山田純代は一九七一年四月に早稲田大学第一文学部に入学した。

早稲田大学では、一九六六年に、大学が決定した学費値上げを契機として、第一法学部、教育学部、第一文学部、第一商学部、第一政経学部、理工学部が無期限ストに突入して、学生千五百人が泊まり込む早大闘争が起こっている。ベトナム戦争や日米安全保障条約反対を背景とした学生紛争は、戦争を知っている世代と戦争を知らない世代の世代間闘争でもあった。

六〇年代の早稲田大学は、民青（日本民主青年同盟）、革マル派（日本革命的共産主義者同盟革命的マルクス主義派）、中核派（革命的共産主義者同盟全国委員会）、青解（日本社会主義青年同盟解放派）などがセクト争いにしのぎを削り、アジ演説とガリ版ビラ、立て看板がキャンパスを埋めつくす学生運動の牙城であった。

一九七一年の沖縄返還協定調印式は戦後のひとつの総決算であったが、広大な米軍基地が沖縄に残されている現実に変わりはなかった。ベトナム戦争は依然続いており、公害問題も深刻化していた。学生運動はやや下火になったとはいえ、まだまだ早稲田大学のキャンパスに大きな存在感を示していた。大隈講堂側の学生会館は革マル派に占拠されたのを大学側が追い出したのち閉鎖されており、キャンパスでは機動隊が出動して、催涙ガスの匂いが漂うことも珍しくなかった。

ちなみに、筆者は一九九五年から二〇〇一年まで、山田純代と同じ早稲田大学第一文学部に在籍しているが、筆者の在学時でもまだ学生運動の名残があったくらいである。自治会なる組織が独自にクラス委員長を決めさせようとしていたし、革マル派の資金源になっているという理由で、一九九七年から二〇〇一年までは学園祭である早稲田祭は行なわれなかったのであるが、それは山田純代の在学時より三十年近く後の話である。

なお、この大学の入学年度については、いささかの注意書きが必要である。というのも、『栗本薫・中島梓　JUNE(ジュネ)からグイン・サーガまで』(河出書房新社)などの公式本では、一九七一年大学入学となっているが、中島梓本人はさまざまなエッセイで、「一九七二年に大学に入った」と書いているからである。後述する川口大三郎事件なども、年譜によれば大学一年次のはずだが、本人は二年次のことと書いている。

しかし、筆者が夫の今岡清および、山田純代と中高大と一緒だった岡田小夜子に確認したところ、やはり一九七一年入学、一九七五年卒業で間違いないとのことだった。今岡清は中島梓の昔の日記を、岡田小夜子は、自分の大学の成績証明書を調べて確認してくれた。

一例を挙げると、たとえば中島梓による元禄時代に関するエッセイである『あずさの元禄繁昌記』の中公文庫版十七ページにも、「私が入学した年というのはいまとなっては懐かしい七〇年安保の後遺症で内ゲバの嵐が吹き荒れた一九七二年であって」とあるのだが、この自分の大学の入学年をずっと間違えて書いていたというあたりも、エッセイストとしての中島梓の天衣無縫さをうかがわせて興味深い。

早稲田に入ったばかりの一九七一年四月十五日、山田純代は高校時代から書いていた小説『背徳』を、早稲田の校庭で書き上げた。その純代が早稲田大学に入ってまず向かったサークルが「ワセダミステリ・クラブ」だった。

一九五七年に、のちにミステリ評論家・翻訳家として活躍した仁賀克雄（じんかかつお）（二〇一七年逝去）が、江戸川乱歩を顧問にして創設した「ワセダミステリ・クラブ」は、現在までに北村薫（きたむらかおる）や折原一（おりはらいち）、山口雅也（やまぐちまさや）など、多くのミステリ作家や評論家を輩出している。高校時代からＳＦ、ミステリマニアであった山田純代にとっては、憧れのサークルだった。

特に純代をしびれさせたのは、《グイン・サーガ》の原型にもなったヒロイック・ファンタジー《コナン・シリーズ》（ロバート・Ｅ・ハワード作）のうち、早川書房から一九七〇年に出版された『風雲児コナン』などの翻訳者が、早稲田大学在学中でワセダミステリ・クラブのメンバーでもある鏡明（かがみあきら）（別名義・岡田英明）だったことで、大学生のうちから、自分の大好きなヒロイック・ファンタジーを翻訳して世に出していることに震撼したのだった。

その鏡明は、のちに電通の社員として執行役員まで出世し、カンヌ国際広告賞など、数々の広告の賞も受賞しながら、並行してＳＦ評論家としての活動も続け、栗本薫の著作にも多く解説を書いている。

電通の第一線から退いたのち、広告制作プロダクション「ドリル」のエグゼクティブ・アドバイザーを務めている鏡明に会って直接聞くことができたので、在学中に翻訳をするようになった経緯を本人の言葉で記しておく。

「俺が栗本薫と似ているところがもしあるとすれば、本を大量に読んできたというところだろうね。小説を読み出したのは小六頃からだけど、シャーロック・ホームズとか、小学校の図書館にあった東京創元社の『世界大ロマン全集』をほとんど読んじゃったんじゃないかな。中学に入ってからは、最低で一日に三冊は読んでいた。最高はディケンズの『デイヴィッド・コパフィールド』を昼十時頃から読み始めて、夜の六時半頃までに七冊読んだからね。家でも図書館でも、貸本屋でも読みたい本は大体読んじゃって、新しく買うお金もないので、中三が終わる頃には読む本がなくなった。ところが近くの古本屋で英語のペーパーバックが五円とか十円で売っているのを見つけたのが、英語のミステリを読み始めたきっかけ。辞書もひかずに読んでいるから、最初は意味がよく分からない。でも十冊も読むとだんだん分かるようになってくる。そのうちに渋谷の道玄坂の恋文横町の近くにあった洋書の古本屋の石井さんというご主人が、『一の日会』のメンバーの森田豊さんという人を紹介してくれた。その『一の日会』で伊藤典夫(いとうのりお)さんと知り合った。そこで伊藤さんにいろいろな翻訳小説の文句を言っていたら、『そんなに言うなら自分で訳したらいいじゃない』と言われて、翻訳をさせてもらえるようになった。俺は大学の学費は『全部自分で払う』と言って、家から一銭も貰わないで行ったので、翻訳を始めた一番の理由は金が欲しいからだったね」

「一の日会」は、渋谷の「カスミ」という喫茶店で開かれていたSFファンの集まりで、横田順彌(よこたじゅんや)、川又千秋(かわまたちあき)、荒俣宏(あらまたひろし)、そしてのちに純代の夫となる今岡清といった、錚々(そうそう)たるメンバーが顔を合わせていた伝説的なSFファンの集まりである。この「一の日会」と「ワセダミステリ・クラブ」が、高校時代の山田純代の憧れの対象であった。また、伊藤典夫は、〈SFマガジン〉の中心メンバーであり、日本のSF出版を大きく進展させたSF翻訳家・研究家である。

さて、鏡明も在籍していた「ワセダミステリ・クラブ」は、早稲田大学近くの「モンシェリ」という喫茶店をたまり場としていた。「ワセダミステリ・クラブ」の山田純代の一年後輩で、のちに雑誌〈JUNE〉の編集長として、栗本薫と深い関わりを持つ佐川俊彦（さがわとしひこ）によると、「ワセダミステリ・クラブ」は「モンシェリ」をほとんど部室のように利用していた。一杯コーヒーを頼めば何時間でもいることができ、講義のときには荷物をおいたまま教室に行っていたし、ウェイトレスもクラブの女子部員だった。

その「モンシェリ」に、山田純代はひとりで行く勇気がないので、牛島（加藤）三枝子と一緒に入っていった。そのときの様子が『マンガ青春記』にこのように書いてある。

> これは実に怖いところで、中にてんでにすわっている連中が、おずおずドアをあけて、あのー入部したいんですけど、という私をジロッと見るのであった。私は恐怖にふるえおののき、恐怖のあまり、その帰途にニコニコと勧誘してくれた軽音楽のバンド「ハーモニカ・ソサエティ」に、入部すると約束してしまった。

それでも、まずは「ワセダミステリ・クラブ」で顔を売ってから、いよいよ憧れの「一の日会」に参加できるようになりたい、という願望を持っていた純代は、入部届を出して、新歓コンパに参加するのだが、そこで純代はあるひとりの女子学生の自己紹介に打ちのめされるのである。

その女子学生は白石晶子（しらいしあきこ）といい、純代が何度も投稿しながら入選を果たせなかった〈COM〉の「ぐら・こん」に入選して、同誌に作品が二回掲載され、商業誌デビューを果たしていたのだった。胸の奥に創作物の萌芽をはちきれんばかりに抱えながら、まだまったく世に出ていない自分と引き比べて、純代は猛烈な引け目を感じたようである。

なお、白石晶子の〈COM〉掲載作品、一九六七年八月号の「セミ」と、一九六七年十二月号の「きょうだい」は、「ぐら・こん」の掲載作品と、作者のその後を調査したサイト、「ぐら・こん」で読むことができたのだが、二〇一九年三月三十一日、Yahoo!ジオシティーズのサービスが終了したため、見ることができなくなってしまった。それによると、白石晶子は、大学卒業後マンガ家生活をやめて大阪に転居し、二〇一〇年に東京に戻った。大阪生活の終わりごろから「チェリーとジャンヌ」という絵物語をホームページ上で発表している。

さらに新歓コンパでの上級生や同学年とのやりとりも純代に引け目を感じさせた。『マンガ青春記』からの引用。

> コンパそのものもおっかなかった。すわっていると上級生がきて、ミステリは誰が好きかという。エラリー・クイーンだ、と答えると、「ふん、やっぱり国名シリーズか」といってニヤニヤするのである。私が小さくなっていると（私は実は、神田の古本屋をまわって、『クイーン検察局』の初版とか、ライツヴィルものをさがしてくるような少女だったのだから、もっと堂々としていればよかったのに）こんどはその人とたしか安藤という人が口論をはじめ、アシモフは前期と後期どちらが良いか、と口角泡をとばしはじめた。そしていきなりその人が私をふりむいて「あんたはどっちだと思う」という。そこで私があわてて、「私は『宇宙気流』のシリーズよりも『われはロボット』の系統が好きである」と答えると、安藤さんは「あっそ、じゃ、さよなら」といってあっちへ行ってしまった。（中略）
>
> 考えてみれば、私はとっさにそういわれてもよく話が見えるくらいには、SFもミステリも読んでいたのだし、ひとつひとつは少しくらい浅かったとしても、トータルすれば大抵のマニアッ

クな生意気少年たちにはまけぬくらい、生意気になれたのだから、なにもおじけることはなかったのである。しかし、私ははじめ目をぱちくりし、次にすっかり自信をなくして意気沮喪し、とうていダメだと信じてミステリ・クラブから逃げ出したのであった。

「自分は世の中とうまくいきっこないんだ」

続く文章で、中島梓は当時の自分にはそんなことを思うコンプレックスがあったと記している。山田純代はクラスのほうのコンパにも馴染めず、早稲田に入ったことだけが成功体験の、自意識過剰のかたまりだったという。

佐川俊彦と、のちに編集者として中島梓と多くの仕事をする秋山協一郎（あきやまきょういちろう）は、ともにワセダミステリ・クラブの出身だが、中島梓より一年後輩の佐川に聞いたところによると、当時卒業論文が評判になっていた早稲田大学卒業間近の山田純代に、ワセダミステリ・クラブの名簿を見て連絡を取っている。だから、ほとんど出入りしなかったとはいえ、一応クラブに在籍していたことになっていたようである。鏡明の記憶にも、ワセダミステリ・クラブでの山田純代の様子が残っていて、筆者にそのときの印象をこのように語ってくれた。

「よくしゃべる人だなと思ったんだけど、そのしゃべり方が防衛本能を感じさせて、実は人見知りなんじゃないかと思った」

鏡明は、作家・栗本薫について、

「彼女の書くものは、全部が本から学んだもので、実体験からは来ていないという印象がある。本で読んだことが自分の体験と同じ重さを持つという意味では、特異な人だよね。本を読むとその登場人物の人生を自分も生きられるというのは、一種の天才でもあると思う。そして自分の読みたいものが書きたいものとイコールであるというのもすごい」
と筆者に語ってくれた。もっとも、それはのちの作家・栗本薫の活躍をふまえた上での印象ではあるから、まだ作家デビューもしていない大学入学時にあっては、そんな彼女の類いまれさに気づいた人もまだあまりいなかったわけである。

ハーモニカ・ソサエティ

ワセダミステリ・クラブに入っていけなかった純代が、大学生活を謳歌したのは、ハーモニカ・ソサエティという軽音楽サークルであった。一九二六年創立の古いサークルで、正式な名称は「ハーモニカ・ソサィアティ」と表記する。

二〇一七年に、早稲田大学の近くで幹事長の小俣将と情報担当兼指揮者の馬場文香に会って、サークルについての説明を聞くことができた。

「ハーモニカとは名前についているけど、楽器はクラリネットやフルート、エレキギター、エレキベース、キーボード、ピアノといろいろで、ハーモニカが中心のビッグバンド・サークルです。本格的に音楽をやる人しか入れないサークル、というのではなくて、たとえば高校時代に吹奏楽をガッツリやっていてそれに疲れた人とか、気楽にやりたい、という人が音楽を楽しむために入ってくるのが特徴ですね」

現幹事と指揮者のふたりは、栗本薫・中島梓という作家がOGであることを知らなかったようだ。

『マンガ青春記』によれば、当時ハーモニカ・ソサエティ、略称ハモソの部室は文学部裏の「音楽長屋」と称される薄暗い建物にあった。ハモソの同室には「ハイソサエティ・オーケストラ」、となりの部屋にはタモリが学生時代に所属していた「早稲田大学モダンジャズ研究会」、奥には「早稲田大学交響楽団」と数々の音楽サークルがあるなかで、一番パッとしないのがハモソであったと中島梓は書いている。ハモソの新入生は音楽初心者が多かったため、幼少時よりピアノをやっていた純代は入るなり、サークルで音楽にいちばん詳しい一人となった。

クラスとは、どうもいまいち馴染めなかったけれども、ハーモニカ・ソサエティのおかげで、私は易々と、大学生活がはじまって早々にかけごこちのいい自分の片隅をみつけることができた。四十人ばかりのフルバンドであるこのクラブは、ちょうどたまたまピアノが四年生のMさんしかいなくて、私は入ってすぐ、いずれピアノ専任になることを約束されて、少しの間だけアコーデオンをひいた。まだ、コードも何もわからなかったが、ともかくいっときは心を入れかえて音大をめざすかと先生にきかれるまではいった（心を入れかえなかったので結局見放されたが）、十数年間きたえたピアノである。私は初見もきくし（楽譜をみてすぐそのとおりひけること）指もうごく。はじめ、「コード」というものと、やったこともない「スイング」にめんくらったが、たちまち馴れた。（中略）

新歓コンパ、一年コンパ、合ハイ。夏休みの合宿、そして十月の定期演奏会。

いつのまにか、私の日々は、まったくクラブを中心に流れはじめていた。コンパではじめて酒をのみ、合宿ではじめて麻雀を教えてもらい、たちまち私は麻雀に熱中した。他の女の子たちも一緒に習ったが、その後クラブの麻雀の面子に入ったのは私ひとりであった。毎日、学生会館へゆくと、うちのクラブのたまり場というのがきまっていて、そこに誰かいるし、待っていれば誰かやってくる。そこで雀荘か喫茶店へ直行となる。（『マンガ青春記』）

早稲田大学に入学して数週間で、純代は当時流行の、ひざ上三十センチのミニスカートや、すその広がったジーンズを穿くようになった。母の良子の不興は買ったがお構いなし。

また、純代は中学高校時代、家族や親戚、先生以外の男性とほとんど口をきく機会がなく、大学に入っても自分はモテないのではないかと悲観していたのが、いざ大学に入ってみれば、映画や小説、野球が好きで、酒も麻雀も覚えるようになって、意外に男たちと話が合い、モテもすることに気づいたのだった。

初恋

このハモソで同学年だったT君という男子生徒が、大学時代の純代の恋人であったと『マンガ青春記』にある。この「T君」の名字を知ることのできた筆者は、ハモソのOB名簿を調べてもらえないかと思って、現メンバーに会いに行ったのだが、古い名簿は残されていないとのことだった。

だが、その男性が早稲田大学卒業後、京都新聞に就職したことがわかり、京都新聞に問い合わせると連絡を取ることができた。

『マンガ青春記』に、「T君は一浪で、小柄で、ごくほっそりとして、浅黒い肌とたいへんととのった目鼻立ちをもつきれいな男の子であった——こうかいてもうおわかりのように、はじめから私好みで目についていていた」

と書かれているその男性、寺島俊雄は、六十歳を過ぎて京都新聞の嘱託社員として働いているそのときも、やはりあまり大きくない体つきや、はっきりとした目つきが、学生時代の好青年ぶりをうかがわせた。その寺島は大学時代の純代の印象を、筆者にこんなふうに語った。

「ハモソでは年に二回、〈不協和音〉というガリ版刷りの同人誌を出していて、彼女に原稿を頼むとすぐ書いてくれて、不思議な面白い文章を書く人だという最初の印象はありましたね。それに私たちが書く原稿と違って、直したあとがないので、すらすら書いているのかなあと。ピアノも最初から上手だった。当時書いていた小説とかは、一回も読んだことはないですよ。でもこの人は文章で生き甲斐を見つけていく人ではないかなあというのは、当時から思っていました」

早稲田大学では法学部に在籍していた寺島俊雄は、ハモソではアルトホルンを担当していた。ハモソはノンポリの学生が中心で、寺島もいわゆる当時の左翼学生ではなく、逆にどちらかというと民族派、つまり若干保守系であったと自分で話す。

「当時は美濃部都政で民青の学生が気炎を上げていたり、逆に雄弁会（森喜朗や小渕恵三などの総理を輩出した弁論サークル）では右翼の学生が騒いだりしていたけど、ハモソにはデモに行くような学生はいなかったね。私はもともと楽器には縁がなかったんだけど、新入生のときにキャンパスでハモソに勧誘されて、何かたしなむのもいいな、と入部したんですよ」

山田純代の初恋といえば、十三歳のときに、マンガ『伊賀の影丸』の村雨源太郎というキャラに、十五歳になると『巨人の星』の花形満に本気で恋をしたという（村雨源太郎に関しては、『美少年学入門』によれば、その源太郎が敵につかまり、天井から吊るされて拷問されるシーンに興奮を覚えたようである）。しかし、初めて生身の男性に恋をしたその相手は、この寺島俊雄であったようで、彼をいつも目で追い求めていた純代は、彼、寺島俊雄を主人公とした、男と男の恋愛の小説を書いた。

高校時代から大学の始めにかけて書いた『背徳』は巨人の高田選手をモデルとしたこれも男同士の恋愛の話で、女性はひとりも登場しなかったのが、この時寺島俊雄をモデルに書いた小説は、上級生の男と寺島ができていて、純代自身とおぼしき少女がそれを知って自殺する、というものだという。『翼あるもの』のあとがきのなかでは、「私は、十六、七歳から、およそ二十四歳までのあいだ、いっさいの私の書く小説に、ヒロインを登場させることができなかった」として、次のようなことを書いている。

どうして、女性を描くことができなかったのか。私は、じっさいには、女子校の出身ではあったが、そのころには大学生になって、周囲には男女が同数ぐらいにいたし、また、現実の恋愛を経験してもいた。ここで、あるいは何らかのポイントになるかもしれないのは、私が、そのころ、恋愛をしていたあいての少年（なかなかの美少年だった）を、自分の小説のモデルにし、そして、その小説は、その少年（私の恋人であるところの）と、その少年を愛する上級生の青年の話ばかりだった、ということである。

これはそもそもどのような情動だったと見ればよいのだろうか。私は、蜜月というべき幸福な交際期間にも、その後喧嘩別れしていたしばらくのあいだにも、同じようにその少年のギリシャ的恋愛の短編を書きつづけていた。たぶん私にとって現実のボーイフレンドであるところのその少年と、私の小説の中の少年とはまったく重ならないものだったのだろう。

筆者が寺島俊雄に確認したところ、寺島は純代からそのような小説の存在を聞かされたことはないようだった。

作家・栗本薫は男性同士の恋愛、のちに言うところのやおいというジャンルの多くの作品を残している。いまは「ＢＬ」という呼び名が一般的になりあまり使われなくなった「やおい」というジャンル名は、男性同士のセックスを描いたパロディ同人誌が「やまなし・オチなし・イミなし」であったことから転じて、男性同士の同性愛を描いた作品世界そのものを指すようになった言葉である。このやおいについては、重要なテーマなので後述するが、十代の頃から自然の流れのように男性同士の恋愛を書いていたことは特筆すべきである。いまでこそ、マンガのキャラクターや、アイドルの男性を同人誌の世界でカップルにして創作することは当然になっているが、当時はまだそのような文化はない。

ところが、自らの内面からの衝動に基づいて、純代は自分の恋する男性を、男性同士の恋愛という創作の対象にしていた。愛する人を男性同士の恋愛という物語に仮託したいという衝動を、本能のように持っていたからこそ、作家・栗本薫はのちに、やおいの開祖とも言われるようになったのだろう。

学生リンチ死事件

さて、純代と寺島俊雄はやがて若い学生同士の恋をするようになるのだが、それと前後して、純代が所属していた早稲田大学第一文学部では、キャンパスを揺るがす大事件が起こる。

朝日新聞では、その第一報は、昭和四十七年（一九七二年）十一月九日の夕刊に掲載された。

早大生リンチで殺される
革マル派が犯行発表
「戦車反対集会でスパイ」

九日早朝、東京都文京区の東大病院アーケード下で若い男の死体がみつかった。本富士署で調べたところ、全身にリンチにあったらしい内出血の跡があり、早大第一文学部二年川口大三郎君（二〇）＝下宿先、川崎市多摩区宿河原＝とわかった。警視庁公安一課は、過激派のなかのトラブルから早大の教室でリンチにあって殺され、同病院に運ばれたとみて同署に殺人、死体遺棄の捜査本部を置いた。

教室で犯行　東大に遺棄

同日午前六時ごろ、文京区本郷七丁目の東大付属病院の外来病棟（とう）内科の診療棟を結ぶアーケードの中ほどに、パジャマ姿の男が死んでいるのを通行人が見つけ、同署に届けた。調べによると、頭、首、胸、背中、足などに長さ五センチ、幅五ミリほどの薄茶色の内出血が五十カ所以上もあった。体には血こんはついてなく、鉄パイプのようなものでメッタ打ちにされたらしい。検視の結果、死因は打撲によるショック死とみられている。内出血の模様から多数の人間にリンチを加えられたらしい。

一方、同日午前七時二十分ごろ牛込署に早大生から「友人の川口君がいなくなった。八日夜、早大構内でトラブルがあったようで、このトラブルに関係したらしい」と一一〇番で連絡があった。

同本部は川崎市に住む川口君の姉に死体の写真をみせたところ、「本人だと思う」といっており、同本部は川口君に間違いないとしている。

さらに革マル派全学連の馬場素明委員長（二四）＝早大第一文学部四年＝は九日午後零時半す

ぎ、記者会見し「スパイ活動を批判する中で発生した事件である」と述べた。それによると、八日夕、神奈川県相模原市の米軍戦車搬送に対し阻止行動を展開するため革マル派が早大構内で決起集会を開いたが、この中で川口君が〝スパイ活動〟をしているのを摘発した。自己批判を求めたところ、事実を認めたので、さらに追及しているうちにショック症状を起し死んだ、という。

革マル派は川口君を中核派だとしているが、警視庁では確認していない。

同本部は友人の話などから犯行場所は早大構内とみている。

川口君は八日昼ごろ、セーターにGパン姿で下宿先を出たままだった、という。（後略）

川口大三郎のショック死は、学生自治会室で革マル派から八時間にわたりリンチを受けた末のものだった。革マル派から中核派のスパイと誤認された川口だったが、中核派には部落解放同盟への関心から集会に時折参加していた程度で、せいぜいシンパ程度の関係であった。

学生がキャンパス内で殺害されたこの事件に対し、革マル派に対する徹夜の糾弾集会や、大学当局による自治会活動の禁止措置などが発生。授業は一週間にわたり休講となり、大学構内には機動隊も入り、早稲田大学は騒然となった。

純代は、殺された川口大三郎がとなりのクラスの学生であること、主犯として指名手配された活動家が、いつも自分のクラスに演説に来ていた見知った顔であり、その身近な学生たちが、いつも通っている校舎でリンチ殺人を起こしたことに衝撃を受けた。

もっとも、純代自身は学生運動とは距離を保ち続けた学生生活を送っていた。短篇集『伊集院大介の私生活』（講談社）に収録されている『伊集院大介の青春』は、伊集院大介の大学時代の事件を扱っていて、このころの早稲田大学のキャンパスがモチーフになっている。

この短篇の語り手となっているのは、森岡達郎という男子学生であるが、『マンガ青春記』によると、元になっているのは純代自身のエピソードであり、純代は、クラスメートの女子学生に「イヤらしい女」と面罵されたことがあるらしい。『伊集院大介の青春』のなかに、これに符合する箇所がある。総会にも班活動にも参加しないことが、クラスの一員として恥ずかしくないのか、と責め立てる活動家の女子学生は、森岡にこう言うのである。

「あなたは自分のイヤらしさがわかってるの。皆、云ってるわよ——森岡は自分さえよけりゃいいんだって」

この『伊集院大介の青春』のなかで、語り手である森岡達郎は、狂熱の季節のような、活動家たちと機動隊の装甲車が幅を利かせるキャンパスのなかで、図書館や教授の家にかよって勉強にいそしむ学生として描かれている（なお、この森岡達郎は、一九八一年に中央公論社から刊行された栗本薫の作品であり、エジプトを舞台としたミステリ『ネフェルティティの微笑』の主人公・森岡秋生の兄ということになっている）。活動家から日和見主義と罵られる森岡は、図書館のなかで、自分のように活動に背を向けて読書に耽溺する学生・伊集院大介と知り合い、親近感をおぼえる。ふたりは図書館で会えば一緒に喫茶店にいって語り合う友人同士になる。その森岡と伊集院大介の違いといえば、ふたりとも同じように大量の本を読み、明晰な頭脳を持ちながら、森岡が「愚劣でやかましいしもじもの人間」を軽蔑しているのに対し、伊集院大介はそのような人たちにこそ暖かい愛情と興味をよせていることだった。

そんなある日、学生会館の窓から女子学生が転落死する事件が起こる。彼女をつきとばした緑色の手を見ていた大介は、これは殺人事件だと断定する。殺された女子学生は森岡を罵倒した古田という活動家だった。そして、宮崎という女子学生は、古田がひとりの男と言い争っていた声を聞いたと証言する。古田は男子学生の子を妊娠しており、その男子学生がスパイであることをばらしてやるといっているところを突き落とされたのだと。明かされた事件の動機は、思想的な内ゲバなどではなく、男子学生との情痴のもつれによるものだった。実は古田を殺したのは、証言をした宮崎というその女子学生であり、緑色の手は突き落としたのがきゃしゃな女子学生だと知られぬためにはめたゴム手袋。スパイの話は宮崎によるでっちあげだった。この展開にも、栗本薫と学生運動の心理的な距離感が察せられる。

二〇一八年、葛飾区立図書館に寄贈されていた原稿から、栗本薫の初期の作品《ぼくらシリーズ》の未発表作品、『ぼくらの事情』が発見された。『栗本薫・中島梓傑作電子全集3』に収録されたその作品は、《ぼくらシリーズ》の第一作『ぼくらの時代』の江戸川乱歩賞受賞が伝えられた翌日に書き始められている。その内容は、当時の学生運動のようすが詳しく描写されており、学生運動をからめたミステリとなる予定だったことが見てとれる。この作品は中断されており、生前に発表されることはなかった。

ちなみに、山田純代より四歳年上で、一浪して早稲田大学第一文学部に入り、映画演劇科に進んだ村上春樹も、川口大三郎事件の当時、第一文学部に在学中だった。明らかに川口大三郎事件をモデルとした事件が登場するのが、村上の代表作のひとつ『海辺のカフカ』である。作中、佐伯さんという、高松の図書館長をしている人物の過去のエピソードとしてそれは登場する。佐伯さんの心に大きな傷を残した事件は悲惨で「誰にとっても意味のない死だった」と表現されている。その乾いた筆致は、学生時代の村上春樹にも川口大三郎事件が昇華できない傷として残ったことを表している。

山田純代はまぎれもなく学生運動の季節に大学時代を送り、その時代のムードは彼女のなかに染み込んではいた。とはいえ、政治的なものが作家・栗本薫の主要なテーマとなることはなかった。早稲田大学で政治に背を向けた女子学生として活動家の学生に批判されながら、彼女は物語の世界に生きていくことをすでに決意していたのである。活動家たちにとっては普遍的と思われた政治的な思想よりも、純代にとっては物語の世界こそが信じられる、普遍的で本質的な世界だった。そして実際に、一過性だったのは学生運動のほうであり、物語の世界のほうこそが、いつまでも変わらぬ普遍性を持っていることを、彼女はその後の作家生活をかけて証明したとも言えよう。

初恋の終わり

栗本薫の小説『キャバレー』は、大学を休学して場末のキャバレーで演奏するジャズマン・矢代俊一が主人公。夜の住人から恐れられているヤクザ、滝川は彼に名曲「レフト・アローン」を繰り返しリクエストし、彼に奇妙な執着を見せる。角川春樹監督、野村宏伸・鹿賀丈史主演で、八六年に角川映画として上映もされている。その『キャバレー』のあとがきには、ハモソの合宿の思い出がいきいきと綴られている。

蓼科へ合宿にゆく夜汽車の中で、学生ですから寝台なんかとらない。デッキのところにアンプをつみこんで、私たちはそれを台にして夜どおし安い賭け金でポーカーなんかするわけです。バンドの中でも何となく麻雀組とフォークギター組にわかれていまして、フォークギターをひきながら「赤い鳥」の歌なんかうたうタイプの連中は、いい子に席で眠っています。麻雀組はポーカーをしている。私は女の子の中で一人だけ麻雀組でした。でもってポーカーをしていると、上級生のCさんがふらっとデッキのところへ出ていって、クロモニカをとり出して吹きはじめる。ウチはリードバンドですからハーモニカがよそのバイオリン・ストリングスにあたるわけで、その中で一番うまい、いつもソロを吹く人です。この人はフォーク組でも麻雀組でもなかった。そして夜行列車の動揺をぬって切々ときこえてくるのが「グリスビーのブルース」——あれ最高だったね。

週三回、演奏会が近いと毎日の練習、年二回の定期演奏会、当時全盛だったダン・パ（ダンスパーティー）の演奏、そして年三回の合宿と、ハモソの活動に明け暮れる一方、純代はバイトも始めている。文学部の横にあった喫茶店「ブルボン」。はじめはウェートレスをしていたが、すぐに調理場も任されるようになり、学校が授業中のときは暇になるので、調理場で本を読み、小説を書いた。

そんななか、純代がひそかに恋していた寺島俊雄が、純代を映画に誘い、最初のデートは渋谷の全線座という当時あった映画館で、デヴィット・リーンの『ライアンの娘』を見たという。その後「ロワール」という喫茶店でコーヒーを飲んで、寿司を食べて寺島は純代を青戸の家まで送っていった。寺島は純代を好きだといい、毎日会ったり電話をするようになって、付き合い出して三日後には「結婚を考えている」といったと『マンガ青春記』にある。

もっとも、筆者が会った寺島俊雄は、学生時代の恋愛のことはあまりに昔でもあり、いまとなっては恥ずかしくもあるのか、詳細に関してはやや言葉が少なめなところがあった。すぐに結婚を申し込んだことについては、

「当時は女の子は学校を卒業したらすぐ結婚という時代でしたから」といい、高田馬場にあったパー

ル座という映画館で『アラビアのロレンス』を、ほかにもライザ・ミネリ主演のミュージカル映画『キャバレー』を見たことなどは覚えていると話す（栗本薫の前出の作品と同名の映画だ）。加えて、当時山田家が所有していた軽井沢の別荘に、純代の両親やその友達五、六人と一緒に行ったこともあるというから、家族も公認のかなり親密な交際だった。

この別荘というのは、軽井沢といっても、軽井沢の中心からはかなり離れた西軽井沢とも呼ばれた地域にあり、実際の住所は長野県北佐久群御代田町（みよた）にあった。この場所は、良子が戦時中に疎開していた思い出の土地である小諸に隣接している。純代の母、良子によると、良子が親しくしていた、夫・秀雄の亡くなった前妻のいとこであった女性と共に、隣同士並んで購入したものだった。つまり、その別荘は夫の前妻のいとこの別荘の隣にあったのである。購入時期については良子の記憶は曖昧だったが、娘のボーイフレンドであった寺島俊雄が、青戸の家からこの別荘まで荷物を運ぶのを手伝ってくれたこともあると記憶していた。

「純代と背が同じくらいのかわいらしい男の子で、純代も一時『京都にお嫁に行ってもいい？』なんて言って、どうしようかしらと思ったものだけど、いつの間にか別れちゃっていたわね」とは良子の回想である。

さて、寺島と純代が熱心に交際していた時期には、同じハモソのなかにもうひとり純代を好きな男子学生がいて三角関係のようになったこともあった。寺島俊雄はハモソの幹事長になって忙しくなり、デートの回数が少なくなったりもした。『マンガ青春記』には、「彼は根が古風でまじめで、私が男の子に混って麻雀をしたり、酒をのんだりするのをいやがった」とある。結局卒業を機にふたりは別れるのだが、いま寺島俊雄にそのことを聞いてみると、

「お互いに新しい人生を歩みましょう、と。振り返ると当時はやった『なごり雪』の歌詞のような心

境ですよ」

かぐや姫のヒット曲「なごり雪」の歌詞とは、

「ふざけすぎた季節のあとで　今　春が来て　君はきれいになった　去年よりずっと　きれいになった」

というものである。

二〇一八年に発見された未発表小説『ラザロの旅』には、大学時代の恋人だった「T」について詳しく書かれている。それによると、山田純代が家を出ようとしないことや、その性格を変えようとしないことをなじったTとの間には、ふたりの結婚をめぐってあるやり取りがあった。

自分には障害者の弟がいるから、結婚する資格などない――。そういう純代に、Tは、「馬鹿だな。きみの弟なんかぼくがひきとってあげるよ。そのぐらいの働きはあるつもりだからね。つまらないことにこだわるんじゃないよ」と言う。

そのひとことがあっただけで、私は彼に言われたどんなことでもすべて許さずにいられるものか、という気持ちになる――。そのように『ラザロの旅』には書かれている。

寺島俊雄は卒業後京都新聞に就職して四年後に結婚。三人の子供をもうける。

「江戸川乱歩賞を受賞して世に出た時は、彼女が、と嬉しく思って、『ぼくらの時代』とかいくつかの作品は読みました。でも《グイン・サーガ》あたりになるとちょっと私には分からない世界で……。そのへんは読んでないですね。亡くなったときにはハモソの仲間と電話をして、『彼女、亡くなっちゃったね』と話をしたのを覚えています」

山田純代＝中島梓と交際していたことは、妻以外の人にはほとんど話したことがない。ハモソの仲間との交流はまだあるが、そのメンバーのなかで作家になってからも栗本薫と付き合いが続いていた人はいなかったようだ。

『カローンの蜘蛛』

筆者が在籍していたときの早稲田大学第一文学部は、二年から各専門課程に進んだが、純代の時代は三年からだった。専修には、成績のいい学生から優先的に希望したところに進めるシステムになっている。純代は第一志望を心理学、第二志望を日本史、第三志望を文芸科にしたようである。もともと心理学と日本史は倍率が高く、授業をさぼって成績の悪かった純代は、最初から文芸科に進む目論みだった。文芸科専攻課程は、作家を目指す生徒を想定する第一文学部独特の専攻。筆者は東洋史専修であったが、筆者の時代の文芸専修は小説創作の授業もあり、卒論を小説の創作で出すこともできた。

純代が入った時の主任は、フランス文学者で作家・文芸評論家の平岡篤頼（とくより）。この平岡教授はのちの純代の論文を新聞で激賞し、純代の作家デビューのきっかけを作ることになる。文芸科専任だったのは平岡教授ひとりのみで、ほかに講師は文芸評論家の秋山駿（しゅん）。詩人の長田弘（おさだひろし）。ほかに小説家でルポライターの井出孫六（いでまごろく）、現代演劇協会の荒川哲生（あらかわてつお）、英文学の野中涼（のなかりょう）、国文学の竹盛天雄（たけもりてんゆう）、映画研究の山本喜久男（きくお）というメンバーだった。

後述する山田純代の卒業論文が掲載された第一文学部文芸科の機関誌〈蒼生〉十一号には、冒頭に平岡教授による架空対談形式の序文が掲載されている。それによると、「五木寛之（いつきひろゆき）とか立原正秋（たちはらまさあき）とか野坂昭如（のさかあきゆき）とか、有名になった作家に限って中退者なものだから、未来の五木たちも中退しないですむようなのんびりした学科を作ろうというのが、設立主旨の一部だった」そうだ。五木、野坂は早稲田の第一文学部中退。第一文学部発足より前に在学していた立原は早稲田の専門部国文科中退である。

この大学時代、純代はまだ日の目を見ない小説を、ひとり大量に書き始めている。その大部分は、栗本薫の作家デビュー後に、実際に刊行されることになった。《グイン・サーガ》の原型になった『カローンの蜘蛛』はそのひとつである。『カローンの蜘蛛』の文庫版あとがきにはこう書かれている。

表題作「カローンの蜘蛛（くも）」をかいたのは、いまからおよそ十三年ほど前、二十歳のときです。

（中略）

そのころ、つまりこのシリーズをかきはじめたころ、私は大学生で麻雀とバンドの酒とバラの日々を送っていたのですが、そうした一夜私は夢を見ました。

その夢には完全な起承転結が、あるようなないような、その中で私は巨大な化物（ばけもの）に追われ、どんどん地下ふかくおりてゆくと、ふしぎにもさっきと同じところへ出てしまうのでした。

とても恐しく、また夢幻的な——夢だからあたりまえかな——夢だったので、私は目をさましてもその夢をすべて覚えていたのです。

それを、主人公たちだけかえ、さいしょとさいごをつけて、ほぼそのとおり書きとめて小説らしいこしらえをつけたもの——それが、このシリーズの第一作「カローンの蜘蛛」になりました。

つまり、これはすべて「夢」の物語です。深い深い夢の。

続く文章によれば、彼女は夢のなかでよく住んでいる町があり、あまりに何回も夢の中でその町にいくので、その町の地図が書けるほどだという。そうしたことどもは、「私もまた、現実と夢と両方に相渉（あいわた）る世界のエリアに住んでいる、あの人々の一人だということを、示しているのだと思います」と、彼女は書いている。

ハモソの活動やバイトに明け暮れる生活のなかで、時折見る夢のなかのどことも分からない異世界は、純代にとって現実の大学生活と同じか、あるいはそれ以上のリアリティを持っていたのだ。

そして彼女はそれを小説として形にする天賦の才能を持っていた。形になった『カローンの蜘蛛』は、パロスの王子ゼフィールと、草原の国トルースの貴族、ヴァン・カルスが魔道と魔物に満ちた世界を放浪する物語である。のちに《トワイライト・サーガ》と呼ばれるようになった、『カローンの蜘蛛』に始まる一連の作品は、《グイン・サーガ》とストーリー上の直接のつながりはないが、多くの共通点を持っている。「パロス」という国の名前は、《グイン・サーガ》の主要登場人物であるリンダ、レムス、アルド・ナリスの生まれたところであり、主要な舞台のひとつ「パロ」とつながっている。「トルース」という名前も、主要登場人物のひとりスカールの生まれた国であるアルゴスの隣国として登場する。ほかにも、『カローンの蜘蛛』には、レントの海、火酒、楽器の名前であるキタラ、魔神ドールなど、《グイン・サーガ》世界を彩る様々な固有名詞がすでに登場している。作家・栗本薫は異世界を創造する際に、その世界にしかないさまざまな地名や食べ物、神々の名前を作り上げたが、その時に大事にしたのはその音の響きであり、それらしさであった。そのような異世界のキーワードは、学生時代からひとつずつ作り上げられていったものであった。

『カローンの蜘蛛』には、数百年の時が流れたことに気づかぬまま、魔物と化した古（いにしえ）の皇帝コルラ・サーンが登場する。暗黒に包まれた宮殿のイメージ、登場するおぞましい怪物の描写の生々しさは、山田純代の心の中にあった暗黒を具現化したようにも思える。大学生時代に見た一夜の夢が『カローンの蜘蛛』の原型となったと、彼女が語っているのは、先に見た通りだが、そのような誰の心にもある程度は存在する暗黒を、小説のなかで若く美しい王子ゼフィールと対比させ、小説として昇華できるのが彼女の才能の類いまれさである。

『カローンの蜘蛛』『蛇神の都』『滅びの島』と続く一連の連作短篇は、一九八三年に光風社出版より『カローンの蜘蛛』として刊行され、一九八六年に角川文庫より文庫化された。

この作品を純代は、一九七四年に〈SFマガジン〉が主催した「第4回SFマガジンコンテスト」に応募したが、第一次審査で落選した。今岡清によると、ベストセラー作家になる人物の、のちに刊行もされた作品を誰が落としたのか、早川書房では犯人探しが行なわれたが、はっきりとは判明しなかったという。

もっとも、作品の評価というのはあくまで主観的なものであり、作者がまだ無名で世間的に評価がなされない場合、作品も見過ごされることはままあることかもしれない。山田純代の中学時代からの友人である岡田小夜子も、大学時代に純代から手書きの小説を見せられたと話している。

「ノートに書いた小説を貸してくれて。どんな内容だったかはもう全然覚えてないんですけど、きっと私の小説を見る目がなかったんでしょうね。あまりいい作品ではないと思っちゃったんです。しばらくあとに池袋の喫茶店で会って、『どうだった』って聞かれて『あんまりよくないと思う』と答えたら、彼女がぽろっと涙をこぼしたんです。あー悪いことしちゃった、と思って後悔しました」

『翼あるもの』の文庫版のあとがきに、「『真夜中の天使』をはじめて人にみせたのは十年来の唯一の親友の小夜子さんでした」と書かれているので、おそらく岡田が見たのは『真夜中の天使』だったのだろう。当時としては規格外れな男性同士の愛の物語は、人によっては理解しがたかったのかもしれない。

いまだ何者でもない、ただの女子大生であった山田純代は、しかしひとり黙々とノートに小説を書き続けていた。その彼女が世に出るきっかけを作った一篇の文章。それは、早稲田大学第一文学部文芸科を卒業するにあたって提出した卒業論文だった。

卒業論文

山田純代の卒業論文『想像力の構造――文字は有効であるのか――』が掲載された、文芸科機関誌〈蒼生〉十一号は、早稲田大学の図書館に保存されている（なお、流動出版より刊行されていた〈流動〉一九七九年六月臨時増刊号の大学卒業論文特集にも掲載）。

この年の〈蒼生〉の掲載作のうち、卒業論文の全体が掲載されているのは二篇、一部が掲載されているのは二篇である。文芸科は一学年六十人で、特に優れたものだけが掲載されていることになる。中でも、『想像力の構造』は、主任の平岡篤頼教授に激賞され、平岡教授は朝日新聞のエッセイで、この卒論について言及。これが山田純代の著述家としてのデビューのきっかけとなる。

そして、この卒業論文をいま改めて読むと、それは単なる大学生の論文としてでなく、山田純代がこれから作家になろうとするにあたっての、ひとつの決意表明のように読めるのである。論文は、次のような文章で始まる。

一、序論

「読書による経験は、言葉の正統なる意味あいにおいて、経験であるのか、読書によって訓練された想像力は、現実への想像力たりうるのか？」

『活字のむこうの暗闇』という副題をもつ、大江健三郎の昭和四十五年のエッセイ、「壊れものとしての人間」は、この二つの、自らへの問いかけからはじまっている。

この問いかけ、どんなかたちででも文字にかかわりあう人間にとっては最も根源的であるはずの問いかけが重大であるのは、それがつきつめてゆけば、文字とは存在する意味があるのか、文字が示すものすべては、現実に対してなんらかの力を持ちうるのか、という疑問だからである。

多くの作家がこの問いに対して否定的なままで文字にたずさわっており、さらに多くの作家たちがこの問いの重大さも知らぬままに文字をあつかっている。文字はダイナマイトではなく、不手際な手に扱われところ（ママ）で、決して爆発しはしない。それのみか致命的なほどに有毒でありうることすら殆どない。

（私は故意に文学といわずに文字という。それは、私にとって文学が重大なのではない、私にとって重大なのは、あらゆる活字にされた言語表現であるからだ。言語表現——その語の内容を敷衍するのはもっと後に機会があるだろう）

たしかに大江健三郎は多くの青少年に激しい影響を与えたし、その公けにした文字のために右翼に脅迫された。そしてソルジェニーツィンは弾圧され故国を逐われた。

しかしこうした例証は何の役にもたたない。何故サルトルは書斎から出て街頭のデモに加わるのか。何故三島由紀夫は市ヶ谷へ出かけていったのか。文字を見かぎって、行為をえらんだものは多くいるし、またその反対もいる。かれらがかれらとして生きのびた率はおそらく後者のほうが高いであろう。金芝河は死刑から無期懲役を宣告されたが、ソルジェニーツィンはノーベル賞を貰った。

いったい、文字は、無力であるのか。それとも現実に対して、赤軍が爆弾をしかけたりハイジャックをするよりは少しは皮相的でない、なんらかの力（フォース）としてかかわり得るのか。文字でもって自己表現をすることは、現実に対して行動であるのかないのか。文字が意味をもつとすれば、それは一体どういう意味であるのか。私が知りたいと思うのはそのことである。私は、この文字に関する最も根源的であるはずの、そして、ふるい、しかしなおざりにされてきたひとつの疑問を、文字という『想像力の言語』の構造をしらべながら、よく考えていきたいと思うのだ。

冒頭、山田純代が引用している大江健三郎の『壊れものとしての人間』は、〈群像〉に一九六九年七月から掲載された評論を単行本化したものである。引用された冒頭に続く文章では、戦時下に育った大江健三郎が、書物のなかによってのみ、バターや牡蠣やサラダ菜といった事物を認識していたことが回想されている。檸檬やコーヒーといった見たことのない事物は、大江健三郎少年にとっては現実のものというよりは、むしろ架空のものとして認識されたこと。そして、科学小説の中に登場するロボットは、大江健三郎少年にとっては、かえって現実らしく感じられること。それは、現実とフィクションの境目が極めて曖昧な少女時代を過ごしていた、山田純代の精神史と重なるものがある。

山田純代の『想像力の構造』という卒業論文が書かれた一九七五年という年はまだ、いまとは比べ物にならないほど文学が神聖であり、政治的な力を持つものとされていた。論文中、ソルジェニーツィンと並んで名が書かれている金芝河とは、一九七四年に、朴正熙政権を批判した詩を書いたことで死刑を宣告された韓国の詩人である（その後釈放）。文学が政治を揺るがすエネルギーを持っていたそのような時代において、山田純代はあえて「文学」といわず、「文字」ということばで「書かれたもの」を指し示す。そして、文字を見限って行為を選んだものよりも、その反対、つまり行為を見限って文字の世界に安住しているもののほうが多く生きのびているだろうと書く。そして、大江健三郎の文章をひきながら、読書による経験と想像力は、現実における経験と想像力としての意味を持ちうるのかと問いかける。はたして、読書の想像力は現実と等価たりうるのか。それとも、それは一種のメタフィクショナルな、文字の世界の内部における自己言及であるのか。

文字は決して有毒なものでもなく、あいまいなものであるとしながら、この論文で純代は、「我々は文字とある黙契を結」んでおり、それは「我々は白い紙の上につらねた黒い記号の羅列を、げんざい実際に自分を包んでいる現実と、等価なおもみをもつものとして受けとる」という「想像力にかかわる黙契」であると規定する。そして、ある書物を、ことに小説の場合において、選ぶという行為は、その著者との契約を結ぶことだという。その契約とは、「文字をとおして作家の想像力に参加することと」である。読者が文字と黙契を結んでいるとき、「活字のむこうの暗闇」に、その文字を原稿用紙にかきつける作家がうずくまっている、という事実からは、そっと目をそらされるのだと、この論文には書かれている。そして、「文字が我々にとって、少くとも現実と等価値にちかいある重みを持ちうるかどうかは、その文字が伝える意味が我々にどれだけ生き生きと想像力の契機になるかにかかっている」と述べる。

安部公房の『箱男』などを引用しながら、純代は想像力を媒介とした文字と我々の契約について論じてゆく。「時間と空間との裏付けをもたぬ疑似空間、それゆえにどんなかたちにもこねあげられる亜空間が想像力」であり、「文字の作用は、この粘土に輪郭を与えることだ」という。そして、この作用がもっとも純粋に見られるのは、童話、ファンタジア、SFといった、完全にありえない世界を描く架空譚においてであり、それらの作品において、作家の問題は、想像力という粘土をどれだけ完全に、すきまなく造形しうるかにかかっているという。

すでに『カローンの蜘蛛』を書いていたこのころ、《グイン・サーガ》の世界は徐々に純代のなかに形作られつつあったと考えるのが妥当だろう。想像力により広大な世界を生み出そうとする意気込みが、この論文にぶつけられている。もっとも、本論文において、文字の世界のリアリティが現実を凌駕していた「黄金時代」はすでに過ぎ去り、いまは小説が氾濫しながら、小説はかつてのような力を失った「銅の時代」だと、純代は述べる。しかしながら、現在ほど小説が氾濫している時代もない。銅の時代は多様化の時代でもある。続いて純代はこう書く。一方、膨大な広がりを見せる現実の前で、文字は脅かされてもいる。だが、現実と対抗しうる力を持っているのは、ただ文字のみなのである。

「異る現実」の可能性。それはすなわち、「この現実」への疑念の表明である。我々が頼っている「この現実」、指でふれ、目で見える現実が、実は別の角度からも見うるということ、それは我々にはおそろしい。平凡さと飛躍のなさが「現実」を保証する。我々が見、触れることのできるものを文字のうちに見出すと、我々は安心する。

山田純代というひとりの女子大生もまた、思い通りにならない現実に対し、「文字」の力、想像力の力で対抗しようとしていた。

文字の欲望とは人間の、再生への欲望である。否すべての表現は、自己を再現させんという欲である。文字がつきあたる絶望は、想像力の中に虜囚となっている個々の人間が、世界というあまりにも膨大な混沌に対するときの絶望である。自己を再現せんとするこころみは、世界を再現せんとするこころみである。なぜなら自己の中に世界を捕え解釈しようとする衝動——云ってみれば、「神」への欲望——がこのこころみのなかにはあるのだ。

右の引用に続く文章では、文字による世界の表現という試みがいかに困難なことであるかについて言及されていくが、この「世界を解釈しようとする神への欲望」こそ、大学の卒業を前にした山田純代のひとつの決意表明だったように読める。人一倍想像力の豊かな少女だった山田純代は、いままさに自分の中からさまざまな小宇宙を創り出そうとしていた。論文の終わり近く、山田純代は文字＝物語の起源について、自らの思いを綴っている。

文字はどこから来たか。それは、吟遊詩人や、琵琶法師、そのもっと前には肉をやく焚火のまわりで毛皮をきた一族を並べて伝承を語る語り部から来たのだろう。我々はまず、互いの意志の疎通——頭蓋骨なる獄舎のなかから、ようやく外界と、他の個体をかわしあうたどたどしい通信をはじめ、やがて「食物」や「水」などの概念から進んで、より抽象的な内容を表わしはじめ、それから物語ることをはじめた。神なるものがいて、そのすべを、心を慰めよとて与えてくれたわけでもあるまい。我々の有限さと生命のあるあいだに知り得ることの少なさへのあらがいが、文字を得たとき、物語の形で現実の収穫を結晶することに導いたのだろうか。はじめは、物語もまた、実在の成功者の教訓や、禁忌にまつわる伝承や、口づたえの知恵からはじめたのに違いあるまい。話はひろがり、想像力は鍛練され、物語は複雑化した。この世に実在しなかった勇者や美姫のために、人々は涙を流したり胸を踊らせたりした。かれらの虚実が問われることもなく、そんなことは問題にはなり得なかった。かれらは面白いから読み、あわれ深いから読み、珍奇な風俗や波乱にとんだ展開や、ありえないような誇張を見られるから読んだ。そのほかに、諷刺や戯画化や皮肉や——文字は、それほどたくさんのものを人々に与えた。文字は読むものにとって重要であり、美酒か、或はもっとよく麻薬に似た。酒の成分や効能や作り方を知らなくても酒を味わい、酔い痴れることができる。文字は単純であり、人々も単純であり、おそらく世界も単純であったのだろう。物語の世界と現実とは干渉しあわぬ、境界をさだかにしたものとして領土を明らかにした。

続けて、山田純代は「私は、文字に、素朴な生命力を復活させたいのだ」と述べる。文字よ。その原初の姿を、昔日の力をあらわせ。こうも述べている。「現実から石を――有毒無益の輩として石を投げつけられるとき、そのとき、文字は得られるかぎりの栄誉を受けるのだ」

我々を現実から連れ去ってくれる、そのような物語を創造し続ける。その野望の原型は、すでに彼女のなかに形づくられていた。

第五章　無名から有名へ（二十三歳〜二十四歳）

中島梓と栗本薫

「純代、っていう名前はずっと嫌っていましたね。本名を名乗らなければいけないときも、今岡純代じゃなくて今岡梓、と言っていましたから」

と、筆者に話してくれたのは、夫の今岡清である。名字の山田、という名前も平凡に思えて、彼女は好まなかった。

小説家としてのペンネームは栗本薫だが、私生活では、ずっと中島梓を通り名として使っていたのは前述の通りである。この中島というペンネーム、最初は実家の近くにあった「中川」を名字として使おうとしたが、姓名判断の結果がよくなかったため、中島にしたともいう。のちのホームページ「神楽坂倶楽部」の二〇〇五年六月十六日の記述には、母の良子が「中川梓だと画数が強すぎて男が寄り付かない運勢だから、上を変えて中島にしろ」と言ったので、やむなく中島梓にした、とある。

「梓」に関しては、〈週刊朝日〉一九七八年七月十四日号のインタビューでは、「川が好きなので、うちの裏の中川と、梓川から取った」と言っている。梓川とは、長野県の松本市・安曇野市を流れる川のことだろうか。

「栗本薫」については、最初は「森本薫」というペンネームを考えたが、それは『女の一生』の作者と同じ名前であることに気づいた。そこで「森薫」も考えたが、三文字の名前のほうが好きだった。そこで「西本薫」「谷本薫」などいろいろ考えたあげく、電話帳に一つもなかった「栗本薫」にしたと、『マンガ青春記』にある（なお、「森カオル」という名前は、のちに《伊集院大介シリーズ》のワトソン役に使っている。前出の跡見学園をモデルにした女子校出身のキャラクターである）。

「梓」「薫」に共通するのは、男とも女とも取れる名前だということである。特に「栗本薫」に関しては、江戸川乱歩賞を受賞した『ぼくらの時代』に始まる《ぼくらシリーズ》の主人公の男子大学生、栗本薫と同名に設定していたこともあり、意図的に男性と誤認させようとしていた。

結局、栗本薫が女性であることはすぐに世の中に知られることになってしまったのだが、中性的なるものへの憧れが、男性とも女性ともつかないペンネームをつけさせたことは確かだろう。

本書では、これまでデビュー前のひとりの少女として、「山田純代」という結婚前の本名を使って記述してきた。が、本章からは本格的に作家としてデビューしていくことから、「中島梓」と呼ぶことにする。評論の執筆だけでなく、音楽活動、芝居の活動もすべて中島梓の名前でしていたため、彼女の身近にいたファンは、「中島さん」や「あずささま」といった名前で呼ぶことが通例になっていた。ゆえに中島梓を基本として使用するが、特に小説家としての側面を指すときには、栗本薫と表記することもあるだろう。時に中島梓と栗本薫の使い分けをめぐって混乱しているように読めるときもあるかもしれないが、それもふたつ、いや細かいものも含めればいくつものペンネームを使い分けた作家について論じる特異性ゆえだとお許し願いたい。

大学卒業前、中島梓は中央公論社（現・中央公論新社）の試験を受け、面接まで進んだが不合格になっている。そのあと朝日新聞社とサンケイ出版（現・扶桑社）を受けたが、こちらは面接まで進まず、書類と学科で不合格となった。その後、中島梓は、就職先を探すそれ以上の努力をしなかった。

「とてもこの子には会社勤めなんて務まらないと思っていましたから、私も就職しなさい、なんてことは言いませんでしたねえ」

と、振り返るのは母の良子である。

このころのことについて、『マンガ青春記』にはこうある。

　ともかく、私は、就職浪人の二年間、狂ったように書いた。書いて、書いて、書いた。親とケンカし、苛々し、失意したり狂躁になったりおちこんだりしながら書きつづけた。

ひとり自宅の二階で書き続けた『真夜中の天使』や『キャバレー』などの作品が、のちに世に出ることになろうとは、書いているときはまったく思わなかったという。

ところが卒業論文『想像力の構造』が、中島梓の道を開くことになる。指導教授だった平岡篤頼がこれを激賞し、朝日新聞に、今年の卒論の動向という内容のエッセイを載せて、中島梓の卒論の内容を紹介したのだった。

この記事が縁となり、中島梓に〈別冊新評〉という雑誌から原稿依頼が来る。その号は、筒井康隆の特集号として予定されており、朝日新聞の記事を読んだ筒井康隆本人が、執筆者のひとりとして中島梓を指名したのだという。

中島梓の公的な出版物へのデビュー作と言えるこの評論『パロディの起源と進化』（〈別冊新評〉

七六年七月）の名義は、栗本薫となっている。中島梓＝栗本薫の初期のペンネームの使い分けについては、『グイン・サーガ・ワールド』の5〜8に掲載された、八巻大樹（だいじゅ）の評論『現実の軛、夢への飛翔――栗本薫／中島梓論序説』に詳しい。そのなかで、八巻は、栗本薫と中島梓の使い分けは、彼女が内包していた多重人格性の表れであり、彼女の中に潜んでいた別の人格の表象であると指摘している。

後年一般的に、中島梓と栗本薫の使い分けは、中島梓＝評論家、栗本薫＝小説家として説明されることが多かったが、八巻は、彼女が文筆家としてデビューしたのは、栗本薫名義で書かれた評論であったことに着目する。そのうえで、当初は「中島梓」が〈群像〉や〈早稲田文学〉など活動の場を広げていったのに対し、「栗本薫」名義の評論は〈幻影城〉にほぼ限定されていた。その状況を一変させたのが、一九七八年六月、「栗本薫」名義の推理小説『ぼくらの時代』が、江戸川乱歩賞を受賞したことだったとする。

しかし、初期においては評論家＝中島梓、小説家＝栗本薫という住み分けも厳格だったわけではなく、前述した私小説『弥勒』は中島梓名義で発表されているし、〈ＳＦマガジン〉一九七九年十月臨時増刊号には、『語り終えざる物語〈ヒロイック・ファンタジー論・序説〉』という評論を栗本薫名義で発表していると八巻は指摘する。それでは、中島梓と栗本薫の違いとは何か。八巻は、中島梓は私、栗本薫はぼく、という一人称を使っているという違いに着目する。すなわち、中島梓とは女性性であり、栗本薫とは男性性なのである。

ここで八巻は、新潟大学准教授の石田美紀（みのり）の著書『密やかな教育〈やおい・ボーイズラブ前史〉』に所収されている評論『〈文学〉の場所で　栗本薫／中島梓の自己形成』を引用し、石田の「栗本薫＝ぼく」こそ、彼女にとっての理想化された人格であったとする論を、説得力に富んだ指摘としながら、それではなぜ、「中島梓＝私」という人格も必要とされたのかは、それでは説明できないと指摘する。そして、男性人格としての栗本薫は、実際には女性である栗本薫／中島梓から乖離した存在であったがゆえに、より栗本薫／中島梓に密着した存在である女性人格としての中島梓が必要とされたのではないかと、見解を述べるのである。

ここで栗本薫／中島梓として指し示されている人格は、彼女の本当の名前である山田純代と言い換えてもいいように筆者には思える。山田純代というひとりの少女が、理想の人格である栗本薫へと変身＝メタモルフォーゼしようとしたとき、そのバランスを取るために、中島梓というもうひとりの人格も必要なのであったと。続く章では、八巻は「中島梓という人格そのものが『現実志向型』なのであり、栗本薫という人格そのものが『イデア志向型』なのである」とも言い換えている。

中島梓と栗本薫というふたりの人格について、栗本薫のファンクラブである「薫の会」の会長であり、中島梓とも長年交遊のあった田中勝義は、筆者にこんなふうに語った。

「中島梓が外に出ていこうとする人であるのに対し、栗本薫は内側に行こうとする。中島梓の社交性に対する栗本薫の内向性という両極が彼女のなかに住んでいたんだと思います。このふたりは意識が全然違い、時々入れ替わるらしくて、パソコン通信の『天狼パティオ』では、時々『今は栗本薫です』と言いながら書き込んでいるときがありました」

そうすると、芝居や音楽の活動をするときの名前が中島梓で、小説を書くときが栗本薫、という事実が内＝外という二項背反として説明できるようにも思える。夫である今岡清は筆者に、「中島梓という人が栗本薫というペンネームで小説を書いていた」と説明したが、社交的で豪放磊落（ごうほうらいらく）、酒好きでもあった中島梓という人格は、傷つきやすく想像力に富んだ栗本薫という人格と微妙なバランスを保っていたと解釈することもできる。

さて、その栗本薫という筆名が初めて用いられた〈別冊新評〉掲載『パロディの起源と進化』は、「悲壮な不まじめさ、献身的な不謹慎」という副題を持ち、筒井康隆がパロディであるがゆえに、純文学よりも軽んじられている現状に異議を呈している。文中の終わり近くには、このような箇所がある。

思想、宗教、科学、などはあとから解釈と体系づけのために与えられたものにすぎない。絶対に、表面的でないと言い得るものはただ意味を付与されることによって概念と事象とが結びあわされる以前の混沌、だけである。

そして意味の記号化を基礎として成立している言語表現というものにあっては、その本質そのものがすでにパロディ的な性格を帯びざるをえないのだ。言語表現は現実の表面にはりめぐらされた、ひとたび行為の手がふれればたちまちぱちんとはじける油膜のようなものにすぎないのだから。そしてその中ですら特にうろんなのが小説というジャンルだ。そこにあらわれる人びとはすべてディフォルメされた戯画であり、そこにあらわれる世界はすべて上面だけの現実のまねび、なぞりのパターンである。どうして目覚めているという悪夢を見ているにすぎないものが悪夢を脱出すればまたそこも悪夢だという悪夢を弾劾できよう。

どちらにせよ文字を選ぶものはすでにして入れ子の迷路に踏み込んだものである。自らどこかの戦場でたこつぼを掘ったり、どこかの無医村に医者として赴くために学んだりするかわりに、ありとある色あいのガラスを通して眺めた世界の表面、或いは裏側の表面をむやみと撒き散らしてものごとを混乱させるうろんな人物である。

そしてそうでしかありえない以上、「飢えた子供にとってはたして文学は何の役に立つのか」

なぞと思い悩んで結局何もしない「思想」より自分がパロディでしかないとわきまえて居直ったパロディが軽んじられるべきだといういわれはどこにもないではないか。表面的でない、上面だけでない文字など決してないのだ。そして文字の力とはまさしく、人間の「本質なるものへの意志」を表面化し、具象化して呈示することだ。

ここでは、卒業論文『想像力の構造』で使われた、「文字」という用語が再び使われている。文字とは現実の記号化でありながら、人間の「本質的なるものへの意志」を表面化する。そこでは、文学のほうがパロディよりも高尚だということなどありえない。時には、パロディこそが、本質的なるものを映し出しもする。現実を映し出すよりも、物語の世界を自身の創作の源泉とすることが中心だった中島梓らしい論といえよう。

今西良の世界

中島梓がパロディの重要性にこだわったのには訳がある。七五年三月に中島梓が早稲田大学を卒業してから、七六年七月に〈別冊新評〉に『パロディの起源と進化』を掲載するまで一年余り。この間に、彼女は三篇の長篇小説を執筆している。

一九七五年九月から十月にかけて書かれた『真夜中の天使』は、のちに作者自身によって、『旧・真夜中の天使』として位置づけられ、『真夜中の鎮魂歌（レクイエム）』（角川書店）というタイトルで刊行された。

一九七五年十二月十日から、二十六日まで、たった十七日で書かれた『生きながらブルースに葬られ』は、のちに『翼あるもの』（文藝春秋）の上巻として刊行された。

そして、一九七六年一月から五月にかけて新たに執筆された『真夜中の天使』が、のちに文藝春秋から同タイトルで刊行された作品である。
この三作は、いずれも今西良という、男を虜にする魅力を持った美少年が主人公になっているが、その設定は一作ごとに異なる。
三作の主人公についての中島梓自身の説明はこうだ。

この作品に出てくる「今西良」は、前作「真夜中の天使」の主人公である「今西良」とまったくの同姓同名ですが、同一人物と考える必要はなく、といってそう考えたければそう考えて頂いても構いません（要するにそんなことは私には、どうでもいいことなのです。私にとって重要なのは、主人公が「今西良」という名をもつことなのですから）

（『翼あるもの』下・文庫版のためのあとがき）

また、『真夜中の鎮魂歌』のあとがきではこう書いている。

「翼あるもの」のあとがきで、私は、「翼」と「まよてん」（筆者注：『真夜中の天使』）の今西良を同一人物と考えるも、同名異人と見るも自由、と書きました。が、この「旧・天使」改め「真夜中の鎮魂歌（レクイエム）」に関する限り、お分りのようにこの今西良は、まったくの別人でありますというか、この今西良だけが、はじめの、オリジナルの今西良であったのです。というのは、彼が「今西良」という人格の私の世界にあらわれた最初である上に、この作品のラストで死んでいるからです。

この「あとがき」の、続く中島梓の説明によれば、『真夜中の鎮魂歌』の今西良は、美少年ではあるが、結構タフで男っぽくもある。年齢は二十四歳。わりと素質のあるトランペッター。一方、『翼あるもの』の今西良もまた二十四歳。ロック歌手で歌もうまい。それに対し、『真夜中の天使』の今西良は、年は十九歳で、本当の美少年。「ただキレイなばかしのアイドル歌手で、べつだん歌の天才ってことはない」とある。

「どうしてああいうものが書けるのかしらね。不思議でたまらない」

これは、母・良子に筆者が、栗本薫の男同士の性愛を描いた作品群について聞いてみたときの返答である。良子にとっては理解しがたいその世界は、しかし青戸の家で両親と住んでいた中島梓のなかで、年月をかけて熟成されていったものだった。

のちに《東京サーガ》と位置づけられる一連の作品に登場する今西良というキャラクターは、もともと中島梓が当時夢中になっていたドラマ『悪魔のようなあいつ』の、主演の沢田研二演じる可門良というキャラクターにインスパイアされたものである。

『悪魔のようなあいつ』は、一九七五年の六月から九月までTBS系で放送されたドラマ。阿久悠原作・上村一夫作画のマンガを原作にしていて、ドラマ版は、のちに作家としても活躍した久世光彦が監督を務めた。可門良は、三億円事件の犯人にして、歌手であり、男娼としても働いているという設定で、当時美青年として人気の絶頂にあった沢田研二が、色気たっぷりに演じる、エロティシズムに満ちた作品である。特に中島梓を魅了したのは、藤竜也演じる元警視のインテリヤクザ、野々村修二が、可門良に寄せる同性愛的な愛情であった。

中島梓が夢中になったのは、沢田研二ではなく、あくまで可門良というキャラクターで、家庭にビデオもなかった時代に、その印象を留めるために、当初は『真夜中の天使』というタイトルをつけ、のちに『真夜中の鎮魂歌』というタイトルで世に出した作品を書き始めた。その同名のキャラクターが、話がつながっているわけでもないのに、また『翼あるもの』『真夜中の天使』にも登場するのは、手塚治虫の作品に、ヒゲオヤジやロックといった同じキャラクターがたびたび登場するのと同じ、作家によるスターシステムであると中島梓は説明する。そして、『真夜中の天使』が書かれた際の今西良は、もはや沢田研二でも可門良でもなく、「誰になったのか、というとたぶん私になったのだと思います」と、中島梓は『真夜中の鎮魂歌』のあとがきに書いている。

ドラマのキャラクターから触発を受けて、それを土台に自分の世界を広げていく。この点で、現実の出来事を題材に創作する、多くの作家とは、異なる地点に中島梓は立っていた。これが彼女が評論活動でパロディにこだわった理由でもあるだろう。創作から妄想を膨らませ、自分の創作世界を広げていくやりかたはのちの同人誌文化にも通じる。折しも、『真夜中の鎮魂歌』が執筆された一九七五年には、第一回のコミックマーケットが東京・虎の門の日本消防会館で開催されている。

『真夜中の鎮魂歌』は、トランペッターの今西良と、天才ジャズピアニトだったが、麻薬の揉め事でヤクザに左手首を切断され、いまは自らもヤクザのような生活をしている風間四郎という、ふたりの男の関係を軸にストーリーが進む。音楽への夢をかつて絶たれた風間は良に音楽への思いを託そうとする。その良はかつて風間の音楽をファンとして愛していた。だが、狼のような激しさを持つ良は、風間の自分への愛情を拒絶する。

この物語のなかには男同士の激しい愛憎の応酬があり、登場する女性たちはその関係性に立ち入ることはできない。女性キャラクターに冷酷な運命を与えがちなのは、のちのちまでの栗本薫の世界の特徴だ。レイプされそうになる歌手の卵のミキが、風間が助けに来るからと言って、強姦者たちを止めようとするのを、その場に居合わせた良は「風間は来ないよ」と言って、その暴行を後押しすらする。だが、良を憎んだはずのミキは、やや唐突に良と愛を誓い合い、結婚を約束する。風間は良を守るために、良を追ってきた男を殺しさえしたのだが、良とミキの結婚の約束を知ったとき、良を永遠に自分のものにするために良を殺すのである。

この、ある男がもうひとりの男を愛するあまり、自分の手で殺すというモチーフが、中島梓が最も描きたかったシチュエーションであろうことは、その後の数々の作品を見てもよくわかる。相手を傷つけ、その命も奪ってしまおうと思うほどの激しい愛を描くことに、中島梓は膨大なエネルギーを費やした。愛情が激しければ激しいほど、それは物語として紡ぐに値するものだった。

続いて書かれた『生きながらブルースに葬られ』が、のちに『翼あるもの　上　生きながらブルースに葬られ』として刊行された作品である。この『翼あるもの』の表紙画は竹宮惠子によるもの。そこに描かれている男性は、竹宮の少年愛ものの代表作である『風と木の詩』で、主人公のひとりであるジルベールを性的に支配していた叔父（本当は父親）のオーギュスト・ボウである。

この作品では、歌手の今西良をめぐって、作曲家の風間俊介とやくざスターの巽竜二の焼けつくような嫉妬の世界が繰り広げられる。やはりここでも、愛するあまりに傷つけあう男たち、というのがモチーフとなっており、ほとんど女性が登場しない、男だけの世界が繰り広げられる。この小説に登場する男たちは、まるで誰もが今西良の崇拝者のようだ。

そして、栗本薫の作品世界を語る上で、極めて重要な位置をしめるだけでなく、やおい文化と、のちのBL文化の歴史を概観する上でも外すことのできない作品が、大学卒業後の一九七六年に書かれ、一九七九年に文藝春秋から刊行された『真夜中の天使』である。

『真夜中の天使』は、「ジョニー」と通り名で呼ばれる美少年歌手の今西良と、そのマネージャーである滝俊介の憎悪にも似た激しい愛の物語である。

中島梓が小説のなかでよく使う言葉に「妄執」と「瞋恚（しんに）」がある。特に「瞋恚」は、一般的にはほとんど使われない言葉だが、栗本薫の小説のなかには頻出する。彼女は自らの作品のなかで、そのような激しい感情――特に男性から男性に対する想いにおいて――を描くことをとりわけ好んだ。

『真夜中の天使』のなかで、マネージャーである滝俊介は、芸能界の大物の男性たちに今西良の肉体を差し出す一方、自身も激しい感情と支配欲を良に対して持つ。『真夜中の天使』における男性同士のセックスは、世間一般のセックスとは別の意味を持つかのように陵辱的であり、男性たちからの行為を受けた今西良は、全身に激しいダメージを負い、傷つけられることになる。

そのような目を覆うような凄惨な内容でありながら、そこには男性同士の崇高な愛のテーマを感じ取ることすらできる。やがて、これも今西良を愛する作曲家の結城修二との三角関係のなかで、滝俊介はさらに狂おしい感情をもてあまし、今西良を自分だけのものにしようと破滅的な行動を取るようになる。なぜ、この作品において愛はこういう形でなければならなかったのだろうか。

『真夜中の天使』のあとがきで、栗本薫はこう書いている。

> ただ私にとってそのとき切実に知りたかったこと――それは、一人の人間が、どうしたら、ほんとうに孤独ではなくなるか、ということでした。
> 孤独。――それは、私にとってはたいへんな重大なことばなのです。BFができれば孤独でなくなるか。結婚すれば孤独でなくなるのか。この小説で、滝俊介という人は、他の人間を好きになればなるほど、どんどん孤独になり、そしてどんどん、あいての心が読めなくなってゆきます。今西良という若者も、孤独だから、フラフラと彼についていったのです。かれらはみんな、何と

かして他人に、ものすごく、全存在をかけるほど強烈に関心をもってほしかっただけなのです。

こんなにも人を激しく愛することができたら！　こんなにも激しく愛されることができたら！　孤独であればあるほど痛切に思うその感情は、男女間の恋愛では描くことができなかった。男女の性は生物学的にも社会的にも通常でありすぎるがゆえに、夾雑物が混じりすぎる。中島梓にとって、純粋な愛というのは男性同士の間においてのみ描くことができた。

一九七八年に創刊された、〈ＪＵＮＥ〉（創刊当初は〈ｃｏｍｉｃ ＪＵＮ〉）は、男性同士の愛を描いた小説やマンガを載せた専門誌であり、中島梓は創刊時から多くの作品を掲載し、深く関わることになる。その編集長を務めた佐川俊彦（現・京都精華大准教授）は、中島梓と長年親しく付き合ってきた。その佐川は、筆者に対し、男性同士の性愛がどうして広く少女たちに受け入れられたのか、その理由についてこう話した。

「中島梓さんたちの生み出したやおい文化は、女の子にとっては心の隙間を埋めてくれるもので、その物語を通して、初めて彼女たちは性的に自由になることができたんです」

性から自由になるための表現としてのやおい――。中島梓にとってやおいはその後も主要なテーマであり続ける。この領域については、のちにもさまざまな作品が書かれているので、改めて言及していきたい。

幻影城

『マンガ青春記』によれば、『パロディの起源と進化』で得た〈別冊新評〉からの三万円弱の原稿料はすぐに使い果たし、「芝居をみたり母のお供で旅行にいったり、本とマンガをよみふけったりの放縦な日々に戻っていった」とある。

その傍ら、平岡篤頼教授の誘いで、このころ一時休刊していた〈早稲田文学〉（〈早稲田文学〉は休刊と復刊を何度も繰り返している雑誌である）の事務所で手伝いをしており、一九七六年の復刊号では、平岡篤頼教授による筒井康隆のインタビューを掲載することになった。中島梓は〈別冊新評〉の編集部から筒井康隆の電話番号を聞きアポを取って、実際のインタビューにも立ち会っている。筒井康隆論でもあった『パロディの起源と進化』にいい印象を持っていた筒井康隆は、中島梓にも親切だった。その中島は、筒井と平岡の対談中、筒井の背にした、筒井の本だけがビッシリと並んだガラスのはまった本棚をうっとりと眺め、「私もいずれ、自分の著書で本棚を埋める身の上になりたいもんだ」と思っていた。

一九七六年、中島梓は『都筑道夫の生活と推理』で、第二回幻影城新人賞・評論部門の佳作を受賞。このときの名義は栗本薫。受賞作は、〈幻影城〉の一九七七年一月号に掲載されている。

〈幻影城〉は、一九七五年から一九七九年まで、株式会社幻影城から（一九七五年二月号の創刊から一九七六年一月号までは絃映社から）発行された探偵小説専門誌。

編集長の島崎博（しまざきひろし）は、本名を傅金泉（ふきんせん）という一九三三年生まれの台湾人で、一九五五年日本大学法学部入学のために来日。神保町に通い詰め、実家からの仕送りと台湾資本の貿易商会のアルバイト代を元に、探偵小説のコレクションに勤しむ。一九五九年には早稲田大学の大学院に入学。創設されたばかりのワセダミステリ・クラブの主要メンバーとなった。推理小説の書誌学者として、雑誌〈宝石〉などで活動した島崎は、台湾の独立活動家でもあったが、一九七五年に雑誌〈えろちか〉を刊行していた林宗広から、復刻を中心とした推理小説雑誌の編集長就任を依頼され誕生したのが、〈幻影城〉である。当初は復刻が中心だったが、半年も立たないうちに書き下ろし短篇の掲載や新人賞の募集を行なうようになる（以上の記述はおもに〈幻影城〉終刊号所収の『島崎博論――幻影城主の想い』野地嘉文による）。

泡坂妻夫（あわさかつまお）は〈幻影城〉の第一回新人賞からデビューしているし、竹本健二の『匣の中の失楽』も、同誌で新人作家の長篇連載デビューという異色の登場からスタートしている。栗本薫ものちに、伊集院大介シリーズの第一作『絃の聖域』を連載している。

その〈幻影城〉で新人賞を受賞した評論で、中島梓が取りあげたのが都筑道夫（つづきみちお）。探偵小説作家であり、探偵小説の批評家でもあった都筑道夫は、早川書房で〈エラリー・クイーンズ・ミステリ・マガジン〉の編集長などを務めたのち作家生活に入り、SFや時代小説の著作もある。

栗本薫名義の評論『都筑道夫の生活と推理』は、「ぼく」という一人称を使って書かれている。この評論で、評論家である「ぼく」としての栗本薫は、作家であると同時に批評家である人物を批評するということの難しさに言及する。都筑道夫の描くジャンルの幅広さを取り上げ、「これではいったい、かれの正体はどこにあるのだ、どこからとりついたらいいのだ」と途方に暮れながら、彼の世界に共通する要素として「パロディ」と「様式美のダンディズム」を発見する、というその内容は、そのままその後の栗本薫＝中島梓の作品世界に対する自己分析としても通用するように思える。評論家としてのデビュー作のひとつであるこの小論には、明らかに中島梓自身の目指す作家像も投影されている。そのうえで、この小論のなかに「作家・都筑道夫が批評家・都筑道夫から分裂して暴走する、というのは決してありえないことに思える」と書いているのは、中島梓の枠を超えて、これから膨大な作品世界を生み出していこうとしている、自分自身と都筑道夫の違いを念頭に置いているのだろう。

今岡清との出会い

七六年から七八年にかけて、栗本薫および中島梓の名義で発表した評論に関しては、『グイン・サーガ・ワールド5』に掲載されている、八巻大樹の『現実の軛、夢への飛翔――栗本薫／中島梓序説―』の第一回に詳細なリストが掲載されている。その掲載誌は〈幻影城〉〈早稲田文学〉、そして後述する『文学の輪郭』の群像新人賞受賞後は、〈群像〉や〈奇想天外〉などがこれに加わる。扱う対象は、平井和正、横溝正史、五木寛之、野坂昭如、吉本隆明などのほか、マンガ、ミステリ、SF全般など多岐に渡っている。

当時早川書房の〈SFマガジン〉の編集者をしていた今岡清が、初めて中島梓と会ったときも、今岡は彼女のことを「評論を書く人」として認識していた。その後、夫婦として三十年近くをともに生きることになる今岡は、その出会いの日をこのように振り返る。

「当時はまだ私も〈SFマガジン〉を編集し始めて間もないころで、書き手を探すのに一生懸命だった。人気になった作家はどうしてももっとメジャーな雑誌に移っていってしまうから、SFの雑誌は作家を自分で探して育てていかないとダメだと思って、あっちこっちに網を張っていました。そうしたら、鏡明が、早稲田出身で、面白いものを書く女の子がいると教えてくれて、番号を教えてもらって、お会いしたいと電話をかけたんです。そのころはまだ彼女のことは誰も作家だとは認識していなくて、評論家だと思っていた。正確な時期は覚えていないんだけど、もう早稲田は卒業して少しずつ評論を発表していたころ、まだ『文学の輪郭』で群像の新人賞を取るよりは前だったと思います」

電話では、何を書いてほしい、と依頼内容は決めず、とりあえず会って話そうということになった。最初に会ったのは、今岡が指定したお茶の水の喫茶店だった。今岡がいくと、中島は編み物をしながら待っていた。

「第一印象は特別なものではなく、普通の女の子がいるな、というものだったんだけど、しゃべり始めたらとにかく小説に詳しいし、やりたいことがいっぱいあるというのが伝わってきた」

今岡清が最初に中島梓に依頼していたのは、評論や書評だった。七八年六月に〈ＳＦマガジン〉に掲載された中島梓名義の評論が、ＳＦ作家の横田順彌論である『横田順彌の不思議な世界』だ。

「最初に会ったときも、何時間も話したし、そのあとは青戸の家にお邪魔するようになって、そこに行くと昼に行って、夜に帰る。その間ずっと話をして飽きなかった。とにかく話をしていて面白かった」

原稿を取りに来た編集者、ということで、顔を見せるのはお手伝いの善子だけで、母の良子も、しばらくのちに乱歩賞の授賞式で見かけるまで会うことはなかったそうだ。父の秀雄は仕事で不在だった。

そして、この当時、すでに妻子がいた今岡清と中島梓はやがて恋愛関係になるのだが、その前に、まず今岡清のそれまでの人生について、彼の言葉とともに振り返っていきたい。

それまでの今岡清

今岡清は一九四八年十月二十一日、横浜市に生まれた。今岡の父は石屋の息子として生まれ、尋常小学校を卒業後、電気関係の工場で働いていたが、兵隊に取られて中国南部に派遣された。終戦で復員した後、逓信省（ていしんしょう）の役人で灯台守をしていた男性の娘と結婚し、横浜市の職員をしていた。

今岡清が小学校五年だった一九五九年十二月に、早川書房より〈ＳＦマガジン〉が創刊された。

「空想科学小説誌　S‐Fマガジン」と、「S‐F」の黄色い文字が一際大きく記され、洞窟の壁画のようなタッチで、どこか遠い惑星の地表の電波塔を思わせるイラストが、同誌創刊号の表紙に描かれている。日本で初めての本格的なSF雑誌であったこの創刊号には、レイ・ブラッドベリや、アーサー・C・クラーク、ロバート・シェクリイ、アイザック・アシモフといった作家が名を連ねていた。

幼少より父親に買い与えてもらった小口径の天体望遠鏡で月や土星を観察し、天文学者になりたいと思っていた今岡清は、SFの世界にもすぐ親しんだ（なお、正式な表記は、〈S‐Fマガジン〉と「‐」が入るが、通称として「‐」のない〈SFマガジン〉もよく用いられる）。

「〈SFマガジン〉が創刊になる以前から講談社の子供向けのSFシリーズでアシモフやハインラインを読んでいたんですが、〈SFマガジン〉を読むようになってからは、さらにSFに熱中していきました」

当時読んだなかで特に印象に残っている作品に、エドモンド・ハミルトンの『反対進化』がある。エドモンド・ハミルトンは、スペース・オペラ《キャプテン・フューチャー》の作者でもあるが、『反対進化』はそれとは趣を異にした短篇。学者たちがキャンプをしていると、ゼリー状の宇宙人と遭遇する。原始的な生物だと思ったそれは実は高度な生命体だった。彼らは地球人の脳を精査して、もとは高度な精神生命体だった人間が、なぜこんな単純な生物に退化してしまったのかと驚き、慌てて地球を後にする。SFならではの発想の転換という趣向の面白さに、今岡少年も胸を躍らせた。

中学高校はキリスト教系の私立校である関東学院に進んだ。天文への興味はそのころは薄らぎ、中高時代は演劇部で芝居をやった。そして中央大学の法学部に進学。

「あれは本当に一時の気の迷いで、弁護士って格好いいかな、と思ってふらっと入ったんだけど、性に合わなくて。法学部というと真面目に勉強して法律の勉強をしている人が多いわけだけど、自分にはそういう地に足のついたことはできないなあと。それで全然勉強しなかった」

今岡が大学に入ったのは七〇年安保を控えた大学紛争の時期で、二年生のときは全学ストで一年間ほぼ授業がなかった。今岡はノンポリだが心情的には左翼、という当時としては標準的な学生で、授業はないが学校には行ってメンバーが集まると雀荘に行くという生活を送っていた。

「高校から大学にかけては、アラン・ロブ゠グリエとか、フィリップ・ソレルスとか、フランスの異端的な小説家の作品を面白がって読んでいました。あと、谷崎潤一郎はほとんど読んだかな。だからSFばかり読んでいたというわけじゃないんだけど、『一の日会』というSFファンの集まりに、いつの間にか参加するようになっていた」

中島梓も憧れていた、先述した「一の日会」には、伊藤典夫や鏡明、横田順彌、川又千秋、高千穂遙などが集まっていた。渋谷の道玄坂、現在「麗郷」という台湾料理店がある細い路地の奥にあった「カスミ」という喫茶店に、一日、十一日、二十一日、三十一日と一のつく日に集まっていた。

「最初の頃はSFの話ばかりしていたけど、そのうち麻雀の話とか世間話がメインになって、でも一応SFの話がからむことが多かったですね」

今岡清の二十一歳の誕生日の一九六九年十月二十一日も、「一の日会」でカスミにいたところ、突然胃のあたりがチクチク痛みだし、やがて激痛となって、鏡明に担がれて救急車に運び込まれた。病院で見てもらうと胃潰瘍が悪化して胃穿孔になっており、腹膜炎を起こしていたので、胃の三分の二を切除して、汚れた腸を引っ張りだして洗浄する手術を受けた。周囲によると、それから三日三晩生死の境を彷徨ったというが、本人の記憶はない。ただ、ひどく喉が渇いて、清流のなかにコカ・コーラの瓶がある絵がなんども脳裏に浮かんできたのを覚えているという。

「大学の四年間は、始終その『一の日会』に顔を出して、そのなかでも麻雀が好きだったメンバーだった伊藤典夫や鏡明、横田順彌、ときたま平井和正といった人たちと雀荘行ったりして過ごしていて、ろくに勉強もしていなかった。だからきちんと就職できるとも思ってなかったんですが、卒業して、最初は日刊自動車新聞という車の業界紙の会社に入ることができました。ところが入社して三ヶ月くらいして、早川書房で人を探しているよ、って伊藤典夫が教えてくれて、それで早川書房に入ったといういきさつなんです」

早川書房に入ってまず担当したのは、銀色の背表紙が目印の、『ハヤカワ・SF・シリーズ』だった。

「早川に入るまでは英語は全然読めなかったんだけど、翻訳の出版社だから、読まないわけにはいかない。翻訳原稿と原書を対照しながら読むことから始めました。SF作家・翻訳者の矢野徹さんが、最初は意味が分からなくてもいいから、とにかく最後まで原書を読めば、そのうち読めるようになる、と言っていたので、ボキャブラリーが少ないなりにとにかく字を追い続けていたら、やがて読めるようになってきました」

なお、今岡清は、九三年に『ハッカーを追え!』というコンピュータ関係の専門書の翻訳も手がけている。〈SFマガジン〉の編集者となってからは、新人の発掘に力を注ぎ、神林長平や大原まり子といった、新しい世代のSF作家を見出し、育てたことでも知られている。

ふたりを近づけた孤独

中島梓と今岡清が、編集者ともの書きという関係から進んで、お互いに特別な感情を持つようになるまでに、大きなきっかけとなったのは、中島梓にとって一番心の奥底をさらけだした作品であるそのあたりのことが、中島梓と今岡清の共著である『今岡家の場合は』に書かれている。

「そのころ、書いていた小説をいろいろと貸してくれて。それを私も片っ端から読んでいた時期がありました。デビュー前や初期に出版社から依頼を受けないで書いていた小説はほとんど読んでるかな。相当な量で、そのなかに『真夜中の天使』もあったんです」と話す。

今岡清は当時のことを、『真夜中の天使』を読ませたことであったらしい。


旦那はもともと私の最初の担当編集者のひとりであった。さきにも話したとおり、『真夜中の天使』という、非常に私にとっては個人的な思い入れのある小説を、まだまったくどこからも出版するあてのない段階で、この、それまでよく話をしていて、話しだすと夜中まで喋りこんでしまうからなかなか気のあう、ということはわかっていたが要するにごく普通の担当編集者と作家の間柄にすぎなかった青年編集者になぜ見せようと思ったのだろう。「この人ならわかってくれるかもしれない」と思ったのかもしれない。それまでにこの小説を私が読ませたのは、中学高校時代を通じての最大の親友であったピン子さんただひとりであった。

そうして、「この小説」をナマ原稿、というよりも私が書き連ねた手帳で直接に読んだ今岡さんはその後、私に対して非常に特別な感情を抱くようになったようだったが、私はそのころ彼もいたし、私のほうでは異性に対する感情は全然なかった。ただ、そのあとも前に書いた時代小説を全部読ませてなんというかをききたいと思った――そのころに、私が最初に書いた時代小説を二本、今岡さんがタクシーの中に置き忘れて、真っ青になって夜中に電話をかけてくる、という事件が起こった。全部で七、八百枚にはなる原稿である。この原稿はとうとう出てこなかった。私は許した――というより、故意でしたことではなし、許すほかしかたなかったのだ。そのあたりから、今岡さんは、いつも私のうしろにいるようになった。

『真夜中の天使』を読んだ今岡は、そこに書かれた妄執の迫力と、今西良という美少年のキャラクターが持つ悪魔的な存在感に衝撃を受け、「あなたはすごいものを書いたんですねえ」と中島に言ったそうだ（と、今岡は言っているのだが、『翼あるもの』の文庫版のあとがきに、栗本薫が書いているところによると、このときに今岡は突然、中島のことを「オマエ」と呼び、「オマエは凄い小説を書いたんだねえ」と言った、とある）。

さらにその後、この世にひとつしかない生原稿を紛失するという、作家と編集者にとってもっとも恐るべき事態が起こり、そのことがかえってふたりの距離を縮めたかのように見えるのも興味深い。だがその前から、今岡のほうは、中島梓のなかに底知れない孤独や内面の暗さを垣間みていた。そのことが今岡にとって彼女を特別なものにさせたのである。

『真夜中の天使』という小説について、中島梓は『今岡家の場合は』のなかで、「この相手には俺が必要なんだ」と思うことで生きていける「面倒見たい欲」の異常に強い人と、その相手に従属するようでいて、実はその相手を操縦している、「面倒見られたい欲」の異常に強い人間の物語だと説明している。それはつまり、今西良をスターにするために自分の全てを捧げる滝俊介というマネージャーと、その妄執を受け止めながら相手を翻弄していく今西良という少年の関係性の持つ緊張が生み出すエロティシズムと言える。そして、それを書いた中島梓本人は、明らかに「面倒を見られたい人」なのだという。

一方、今岡清にとっては、『真夜中の天使』という作品は、さらにそれ以上の、中島梓の心の中の暗黒面を表出した作品として受け止められた。『グイン・サーガ・ワールド5』に掲載された『いちばん不幸で、そしていちばん幸福な少女』第二部第一回のなかで、『真夜中の天使』を私に読ませたということは、たんに世に出ていない作品を私に読ませたということではなく、自分自身のなかにある暗黒の部分を見せたということであったのです」と書いている。その暗黒の部分とは、中島梓が抱えていた激しい怒りのかたまりのことだった。その怒りのかたまりには、今岡清は中島梓との夫婦生活において、常に苦しめられることになる。

その『いちばん不幸で、そしていちばん幸福な少女』第二部第一回のなかから、今岡と中島の出会いから、『真夜中の天使』を見せるまでの記述を引用してみる。

初めて私が奥さんと出会ったのは、まだ私が正式にはSFマガジンの編集長にはなっていなかったころ、そして奥さんもまだ『ぼくらの時代』で華々しく脚光を浴びるまえのことでした。早稲田の卒業生で面白い評論を書く人がいるという話を人づてに聞いた私は、さっそく電話をかけて会うことにしたのです。奥さんは待ち合わせた喫茶店で、編み物をして待ってくれていたのをいまでもよく覚えています。『ぼくらの時代』も『絃の聖域』もまだ発表されておらず、評論で知られるようになっていた奥さんのことを、そのときにはまだ小説を書く人だということを私は知りませんでした。そもそもどんな物を書けるのかもよくわかっていませんでしたから、SFばかりでなくさまざまな小説の話から世間話まで、いろいろな話をしました。とにかく無類に話が面白く、とてつもない読書量に裏付けられた博覧強記ぶりに圧倒され、たしかその時も半日ほどずっとその喫茶店で話をしていたように思います。そして、とりあえず軽いエッセイをということで掲載されることとなったのが「あずさのおしゃべり評論」でした。

それ以来、私の奥さんはSFマガジンの常連寄稿者になりました。打ち合わせはしばしば長時間になり、お昼に奥さんの家に行って話を始めて、家を出るのは深夜になるということも珍しくなくなってしまいました。

たぶん、そうして話をしているうちに、私と奥さんはおたがいにただの編集者と執筆者という以上の気持ちをもっていったのだと思います。私はやがて私の奥さんがたんに話題の豊富な、才能豊かな執筆者ではないことに気づいてしまったのです。そして、奥さんは私に「真夜中の天使」を初めとする、まだ未発表の自分の原稿を読ませてくれるようになり、それとともに自分の心の深淵も見せるようになっていったのです。そのような時の私の奥さんは、ひどく寄る辺のない印象を与えました。この人はひどく助けを必要としている……私はそうした印象を奥さんに対して持つようになりました。

そうしたときに、私のなかにあったのは、誰もいないがらんとした広い家のなかで、一人で泣いている赤ん坊のイメージでした。そして、私はその赤ん坊を助けなければいけないという強烈な気持ちを持つようになってしまいました。

私が奥さんと結婚することになったのは、このような気持ちがあったからですし、それは私の奥さんもそうでした。私たちの結婚は、私の奥さんの心のなかにある赤ん坊を拾い上げたことが契機となったのです。

二〇一六年に、一九七九年に休刊した〈幻影城〉の創刊四十周年を機に〈幻影城　終刊号〉が発行されている。そのなかに、今岡清によるエッセイ『居場所を求めて――ある青い鳥の物語』が収録されている。そこにはこのようなことが書かれている。

編集者として私は打ち合わせのためにたびたび青砥の家に足を運び、小説や映画、音楽などさまざまな話題について時間を忘れて話していたものでした。やがて、そうした話ばかりではなく、プライベートな話もするようになっていくうちに、中島梓が自分の内面についても話をするようになりました。

そして、いまでも私には忘れることの出来ない話――たぶん、すでに結婚をしていながら、私が中島梓と結婚をするようになった最大の理由である――を聞くことになりました。

雨の降る夜の町を歩いていると、家々の窓のなかが覗ける。そして目に入るのは楽しそうな団欒。しかし、自分はそのどの家とも無縁で帰る家はなく街をさまよい歩く。そんな夢を見たか、あるいは自分の境遇についてそのような感覚を持っていたと言ったのか、たぶん夢を見たということだったのだと思うのですが、裕福な家庭で何不自由なく育ってきているはずの中島梓が、そのような気持ちを持っているということに私はひどく驚きました。

「地球生まれの銀河人」という作品に非常に惹かれるものがあるという話もしていました。この作品はリイ・ブラケットという、40年代から50年代に活躍した、いわゆるスペースオペラと呼ばれるＳＦの書き手で、正直のところ私は通俗ＳＦと見做していて評価している作家ではありませんでした。しかし、地球人のなかで自らの出自も知らず孤独に生きる主人公に、彼女は自分自身を重ね合わせていたようなのです。

そして、自分が正しい場所にいないことへの悲しみ、正当に扱われないことへの恨み、そうした感情が彼女の中に強烈な怒りのエネルギーをため込んでいたようでした。

障害者の弟が優先されることはあったとはいえ、両親から余りあるほどの愛情を受けていながら、この世のどこにも居場所がないと感じるほどの孤独感にさいなまれていた中島梓は、ひとつの負の才能というべき宿命を負っていたように思える。彼女を苦しめた孤独感と、怒りの源泉は、彼女を類いまれな作家たらしめた異常な想像力と記憶力であったのではないかと、今岡は推察している。その点についてはのちにさらに検証したいが、そんな彼女の悲しみを自分が引き受けるべきことと、どうしようもなく感じてしまったことが、ふたりが夫婦になるきっかけとなった。しかし、ふたりが一緒になるにはほかの問題もあった。すでに見た通り、今岡清は既婚者だった。相手は早川書房の同僚だった女性で、中島梓との恋愛が公になるころには、ふたりの娘もいたのであった。

群像新人賞

私生活では今岡清との出会いという転機を迎えていた中島梓。その才能は、いよいよ世間に現れ出ることとなる。一九七七年六月号の〈群像〉において、彼女の書いた『文学の輪郭』が、群像新人賞評論部門受賞作として掲載されるのである。

群像新人賞への応募は、『今岡家の場合は』に書かれているところによると、早稲田の文芸科の一学年下の男子で、のちに〈海燕〉（福武書店、のちにベネッセコーポレーション、一九八二年から九六年まで発行）の編集者になった人に勧められ応募したもので、それまで中島梓は、〈群像〉を読んだことはなかったという。

なお、この年の群像新人賞小説部門は該当作なしだが、前年一九七六年には村上龍の『限りなく透明に近いブルー』が、そして二年後の七九年には村上春樹の『風の歌を聴け』が受賞している。まさに、それまでの文学とはまったく印象の異なる、戦後生まれの新しい世代の文学の時代が幕を開けようとしていた。

そのような時代に書かれた『文学の輪郭』は、埴谷雄高（はにやゆたか）の『死霊』と村上龍の『限りなく透明に近いブルー』、そしてつかこうへいの『熱海殺人事件』をテキストとしながら、「文学は、どこへ行くのだろう」「文学とは何であるのか」という、文学の再定義を図ろうとする評論である。

卒業論文『想像力の構造――文字は有効であるのか――』では、あえて「文学」の代わりに「文字」という言葉を使った中島だが、この評論では「文学」という世間に馴染みのある用語を基本的には使いながら、時折「文字」という用語で文学のさらに根源のようなものを指ししめしている。そして、「文学」については、多様化するその領域のなかにある本質を探り当てようとする。

『限りなく透明に近いブルー』は先述の通り一九七六年の群像新人賞受賞作で、同年単行本化されている。そして『死霊』は、一九七六年に第一章から第五章をまとめた『定本　死霊』が刊行されている。この当時最新の二作の文学作品を読んで、中島梓は「『純』文学など実は存在していないのだ」と確信したと書く。そして、内容的には対極的なこの二作は、「決して『純』の名を与えるべきものではなく、しかもどちらもそれぞれの『文学』の極限であるはずだ、と感じられた」というのである。

そして、「『限りなく透明に近いブルー』は、感性以外の何物をも主張せず、何物をもあらわそうとする欲望を持たないことによって、文学が、文学自体の足場をほじくりかえしてはてしない逡巡にのめりこんでしまう以前の、表現とその機能との蜜月の時代に回帰している」と書く。さらに、「それは、はじめから、(神たらんとする意志)を持たない、或は、疑わない」「弱者の文学」であると規定する。それは、「世界を解釈したり、体系づけるための戦線に加わることを、はじめから放棄している」ある種の「文字の輪郭」なのである。

このように述べながら、中島梓は、

誰が、いま、自ら一個の精神として、徒手空拳でこの世界に立ちむかい、巨人たちのあとにつづこう、などという白日夢を見るだろう。また、誰が、文学がそれをすることができる、一冊の本が神や世界や生をおおいつくすことができる、などという期待を抱くだろう。

と書くのである。

だが、その後の栗本薫の創作歴を見るとき、まさにここで「誰が一冊の本が神や世界や生をおおいつくすことができる、などという期待を抱くだろう」と書かれている、その期待こそを、彼女は抱き続け、実現させようとしたと思われてならない。そして、栗本薫が本によって神や世界や生を覆いつくそうとしたそのやり方は、それまでの「純文学」のセオリーからは、まったくかけ離れた方法によってであった。そのような栗本薫は、その作家生活の大半において、純文学界からはほとんど無視されていたのである。

この評論では、三作品の時代性を検証しながら、最終的には「文学とは、矛盾である」と結論づけている。そして最後の一文を「文学が何らかの意味で現実に対して力(フォース)たり得るとするならば、それは、文学が、私たち自身を、自己規定と絶対性への安易な依存から、どのような道を通ってであれたえず矛盾のただなかへと引きもどし、存在し直させてくれるということ――この一事以外にはないのである。」と結んでいる。だが、これから世に出ようとしている作家・栗本薫のもっとも内なるパトスは、以下のような一節に表れているように思える。

そもそもなぜ、私たちは物語ろうとするつよい欲望にかられるのだろう？　私たちの、ほとんどすべてが、とにかく自分自身を、自らの生を、家族を、恋愛を、挫折や勝利を、物語らずにはいられない。そして私たちがそれに、多少の潤色を、歪曲や強調を無意識に加えるとき、私たちはすでに（ことばの神殿）の入り口にいるのだ。そして私たちのなかのあるものが、このような欲望をさらにおしすすめた、虚構の物語を語りつづけようとする、ほとんど本能にちかい欲求にとらえられるのは、決して珍しいことではないのだ。

（むかしむかし、あるところに、おじいさんとおばあさんが住んでいました）

文学のみなもとを、伝説や口誦に——かつて、実際にあった何かの事実から生まれてきたものとして、ともすれば象徴的な意味ばかりを求められがちなそうした形式のなかにのみ見出そうとするのは、むろん一面真理ではあるけれども、あまりにも偏っている。それらが物語られ、聞かれたのは、（かつてあった事件）を記憶し称賛したりするためではないのだ。それは私たちが物語りたいという欲求を持つゆえに、——実際にはどこにもいない人びと、少なくともいまはいない人びとの、現実になされはしなかった行動を、現実として構成し披瀝したいという欲望のゆえにこそ物語られ、聞かれつづけたのである。

結局は卒業論文と同じように、この『文学の輪郭』も、文学を超えて物語作家たろうとする中島梓の決意が込められているように思われる。

講談社の元文芸局長で、〈小説現代〉の編集長も務めた宮田昭宏（みやたあきひろ）は、〈群像〉の編集者時代、中島梓のデビューを担当した。

「彼女が、純文学の極北と言われた埴谷さんの『死霊』と、前年出たばかりの『限りなく透明に近いブルー』そして、つかこうへいさんという芝居をやっている人が書いた作品を、並べて批評しているのを新鮮に感じて、僕はこの作品が新人賞の最終候補に残るように強く推したんです。その当時の編集部の不文律では、一番強く推した人がその作家の担当になることになっていた。だから当時の橋中雄二編集長から、僕は中島さんの担当になるように言われたんです」

宮田は一九七六年の定期異動で〈小説現代〉から〈群像〉に移って間もないころだった。

「異動して初めて読んだ新人賞の作品が村上龍さんの『限りなく透明に近いブルー』。このときに選考委員の埴谷さんが、『これはロックとファックの文学だ』と言った。同じく選考委員の井上光晴（いのうえみつはる）さんも村上龍さんと同じ長崎の出身なので、これはすごい人が出て来たということで、井上さんも埴谷さんも興奮しているという熱気があった。『限りなく透明に近いブルー』は、すぐそのまま芥川賞の候補になって受賞してベストセラーになりました」

「編集会議で、僕が〈小説現代〉から〈群像〉の編集部に引っ越してきた、引っ越し祝いのつもりで、この『文学の輪郭』を残してくれないか、とほかの編集者に言った覚えがあります」と宮田は話す。

編集部員として、『文学の輪郭』を強く推した宮田だが、選考委員がこの作品を受け入れるかどうか不安でもあった。その不安は、当時は純文学と大衆文学が決然と分かれた文学界の体制がまだ続いている時代だったことと関連している。

「中島さんが『文学の輪郭』で取りあげた『熱海殺人事件』を、選考委員が誰も読んでいなかった。あの当時はいまと違っていて、純文学と大衆文学の小説は全然違うものとされていた。僕が入った時は、〈小説現代〉と〈群像〉の編集部が隣り合わせにあって、しきりは本棚ひとつくらいしかなかったけれど、それでもお互い口をきくことはあまりなかった。

僕が〈群像〉に異動する何年か前に、大村彦次郎という人が〈小説現代〉の編集長にいて、この人が、〈群像〉の編集長として、異動してきたんです。そのときに、すごい激震が走った。東京新聞の文芸コラム『大波小波』に、『講談社はついに〈群像〉を商業化するために、あの大村彦次郎を編集長にしたのか』という主旨のことを書かれた。そのくらい大衆小説の編集長が純文学の編集長に異動するなどというのはひどいことだと捉える人は当時いたんです。僕も〈小説現代〉から〈群像〉に異動したのですが、当時そういう異動を快く思わないということを耳打ちされたこともあったくらいです。

　そういう時代に、中島梓さんという人が出て来て、『熱海殺人事件』とか、そういうものが出て来る評論を候補に残して、僕の同僚の編集部員が、恐慌を来たしたり、それだけで嫌悪感を持たないかということは、気になったんです。ただ評論として切れ味がいいし、文章は読みやすい。この読みやすさは純文学的でないから読みやすいのかな、とチラッと思った。それを僕が理解できるのは、僕がエンターテインメントの小説をやっていたからなのかな、と思ったりしたものです」

　現在の読者が『文学の輪郭』を読んだら、むしろ読みにくいと思う人のほうが多いだろう。だが、宮田は当時の純文学用語を使った難解な評論と比べると、『文学の輪郭』は読みやすかったと話す。その分かりやすさが、この評論はエンターテインメントに近いということで、敬遠されるのではないかと杞憂を抱いたくらいだったという。

　この『文学の輪郭』が受賞した時の群像新人賞の選考委員は、井上光晴、遠藤周作、小島信夫、植谷雄谷、福永武彦という錚々たるメンバーだった。なお、これは『限りなく透明に近いブルー』が選ばれたときと同じ選考メンバーである。

「そのときに、この選考委員のメンバーはこれで最後、次回からは全員入れ替えるということが分かっていたので、一際そのときの選考は力が入っていました」と宮田は回想する。なお、『文学の輪郭』の次の年、第二十一回群像新人賞の選考委員は、佐々木基一、佐多稲子、島尾敏雄、丸谷才一、吉行淳之介（よしゆきじゅんのすけ）というメンバーになっている。宮田が続ける。

「私は当時福永武彦さんを担当していました、福永さんは身体がお弱い方だったので、選考会のときにお宅までお迎えにあがって、会場に向かう車のなかで、『今回はいいのがありますでしょうか』って聞いたんですよ。そしたら、評論で中島さんのは面白いんじゃないだろうかっていうことをおっしゃったのは、覚えています。いままでの新人賞の評論部門の応募作品はわりと作家論が多かったけど、中島さんはいわゆる作家論ではなく、文学の状況論を的確に書いているということを福永さんは言ったんです。選評でも同じようなことを書いていますね。

編集部の人間としては、誰かが強く推して、受賞作が出てほしいわけです。だからこそ、つかこうへいさんや、村上龍さんなど、まだ文学的な評価が定まっていないものを取りあげた『文学の輪郭』が選考委員にどんな感想を持たれるのかと編集部として気にしていた。福永さんは純文学の極北のような人であると同時に、推理小説を違うペンネームで書いたり、そういう人だったから『文学の輪郭』も評価した。僕は車の中で福永さんが『文学の輪郭』を褒めているのを聞いて、これは今年は受賞作が出るな、と安心したのを覚えています。福永さんのような非常に真面目に純文学に向かっている人が認めるというのは、選考会では大きい意味を持つはずだから大丈夫だろうと。実際、福永さんが絶賛しているのだからということで、他の人を黙らせたというか、反対意見は出なくなったのではないかと思っています」

受賞作が掲載された〈群像〉一九七七年六月号で、各選考委員は、『文学の輪郭』について次のように言及している。

井上光晴

「文学は、どこへ行くのだろう」とは、『文学の輪郭』（中島梓）の冒頭に設定される「命題」だが、最終予選を通過した小説と評論の九篇は、その問い自体を証明しているかのようであった。

現実に対する文学の有効性と意志の欠如を分析することから出発する当選作は、小説の光と影、或は虚と実を浮きださせる試験液のごとき作用をとにかく果している。

「〈飢えたこどもの前で……〉ということばは、はじめから自らの無力さの中にまどろみ、ある意味ではその無力さこそがその絶対性の所以であると自らこころえているこのような文学の前で、立ち消えてしまう」

論者の主張は、ここに要約されてもいるのだが、果してそうかという直ちに切り返されるであろう疑いを、きっぱりと整理したところに、さらに問いつくさねばならぬ文学の密度と身震いを殊更はかろうとせぬ試験紙の効用があるのかもしれない。

遠藤周作

とに角、「文学の輪郭」が受賞作となったことを中島さんのために悦びたい。

しかし、この作品はたとえば仏蘭西のヌーボー・ロマンについての解説本や評論とよく似ており（私はこれを読みながら、二、三のヌーボー・ロマンについての本を思い出した）それはそれで良いとしても、その理論を強引に新しい作家に適用しようとしている。強引と言うのは果してヌーボー・ロマンが前の世代の文学にもった対立と同じほどのものを、とりあげている新しい作家が持っているかとは私には考えられないからである。そして新しい作家の作品に同世代として肯定するのはうなずけるが古い我々にも納得できるほどの理論と迫力が欠けている。中島さんが今後、この作品以上にもっと綿密に古い文学と新しい作家の文学を比較してくださることを私は望んでいる。中島さんは早稲田の学生だそうだが、平岡教授の影響は強いな、と思った。

小島信夫

「文学の輪郭」は、二十三歳。ジャーナリストふうの才気が感じられるし、大胆な割に親しみのもてる筆致である。いちばん評判がよかった。女性であるという物珍らしさもいくらかはあるとはいうものの、女性であることが、よい方に出ているともいえる。

埴谷雄高

中島梓『文学の輪郭』は、『限りなく透明に近いブルー』と『死霊』と『小説熱海殺人事件』の三つを現代文学の極限に置いた構図が私達すべてに殆んど相似た興味をもたれたけれども、面白いことは、私達すべてが『小説熱海殺人事件』を読んでいず、そして、その小説を読んでいなくとも、中島梓の立論が成立すると私達すべてに思われたことであった。というのも、私達全部の中に中島梓と同じ単純な疑問、現代において文学とは何か、という自問があるからに違いない。この評論は、福永武彦の強力な推薦で当選作となったけれども、現代文学における極限の構図にもその対立概念にも納得させられるものの、展開部の数行に未知の発掘をかいまみせるという評論特有の感銘の部分がこの長さに比して乏しい憾みがある。まだ二十三歳という若い年齢の筆者に今後の深化を期待したい。

福永武彦

今年は評論の部に中島梓君の「文学の輪郭」といふ一篇があり、これは平均して低調な評論の部門に嘗て見なかつたやうな魅力ある作品だと私は考へた。評論では作品論もしくは作家論が多くて、その方が纏めやすいだらうから無理もないが、この「文学の輪郭」は現在の文学的状況を無理なく分析して見せたもので、「死霊」と「限りなく透明に近いブルー」の二作を対比するところまでは誰にでも出来るだらうが、更につかこうへいの小説を対比させて状況を解析する腕前には驚くべき才気がある。つかこうへいの小説を読んでゐなくても、なるほどと思はせるだけの説得力を持つてゐて、私はその眼のつけどころと構成力と文章力のうまさとに感心した。大学を出たばかりでこれだけの力があれば、もつと勉強することで立派な女性評論家が誕生するだらう。

辛口の遠藤周作に対し、福永武彦の激賞が目立つ。前述の宮田の話にあったように、当時作家というよりは劇作家として認識されていた、つかこうへいの『熱海殺人事件』を、選考委員の誰も読んでいなかったこと、それと同時に、その『熱海殺人事件』を考察の対象に加えたことが新鮮に感じられたことが選評からも読み取れる。当時の文学の新しい風を捉えたことに加えて、二十三歳の女性ということが注目を集めたことは確かだろう。

〈群像〉七七年六月号に掲載された、中島梓の「受賞のことば」を引用しよう。

「いま何をしてらっしゃるのですか」

この問いは、いちばん私を困惑させる。大学出の女が働きもせずにのらくらと、レコードをききコーヒーをのんで日を送っている。現代の社会にはあまりこういう人間のための場所はないのだ。

別に深いわけはない。就職しそこねたので、とにかく二年間遊んでみようと決めた。この四月で、丸二年になった。

「群像」からの報せはちょうどその二年目に来た。少なくともこれで「何かしている」かたぎな人間になれたのか、どうか。どうも、そうではないようだ。反対に、二年間のはずの休暇はこれでもしかすると十年に、二十年に、なってしまったのかもしれない。

だがこの胡散で、安楽な境涯は、実に私に合っているようである。「群像」の編集部で、ゲラ刷を見せて貰った。書き込みを見て、少々へこたれた。そこには私のすべてが二言で云いつくされていた。——「大学卒、無職」と。


八巻大樹は、『グイン・サーガ・ワールド5』所収の『現実の軛、夢への飛翔』第一回でこの「受賞のことば」を取り上げ、そこにはすでに、「栗本薫」名義で評論活動をしていることへの言及がかけらもないことに着目している。『現実の軛、夢への飛翔』第一回によると、〈幻影城〉の編集長の島崎博は、中島梓名義で〈群像〉に応募したことを知ると、「なんで栗本薫名義にしない。なんでうちに無断で応募する」と、叱ったとのことだが、そもそもこの時点では、中島梓が栗本薫と同一人物であることは、読者には知らされていなかったのである。

ただ、「長い休暇」「無職」を自ら強調しているあたり、意図的に「何者でもない自分」であろうとし、そのような自分であると世の中に見せようとしていたことが想像できる。所属とか、肩書きとか、そういう世間的に普通とされているしがらみを自分から捨てて、これから物語の語り部として生きていく。そう決意することは、今後よるべのない、孤独な人生を余儀なくされるということでもある。その孤独さと付き合うためにさまざまな方法でバランスを取っていかなければならない、ということまで考えていたのではないか。

『文学の輪郭』の〈群像〉掲載は七七年六月号だが、〈女性自身〉の七七年五月十九日号には、早くも短いインタビューが載っている。


2年間ゴロ寝の成果がみのりました!!

第20回群像新人賞に決定した中島梓さん（24）

文芸評論で、群像の新人賞（昨年は村上龍が受賞した）をもらう女性ってどんなコ？

――文芸評論なんて、また、タイヘンなものを？

「評論で新人賞をもらうのは初めてのことだそうで、私も驚いてます（笑い）。ホントは小説でとりたかったんですが、まだそこまでいかなくて……」

――読書量がものスゴイんですって？

「中学、高校と図書委員をしてましたので、読む習慣がついたというか……。いままでの最高が1日10冊。お正月から1日に2冊ずつ読もうと義務づけたけど、なかなか果たせなくて。いまの平均は日に1.5冊。

――もともと文芸評論家になりたかったの？

「正直にいうと、ホントはマンガ家になりたかった。高校を卒業するまで本気でそう考えていたの。でも、絵心がなくて断念。大学に入ってからは、将来はバクゼンと〝もの書き〟にでもと……」

――就職は考えなかった？

「出版社を受けたけど落とされちゃって。で、親に、2年間自由にさせてくれといってゴロゴロ寝て本を読んでた。いま、賞をもらってホッとしてるけど、将来は不安……」
《ながら族》「私のいちばん楽しい時間の過ごし方は、テレビの野球を見ながら、お菓子を食べて、ロックのレコードを聞いて、そしてミステリーの本を読んでいるとき」
《文芸評論家》
「ちょっとインテリ女史って感じがするので好きじゃない。文芸評論よりも、今度は、マンガ評論、ロック評論みたいな肩のこらないのをやりたい」
《読書室》
「私の読書室はすべての場所。電車の中、お風呂の中、トイレの中、時間があればどこでも本（マンガ含む）をひろげている」
《意外にやるのね》
「賞の報告をしたときの、母の言葉。でもスタート台に立ったばかりだから、これからタイヘン」

　この短いインタビューには、「無職生活」をしていた二年の間に、『真夜中の天使』をはじめとする膨大な小説を書いていたことがまったく出てこない。周囲には明かさないまま、小説家として世に出るときをうかがっていた、まさに雌伏のときであったろうか。

　講談社の編集者だった宮田にとって、中島梓は最初からそれまでの文芸評論家とはまったく違ったタイプのキャラクターと映った。

「文芸図書第一出版部の若い編集者に彼女の出版を頼もうと思って、その人と中島さんと三人で、新宿のゴールデン街の『まえだ』という文壇バーで飲んだんです。佐木隆三（さきりゅうぞう）や田中小実昌（たなかこみまさ）、野坂昭如が入り浸っていた有名な店ですね。

　わりと早い時間に三人で行って飲んでいたのですが、若い編集者と中島さんが女性漫画家論を滔々とふたりで始めたんです。僕は全然話に入れなかった。当時は純文学とマンガというのは全然別世界だと思っていたので、純文学の評論で賞を取った人と文芸編集者が少女マンガの話をこんなに熱中して、お互いの知識を披瀝するようにして話しているのを聞いて、新しい時代が来たんだな、と非常に驚きました」

『文学の輪郭』の群像新人賞は七七年。これが七六年の村上龍『限りなく透明に近いブルー』と、七九年の村上春樹『風の歌を聴け』に挟まれていることは、時代の風を考えるうえで、なにやら象徴的な意味を持っているように、宮田には思われるのである。

「僕は村上春樹さんのデビュー当時も担当しました。『風の歌を聴け』も、当時毀誉褒貶のあった作品で、アメリカ現代文学の影響を受けた文体を、すごく評価する人と、そうでない人に分かれた。僕が〈群像〉に異動してからごく数年の間にそういった文学界の大きな変化がありました。日本文学の重要な作家が輩出した時期に居合わせた。そういう意味で、中島梓さんも含めてそのころの群像新人賞は、僕にとっては重要な意味があるんです」

　文学と音楽の関係、という意味でも、村上龍、村上春樹、そして中島梓は、まさに新しい世代の作家だった。

「群像の新人賞で、選考委員とか評論家、よその出版社の人、新聞社の文芸記者とか、いままで受賞した人、僕たち編集者が一堂に会して、ホテルで立食パーティーがありました。村上春樹さんが受賞した年に、中島梓さんも来ていた。春樹さんも音楽に詳しいし、中島さんも楽器をやるので、音楽的なことで盛り上がって、バンドを作ろうかという話まで出ていた気がする。その光景を見ながら村上龍さんが『これが〈群像〉の授賞式なんですね』というくらい、春樹さんと中島さんが音楽的なことで話が盛り上がったのは覚えている。

その村上龍さんも編集部に遊びにきたときに、僕が読んでいた村上春樹さんのゲラを覗き込んで、ミュージシャンや曲の名前が書かれているのを見て『宮田さん。この名前ほとんど分からないでしょ』なんて言って笑っていたことがあった。文学と音楽が融合していく、そういう時代の変わり目だったんですね」

宮田にとって、一年後に中島梓が栗本薫名義で江戸川乱歩賞を取ったのは、予想外のことであった。

「小説を書いていることは全然知らなかった。そうやって、純文学の新しい文芸評論の可能性を切り開いてくれるのではと期待していた矢先に、ミステリーで江戸川乱歩賞を受賞したので、おめでたいというより先に、意外に思った覚えがあります」

群像新人賞と江戸川乱歩賞は、同じ講談社の賞でもあり、受賞者の経歴は社内で伝わってくるので、栗本薫が中島梓であることはすぐ分かったという。

「二足のわらじといったら変になるけど、純文学の文芸評論と実作をふたつやっていくのは大変だろうから、たぶん文芸評論からは足を洗うというか、自然に書く余裕はなくなっていくだろうな、と感じました。その後は、栗本薫のペンネームでどんどん彼女のフィールドが広がっていったので、文芸編集者としては付き合いが少なくなっていきました。いま振り返ると、彼女はあの『文学の輪郭』という文芸評論だけにはおさまりきれない人だったんですよね」

講談社〈群像〉の編集者から、〈フライデー〉、〈小説現代〉などを経て、のちに宮田の後任の文芸局長と、〈群像〉の編集長を兼任した内藤裕之(ないとうひろゆき)は、中島梓と親交が厚く、中島梓の没後に行なわれた九段会館での「お別れの会」でも弔辞を読んでいる。その内藤も、中島梓が栗本薫として江戸川乱歩賞に応募してきたときのことをよく覚えている。

「まず彼女は『文学の輪郭』という評論で、評論家・中島梓として自分の成果を世に問うたわけですよね。でもガチガチの文学評論ではなくて、明らかにいままでの評論部門の当選作とは一線を画したものを書いたわけです。その結果、若い女性でもあったということで、中島梓という評論家に対して、文学の新しいスターが現れたかのような、大きな期待が集まったんですね。それがふっと気がついたら、江戸川乱歩賞を担当していた講談社の文芸第二出版部の人が、『あの中島梓が応募してきちゃったんだよ』って話しているんですよ。文芸雑誌の評論部門の賞を取っている純文学の人が、ミステリーの、しかも新人の登竜門として知られている賞に応募してきた。おまけに読んでみたらこれが面白いって、先輩たちが話しているんですよね。評論でなかなか掲載してもらえないとか、本を出してもらえないから小説を書きたいという人ならいますけど、いまをときめく、皆が注目している評論家が、エンターテインメントいっちゃうわけ？　っていうのは驚きでしたね」

それくらい、群像新人賞作家が、すぐに江戸川乱歩賞も受賞するというのは、当時の文壇を驚かせる規格外のニュースであった。

一九七八年の江戸川乱歩賞受賞作『ぼくらの時代』によって、中島梓＝栗本薫の存在は、いよいよ日本中の知るところとなる。中島梓は一躍時代の寵児となる。彼女にとっての狂乱の季節の始まりである。

第六章　狂乱の季節（二十四歳～二十五歳）

『ぼくらの時代』

一九七八年に第二十四回江戸川乱歩賞を受賞した『ぼくらの時代』は、男子大学生を主人公とした、青春ミステリともいうべき作品である。

主人公、栗本薫が自らの体験した事件を書き綴るという形式で、一人称はぼく。「ぼく」は自分のことをこう説明する。

ぼく栗本薫。二十二歳。みずがめ座。某マンモス私大の三年生で、ロック・バンド『ポーの一族』のキーボードとボーカル担当。少し長髪。少し短足。

主人公・栗本薫の所属しているマンモス私大は早稲田を彷彿とさせるし（作中では、相大、といっている）、水瓶座という星座は中島梓と同じである。栗本薫の名義で書いてあることもそうだが、意図的に作者と主人公を同一視させようとしている。実際にはすぐ作者は女性であることが公になってしまったが、本当は男性が作者だと思わせたがっていた。

主人公・栗本薫は、石森信と加藤泰彦というふたりの仲間と、『ポーの一族』というバンドを組んでいる（言うまでもなく、『ポーの一族』というのは、永遠の命を生きる吸血鬼を描いた萩尾望都のマンガのタイトルである）。

テレビ局にバイトに来ていた、栗本薫たち三人は、そこで殺人事件に遭遇する。人気アイドル歌手、あい光彦が出演する音楽番組の公開録画中に、観客席でファンの少女が死亡。大勢の関係者がいるだけでなく、テレビカメラも回っているなかで――。この不可能犯罪の捜査に栗本薫が乗り出すなか、第二、第三の殺人が起こる、というストーリーである。

中島梓は、この小説を「こういう作品なら江戸川乱歩賞を狙えるだろう」という綿密な計算のもとに書いたと語っている。すなわち、テレビ局を舞台にして、いまどきの若者の言葉使い、風俗を盛り込んだミステリ、といったものを書けば、まだ前例もなく、出版社にも審査員にも受けて、受賞できるだろう、と最初から考えていた。

『ぼくらの時代』について、『優しい密室』の文庫版解説で、〈幻影城〉の第二回新人賞評論部門で、栗本薫と同時に佳作を受賞した麻田実（あさだみのる）が興味深いことを書いている（なお、この麻田実という人物は、最後のエッセイ『転移』で、二〇〇八年九月の〈幻影城〉のパーティーの記述において、「もとNHKの川村プロデューサー（評論家の麻田実さん）」と書かれている）。

あるとき、麻田実が勤めている放送局に、中島梓から電話があり、二、三度スタジオに遊びに来て面白そうに見物したかと思うと、三ヶ月ほどして、テレビ局を舞台にした小説が江戸川乱歩賞の最終選考に残ったと連絡があった。

放送局関係の表現でおかしなところがないかチェックしてほしいといって送られてきたゲラを見て、麻田実は、スタジオに二時間程度しか滞在していなかった中島梓が、放送局の機構を見事にとらえ、テレビスタジオの独特の雰囲気を表現しているのに驚嘆する。

ただ、その内容に、放送局の実情に合わない箇所が三ヵ所ほどあったので、騒々しい放送局の喫茶で中島梓と会い、その点を指摘した。

すると中島梓はゲラをめくって、字数を数え始めて、原稿用紙を五枚取り出し、もとのゲラを組み直さなくてもいいように、ぴったり同じ字数で一字の書き損じもなくまたたく間に書き直したということである。

まさに、その後数多の人々を驚かせる、小説家・栗本薫の伝説の始まりである。

さて、古い世代と新しい世代の対立、というのはこの『ぼくらの時代』を流れるテーマのひとつである。アイドル歌手のおっかけをする女の子たちも、バンドを組み、大人の価値観に背を向ける栗本薫たち『ポーの一族』の三人も、戦争を知っている旧世代の大人たちからは理解しがたいものと映る。そんな若者を理解できない大人たちに、栗本薫は、これこそが『ぼくらの時代』だと宣言する。

トリックの面では『ぼくらの時代』はミステリとして、ほとんど反則スレスレといっていい。特に、物議をかもしたのは、栗本薫が殺人にたまたま居合わせて、真相をまったく知らないで推理しているように話が進んでいたのに、実際は最初から真相に加わっていたことである。さらに、この殺人は通常の意味での殺人ですらなかった。

そのあたりは、当時から選考委員の間でも、単行本刊行後の書評でも指摘されている。それでも、『ぼくらの時代』は、まったく新しい雰囲気のミステリとして高い評価を受けた。

〈小説現代〉一九七八年九月号に掲載された各選考委員の選評には、次のような言葉が書かれている。

陳舜臣

栗本薫さんの『ぼくらの時代』を推そうと思って選考会に臨んだ。私が感動したのは、この世代の作家が、ついに自分たちのことばで、自分たちの小説をかきはじめた、という事実であった。キラと光るのは、借りものでないからであろう。こまかい欠点を指摘しようとすればキリがなく、しまいにはないものねだりになりかねない。「大行不顧細謹」である。この作品が受賞作と決まって私は満足している。唯一の不満は、この作品を読むと自分の年齢を意識させられる口惜しさである。

権田萬治

栗本薫の「ぼくらの時代」はテレビ局を舞台にした作品で、語り手にも登場人物にも若い世代のみずみずしい新鮮な感覚があふれていて楽しめた。初期の都筑道夫の作品のように語り口を鋭く意識した文体と結末の意外性など、推理小説的な味わいが濃いのも好ましい印象を受けた。殺人方法やトリックを個々に検討するといろいろ問題があり、とくに結末の意外性を発揮するための設定にはかなりの無理がある。けれどもクリスティーの「オリエント急行の殺人」にしても極端な人工的設定を取り去ると魅力がなくなってしまうので、私はこれはこれでいいと考えた。多少欠点はあるが、若い才能のひらめきに期待して受賞に推した次第である。

半村良

「ぼくらの時代」は戯画化したスタイルでトクをしたが、今度トリックなどと本格的に取り組んで欲しいと思う。

仁木悦子

受賞作「ぼくらの時代」はテレビ局の内部で起った事件をアルバイトの若者が記述する形式で、推理小説として多少の無理はあるものの、会話、描写等がしっかりしており、ユーモラスな中に若い世代の悲しみや怒りも感じさせる。なんといっても若い人でなければ出せないみずみずしさが印象的だった。

佐野洋

贈賞作にきまった『ぼくらの時代』には、私ひとりが、異を立てた形になった。この作者の才能、感覚の新しさを認めるには、やぶさかでなかったが、この作品に関する限り、いわゆる『真相』と、前半部とが、アンバランス過ぎるように思われたのだ。このことについては、作品が活字になった段階で、何かの形で触れてみたい。しかし、江戸川乱歩賞には、有能な新人を発掘するという役割りもあるのであり、この作者の将来の飛躍に期待して、最後には賛成に回った。

この選評が掲載された、〈小説現代〉一九七八年九月号の「第24回　江戸川乱歩賞　決定発表」には、受賞者略歴と受賞のことばも掲載されている。まずは受賞者略歴。

昭和二十八年二月十三日、東京都生まれ。早稲田大学第一文学部卒。五十一年「幻影城」新人賞評論部門佳作、五十二年、中島梓のペンネームで「群像新人文学賞」評論部門受賞……と、推理評論、純文学評論、推理小説の三分野で三年連続受賞を果たす。乱歩賞では最年少。本名・山田純代。

これを見ると、この時点ですでに中島梓と栗本薫は同一人物であることが公になっていたことがわかる。

受賞のことばは、次のようなものである。

一年前に評論で賞をもらっているので、「一年目の浮気かい」と冷やかされた。とんでもない、どちらも本妻である。糟糠の妻と、長年の片思いがやっとかなった恋女房——どちらも大切に可愛がろうと、欲張りの浮気者は考えております。「虻蜂とらず」と言われないよう、がんばりましょう。

このときはまだ、「評論家が小説も書いた」と世間から受け止められていたのかもしれないが、本人としては、すでに大量の小説を書いているのであるから、小説を書いて生きていくのだとはもちろん決めていただろう。一方で、中島梓も栗本薫も、両方とも本当の自分であり、評論と小説とが自身がバランスを取るための車の両輪であることは、本人にも分かっていた。

中島梓『文学の輪郭』と、栗本薫『ぼくらの時代』は、一九七八年九月十五日、講談社より二冊同時発売された。

単行本『文学の輪郭』は、群像新人賞受賞作『文学の輪郭』に加えて、〈群像〉一九七七年九月号掲載の『表現の変容』、同七八年二月号掲載の『個人的な問題』、同七八年九月号掲載の『文学の時代』を併録し、さらに三田誠広との対談『われらの時代と文学』を巻末に掲載したものである。江戸川乱歩賞を最年少で受賞した二十五歳の女性。しかも、別名義で評論と小説を刊行、ということで、『ぼくらの時代』と『文学の輪郭』は大いに話題を集めた。

このころ雑誌に掲載された『ぼくらの時代』の書評を見てみると、やはりトリックの不自然さを指摘したものが垣間みられる。特に〈週刊文春〉一九七八年十月二十六日号に、「風」なる署名で掲載されている書評は辛辣で、このように書かれている。

> 推理小説なので詳細に説明するわけにはいかないが、要するに、殺人事件の真相を知っている人間が、知らないふりをして語り手になっているところが瞞着なのである。その語り手がテレビのアイドル歌手をつかまえて、容疑者と目されている彼のマネージャーの行動を探ろうとしているところなどは、殊にひどい。この男は、自分がちゃんと知っているはずのことをわざと聞いているのである。
>
> これが「凝った構成」などと賞賛できようか。私は推理小説のフェアプレーをやかましくいうつもりはないけれど、こんなミスリーディングはやはり容認できない。

このような書評がある一方、全体的には新しい完成の青春推理小説としておおむね好評で、たとえば〈週刊プレイボーイ〉一九七八年十月十日号の書評はこのようなものだ。

> プロットに独創的な大きなトリックが仕込まれていて、推理小説として第一級のエンタテインメントだが、単にそれだけではなく、長髪の3人組メンバーと捜査の刑事やテレビのディレクタ

ー原田と随所で展開する世代論争によって、現代を批判している点に、この作の真価が光っている。この作者の評論家としての一面がここにはっきりと現れている。軽妙な会話でぐいぐいと引っぱって行くが、知的で硬派な作品なのだ。多才なこの新人の出現に拍手を送りたい。

この『ぼくらの時代』という作品が新鮮だったのは、当時シラケ世代といわれた、団塊の世代よりあと、学生闘争が下火になったころの青年たちの心象風景を、かくもあろうかと思わせる形で描いたことである。『ぼくらの時代』というタイトルは、一九六三年に刊行された大江健三郎の『われらの時代』をもじったものだということだが、『われらの時代』が極めて政治的な小説であるのと対照的に、『ぼくらの時代』は、あらゆる政治性から背を向けている。そこにあるのは、音楽とアイドル、少女マンガに熱中し、通常の意味での大人の価値観に染まることを拒否し、いつまでも若者であろうとする主人公たちの姿である。

栗本薫と同じ一九五三年生まれの関口苑生（せきぐちえんせい）は、『江戸川乱歩賞と日本のミステリー』で、「わたしがついていけなかったのは、その新しさの宿命とでも言ったらいいのだろうか、登場人物たちのほとんどすべてがわたしには理解不能なほどの、特殊な感性の持ち主であるということなのだ。（中略）自分とは違う土俵、異なった次元で発想する人々を描いた物語、という気がしてならなかったのである」と、作者と同年代でありながら、登場人物の心情が理解できなかったと書いている。それは、殺人事件を前にしながらもどこか飄々（ひょうひょう）として、自分たちの感性を何よりも優先させる主人公・栗本薫たち三人の心のありように対しての違和感であったろう。

その関口苑生は、同書のなかで、〈臨時増刊小説現代　新探偵小説三人集〉（一九八一年）に掲載された、井沢元彦、連城三紀彦との座談会における、栗本薫の次のような発言を引用している。

『ぼくらの時代』なんか、ほんとにあちこちから、アンフェアだと攻撃を受けましたものね。選考委員会でも、アンフェアだといわれた方がいらっしゃったようですし、本が出てからも、ボロクソに批評されたんです。でも、いまにして思うと、わたしは、「ザマアミロ」という気がしないでもないんです。アンフェアであろうとなかろうと、おもしろいものはおもしろいんだ、という開き直りがあるのね。

実際、『ぼくらの時代』の面白さは高い評価を受け、一九七八年の〈週刊文春〉が選ぶベストミステリーの一位にも選ばれている。中島梓にとっては、小説としてのわくわくする面白さこそが大事なのであり、トリックにおけるフェアプレーというのはそれほど重要な問題ではなかった。

『ぼくらの時代』の単行本に掲載された「著者のことば」も、ミステリとして論理的とはいえないことと、それでも自身はミステリというジャンルをこよなく愛していることを表明した、含羞と、ある種の開き直りを含んだもので、こう書かれている。

長いあいだ、ミステリーというのは、自分で書いたりしてはいけないもので、ひたすら読むものだと思っていました。

と、いうより、論理的でなく緻密でもない私には、とても書けないものだと決めていたのです。実をいうと、いまでもやっぱり、私には書けないと思っています。だから、私の書いたものは、論理的でも、緻密でもありません。これからもそういうものは書けないでしょう。これは資質の問題です。

　だが、よくしたもので、私はミステリーの、論理と緻密さ以外のあらゆるものが好きでたまりませんでした。雰囲気も、オドロオドロも、密室も、ダイイング・メッセージも、そして何より名探偵の謎とき！

　私にとってミステリーとは、それらのすべてです。私はそれだけをもっともっと、書きつづけたいと思います。あらゆる雰囲気とあらゆる殺人ドラマを。そして、そのために四苦八苦して、何とか論理をこねくり出してゆくのだろうと思います。数学が「D」だった私が、ひたすら愛するミステリーのためだけに。涙なしではきけない純愛物語なのです。

　中島梓の推理小説に対するスタンスがよく表れているのが、〈幻影城〉一九七七年三月号に栗本薫名義で掲載された『夢見る権利　探偵小説の精神』である。この評論は、栗本薫名義で書かれたほかの評論や、「栗本薫」が主人公の『ぼくらの時代』にはじまる《ぼくらシリーズ》と同じく、「ぼく」という一人称で書かれている。

　この評論のなかで中島梓は、自分は長い間、探偵小説とは何か、ということを考えずに探偵小説を読んできて、探偵小説を愛するのに理屈はいらない、ただ愛していればいいと思っていた、と言いながら、その魅力を次のように書く。

　　たとえば、ぼくが《探偵小説》が好きだ、というとき、ぼくの心に浮かんでいたのは、《探偵小説》ということばが思い出させる、きれぎれの沢山のイメージ、それらが漠然とジグソー・パズルを構成して、ぼくに見せるぼんやりとした色彩、そういったものだった。

　怪人二十面相。霧の中、首なし死体に黄色い部屋、黄金の仮面、ガス灯に浮かぶ横顔。石畳をかけぬけてゆく馬車、襖にのこる血の手形、真夜中の琴の音。島の対立する二旧家。パノラマ島の見果てぬ夢。そういったもの。

　ダイイング・メッセージ。名探偵の謎とき、証明終わり（キュー・イー・ディー）、マッチの燃えさし、ひきさかれたトランプ——そういったもの。

（中略）

それらはぼくにとって、野暮な分析よりも、まず理屈ぬきでそっと身体のまわりに集めて、それの見せてくるさまざまな夢にひたっていたい、そんなものだったと思う。

　極端なことを云えば、出来はどうだってかまやしないのだ。

　もちろん、良い方がいいには決まっているし、出来が悪ければぼくの興はさまされてしまうのだから、結局は同じことになってしまうのだが、とにかく夢を見せてくれればいい、殺人がおきて、たいていごちゃごちゃして読了ただちに忘れてしまうトリックがあって、名探偵が謎ときをして、犯人は彼だ！　と名指されれば満足だ——そんな、一種の中毒症状みたいなものが、ずっとぼくにとりついていた。


　続いて、評論家としての栗本薫は、小説には「現実志向」のものと、「イデア志向」のものがあると分析する。「イデア志向」の小説と、「現実志向」の小説の違いは、「ユートピア願望」という物語の根本精神というべきものに対し、内へ内へと入り込んでいくか、それともそれを支柱として現実世界に働きかけていくかの違いであると。そして、探偵小説はまぎれもなく「イデア志向」である。

彼女にとって物語とは、明瞭な発端と、完全な解決を明らかにすることで、世界の全貌を明らかにするものであり、それをもっとも自己目的化した形で表現しているのが探偵小説なのである。

結局、探偵小説が特別であるとしたら、それは、探偵小説が、ぼくたちに夢を見せてくれるためだけにある、数少ない小説のジャンルであるからだと思う。

探偵小説とは何か、と云うならば、それはひとことで云って、「世界をイメージ化すること」だろう。それは結局、言語表現の最も純粋な機能である。

探偵小説が描き出すのは、明るい幸福なユートピアではない。それはいつでも暗黒な、血みどろの夢であり、現実の汚れた町並と、無力な人びとである。

しかし、それはイメージに変えられ、ロマンの衣を与えられた画面なのだ。醜いみすぼらしいビル街は、悪魔のような犯人の跳梁する舞台であり、車が右往左往する街角は、名探偵がかがみこんで血痕に虫眼鏡をむける路上であり、汚らしいゴミの山は、その中にバラバラにされた白蠟のような手足をかくしているのかもしれない。

最も卑小な、最も救いがたい生でさえ、物語の舞台であることはできるのだ。それはぼくたちに与えられた権利である。それは、夢を見ることができるという、権利なのだ。

探偵小説がぼくたちに伝えるのは、そういうことだ。探偵小説が、ひとつの選択であり、意志表示である、というゆえんも、そこにある。それは、世界を、価値の体系によって意味づけるかわりに、世界をイメージ化することによって美しいものと見ようという考え方である。

探偵小説の手法によって、世界はイメージ化され、理想化された「物語」となる。そういった、ロマンとしての探偵小説を、中島梓はしばらくのちに、伊集院大介のシリーズによってより具現化していくことになる。

注目への反発

中島梓として群像新人賞を、栗本薫として江戸川乱歩賞を最年少で受賞したことで、中島梓＝栗本薫のもとには取材の依頼が殺到する。その多くは、小説も評論も書き、学生時代は音楽のサークルに入っていたというその才能に注目し、あるいは面白がり、「才女」「マルチな才能」という惹句を当てはめていた。

たとえば、〈週刊朝日〉七八年七月十四日号の記事の見出しは、「評論も推理小説も〝二刀流才女〟中島梓（25）の気軽人生」というもの。「評論にあきてきたので、イタズラをしようかな」という気持ちで、下書きもなしに『ぼくらの時代』を書き上げた、と紹介されている。

このころの中島梓は、この「マルチな才女」というレッテル貼りによほど辟易していたらしく、その翌年、一九七九年に〈早稲田文学〉六月号に掲載された、恩師・平岡篤頼との対談『攻撃的感性に賭けて』では、このようなことを話している。

それと私は、マルチとかクロスオーバーとか翔んでるとか非常にばかばかしい、どれだけこっちがいやだと言っても言うことをきかない。そういうレッテルをベタベタとはりつけられてね。にもかかわらず私はやりたいことをやるだけだと。私が私でさえあればいずれ全部そういう夾雑物は流れ去っていって後には滔々たる大河が残るんだから、今にみていろという、これは永遠にあると思うんですよ。私としては今やっていることということのはね、少なくとも根本に於いて、自分の節操に反することはひとつもしていないわけでね、自分としてやりたいことしかしていない、つまり碁盤に石を置いていくのと同じで、初めは何がどうなっているのかわからないだろうと思うんです。でも最後になってみるとちゃんと陣がとれていて、こちらの勝ちになっていると、それを思っているのであってね。それまでは何を言われても今に見ていろと思っているわけで、もちろん最後に逆転していればこちらの負けなわけですよ。

若い作家、ということでもてはやされる一方、批判を受けることも多々あり、人と衝突することも少なくなかった。一九八九年に刊行された、演劇についてのエッセイ『魔都ノート』（講談社）には、ある出版社の偉い人に「あなたは実力より人気が先行するタイプだから」と言われて、怒って仕事をおりてしまったとか、なにかあるごとに相手に向かって突進していったということが書いてある。

そのようななかで、インタビューや評論・エッセイ執筆の大量の依頼をこなしながら、中島梓はどこからも注文されていない作品をひそかに書いていた。それが、『翼あるもの』の下巻として刊行された『殺意』である。

『殺意』は、かつて今西良と同じグループに所属していたシンガー・森田透を主人公とした連作短篇である。スターになっていく今西良とは対照的に、芸能界に居場所がなくなり、男たちに抱かれることで日々を送っている森田透は、今西良の出演するテレビを必ず見るほど、今西良を意識している。森田透はやくざスターの巽竜二と共に暮らすようになるが、巽は今西良とドラマで共演することになり、良に心を奪われていく。タイトルの『殺意』とは、その結果、透のなかに芽生える今西良に対する殺意であるが、今西良を殺害する、という悲劇的な結末は回避される。

デビュー当時の中島梓の自宅の部屋を撮影したグラビアでは、沢田研二のポスターが机の上に貼られているところがたびたび映っている。作中、今西良が登場するドラマとは、まさしく沢田研二の主演の『悪魔のようなあいつ』を彷彿とさせる描き方である。やくざスターの巽竜二が、「かつて映画で女優と本番を演じ問題になった」と描かれているのも、『悪魔のようなあいつ』で沢田研二の相手役を務めた藤竜也が、大島渚監督の『愛のコリーダ』のセックスシーンで実際のセックスをしたと世の中から騒がれたことと符合する。さらに、『栗本薫・中島梓傑作電子全集7』に収録されたエッセイ『「朝日のあたる家」第5巻発売&シリーズ完結記念特別版！』（もとは二〇〇一年に「神楽坂倶楽部」に掲載されたもの）では、森田透というキャラクターは、沢田研二が所属していたグループ、ザ・タイガースのメンバーであった加橋かつみのイメージから始まっていることを明かしている。このように、『殺意』は、実際のスターたちを元に発想されていながら、その内容は、完全に中島梓が独自に創造した新しい世界である。

そして、「才女」として騒がれ、めまぐるしい日々を送りながら、中島梓がひそかに書いていたこの作品が、今西良という「光」ではなく、森田透という「影」のような存在に焦点をあてたものだったのは興味深い。自らが作品世界のなかで創り出したスターの影の、世間から忘れられたひとりの少年の世界を拡大していくこの試みこそ、サブキャラクターの物語を作ることで重層化していく、栗本薫の作品世界の始まりだったとも言える。今西良と森田透をめぐるこの物語は、のちに『朝日のあたる家』そして、遺作となった『ムーン・リヴァー』と中島梓の終生続いていき、『キャバレー』から続く矢代俊一の物語や、ハードボイルド作品『死はやさしく奪う』の主人公であるサックス・プレイヤー金井恭平の物語、今西良の庇護者であった風間俊介を主人公とした『嘘は罪』といった作品も包摂しながら広がっていき、その一連の作品は《東京サーガ》と呼ばれることになる。

『翼あるもの　下　殺意』の文庫版のあとがきで、中島梓はこのように書いている。

『真夜中の天使』と『翼あるもの』は、自分の心のいちばん奥底の、いちばん柔らかい部分を無防備にさらけ出した小説であり、あまりにも自分自身と密着しすぎているので、「小説」と呼ぶことさえためらわれる。自分は、群像新人賞を貰い、一日に何件もインタビューやエッセイの締切があり、一週間に何十人もの人に会うような慌ただしい日々のなかで、これらの作品を誰に頼まれたわけでもないのに書き続けることは、狂った生活のなかで自分をつなぎとめる錨のようなものであったと。

続く文章で、中島梓は、自身が『ぼくらの時代』という小説でデビューしたのは、いま考えても正しい方法で、最初に『真夜中の天使』を世に出そうとしていたら、到底受け入れられなかっただろう。しかし、自分はメジャー志向の小説を書きながら、『真夜中の天使』のような自分の中のゆがみや変格をも愛しているのだと綴っている。

中島梓と栗本薫の対談

前述の通り、中島梓と栗本薫が同一人物であることはすぐに明らかになってしまったが、中島梓本人は、両者が同一人物であることが気づかれないまま活動することを本当は望んでいた。

そのことは、江戸川乱歩賞の発表が行なわれた〈小説現代〉の翌月号の一九七八年十月号に掲載された、つかこうへいとの対談でも触れられている。それによると、正体を明かさないまま、中島梓が栗本薫を評論する、といった試みをぜひやってみたかったが、新聞が第一報でふたりが同一人物であることを明かしたため、「もう、すごく愕然として、がっかりして、なんにも楽しみがなくなっちゃった」と言っている。

ふたつの名義を使いわけることを楽しみにしていたというならば、まさに「楽しみ」としていたのはこういう企画だろうか。〈平凡パンチ〉の一九七八年十一月二十日号には、栗本薫と中島梓のふたりによる対談企画が掲載されている。中島梓のほうは髪をツインテールにしてやや女性的、栗本薫は帽子にサングラスと、装いも使い分けた二枚の写真がトップに掲載されているこの企画は、「ボクとアタシの奇妙な1人対談」と銘打たれている。この対談で中島梓と栗本薫はお互いの作品について尋ね合い、栗本薫のほうは『ぼくらの時代』がアンフェアだと言われたことについて、「犯人ないしはそれに準ずる存在というものはウソをついてもよろしい、芝居をしてよろしい、というのがミステリーの大前提だ」と反論したりしている。さらに興味深いのは、中島梓と栗本薫の人格の違いをどのように考えていたのかがうかがわれるところで、栗本薫は、中島梓はきわめて怨念的であるがそれを表に出さずに、文壇の力関係を考えたりしている。それに対し、栗本薫はやりたくないことは中島梓におっつけて、好きな小説を書いている、と語っているのである。

前出の『現実の軛、夢への飛翔』の第二回（『グイン・サーガ・ワールド6』所収）で、八巻大樹は、「現実志向型である中島梓が現実に即した女性人格であり、イデア志向型である栗本薫が彼女の理想に近い男性人格である」と論じている。そして、「栗本薫が小説家としてデビューを果たした後、次々と『夢の世界』を描く物語を発表し、その世界への飛翔を果たすことができたのは、その礎として中島梓という現実世界とのアンカーを手にすることができたがゆえのことなのだ」と書いている。このことを、その後の人生において、彼女が私生活ではもっぱら「中島梓」を名乗っていたことと考え合わせると、「中島梓」という実体としての存在があることで、小説を書くための純粋な人格というべき、栗本薫が存在し続けられたことが頷ける。

そして、先に引用した中島梓と栗本薫の対談で、栗本薫が中島梓に対し、「あなたが純文学をやる気なら、その怨念をもっと表面に出してほしい」と言っていることに注目したい。このころに発表された中島梓名義の私小説といえば、従来は先にもあげた『弥勒』のことだと考えられていた。もっとも、この弟との葛藤を描いた私小説『弥勒』自体も、単行本には収録されず、没後電子書籍として出版されるまでは、ごく一部の熱心なファンだけが存在を知る作品であったのであるが。さらに、二〇一八年になって、雑誌にも未掲載で、まったく世に出たことのなかった私小説の存在が明らかになったのである。その小説は『ラザロの旅』という。

『ラザロの旅』

原稿用紙二百二十枚の小説『ラザロの旅』は、二〇一八年、葛飾区立図書館に寄贈された生原稿の中から発見されたものである。八巻大樹が、葛飾区立図書館のデータベースに公開されていたタイトルと書き出し、および名義が中島梓であることとその枚数から、前出の平岡篤頼との対談『攻撃的感性に賭けて』で「『弥勒』の前にも一つ私小説をかいてもっていったが、あざやかに没になった」と、言及されている私小説だと気づき、『栗本薫・中島梓傑作電子全集』の編集者である森脇摩里子と共に内容を確認。これまで見つかっていなかった未発表作品であることがわかり、二〇一八年七月に配信された、同電子全集の第9巻に収録されたものである。小説の末尾に書かれている日付によると、一九七八年の四月十五日から五月一日にかけて書かれたものだ。

『ラザロの旅』発見については、読売新聞の二〇一八年八月十日夕刊でも、「栗本薫さん　未発表の私小説」として記事になっている。

「ラザロ」とは、新約聖書でイエスが蘇生させた男性の名前だが、『ラザロの旅』の冒頭には、レイ・ブラッドベリの『ラザロの如く生きるもの』という短篇の文章が引用されている。

そして、『ラザロの旅』の内容は、書き続けなくては生きていくことができないほど、書くことにとりつかれた自らの性質を、デビューしたての自らの日常や、弟との、そして大学時代の元恋人とのエピソードに重ね合わせながら描いていくものである。冒頭は次のような文章ではじまる。

狂ったようにものを書きつづけているとき、ふっとまわっているコマがつまづくように空洞があく。それははじめから私のなかにあったものなのだ。というよりは、私そのもののあるかたちがその黒っぽい不定形な空洞なのだ、と云ったほうが正しいかもしれない。動いているあいだは、それは私をそのなかにおとし入れなくてもすむ。私がふっと止まるとき、私のその空洞は私をつかんでひきよせ、またたく間に呑みこんでしまう。私である空洞が、空洞である私を呑みこむのだ。それはちょうど尻尾から自分を呑んでゆく蛇のようにだ。

先輩の出版記念会に出席するため、三浦半島まで出かけてゆく「私」は、同行する知人から、一度家を離れて下宿してみるべきだとアドバイスされる。しかし、「私」は心のなかで、家を出たりしなくても、自分は十分にひとりだから、そうする必要はないと思っている。かつて「私」は恋人の「T」からも、家を出ろと言われたが、その「T」も、「私」のなかにある空洞と、書くことへの妄執については知らないままだった。
〈群像〉の新人賞授賞式と思われる会場では、作家や編集者たちに声をかけられながら「私」は自分の居場所がないように感じる。受賞パーティー会場はまるで水底のようで、私は人間たちのなかで、人間をよそおうことに疲れはてた火星人のような気がしている。
いつでも自分はひとの集まるところでは火星人のようにひとりぼっち。文壇で鮮烈にデビューして世間から注目を浴びても、その孤独感はなくなるどころか、ますます強くなっていくかのように書かれていることに、改めて驚かされる。すべてのコンパや会合で、私はつねに「お先に失礼」する娘であり、誰も私をひきとめなかったと書く。今岡清によると、中島梓は「パーティーが本当に楽しくなるのは、いつも自分がいなくなった後なのだ」と思い込んでいるところがあったという。

わかるものか。誰にもわかるものか。人といればいるほど孤独地獄におちてゆく、華やかさをかさねればかさねるほど水底にとじこめられてしまう、黙って帰ってゆく私の気持ちなど、それが男の権利どころか見せ場だとこころえて、店から店へ飲み歩き、反吐を吐いて路上にころがる無頼派作家や学生どもや、少なくともじぶんが人間でないなどと疑ったことさえない安らかな人間どもにわかるものか。

「私」が「私」であることを、罪であるかのように感じているとも書かれている。そんな「私」にとって、生きていく術は、たったひとりでひたすら書き続けていくことでしかない。

物語りたい、話してきかせたい、書いて、読ませたい、という誰も仲間を見出せなかったそのはじめからあった奇怪で熱烈な欲望と、なんとかおりあいをつけ、一緒にやってゆけるようになるためには、少なくとも二十年の時間がかかった。

まさに、彼女のなかで二十年をかけて溜め込まれた想像力の産物が、いま溢れ出て人々に読まれるときが来ようとしていた。そこに書かれているのは「私は私の、まだ書かれてもいない物語たちを守ってやり、無事に生まれ出させてやらなくてはならない」という決意でもある。没後九年に発掘された『ラザロの旅』は、そのストーリーテラーの内面がどのようなものであったかが率直に書かれた、とても貴重な作品である。

弟の存在

一九七九年の〈群像〉一月特大号に掲載された、中島梓名義の私小説『弥勒』。『ラザロの旅』の発見者でもある八巻大樹は、『弥勒』は『ラザロの旅』のあとに書かれたと見られるとして、その作品の持つ意義をこう語る。

「『ラザロの旅』は、あの時期の中島さんのことを、ご自身が後から振り返るのではなく、その葛藤の最中に書いたということで非常に貴重な作品ですね。なかに『いまに見ろ』という言葉が出てくるんですが、これは中島さんは舞台を始めたときとか、のちのちまでおっしゃっていたので、やはりこれが中島さんにとっての大きなキーワードだったんだろうな、と分かります」

『くたばれグルメ』によれば、中島梓は文筆家としてデビューしてからも三、四年間は小学校に入った時に買ってもらった右脚がグラグラした学習机の上で小説を書いていたという。長く封印された状態にあった『弥勒』もその学習机の上で書かれたものであったろう。

『弥勒』の内容については、山田純代の少女時代における弟との関わりに触れる際にも参照したが、中島梓が人間として持つ負の側面を、弟との関係を軸にしながら凝視した作品になっている。

『弥勒』の始まりはこうだ。「私」は、初対面の人から「ごきょうだいは何人ですか」と尋ねられると、いつもあいまいに「まあ一人です」と答える。そのたびに私は弟の存在をなかったことにする弟殺しである——。

前出の〈小説現代〉一九七八年十月号のつかこうへいとの対談はこれを裏づけるもので、

つか　何人きょうだい？
栗本　ひとり娘。

というやり取りがある。

そのように弟の存在をなかったものにする私は、なぜもっと罰せられないのか。『弥勒』は、弟に対する葛藤を描きながら、自分の存在こそが許されていないのではないか、と内省を深めていく。同時に、そもそも「自分は許されていないのではないか」と疑うことすらない世間一般の人々に対しても、「私」のやるせない思いはぶつかっていく。

お前のことを書いていると、私は、どうしても自分は汚辱にまみれていると感じてくる。ゆるしてくれと云い得ないし、ゆるされてはいけないいきものだと思えてくる。
しかし、ひとたび、外にむかうと、世間の人びとにむかい、そのしたり顔のあたりまえさを見、そのあたりまえさに気づかぬほどのあたりまえさを見ていると、私は巨大な憤怒になり、ゆるせないのは、ゆるされることができないのは、かれらではないか、と思えてくる。
ああ——かれらは、まったく、なんと幸福なのだろう。それはもう、まるでできすぎた冗談みたいに、かれらは《ひとぶた》を家の中に隠してもいず、ものを書く幸せの中にとじこめられてもいないのだ。だから、かれらは、じぶんにゆるしが必要だ、とさえ思わぬだろうし、ゆるされてはいけないなどとは、なおのこと、夢さら思うまい。

弟の存在ゆえに、「私」は、「何かしらこれでいいわけはない、という感じ、ゆくえのさだまらぬ思い、私には生涯仲間も、安住の地もないだろう、という確信に似たもの」を常にいだいている。さらに綴られる次のような叫び。

私は賞なんかほしくなかった。ものを書いていったりしてインタヴューをうけたくもなかった。それは私の望んでいる劫火のためにはあんまり熱のないすずしいぬくもりでしかなくて、私はガタガタふるえてしまう。私を見て下さい、私を愛して下さい、と私の空洞がありたけの声でわめくのだ。とんちゃんじゃない、ママ、私を見て！

新しい世代を代表する文壇の若手スターとして華々しい注目を浴びているさなかでありながら、中島梓の心は孤独な少女のそれへと還っていく。その絶望の深さに読む者は驚かされる。『弥勒』のなかでは、「私」がインタビュアーから必ずされる質問「なぜ二つのペンネームを使うのか」についても、自らこう答える箇所がある。

かんたんなことだ。私は、私であることが厭なのだ。私であること、それは神にとってただひとつのものではないことをあかしだてている。それは弟によって寵児ナンバー・1の権利を必ず奪われ去られたままの《お姉ちゃん》であることだ。（中略）その私が私という名まえを切りわけて、二つの名まえの若い物書き、N……さんと呼びかけられる生きものになってから、私の嫌悪とやりきれなさは、九割がたうすらぎ、それに比例して私の中には急速に「正常さ」のしぶとい安定が育ちはじめている。だが私だって、私であることがそんなふうに私を傷つけていたとは気づいていなかった。

『弥勒』の終わりの方は、「私」がある作家と対談をしているシーンになる。作家から「兄弟は？」とお決まりの質問をされ、「私」は、いつものように「大体そうです」とあいまいに答えるが、「何が大体なんだよ？」と、問いつめられたことで、「私」は、いつもはその存在を隠してしまう、障害のある弟のことを話しだす。その話に深い興味を示した作家や編集者たちを前に「私」は、「弟の話は載せないでください」と言うのだが、「私」はそれを自分で書こうと思うのだった。本当は弟とともに育ってきたことが「私」を真の《私であること》の深淵につなぎつづけていたことに気づいたとき、「私」は、改めて「小説を書こう」と世界にむいてささやく——。そしてこう思う。

弟よ死ぬな。私がおまえを生みおわり愛しおわり、そして失われてゆくまで、私の長い長い贖罪の歴程がとだえる日まで、おまえもまた、死ぬな、私と共にいてほしいのだ。

そして、「私」はまた、弟と暮らす私の家に帰っていく——というところでこの小説は終わっている。

講談社の元文芸局長である内藤裕之は『弥勒』が掲載されたころ、〈群像〉の編集者だった。二〇一七年にボイジャーより発売された電子書籍版の『弥勒』の解説も書いている。その内藤は、『弥勒』について、筆者にこう話した。

「弟さんについて、『ひとぶた』っていう表現をしているところがありますが、激情にかられて過激なことばを言うのではなくて、意識的にその言葉を選び出したということがわかる。一見感情にまかせて書いているように見えながら、実は相当配置を考えて組み立てられた小説だと思います。

　のちに私が〈群像〉の兼任の編集長になったとき、新人女性編集部員に、何もいわずに『これを読んでみな』っていって『弥勒』を渡したんです。しばらくたって、『どうだった？』と聞いたら、『愕然としました』って。そこで『これを読んで愕然とするなら、小説の編集者としてやっていけるから大丈夫だ』って言いました。『文学は時代によって変わるんだけど、この作品がインパクトが強かった、ということとの意味が僕と君では違うんだよ。そういう巡り会わせを大事にして、仕事をしてほしい』って言った覚えがあります。そのくらい『弥勒』というのはすごい作品だと思う」

　内藤裕之は、〈群像〉から、のちに〈フライデー〉編集部所属などを経て、〈小説現代〉、そして、前出の宮田昭宏の後任の文芸局長に就任するとともに、〈群像〉編集長も兼任した。

　文芸の部署に戻ったことで、中島梓との付き合いも復活した内藤は、長く「もう一度、中島梓として、『弥勒』のような作品を書いてほしい」と彼女に言っていた。そのことは、中島梓の最後のエッセイである『転移』のなかにも、「講談社のNさん」として書かれている。しかし、結局、『弥勒』の続篇が完成することがなかった。

　わずかに、ボイジャー発売の電子書籍『弥勒』のなかに、中島梓のUSBメモリのなかから発見された、『56億年の弥勒』という断片が収録されている。日付によると二〇〇六年九月十九日に書かれたもの。内容は、七年前に亡くなった弟の夢を見た。身体の不自由な弟と一緒に喫茶店に行き、困惑する喫茶店の女性に、「あなたの人格が問われているのだ」と私が言う、という、短いものである。

二〇〇六年といえば、《グイン・サーガ》の百巻が刊行された翌年である。作家としての当初からのひとつの目標を叶えたところに、もう一度弟のことをめぐる自分の内面をそのままに描いた私小説を書こうとしながら、すぐにやめてしまったものか。

『弥勒』は、純文学の世界で高い評価を受けることはなかった。前出の平岡篤頼との対談では、中島梓が、『弥勒』の内容は事実を書いたものであるにもかかわらず、文芸評論家の秋山駿から「フィクションならもっと本当らしくしなくては困る」と書かれて心外であったことが触れられている。中島梓は、これ以降自分のイマジネーションを具現化した小説をひたすら量産していくのだが、その通過点として『弥勒』が果たした意義は大きかったように思える。

〈JUNE〉創刊

〈小説現代〉一九七八年十月特大号の巻頭には、憧れの作家・横溝正史(よこみぞせいし)と、その横溝の軽井沢の別荘の庭で向かい合ったり、パーティー会場で星新一と小松左京に挟まれてはにかむ中島梓の写真が紹介されている。先輩作家たちだけではない。時の人となった中島梓の日常には、有名人たちとの華々しい交遊が始まっていた。そんな中島梓にとって華やかなりし季節に、彼女にとって大切な位置を占めることになる雑誌が創刊される。

その雑誌とは、一九七八年十月に創刊された〈JUNE〉である。官能雑誌を主に発行していたサン出版から発行されたこの雑誌は、女性読者を対象に、男性同士の愛を描いた小説、漫画、イラストを掲載するという、それまでに類例のない雑誌だった。その企画者・中心人物であり、長く編集長も務めたのは、「ワセダミステリ・クラブ」で、山田純代の一年後輩でもあった、佐川俊彦である。現在、京都精華大学のマンガ学部准教授として、漫画家を目指す若者の指導にあたっている佐川俊彦は、筆者の取材にこう答えた。

「中島梓さんと初めて会ったのは、大学四年生のとき。私は当時、『ワセダミステリ・クラブ』の先輩だった秋山協一郎と一緒に、角川書店から発行されていた〈バラエティ〉という雑誌の仕事をしていました。それで当時、筒井康隆について書いた卒論が評判になっていた中島さんに原稿の依頼に行ったんです。中島さんの電話番号は、『ワセダミステリ・クラブ』の名簿で調べて、青戸の自宅に伺いました」


　のちに「綺譚社」という編集プロダクションを主宰した秋山協一郎も、その後中島梓と親しい親交を結ぶ編集者で、中島梓のエッセイにもよく登場する。なお、佐川俊彦は、漫画家のささやななえ、秋山協一郎はこれも漫画家の高野文子と結婚することになる。

〈JUNE〉の創刊については、佐川は次のように語る。

「私は大学時代からライターとして、インタビューをしたりいろいろな原稿を書いていました。早稲田は留年していましたが、卒業しなくても正社員にしてくれるというので、六年で中退してサン出版に就職しました。サン出版はエロの総合出版社でしたが、私は大好きだった〈COM〉のような漫画雑誌を作りたかった。男性同士のエロを取りあげる雑誌なら、大手の出版社はやらないだろうし、企画が通るかな、と思ったんです。中島さんがそういう世界を描くのが得意なのは分かっていたので、創刊の時には、相談相手になってもらいました」

〈JUNE〉創刊号には、『薔薇十字館』という短篇小説が掲載されている。作者名はジュスティーヌ・セリエ。そして「translated by あかぎはるな　illustrated by 竹宮恵子」と併記されている。


　イラストは実際に竹宮恵子。そして、ジュスティーヌ・セリエとあかぎはるなは実は中島梓のペンネーム。しかし、このふたりが中島梓であることは読者には伏せられ、作品には、一九五八年にフランスで生まれたことに始まる架空の略歴も添えられていた。
『薔薇十字館』は、豪壮な屋敷に招かれた日本人画家が、屋敷の主人から、美しい男女の双子の肖像を描くように頼まれるというストーリー。屋敷に閉じ込められていた双子の少年のほうは、九歳のとき、車に細工をして母親を殺したのだと、少年の父親である屋敷の主人は告げる。ある夜、屋敷の下男と少年が愛し合っているのを目撃した画家は、少年の妖しい魅力に幻惑されていく。少年と画家が愛し合った翌朝、少年はテラスからつきおとされて死亡し、少女は逃亡するが、画家はどちらが少年でどちらが少女なのか分からなくなっていた。ふたりは、ともに世にも稀な真性半陰陽だったのである――。というのがそのストーリーである。

中島梓は、その後も〈JUNE〉で、神谷敬里（かみやけいり）、滝沢美女夜（たきざわみめや）、アラン・ラトクリフなど、いくつものペンネームを使い分けて執筆をするようになる。なかでもジュスティーヌ・セリエについては、卒論で扱いたいので彼女について教えてほしいという問い合わせがあったほど読者に注目されたが、一九八七年の〈JUNE〉九月号で、中島梓が『ジュスティーヌ・セリエと私』というエッセイを掲載するまで、公には中島梓と同一人物であることを明かさなかった。

もともと、文壇にデビューしたときに、中島梓と栗本薫をまったく別の人格として、同一人物だということが明らかにならないまま活動したい、という願望を持っていた彼女のことである。より自分らしくいられる男性同士の性愛という分野で、さまざまな人格へと変身していきたいという思いを叶えようとしていた。それは、本来の山田純代という人格から解き放たれ、次々と新しい自分として生まれ出たいということだったろうか。中島梓がよく自らのことを多重人格だと言ったのは、自らそうありたいと願う気持ちも含まれていたようにも思える。

そして、中島梓は「こうありたい」自分が、自らの思いを仮託できるジャンルとして、のちに「やおい」と言われるようになった一連の作品を生み出していった。『薔薇十字館』が掲載されたのと同じ、〈JUNE〉の創刊号に、こちらは中島梓の名義で掲載された『少年派宣言』という文章があり、そこには彼女の意志が現れている。

少年――それは、「時」の先端に立って、その意味を身にひきうけることである。
少年――それは、生殖の長い連環に、未だにつながれない、孤独で自由な眠りである。
少年――それは、「愛する」という語の本来の意味からは、ついに切りはなされたまま、「愛」の本体に近くあろうとする希求である。
（中略）
そしてかれらを選び愛するとき、われわれには何が可能だろう？　――選んだ愛人を傍におき、一生を結ばれて過ごすこと？　だが、少年、とは、「時」がつくりだした奇蹟である。
少年がゆるやかに「時」の報復をうけて、この世の生物にすがたをかえてゆくとき、私たちは「滅び」をえらぶ営為の真の意味を知るだろう。それは、二度とくりかえし得ぬ瞬間の、その一度かぎりなることをこそ愛することだ。

少年を愛するとは、絶え間なく流れ続ける時を、手のひらのなかに留めようとするようなものだ。それでも時は手のひらのなかからこぼれ落ち、過ぎ去っていくのだが、少年を愛したというその事実だけが、証として残される。
〈JUNE〉の編集長を務めた佐川俊彦は、男性同士の性愛が、女性たちの支持を集めたことについて、筆者にこう語った。

「サン出版の社長が〈JUNE〉に『いま、危険な愛にめざめて』というコピーをつけたのですが、私はこれはちょっと違うと思っていた。男同士の愛というのは、むしろ女性にとっては安全な愛だから支持を集めたんだと思うんです。それは、女の子にとっては自由になれる場所、心のすきまを埋めてくれる場所であったし、ファンタジーだからこそ、愛や性のおいしいとこ取りをすることができた」

女性に愛される、この分野について、男性である筆者がどのように理屈をつけても、女性読者からは「分かってない」と言われてしまいそうだ。だがあえて言うならば、女性というのは、いくら性について自由になったといっても、どうしてもセックスにおいては男性に対して従属的な位置にされがちであるし、望まない妊娠をしてしまう危険性をはらんでいる。性において自由になれないと感じる女性たちが、自分たちの望む性を生きられる場所こそが、このやおいの小説の世界であったのかもしれない。

中島梓は、その後〈JUNE〉で、『終わりのないラブソング』という、少年同士の性愛を描いた長い物語を連載するほか、『小説道場』という、読者が創作したやおい小説を批評・指導していく連載をすることになる。また、今西良と森田透の物語を《東京サーガ》と呼ばれる一連の作品群へと発展させていったり、同人誌の形態でもやおい小説を書き続けるなど、この分野は彼女の作家としての支柱のような存在でありつづけた。

なぜ女性がやおいを書き、読むのかというテーマについても、後に中島梓名義の評論『コミュニケーション不全症候群』（筑摩書房）などで論じている。

そうして、自らの表現をさまざまなジャンルに広げていった中島梓＝栗本薫は、ついに終生書き続ける長大な物語を生み出し始める。《グイン・サーガ》の誕生である。

第七章《グイン・サーガ》の誕生（二十五歳〜三十一歳）

「異形」の物語

《グイン・サーガ》。栗本薫によって書かれた、この小説は、ひとりの作家が百三十巻にわたって描き続けたということにおいても、数千人もの登場人物を、いくつもの架空の国のなかで、複雑に交錯させていったその広がりにおいても、世界中にもおよそ類型がない。

それは——

《異形》であった。

という文章から始まるこの物語は、古い王国パロの王女と王子であるリンダとレムスが、故国が敵国モンゴールの奇襲を受けたため、パロが持つ謎の古代機械によって敵の手から逃れ、遠く離れた辺境のルードの森で、豹の頭と逞しい肉体を持つグインと出会うところから始まる。グインには、「アウラ」という謎の言葉以外の記憶が何もなかったが、リンダとレムスの身が危なくなると身を挺して守る、並外れた戦士だった。

三人は行動を共にすることになり、途中で陽気な傭兵、イシュトヴァーンも加わって、砂漠の民であるラゴンやセムと出会ったり、さまざまな冒険をしながら故国パロに戻るための旅をしてゆく。

《グイン・サーガ》の巻頭に必ず掲げられている巻頭言は、第一巻『豹頭の仮面』ではこう記されている。

> かれらは運命の神ヤーンによって動かされていた。しかしかれら自身は自らが運命（さだめ）の糸の上にあることを、未だ知らなかった。
>
> ——『イロン写本』より

そこで示唆されるように、ルードの森で出会った彼らには壮大な運命が待っていた。自らの記憶も持たない戦士から、大国ケイロニアの王となるグイン。そして、リンダと恋に落ちたイシュトヴァーンは、「いつか王になってお前を迎えに行く」と約束し、その言葉通り、モンゴール・クム・ユラニアの三国に分裂していたゴーラを復活させ、その王となる。だが、彼が夢見たようにリンダと再び結ばれることはなく、さらなる波乱へと身を投じていく。

それぞれが激流のような運命に翻弄され、グインとイシュトヴァーンはお互い王となって、再び、三たびあいまみえる。その壮大な物語を、これから栗本薫は三十年という歳月をかけて描いていくのである。

《グイン・サーガ》の中に頻繁に現れる、運命を司るヤーンという神の名前。それはある意味では、膨大な登場人物たちによって織りなされる物語を生み出す、小説家・栗本薫のことと言っていい。しかし、同時に、中島梓にとって、それは栗本薫という作家の人知をも遥かに超えた、不思議な定めが紡がれており、自分はただそれを書き写しているだけのようにも感じられていた。

《グイン・サーガ》の初代担当編集者でもあった今岡清は、《グイン・サーガ》誕生の経緯を、次のように話す。

「中島梓という人と知り合った時に、当時は評論を書く人だと思っていたのが、実は小説も書くんです、と言われて、それじゃあ書いてください、という話になった。だけど、あの人は〈SFマガジン〉にすごく思い入れがあったので、その雑誌に書くということに対して、わりと臆しちゃってたところがあった。そこをお願いして最初に書いてもらったのが『ケンタウロスの子守唄』という、小説じゃなくて詩みたいなものだったんです」

〈SFマガジン〉一九七八年十二月号に掲載された『ケンタウロスの子守唄』は、水のない星の砂だけの海のそばで暮らす遠い星の人々と、観測のために地球から来た宇宙船乗りを描いた話など、三つのエピソードからなる、叙情的な作品である。また、この時期、栗本薫は、〈SFマガジン〉に様々な評論や書評を書くようになっていく。

「最初のころに彼女が書いてくれたのは、当時のオーソドックスな日本のSFといった感じの作品だったんですよね。でもそれまでに彼女と話していて、実はヒロイック・ファンタジー、特に《コナン・シリーズ》とか、エドガー・ライス・バローズの《火星シリーズ》とかが好きなのは分かっていました。そのうちに、高千穂遙が《美獣》というヒロイック・ファンタジー風の作品を書いたものだから、先を越されたのが悔しいと言いだした。それで私が『だったらあなたもヒロイック・ファンタジーを書いたらいいじゃない』と持ちかけたんです。それで最初に『氷惑星の戦士』というのを書いたんだけど、これじゃあとても高千穂遙に対抗できない。もっとインパクトのある主人公を設定しなければ、と言って書き始めたのが、《グイン・サーガ》でした」

少女時代、武部本一郎がカバー絵を手がけた、エドガー・ライス・バローズの《火星シリーズ》の第一作『火星のプリンセス』を手にして以来、ヒロイック・ファンタジーの虜となっていた中島梓。なかでも彼女が一番愛したのが、ロバート・E・ハワードによる《英雄コナン》のシリーズだった。《英雄コナン》のシリーズは、アトランティス大陸が海中に沈んだあと、現存する歴史が記されるまでの空白の期間に存在した時代における、未開の国に産まれた冒険児コナンが遍歴を繰り返す物語。作者のロバート・E・ハワード(一九〇六〜三六)は、三十歳のときに母親の死が迫ったのを知ると、銃で自殺したという短い生涯であったが、二十歳から三十歳までの十年間に、パルプ雑誌向けの膨大な量の小説を生み出した。

コナンに代表されるヒロイック・ファンタジーの何に中島梓は惹きつけられたのか。《グイン・サーガ》一巻のあとがきでは、それを「ある『魂の本質的な昏さ』、ある『病的で不幸な熱狂』とでもいったものが、ついに満たされたかたちでそこにあった、ということだったかもしれない」と書いていることは、すでに述べた。

そもそも、「ヒロイック・ファンタジー」とは何か。一九七一年に刊行された創元推理文庫版のコナン・シリーズ第一作『コナンと髑髏の都』の序文として収録されている、同シリーズの編纂兼合作者L・スプレイグ・ド・キャンプの文章にその定義が書いてある。それによると、「〈ヒロイック・ファンタジー〉とは、わたしが小説の分類上考え出した名称であって、これを〈剣と魔法〉の物語と呼ぶ者もある。要するにそれは、多かれ少なかれ、幻想的な世界に舞台をおいたアクションと冒険の物語で、そこでは魔法が威力を発揮し、近代科学と工業技術は発見されていない」とされている。

栗本薫は、この「ヒロイック・ファンタジー」に心ひかれ、その作者となりたいと願ってきた。そこまで彼女がこのジャンルにひかれたのは、そこに書かれた闇の深さゆえでもあった。《グイン・サーガ》の外伝である『七人の魔道師』が掲載された〈SFマガジン〉一九七九年十月臨時増刊号に掲載された、前出の栗本薫名義の評論『語り終えざる物語〈ヒロイック・ファンタジー論・序説〉』でこう書いている。


そう、ヒロイック・ファンタジーとは哀しいものなのだ。というのがぼくの実感だ。それは「病めるアメリカ」と無関係には決して生まれ得なかったし、そしてそれは最も狂った魂こそが最もやすらかであるようにして健康的だし、自らの行動様式を信じている人たちのことしか書いてない。そしてコナンや類似のヒーローたちが単純明快に暴れまくり、単身で数知れぬ敵をやっつけ、怪物を素手でたおし、成功と勝利の輝かしさに充足しているかに見えれば見えるほど、それはもうひとりの大男の力や戦いではどうすることもできぬような社会の中で、しかも不適応者であるらしい自分を発見してしまったヒロイック・ファンタジー作者の、馴れることもなだめることもできぬ盲目な怒り、絶望、そのはての深いねむりの中でみている夢、としてぼくの目にはうつっている。夢であるからそれは見終えるということがなく、いつわりの水であるからかれらのかわきがいえるということはないのだ。

（中略）

『コナン』に熱をあげはじめた十年くらいも昔のときから、いつも、ぼくをひきつけるのは、自分の内なる自閉症に屈し、それを手なづけ、飼い馴らしているかのような、妄想のあざやかさとむなしさにほかならなかったのだ。

〈SFマガジン〉に高千穂遙の《美獣シリーズ》『北海の獅子王』が掲載されたのが、七八年十一月号。そして、それに慌てた栗本薫が、『氷惑星の戦士』を掲載したのが、同誌の七九年三月号。自分こそが、の思いでいかに早く書いたかが分かる。

その『氷惑星の戦士』は、栗本薫の死後に刊行された、本人の筆によるものでは最後の《グイン・サーガ》外伝である『ヒプノスの回廊』に収録されている。

『氷惑星の戦士』は、宇宙船が星々を行き来する宇宙のなかの、氷に覆われた惑星を舞台にしていて、《グイン・サーガ》とはまったく世界観は異なる。ノーマンという名前の屈強な主人公は、「所属する星系も民族も出身地さえない、人間でない男」というキャラクター設定だが、豹頭の戦士グインほどのインパクトはない。

今岡清はこう話す。

「《グイン・サーガ》についてはこちらから依頼したわけではなく、打ち合わせをしているうちに、こういうヒロイック・ファンタジーを考えているんだけど、という話が出てきて、現実化していきました。社内的には、栗本薫の長篇を出すということに関しては、もう『ぼくらの時代』が乱歩賞を取って三十万部のベストセラーになったあとだから、すんなり企画が通った。最初から文庫で刊行することは決めていたんだけど、まずは景気づけというか販促のために、百枚ずつ四回、〈SFマガジン〉に連載して、それを秋口の文庫で一巻と二巻を二ヶ月連続で立て続けに出してスタートさせましょうと話しました」

栗本薫が『豹頭王物語（仮）――戦士グイン』というタイトルの創作ノートを作ったのは、一九七九年の一月二十五日。四日悩んで、一月二十九日に書き始め、三月二十一日には、第一巻『豹頭の仮面』の四百枚を書き上げた。《グイン・サーガ》という物語世界がどのように創られたか。一九九〇年発行の『グイン・サーガ・ハンドブック』に収録されたインタビューでは、栗本薫はこう答えている。

グイン・サーガは最初にストーリーがあって、あとから豹頭人身の主人公になったわけです。はじめは、もっとずっとファンタジーよりの話になるはずだったんですが、豹人というのがでてきたところで、いきなりイメージがふくらんでしまって、そして最初につくったのはゼフィール王子の〈トワイライト・サーガ〉の続篇のつもりで、仮タイトルとして〈豹頭王物語〉というのがあったんです。それで、『豹頭王物語・戦士グイン』というタイトルで創作ノートを作ったのが、一九七九年の一月二五日です。そこで「それは――《異形》であった」というのを書き始めたわけです。

そしてしばらくは名前をつけるので大騒ぎをしていて、はじめはレムスの名前というのもいろいろ考えまして――リンダというのはすぐに決ったんですが――ルナンとかリーナスとか、ロムス、ロムルスといろんなことを考えまして、それはグインについても同じで、コナンとかゾンガーとかグランマクボーンとかエルリックとかエラークとかハリィデールとかを全部並べてみて傾向と対策を考えまして、最後に突然グインというのに行き着いたんです。これを考えていた時には、イシュトヴァーンというのもすでにでてきていて、もしかしたら主人公の名前がイシュトヴァーンになっていたかもしれない（笑）。

これとは別に、一九八二年十二月の〈SFマガジン〉に掲載されたインタビューでは、グインの名前は、SF作家のアーシュラ・K・ル・グィンから来ていると話しているし、イシュトヴァーンの名前はドラキュラ伝説に登場するハンガリーの王様の名前から取ったといろいろなところで語っている。

少女時代から物語の世界を愛し成長してきた山田純代が、栗本薫というペンネームで小説を書く中島梓という大人に成長したとき、それまで自分のなかに溜め込んできたあらゆる物語世界を熟成させ、新たに創造したのが《グイン・サーガ》の世界であった。そこには、『三国志』『水滸伝』『三銃士』『モンテ・クリスト伯』『大地』など、彼女が愛したさまざまな物語世界が土台として織り込まれている。特に、『三国志』の影響は大きく、ケイロニア、ゴーラ、パロという三つの国が複雑に絡み合いながら展開していくという構想ができあがっていった。

栗本薫が一番最初に書いた《グイン・サーガ》の創作ノートの中身の画像が、二〇一〇年に発売された『栗本薫・中島梓　JUNEからグイン・サーガまで』に掲載されている。そこには、「イシュトヴァーン恐怖政治　アリ、カメロン死す　リンダ新国建国　女王となる」など、はるか先のストーリー――なかには、栗本薫の生前ついにそこに到達しなかったものもある――が書かれている。そして、ページの下には、最終巻のタイトルとして最初期から予告されながら、ついに本人によっては書かれなかった『豹頭王の花嫁』という文字。

また、別のページには、この物語は、豹頭王が王となったところで終わりにせず、彼が国王を追われ、ふたたび放浪するさままで描くであろうこと、《英雄コナン》などのシリーズの失敗は、ヒーローたちが王となり、その座を失うまいとしてしまったことにあるのであって、ヒロイック・ファンタジーとは、本質的に放浪の物語であり、孤独の物語である、ということが書かれている。

今岡清は、《グイン・サーガ》の原稿を初めて読んだときの印象をこう話す。

「一巻のおしまいが二巻のヒキになる構成も実に計算が行き届いているし、特に最初の五巻まではとにかく読ませる。面白かった」

《グイン・サーガ》の展開は、どの程度あらかじめ決まった上で書き始められていたのだろうか。初代担当者として、今岡が話す。

「先の展開に関しては、プロットを順番に書いておいてそれを追いかけるという話ではなく、創作ノートに所々転機となる場面やタイトルだけが書いてある。それに向かって書く感じで書き進めていたんです。グインの第一回を〈SFマガジン〉に載せるときから、創作ノートとして書かれていることがいくつかあり、その創作ノートは書き始めた時点でもまだ増えていった。イシュトヴァーンに関して言えば、能天気な明るい青年だったのが、王様になってだんだん残虐な狂王になっていく。そこのところは最初から書きたいと言っていた」

《グイン・サーガ》は一巻がかならず四章で構成されており、一章は百枚、さらにその一章は四つの節に分かれている。四章で四百枚が一冊。原稿用紙で書きながら、いつも必ず四百枚の最後の行で終わっていた。これは今岡からリクエストしたわけではなく、本人なりのこだわりだった。この必ず同じ長さで一冊が構成されていくということは、読者をいつものリズムに誘い入れるのに大きな役割を果たしていた。

現在《グイン・サーガ》の一巻として刊行されている四章は、〈SFマガジン〉一九七九年の五月号から一章ずつ、八月号まで連続掲載された。そして、同年の〈SFマガジン〉には外伝の第一巻となる『七人の魔道師』が一挙掲載されたことはすでに述べたが、これは、グインがケイロニアの王になったあと。本篇のスタートよりはるかに先の時代を舞台にしていた。そこには、「読者の皆様へ」

と題された、栗本薫のこんな文章が添えられていた。

この「七人の魔道師」は、「豹頭の仮面」によってスタートしたグイン・サーガ・シリーズの外伝その1、ということになります。

「豹頭の仮面」をお読みいただいたかたにはわかると思いますが、この話は「豹頭の仮面」の話のときよりも、十数年あとのことであり、豹頭の戦士グインの運命も、一介の裸の風来坊から中原の強国ケイロニアの通称「豹頭王」へと劇的な変化をとげています。

いったいどのような運命のいたずらが、そんな王座へ彼を導いたのか、それはグイン・サーガそのものの展開を待っていただくほかはありませんが、ここに少しだけ登場するグインの王妃シルヴィア、ドールを裏切った魔道師イェライシャ、そして本編のヒロイン、ヴァルーサも、いずれそれぞれにグインの運命に大きくかかわる人間として正伝の中に登場してくるはずである、ということは申しあげておこうと思います。注意してお読みいただければ、随所にすでに知っている人間の名があらわれてくるのにお気づきになるでしょう。

『豹頭の仮面』として始まったばかりのシリーズで、何の身分もない異形の戦士であったグイン。そのグインが、物語の先では大国の王となる、という展開がこれから用意されていることに、当時の読者は驚き、胸躍らせた。栗本薫は、決してそこに至るまでの細かい道筋を最初から考えていたわけではないのだが、一介の戦士が王となり、そしてまた放浪の旅に出るという壮大なイメージが、彼女の頭のなかには膨らんでいた。

中島梓は、自らに似ているキャラクターとして、イシュトヴァーンを挙げることがしばしばあった。

だが、その自分探しという要素において、グインという謎の人物を主人公に据えたことは、彼女の内面をある意味で象徴している。

グインは、どれだけ出世して、大国ケイロニアの王として、人々の尊敬と信頼を勝ち得ても、常に自分が何者であるか分からない、という心もとなさを抱えている。世界に自分と同じような者がひとりも存在しないことに悩み、名前しか覚えていない、ランドックという世界に行けば、自分と同じ仲間がいるのだろうか、と想像するグイン。それは、自らを「地球生まれの銀河人」になぞらえていたという、山田純代その人とどこか重なって見える。

《グイン・サーガ》の登場人物たちが与えられる運命は過酷である。長い物語のなかで、真の意味で幸福になったキャラクターはひとりもいないとさえ言っていい。そのような深い闇を抱えながらしかし、《グイン・サーガ》は決して暗い物語ではない。むしろ、その中には、人生を愛し、人間を愛する讃歌のような明朗さが一貫して流れている。読者は、そのような前向きな物語のなかに、自分と同じ絶望や闇をも見出して、この世界に引き込まれていくのだ。

《グイン・サーガ》は、開始早々から「全百巻」を宣言していたが、これはどのように決まったのか。前出『グイン・サーガ・ハンドブック』のインタビューでは、中島梓が半村良の自宅にインタビューに行ったとき、全八十巻で『太陽の世界』という作品を書く、という話を聞いたという。中島梓は、世界で一番長い物語を書こうと思っていたので、「わたしは八一巻のを書こうかな」といったところ、「半村さんがいやあな顔をした。そのあとで、グイン・サーガはかなり長くなるかなと考えて、それでも八一巻というのはいかにも意地が悪い感じがするので、それならいっそといって、一〇〇巻というのをぶちあげたわけです」と話している（なお、『太陽の世界』は、ムー大陸二千年の歴史を書くという構想で、栗本薫も『魔界水滸伝』などを書いた角川書店の〈野生時代〉で、一九八〇年から連載された。単行本は一九八九年の十八巻刊行を最後に中断している)。

この「全百巻構想」について、今岡清はこう証言する。

「いつ全百巻という話が出てきたのか、はっきり覚えていないんだけど、一番最初に打ち合せをしたときは確か二十巻くらいの話をしてたと思う。実際には五巻まで書かれたノスフェラスが舞台の話が、当初一巻で終わる予定だった」

その一方で、今岡はこうも話す。

「一方で、この作品は終わらない話にしたい、というのは最初からあったと思います。物語というのは、たとえば王子様とお姫様は苦難があったけども結ばれて、そのあと幸せに暮らしました、というのが定型だけれど、実際にはそのあとにまたいろいろな物語があるに違いない。通常の物語というのは、その一部分を切り取っているに過ぎない、という考えを彼女は持っていました。だから自分は終わらない物語を書きたいと。百巻というのも最初は仮にそう言っていたけれど、その百巻のあとにも登場人物たちの子供たちの物語が続くんだと、そういうことは言っていました」

一九九五年、《グイン・サーガ》が五十巻を迎えた『闇の微笑』のあとがきで、栗本薫はこんなことを書いている。


思い出します。私が最初に「グイン・サーガ」を一〇〇巻書こう、と決めたときのことを。そのときにはまだ「一〇〇巻」という数字に何の実感もなくて、ただひたすら嬉しかったのは、『これでいくらたくさん書いても大丈夫』だというおかしな話でした。それまで、私は必ず「枚数に制限のある物語」をしか書いてはいなかった、ということです。

いつまでも、終わりのない物語を紡いでゆける――。それが彼女にとってこの上ないよろこびであった。まさに天性のストーリーテラーである。

ファンたち

長年《グイン・サーガ》のチェックを担当し、『栗本薫・中島梓傑作電子全集』の監修も務める八巻大樹は、中島梓が「私の作品を一番理解してくれるひとり」と言ったこともあるほど、栗本薫・中島梓を知り尽くしたひとりである。本書でも、八巻による評論『現実の軛、夢への飛翔』を引用してきた。

その八巻が栗本薫の小説を知ったのは、一九七九年。八巻は当時中学二年生で、その年刊行された《グイン・サーガ》の一巻を読んだのがファンになったきっかけだった。

「中島さんを知ったのはそのしばらく前。もともとSFが好きだったので、中島さんがDJをやっていた、早川書房がスポンサーの文化放送のラジオ番組『ハヤカワSFバラエティ』を聞いたんです。その番組で聴取者プレゼントとして、栗本薫の《グイン・サーガ》一巻を差し上げます。栗本薫さんはこのDJをやっている中島梓さんと同じ人です、と言っているのを聞いて、読んでみたくなった。実際に読んでみたら、その世界に取り込まれてしまった。中島さんが、森茉莉の『枯葉の寝床』を初めて読んだときに、その世界に没頭して、気がついたら外が暗くなっていたけど、読んでいる間はまったく気づかなかったと書いていますが、僕は《グイン・サーガ》一巻の『豹頭の仮面』を読んだ時に、まったく同じ経験をしました。最初のプロローグでは、これはちょっと自分には合わないかなと思ったんだけど、途中から本当に夢中になって読んで、気がついたら周りが暗くなってて、ものすごいものを読んだと思った。そのときの気持ちはいまでも鮮烈に覚えています。あれほどの強烈な読書体験というのは、まさに人生であれ一回きりですね」

そのときは七九年の九月に一巻が出たばかりで、翌月の十月には二巻『荒野の戦士』が発売になった。

「当時は子供だからてっきりそれから毎月出るのかと思ったけど、さすがの栗本薫でもそれは無理ですよね（笑）。それから三巻までは半年待たされました。続きはどうなるんだろう、と首を長くして待っていました」

それからは、栗本薫の新刊が出るたびに全部読んだ。その後東京大学工学部の大学院で博士課程まで進み、原子力について研究していたときも、忙しい生活のなかにあって、栗本薫の作品は必ず読み続けていた。

「昔はいつ新刊が出るかなかなか分からないから、そろそろ出るかな、と思うと毎日のように本屋に行って、出てないか、出てないかって探して。世の中に出ているのにまだ自分が読んでない、というのがイヤでしたから」

栗本薫のファンクラブ「薫の会」は八三年に結成し、特に八〇年代は会報を発行するなど活発に活動していた。「薫の会」のコアメンバーは、いまでも毎月お茶会を高田馬場の喫茶店で開いている。常に新刊が出ていた栗本薫の生前に比べると、いつも栗本薫の作品を話題にしている、というわけではなくなったが、栗本薫というひとりの作家を皆が熱烈に愛した、という縁が、いまもメンバーたちをつなげている。その会長を長年務めているのが田中勝義であり、《グイン・サーガ》のチェックにも八巻大樹より前から携わっている。田中が言う。

「最初に読んだのは『ぼくらの時代』。当時僕は中学生でした。本屋の新刊コーナーで見て面白そうで、当時はお金がなかったので図書館で借りたら本当に面白かった。『ぼくらの時代』という作品は、当時の時代の雰囲気に合っていたんでしょうね。同時代感、というのを感じました。栗本さんは受けるように計算して書いたそうですけど、本当に文体とか雰囲気が面白くて、術中に見事にはまっていた。最初は作者は男性だと思っていました。すぐに女性だと分かりましたが。

それからは栗本薫という名前をいつもチェックして、文庫本は買って、ハードカバーは中学生には高いので図書館で借りて読んでた。『真夜中の天使』も、どういう話か知らないで買って、電車の中で広げて読んでましたよ。性に対してあまり知識のないころだったからか、こんな世界もあるのか、と意外と抵抗なく読めた。あるとき、それまでノーチェックだった早川書房の文庫棚を見たら、《グイン・サーガ》が四巻まで出ているのに気づいて、一巻を買って読んだら、もう最初の三行くらいで頭をガツンとやられた感じ。すぐに全部買って読みました。当時は、本屋に行くと一ヶ月ごとに栗本薫の新刊が並んでいるという印象でしたね」

栗本薫のファンクラブは、《グイン・サーガ》六巻と八巻のあとがきによると、八一年にまず関西で「傭兵騎士団」が、続いて同じ年に関東で「七人の魔道師」が発足した。当時さまざまなジャンルのファンの会合を開く場所として定番だった、お茶の水にあった「丘」という喫茶店で行なわれた、関東の第一回の会合には、田中勝義も参加した。

「二十人ほど集まったその会合には、栗本薫さんも参加していました。でもそのときは栗本さんはそんなに積極的にしゃべっていた記憶はないですね。私は当時から幹事体質で、『栗本先生に質問がある人はいますか』って参加している人に聞いて、質問が出ないと、自分が質問したりしていました」

その後、八三年に「七人の魔道師」が体制の変更に伴って名称を「薫の会」に変更し、初代会長には野崎岳彦（たけひこ）が就任。野崎が早川書房の社員となってからは、田中が引き継ぎ、会誌を発行していたのは前述の通り。会長の田中が当時、赤坂にあった中島梓の事務所のマネージャーに問い合わせて掲載していた新刊情報は、ネットのない当時はファンの貴重な情報源だった。

野崎岳彦は、学生時代にファンクラブ「薫の会」の初代会長を務めていた。大学卒業とともに早川書房に就職することになり、「薫の会」の会長は田中勝義に引き継がれる。ファン活動のきっかけは、栗本薫のサイン会に、当時開成中学の生徒だった野崎が、《グイン・サーガ》の記述をもとに考えた《グイン・サーガ》世界の地図を持っていったことだった。当時、《グイン・サーガ》に地図は掲載されていなかったが、十一巻から、このとき野崎が考えたものをベースにした地図が掲載されることになる。初版では、地図作成者として、野崎岳彦の名前が載っていた。その後の版で地図の下に記されている「三絃堂」というクレジットは、野崎を中心とした当時の三名のファン仲間のユニット名。「絃」という字は『絃の聖域』から取っている。

「ヒロイック・ファンタジーには地図が必要だろう、ということで、書いて持っていったら採用してくれて。それがきっかけで、高校生になった僕のところに、今岡さんが〈SFマガジン〉の原稿を頼みに来てくれたりもしました。大学に入ってからは、早川書房の依頼で、《グイン・サーガ》の人物事典や用語集を作ったり、ゲラのチェックをしていました。当時の栗本薫さんは作家として本当に勢いがあって、我々ファンは、『この人がやっていることについていけば、面白いものが見られるんじゃないか』って、追い続けていた。特に、中高生たちには『栗本薫という作家が、一番自分たちのことをちゃんと書いてくれている』と思わせる、そんな魅力がありましたね。この人が面白いと思ったものを自分たちも見たかったし、描き手として次に何をしてくれるんだろうというのが、すごく気になる人だったから、エッセイとか評論が載ってる雑誌もよく買いましたよ」

早川書房に十年ほど勤務して退社した野崎は、フリー編集者を経て角川書店に転職。その後、田中芳樹の《アルスラーン戦記》や、水野良の《ロードス島戦記》、谷川流の《涼宮ハルヒ》シリーズの編集にも携わった。現在、KADOKAWAの出版事業戦略局で働く野崎は、栗本薫のファンになった理由を聞かれると、少し考えたのちこう答えた。

「日本SFって、伝統的に閉鎖的なところがあって、ファンと作家が一緒にいろいろなことをやったり、仲間意識が強いんです。栗本薫さんが出て来た時期でいうと、小松左京や、半村良、光瀬龍といった、それまで創成期の日本SF作家クラブの作家が主流を占めていたムーブメントが下火になって、翻訳でも、ハヤカワ・SF・シリーズがなくなって、ハヤカワ文庫が大量に出始めたころ、そういう時代の変わり目に栗本薫という作家がポンと出て来た。最初は栗本薫という存在って、SFのなかですごく違和感があったんだけど、さまざまなジャンルと結びついたその世界はすごく新鮮だった」

当時すでに刊行されなくなっていた、ハヤカワ・SF・シリーズの体裁で刊行された『火星の大統領カーター』は、当時のカーター大統領が火星に行く表題作など、古典SFのパロディの楽しみに満ちた作品群である。そのあとがきで、栗本薫は、自分はSFというジャンルをこよなく愛しているのにもかかわらず、SFファンから、「栗本薫はSFを土足で荒らすな」という手紙が来たことを明かして悲しんでいる。野崎は話す。

「そういう手紙を送ったのは、たぶん僕より年上のSFファンだったと思うんです。一九六四年生まれの僕にとっては、栗本薫のSFって、お硬いSFに反発したい気持ちをうまく受け止めてくれるようで、目新しくて楽しかった。当時のポップカルチャーと結びつけて、SFやファンタジーを、これまでの作品へのオマージュを込めて展開してくれる。新しいんだけど、過去の作品の伝統的な様式に目を配っていて、決して断絶はしていないんですよね。そうやって栗本薫が登場してきた時代に、高千穂遙の《クラッシャージョウ》や《ダーティペア》、野田昌宏の《銀河乞食軍団》とか、いまのラノベ文化につながる作品が出てきたわけです。

古いものを新しくして見せたのは、それは栗本薫のミステリについても同じで、そもそも〈幻影城〉っていう雑誌が、社会派サスペンス全盛の時代にあって、アナクロだったし、『ぼくらの時代』では、探偵小説の伝統的な様式を、当時の世相に合わせてうまく抜き出して、学生が探偵役の小説を書いてみせた。当時はそういうタイプの作家はいなかったですよ。まだ講談社ノベルスで新本格が始まる前、島田荘司がデビューしたものの、まったく注目されなかった時代ですから。そのころの栗本薫さんは小説の最後に曲名を書いてBGMを指定してみせたり、どんどん変わったものをいれてくる。音楽だったり歌舞伎だったりも含んだ、そのひとつの一番大きなかたまりとして《グイン・サーガ》がでてきて、僕たちは熱狂したわけです。なんでも書くっていうことが、作家として決して尊敬されない、むしろマイナスだった時代のはずなのに、こんなものも書くんだ、ってどんどん新しい面を見せてくれた。その才能が広がっていく過程を見ることができたのが、栗本薫という作家に熱中した理由ですよね」

多方面の活躍

一九七九年は、《グイン・サーガ》が始まっただけではなく、各方面において、中島梓にとって多忙を極めた年となった。

七月には、中野サンプラザで、中島梓脚本・作詞のロック・ミュージカル『ハムレット』が、計六日間上演された。これは、シェイクスピアのハムレットを現代風の音楽でミュージカルにしたもので、主演は桑名正博と岩崎宏美のふたりであった。

この公演については、中島梓が自らと演劇の関わりについて書いた一九八九年刊行の『魔都ノート』に書かれているのだが、中島梓（栗本薫）の脚本は、それに先立つ、一九七八年にすでに最初の仕事が始まっている。

これも『魔都ノート』によると、栗本薫が沢田研二の大ファンだということを聞き及んだ、TBSの看板ディレクター・久世光彦が、あるとき彼女に電話をかけてきて、お目にかかりたいと言った。

そこで、TBSの会館の地下のバーに行くと、それは、ドラマ『七人の刑事』のシナリオの依頼であった。ゲストとして沢田研二と内田裕也が出演することは決まっていたので、それに栗本薫は、自らの美意識を発揮させて、思いつきで私立探偵になろうとした、少年院出の兄貴分と弟分が破滅にいたるまでを描いた。小説はほとんど手直ししない栗本薫だが、このときに久世光彦に何度も手直しさせられたことが刷り込みのようになり、その後も脚本を書くときは何度も書き直しながら仕上げるようになった。

沢田研二の大ファンであった中島梓にとって、その沢田研二が自分のシナリオを演じてドラマになるというのは、歓喜のような体験であった。ただし、ドラマではラストが勧善懲悪風に変えられてしまったのが不満で、同じ設定で『探偵（悲しきチェイサー）』という短篇小説を書いた。それは、のちに『天国への階段』（角川文庫）という短篇集に収録された。なお、『朝日のあたる家』など、一連の《東京サーガ》に登場する、森田透を自宅に住まわせているテレビプロデューサーでのちに作家になる島津正彦というキャラクターは、久世光彦をイメージモデルとしていると、これも前出のエッセイ『「朝日のあたる家」第5巻発売&シリーズ完結記念特別版!』などに書かれている。

さて、ロック・ミュージカル『ハムレット』についてである。これも『魔都ノート』によると、『ハムレット』を、ロック・オペラとして上演したいので、脚本を書いてほしい、という依頼をもらった中島梓は、翻訳者でシェイクスピア学者の小田島雄志に引き合わされた。小田島は、「To be or not to be」という有名なセリフを「このままでいいのかわるいのか、それが問題だ」と訳す一行だけをいかせば、あとはどう料理しても構わないと中島に言った。そうして中島は小田島の訳した『ハムレット』の訳本をもらったのだが、その訳本を一度も読むことなく、ロック・ミュージカル『ハムレット』を書いてしまった。これについて、中島は、おそらく読んでいなかったこそ書けたのであって、それが本能的に分かっていたから読まなかったのだろうが、それははっきりいって冒瀆というものであったと書いている。

中島は、主演の桑名を宙にぶらさげること、父王の亡霊に小人を使うこと、合唱隊（コロス）を使うことなどを提案し、それも採用された。興行はまずまずの成功を収めたのだが、そのときは自分と「芝居」とのあいだにまだ果てしない距離があったと書いている。そして、千秋楽のカーテンコールで、スタッフの名前が次々と呼ばれ、舞台にあがっていくなか、中島梓は名前を繰り返し呼ばれたのにもかかわらず、舞台に上がらなかった。

これは、その場のスタッフ、出演者にしてみれば、多分に困惑したことだろうし、憤慨した人もいただろうと想像できる。このロック・ミュージカル『ハムレット』については、中島梓の記憶は切れ切れで、うまく思い出せないのだという。デビュー以来、一日五件のインタビューを受けたこともあったという、この頃の多忙が凄まじかったということとともに、その狂乱が中島梓を一種の酩酊状態にでもさせていたのであろうか。

このころのほかの仕事を見てみると、パーソナリティを務めていた、文化放送のラジオ番組『ハヤカワSFバラエティ』で、小松左京などのSF作家をゲストに、おしゃべりを披露している。この番組には、今岡清が〈SFマガジン〉編集長として、同誌の最新の内容を紹介するコーナーもあった。

テレビ番組『象印クイズヒントでピント』の出演を始めたのもこの年である。テレビ朝日で毎週日曜の十九時半から三十分放映されていたクイズ番組。粗い状態のモザイク画像から人物名を当てたり、二分割、あるいは四分割、十六分割に分かれたパネルに記されたキーワードや写真から、解答を導きだすなど、解答者の知能と直感が求められた。一九八〇年からは女性軍のキャプテンに就任。八二年から八三年の産休を挟んで、八六年まで出演している。

本格的なデビューとなった一九七八年に刊行された単行本は、『ぼくらの時代』と『文学の輪郭』の二冊。続く一九七九年は、《ぼくらシリーズ》の続篇『ぼくらの気持』（講談社）と、デビュー前に書き溜めていた『真夜中の天使』、そして、《グイン・サーガ》の第一巻『豹頭の仮面』と、第二巻『荒野の戦士』が刊行されている。

デビューするや否やベストセラー作家になった栗本薫の《ぼくらシリーズ》の続篇を一刻も早く刊行したい講談社の意向で、『ぼくらの気持』の執筆時には、お茶の水の山の上ホテルにカンヅメにもなった。カンヅメとは、出版社によってホテルに泊まらされて、執筆に専念させられることである。

山の上ホテルは、三島由紀夫や池波正太郎も定宿にした、文人御用達のホテルとして知られている。当時は、人気作家は出版社によって、このホテルにカンヅメにされるのが一種のステータスだった。

このときのことを今岡清が、『栗本薫・中島梓傑作電子全集3』に収録された回想録に書いている。いわく、速筆の栗本薫にとっては、ことさらカンヅメにされなくとも、締切までに原稿を書き上げることは困難ではなかった。だが、出版社にカンヅメにされるというのは、作家にとって、評価されている証でもあり、一種のイベントとして栗本薫も従ったのだった。

一日中書いていなくても小説を書き上げてしまうことのできる栗本薫は、出版社が借りた、山の上ホテルの部屋に今岡清を始めとする友達を呼び、本や小説の話に花を咲かせた。そのときにルームサービスで饅重を人数分取り寄せ、それがあとから講談社に請求されたので、あとで「このたくさんの饅重はなんですか」と、編集者にたしなめられたそうだ。なお、初期の《グイン・サーガ》の裏表紙に掲載された、椅子に寄りかかっている栗本薫の写真は、このときに今岡清が撮影したもの。今岡清はこの一九七九年から〈SFマガジン〉の編集長になった。

この時書いた『ぼくらの気持』は、少女マンガ界を舞台としたミステリ。山の上ホテルでカンヅメにされた経験は、一九八四年刊行の第三作『ぼくらの世界』に活かされている。この作中で、主人公・栗本薫は、江戸川乱歩賞を思わせる「シャーロック・ホームズ賞」を受賞し、山の上ホテルを彷彿とさせるヒルサイド・ホテルにカンヅメにされる。そのホテルの中で事件が発生するのである。

翌一九八〇年に刊行された単行本は七冊。《グイン・サーガ》三巻『ノスフェラスの戦い』、四巻『ラゴンの虜囚』、五巻『辺境の王者』。そして〈SFマガジン〉に掲載された二作の中篇を収録した『セイレーン』（早川書房）、伊集院大介が初登場したミステリ『絃の聖域』、中島梓名義のエッセイ『あずさの男性構造学』（徳間書店）、短篇集『幽霊時代』（講談社）である。

初めてのSFの単行本となった『セイレーン』には、〈SFマガジン〉一九七九年二月号に掲載された『セイレーン』、同じく〈SFマガジン〉一九七九年の十一月号から十二月号に掲載された『Run with the Wolf』の二作が掲載されている。『セイレーン』の方は、二十六世紀の宇宙船乗りが心を奪われたこの上なく美しい歌声の話と、現代の日本で人々を虜にする歌手「セーラ」をめぐる話が、関連をもって交互に展開される。

そして、『Run with the Wolf』は、新しく産まれる子供の大半がそれぞれ大きく異なった特徴を持つ奇形となった未来の物語。放浪のすえに、主人公はやがて彼らは人間に取って代わること、個体のなかに縛られている人間と違って、個体を超えた知性を持っている彼らは、個体の死という限界を超えてある意味で永遠の生を持った新しい種族であることを知る。ＳＦというジャンルの特性を活かし、栗本薫の終生のテーマである「時」の流れと、それを超えてゆく、より悠久の時間の概念について、詩情豊かに奏でられた二作品である。

『絃の聖域』は、〈幻影城〉で一九七八年九月から七九年五月まで連載されたところで雑誌自体がなくなり、残りが加筆されて講談社より単行本化された。人間国宝である長唄の家元の邸宅で起こる連続殺人。家庭内のなかに愛人関係や憎悪が複雑に絡み合い、日本伝統の道具立てが殺人に彩りを添える横溝正史ばりの世界。栗本薫らしく、家のなかで同性愛の関係にある少年たちも登場する。

この小説で初登場するのが、のちに数々の事件を解決する《伊集院大介シリーズ》の名探偵・伊集院大介である。この時はまだ探偵ではなく、登場する少年・安東由紀夫の塾の教師として登場し、事件を解決する。

伊集院大介のモデルが今岡清だというのは、栗本薫ファンの間では定説である。初めて登場したときに、その風貌は「ほっそりとして、むしろ繊細な顔立ちをし、文学青年ふうの長い前髪をたらし、銀ぶちの眼鏡をかけている。眼鏡の奥で、ものにびっくりした子どものような澄んだ顔をしている」とある。何よりどこかとぼけたふうでいて、人間を見つめているようなところが、確かに今岡清の印象と共通している。伊集院大介を事件に引き寄せるのは人間に対する興味であり、事件の背後にある物事の本質について考えるのを何より好む。もっとも、今岡本人によれば、伊集院大介が登場した頃はまだ中島梓と今岡はそれほど親しくなっておらず、今岡の影響が伊集院大介に現れ始めたのは、もう少しあとになってからだという。

《グイン・サーガ》四十巻のあとがきには、『絃の聖域』は、犯人もトリックも決めずにゆくあてもなく書き出して、完結させてしまったと書かれてある。

その後、栗本薫は、前述の女子校を舞台とした『優しい密室』や、外界から隔絶され、古い因習が残る山村を訪れたテレビカメラクルーが巻き込まれる連続殺人を描き、謎解きの前に、エラリー・クイーンを意識した「読者への挑戦」を挿入している『鬼面の研究』など、《伊集院大介シリーズ》を書き続けていく。ミステリといえば、依然として松本清張の系譜に属する社会派が主流で、本格ミステリは時代遅れだという風潮があった当時において、ミステリとしての様式に耽溺した栗本薫の作品は、綾辻行人など、のちの新本格ミステリの旗手にも影響を与えた。

筆者は、中島梓（山田純代）の中高時代の親友である、岡田小夜子を取材したときに、学生時代に中島梓が岡田のためにレポート用紙にまとめて、岡田がずっと保存していたミステリについての概説を見せてもらった。学生時代だからもう四十年前の資料だが、そこには、「知らないとハジをかく代表的ミステリー」として、『モルグ街の殺人』や『シャーロック・ホームズ・シリーズ』、『怪盗ルパン』『黄色い部屋の謎』などが挙げられ、主なミステリのシリーズの名探偵、特長、ワトソン役、作者、代表作が表にまとめられている。そして「現在のミステリー界地図」として、

・本格派をつぐもの（謎とき、トリック系）
・本格派っぽい警察小説
・アクション派
・ユーモア・ミステリー

などが列挙され、「本格派をつぐもの」には「不振（ゆきづまってる）」という説明が添えられている。そのころ冷遇されていた本格派を、そのトリックの精密さというよりは、評論『夢見る権利 探偵小説の精神』に書いていたような、その世界観において愛していた中島梓は、その当時から自らそのジャンルを手がけたいと夢見ていたのだろう。

栗本薫の小説の書き方は、明確なプロットを決めず、目玉となるシーンと大まかな流れだけを設定して、あとはキャラクターが動くに任せておくというものだった。事前にプロットを作ると、かえって登場人物の動きがプロットに縛られて、不自然になってしまうのだという。

それはミステリでも同様で、『絃の聖域』以降も、犯人を決めずにミステリを書き始めることは珍しくなかった。解決の場面を書く際になって、前に書いた出来事が伏線になっていたことに自分で気づいたりするというのだから、まさしく離れ業である。

もっとも、《伊集院大介シリーズ》ものちのほうになると、遠くで謎の死を遂げた人物がなぜ死んだのかというと、真相は犯人がパソコンを通じて死ぬように、というメッセージを送っていたらその通り死んでしまったとか、かなりミステリとして強引さを感じさせるケースもある。

先にも見た通り、栗本薫にとってのミステリとは、まず第一に様式の美しさであった。その意味で『絃の聖域』は、複雑に絡んだ人間関係しかり、少女時代から長唄など、日本の伝統芸能に親しんでいた彼女だからこそ書ける道具立てしかり。また犯人のキャラクター設定においても、彼女独特の妖しい美学が珠のように結実している。

もっとも、この家元の家を書くにあたって、山田家が懇意にしている家元の家を参考にした部分があるらしく、そこで陰惨な殺人事件が起こるので、母の良子は困ってしまった、といったこともあったようである。

この『絃の聖域』で、栗本薫は一九八一年の第二回吉川英治文学新人賞を受賞している。

のちには、締切のある雑誌の仕事を控えて、書き下ろし中心の仕事スタイルとなった栗本薫だが、このころは駆け出しの売れっ子作家らしく、小説雑誌に多くの短篇小説を掲載している。一九八〇年を見ると、特に多かったのは〈小説現代〉（講談社）。一月号『イミテーション・ゴールド』、三月号

『女狐』、四月号『商腹勘兵衛』、五月号『幽霊時代』、七月号『蝮の恋』、九月号『お滝殺し』、十月号『伊集院大介の冒険　優しい密室（前編）』、十一月号『伊集院大介の冒険　優しい密室（後編）』、十二月号『心中面影橋』と、毎月のように掲載。そのほかにもこの年は、〈SFマガジン〉〈オール讀物〉〈小説新潮〉〈SFアドベンチャー〉〈野生時代〉に短篇を掲載している。『マンガ青春記』によると、『女狐』や『商腹勘兵衛』はデビュー前に書かれたものだということだが、いかに速筆の栗本薫といえど、目が回るような忙しさだった。

　元講談社の広田真一は、このころ、〈小説現代〉の編集者として栗本薫を担当し、のちに同誌の編集長を務めた。広田の回想。

「初めて栗本さんに会ったのは、乱歩賞を取ったあと。〈小説現代〉で彼女を担当することになって、青戸のお宅にご挨拶に行きました。『私はほめて伸びる作家だから、作品批評とか、マイナス批評はしないでくれ』と、まずクギを刺されたのを覚えています」

　広田は〈小説現代〉で、栗本薫の伊集院大介ものなどを担当した。

「当時、〈小説現代〉では一人三人全集という企画があって、野坂昭如さんとか、ひとりの作家に時代小説、推理小説というふうに、複数のジャンルの作品を各号ごとに掲載してもらうというのをやっていた。ためしに、栗本さんに『五つのジャンル、五人全集はできませんか』とたずねてみたら、できるという。なにしろ一人三人全集というのはあったけど、一人五人全集というのは栗本さんだけだったね」

　常に新しいジャンルに挑戦しようとしていた栗本薫は、「時代小説なんかどうでしょう」などと広田が言うと、すぐに反応して書いてくれた。

「毎月のように書いてもらっていたけど、とにかく書くのが早い。あっという間に目の前で十枚二十枚すーっと書いちゃうから。別冊で長篇の四百枚一挙掲載みたいなの、それこそ一週間かかんないで書いちゃうとかね」

慌ただしい毎日のなかでも、中島梓は小説を書くだけでは飽き足らず、ロックバンドもやっていた。最初は、今岡清がヴォーカルで中島梓がキーボード。講談社の編集者がドラム、当時早川書房の編集者でのちにミュージシャンになった萩原健太がベースで、別の早川の編集者がギターを受け持ち、編集者ばかりなので「エディターズ」と名づけたバンドを結成。一九八〇年に浅草で行なわれた日本SF大会で演奏した。

このバンドは、日本SF大会が終わると自然消滅的に解散。すると今度は、中島梓がキーボード、早川の編集者がギターという面子はそのままで、今岡清がベース、〈キーボード・マガジン〉の編集者がヴォーカル、作曲家でSF作家でもあった難波弘之が紹介してくれた、難波の学生時代のバンド仲間がドラムというメンバーで「パンドラ」を結成した。今岡が回想する。

「栗本薫のサイン会があると人が集まる時期だったから、書店のサイン会と抱き合わせでコンサートをやっていました。新宿の紀伊國屋書店とか、福岡の書店や新潟の書店のサイン会へもツアーで行きましたね。飛行機で行って、現地では本屋さんにレンタカーを用意してもらったり。私は早川書房の仕事ということで会社でも大目に見てもらったので、結構面白くやっていました」

「パンドラ」の活動時期は、主に中島梓が今岡清と結婚したあとのことになる。どんなに沢山書いていても、小説の執筆だけではなく、ほかのさまざまな活動もしていないと我慢できないのが、中島梓という人だった。

不倫報道

このころ、中島梓は、まずエジプトを舞台とした小説『ネフェルティティの微笑』の取材のために、作家の村松友視(ともみ)や編集者の秋山協一郎とともにエジプトへでかけていた。「こんなに遠くへ来てしまった」――古代の国への旅は、彼女に深い感慨を与えた。

流行作家としてめまぐるしい日々を送っていた中島梓は、その生活も華やかになり、著名人と一緒に飲み明かすことも少なくなかった。乱歩賞を取った年から、お金を使いすぎて税金が払えなくなり、借金をしていたという。

そのような生活もしかし、小説を書く、という土台があってこそである。ようやく自分の生み出す物語が、そのまま世の中に伝わっていくという環境に自分を置くことができた中島梓である。書くことはますます快感であったろう。言葉は奔流のように溢れ出て留まることを知らず、それをひたすら原稿用紙に埋めていく日々が続いていく。

そんななかで、中島梓と今岡清は、恋愛関係になっていたのである。中島梓のどういうところに惹かれたのか。今岡清はこのように語る。

「ややこしいことではなくて、ずば抜けた力を持っているということに惹きつけられちゃったんだと思います。たとえば、原稿を取りに行って打ち合せをしている時に、『こういうものはどうだろう』と言うと、『ちょっと待って』と言って、いきなり目の前で原稿をばーっと書き始めて、はいどうぞ、みたいな。あとは青戸の喫茶店で、目の前で原稿用紙に万年筆で書き始めて、本当に一度もペンが止まらないまま何枚も、修正もなしで書いていって、依頼したのが五十枚なら、五十枚目の最後の行でピタッと終わる。彼女はそういった、ちょっと人間離れした力を持っている。私はそういう極端なものに惹かれるところがあったんだな」

もっとも、当時今岡は結婚していて、いわば不倫関係だったこともあり、大っぴらにデートしたようなことはあまりなかった。

「表沙汰にはできないところはあったし、そのうち〈噂の真相〉にすっぱ抜かれて、週刊誌が動き出して、だからいわゆる普通の恋愛を育むような、そういうどころではなかったです」

一九八一年二月二十一日、新宿の紀伊國屋書店で、《グイン・サーガ》外伝『七人の魔道師』刊行記念のサイン会が行なわれた。これは栗本薫にとって初めてのサイン会であったことが、《グイン・サーガ》七巻のあとがきに書かれている。

中島梓と今岡清の仲がマスコミに報じられたのは、ちょうどその頃のことであった。〈週刊女性〉一九八一年三月三日号には、このような見出しとリードの、三ページの記事が掲載されている。


彼の奥さまには申しわけありません！　でも…

中島梓さん（28歳）〝不倫の恋〟

推理小説、文学評論、漫画、バンドリーダー、テレビのクイズ解答者と大活躍の彼女の相手はSF雑誌編集長・今岡清さん（32歳）。目下離婚調停中――

〝愛は、どんな賢者をも盲目にする〟

才女の名をほしいままにした彼女も、愛の前では例外ではなかった。

不倫の恋のなかで、いま、彼女はひとりの女として悩みながら、愛が実る日を待ちこがれている――。

この記事のなかには、中島梓と今岡清が恋愛関係にあること。さる一九八〇年七月に、中島梓と遠藤周作合唱団が、新宿でジョイントコンサートを開いたとき、中島梓のキーボードに合わせて今岡清がハードロックの『月光仮面』を歌ったこと。そして、今岡清と妻は八〇年の十月に別居したことが書かれ、さらに今岡清が早川書房の応接室で取材に応えている。この当時、妻とはお互いに弁護士を立てて離婚調停をしている途中であったようだ。

この話題はワイドショーなどでも大きく取りあげられ、中島梓は自宅の前でワイドショーのテレビカメラにも直撃された。このときの取材攻勢がいかに大変なものであったか。そのときにマスコミに抱いた感情は、のちに《ぼくらシリーズ》の栗本薫を主人公とした『怒りをこめてふりかえれ』(講談社)という作品におけるマスコミ批判に反映されている。

育児をテーマにした中島梓のエッセイ『息子に夢中』(角川書店)に収録されている、『ウルムチ行き』という短篇小説がある。もとは〈小説新潮〉一九八三年五月号に掲載されたもので、主人公の名前は「南」となっているが、そこに書かれている設定や家族構成は、中島梓の人物像そのままだ。

二十四歳で評論家として、二十五歳で作家として世に出た南は、「若い作家」と言われて世間から騒がれ、自分でも性格的にいつまでも子供のようなところがあることを自覚しながら、そろそろ若くあることに疲れ始めていた。作家として成功し、かなりの年収を得るようになってもなお、南の帰りが遅くなると、手伝いのY子が駅まで五分の道を迎えにきた(実際に中島梓も、二十歳を過ぎても夜八時の門限を設定されており、帰るころに電話をすると、最寄りの青砥駅にお手伝いの善子が迎えにくるのが習いになっていた)。

私は一生この、老いていく家族しかいない家を出られないのか。そんなふうに思っていた南が、妻子ある男と恋愛をした。『ウルムチ行き』には、南が、男と会ったり、仕事が遅くなるときに泊まるために買ったワンルームマンションに、男の妻から電話がかかってくるシーンがある。男の妻は、「あなたは、何だって持ってるじゃないの。仕事だって。何だって。——どうして、ひとの夫をとろうとなんて思えるの」と電話で南を責める。この記述も、実際にあったことがもとになっていると考えるのが妥当だろう。

不倫騒動の潮が引いたころ、中島梓は、親しくなっていた漫画家の木原敏江や母・良子とともに、シルクロードの旅に出かけている。前述のエジプトへの旅とともに、これも中島にとって大きな感慨を与えた旅であったが、とくにシルクロードの旅は、時の流れについて改めて考えさせられるところもあるものであった。この旅については、木原敏江らとの共著『シルクロードのシ』（白泉社）に、中島梓も文章を寄せているほか、前述の『ウルムチ行き』でもページが割かれている。次のような文章だ。

夏のまえに、ようやく長びいたごたごたが一段落ついて、その秋、南は、友人たちや母親と中国への旅行に出かけた。上海から蘭州、敦煌、北京とまわる、半月がかりの旅行である。

中国は南を完く（まった）魅了し、南はすべての気鬱を忘れた。なぜか知らず、ふるさとへでも帰った心地よさが、さまざまな不都合やゆきちがいにもかかわらず、いつまでもいつまでものこっていた。何もかもが、ただ南の血の内にはじめからあったものを呼びさましたにすぎないかのようだった。南は砂漠をひた走る蘭新鉄道の、世にも淋しい忘れられた小村の土の家に生まれ育ち生きる人の生を思い、紫禁城の栄華に、黄金と真珠と絹に包まれた西太后や殺された細腰の美妃を思った。人はこの大陸の中では、《時》に抗おうともせず、といって、《時》に屈してもいなかった。早朝、ホテルを出て歩いている南の目にうつるのは、金ダライの中で鶏の羽根をむしっている老婆の無表情な、そのまま悠久につながっているかのような顔であり、向いの窓の破れたビルの高い階で、黄色い裸電球をつけて、子供の勉強をみてやっている父親の姿だった。（ここでは人はそのまま《時》につながっている）

そう、南は思った。

敦煌空港で、南はこれからはるかな新疆のウルムチまで行くという、女性兵士と小さな子供に出会う。幼い子供を連れて、夫のもとへゆくために、国境地帯まで旅していく彼女の人生を思って、なぜだか「南」は、涙がこぼれてきた。そのとき南は、自分も《時》のなかの存在であることを、まざまざと知ったのであった。

これも実際にあったエピソードをもとにしていて、母・良子が保存しているアルバムには、この女性兵士を写した写真が収められている。

今岡清の離婚は裁判で争われ、慰謝料として支払うことになった二千七百万円は、中島梓が負担した。

一九八二年十二月二十日には、作家で歌手の戸川昌子が経営する青山のシャンソニエ「青い部屋」で結婚パーティーが行なわれ、大島渚や小林亜星など、六十人程度が出席した。

この前後に、中島梓は家を出て赤坂に借りていた部屋で、今岡清と結婚生活を始めている。六本木にほど近い赤坂のマンションだった。

創作ペースには一層拍車がかかり、一九八一年には実に二十一冊もの単行本が刊行されている。具体的には、以下の刊行本だ（中島梓名義、と記したもの以外はすべて栗本薫名義）。

『優しい密室』講談社
『七人の魔道師　グイン・サーガ外伝1』早川書房
『時の石』角川書店
『魔剣　玄武ノ巻』CBS・ソニー出版
『アルゴスの黒太子　グイン・サーガ6』早川書房
『エーリアン殺人事件』角川書店
『あずさのアドベンチャー'80』文藝春秋（中島梓名義）
『女狐』講談社
『望郷の聖双生児　グイン・サーガ7』早川書房
『行き止まりの挽歌』角川書店
『翼あるもの』（上・下）文藝春秋
『クリスタルの陰謀　グイン・サーガ8』早川書房
『魔界水滸伝1』角川書店
『神変まだら蜘蛛』桃源社
『心中天浦島』早川書房
『にんげん動物園』角川書店（中島梓名義）
『鬼面の研究』講談社
『ネフェルティティの微笑』中央公論社
『天国への階段』角川書店
『紅蓮の島　グイン・サーガ9』早川書房

ジャンルも、ミステリ、SF、時代小説、ハードボイルドと多岐にわたり、ここに至って、多ジャンル作家・栗本薫の本領が、本格的に発揮されはじめた感がある。

《グイン・サーガ》は、辺境の砂漠地帯、ノスフェラスを舞台とした物語が、グインたちが、モンゴールの軍勢に勝利を収め、セムとラゴンという人外の種族の王者となる五巻の『辺境の王者』で一段落。これにて「辺境篇」が終わり、六巻の『アルゴスの黒太子』から、「陰謀篇」に入った。辺境の冒険から一転。王国パロが新興国モンゴールの占領に反撃していく、政治・陰謀の話が始まり、さらに舞台は草原の国アルゴスや、モンゴール、パロなど、各国の中枢の宮廷劇へと広がっていく。

ヒロイック・ファンタジーという枠組みも超えていく《グイン・サーガ》という世界について、鏡明は筆者との話でこのように語っていた。

「《グイン・サーガ》は、最初は《コナン》の別バージョンとして始まったんだけど、だんだんと、王朝物語ややおいなど、栗本薫が何でも自分が好きなものを詰め込んだ、やりたい放題の物語になってくる。彼女にとって、《グイン・サーガ》は、どんなものでも載せられるプラットフォームだったんだよね」

特に、リンダとレムスの従兄にして、クリスタル公の称号を持つキャラクター、アルド・ナリスの登場は、物語の色合いを確実に変えていった。「自分の文章でどれくらい美しさを表現できるか試してみたかった」と、栗本薫が言っているように、この世の者とは思えない美しさを持つ、という描写とともに登場するアルド・ナリスは、その知性、厭世観、倒錯性、優雅さ、この世界の秘密を知りたいという探究心、たびたび女装や、死の偽装を行なうところなど、栗本薫の趣味を極めたようなキャラクターであった。そして、主人公であるはずのグインが登場しない巻が出て来るに及んで、この物語はグインだけを中心に動いているのではない、さまざまな国の英雄たちの群像劇であることが、読者には明らかになっていくのである。

ハンセン病事件

物語が盛り上がりを見せていたそのころ、《グイン・サーガ》の表現をめぐる問題が発生する。朝日新聞東京版一九八二年三月十六日の記事にはこうある。

「ハンセン病へ誤解助長」
作家栗本薫さん謝罪
SF小説へ抗議受けて

評論からSF、ミステリー、時代小説と多元的な活動を続けている女流作家、栗本薫さん（二九）＝別名中島梓＝が三年前に出した小説「豹頭（ひょうとう）の仮面」（早川書房）が「ハンセン病への誤解と差別を助長するものだ」と患者団体から抗議を受け、栗本さんと同書房が全面謝罪をしたことがこのほど明らかになった。

「豹頭の仮面」は、「グイン・サーガ・シリーズ」の第一巻（既刊十一巻、ハヤカワ文庫）で、五十四年九月に刊行、これまでに五刷、約五万部が売れている。古代の架空の世界を舞台にした幻想物語だが、そこに敵役として登場する「癩（らい）伯爵」についての記述に、「わしにとりついた業病は、空気にふれてひろまる」といった事実に反した描写や、「あの厭（いや）らしい生きぐされの化け物」といった、ことさら嫌悪感を強める表現が数多くに見られる。

この小説を読んだ京都大学付属病院の医師からの連絡で、全国ハンセン氏病患者協議会（小泉孝之会長、約八千三百人）が一月末、「この小説の描写はハンセン病の実態とあまりにもかけ離れている。罪悪の結果から発病する業病としたり、病状のイメージを悪用する記述は、国民に必要以上の恐怖感をあおり、ハンセン病にまつわる偏見と差別を助長するものだ」と抗議した。これに対し栗本さんも早川書房も全面的に非を認め、同協議会の要求を入れ、①今後増刷分については本に釈明文を入れる②同書房発行の「ＳＦマガジン」に謝罪文を入れる（五月号の予定）ことで、このほどほぼ話し合いがまとまった。


《グイン・サーガ》第一巻、グイン、リンダ、レムスの三人が捕らえられるスタフォロス砦の城主として、ヴァーノンという名の伯爵が登場する。現在発行されている改訂版では、このキャラクターは、「黒死の病に犯されたモンゴールの黒伯爵」として登場するが、もともとの版では、ハンセン病患者に対してかつて使われていて、そのハンセン病に対する差別の歴史とともに記憶されていた病名を、このキャラクターの通り名に使っていた。

人を魅了させる、妖しい物語を書きたいという欲求は、作家・栗本薫を多作のエンターテインメント作家たらしめた原動力であったが、その欲求の赴くままに、実際に存在する病名を、禍々しさのアイコンとして使用してしまったのは、軽率に過ぎたと言わざるを得ないだろう。

ハンセン病は、らい菌による感染症で末梢神経を侵される病気であるが、離島などの療養所に患者を送る、国の誤った隔離政策により、患者たちは人生を奪われる苦しみを受けてきた。隔離政策を推し進めた「らい予防法」が、熊本地裁で違憲と認められたのは、二〇〇一年のことである（参考『語

り継ぐハンセン病——瀬戸内3園から』山陽新聞社編　二〇一七年）

今岡清によれば、中島梓と《グイン・サーガ》の担当編集者であった今岡清は、全国ハンセン病患者協議会の代表たちと話し合い、武蔵野の国立療養所多磨全生園の見学もした。栗本薫も『豹頭の仮面』の改訂版あとがきに、全患協の方たちは人間的に立派な、道理をわきまえた人たちで、抗議がもっともであることを認めることができたと書いている。今岡によると、「その人達も分かってくれれば結構ですから、できれば私たちのことも小説の題材にしてほしい、ということを言うまでになりました」とのことである。

この、ハンセン病患者の療養所を訪れた時のことを、のちに中島梓は折りに触れて書いている。前出『くたばれグルメ』のなかでは、園に生きる患者たちの食事を通して、彼らの生に思いを巡らせている。

　前に、差別語を書いた、として抗議をうけた、ハンセン氏病の人びとに会いに、武蔵野の療養所を訪れたとき、四時になると、銀色のトラックが、ゆっくり、ゆっくりと、各部屋に給食を配って歩く。療養所はいくつかの棟にわかれ、その一つ一つのへやの前に、洗ったゆかたがほしてあったり、菊のはちや、トマトが植わっていたりした。その中で一生すごす人々が、その中で結婚式をあげ、一緒に住むのだ、という話をきいたときも、私は泣いた。その間もトラックは、食事を配りつづけていた。

それは、障害者の弟を持つ中島梓にとっては、決して他人事の風景ではなかったはずである。自らに与えられた運命とともに生きるハンセン病療養所の人々は、彼女の胸に鮮烈な印象を残した。だが、全患協の人が口にした「ハンセン病を小説の題材に」という提案は、結局実現することはできなかった。

長男・大介誕生

一九八三年五月九日。中島梓は、今岡清との間の長男である、今岡大介を出産する。その「大介」という名前は、彼女が生み出した名探偵、伊集院大介から名付けた。

初めて母となった喜び、戸惑い、我が子に対する思いの丈を中島梓は、〈月刊カドカワ〉への連載をもとに、エッセイ『息子に夢中』にまとめている。生まれたばかりの長男のために豆腐まで手作りし、深い愛情を注いだ。しかし同時に、執筆の集中を妨げられてしまうことは彼女にとってかなりのストレスでもあった。『息子に夢中』にはこうある。

ゆるせ、息子よ、と私は思う。こういう母をもったが因果、そういう性をうけついだが因果。お前のことを溺愛しているけれども、母ちゃんは、小説を書かずにはいられないんだよ。もう少しして、もっとものがわかってくると、寂しい思いをするかもしれないけど、そのかわりいつも必ず母ちゃんはお前と一緒だし、仕事がおわったらすぐに抱いてあげる。もっと大きくなったらお前にもわかる。母ちゃんがいまどれだけ必死か、何もかも持っているために、「仕事か結婚か」「仕事か育児か」の二者択一でなく、全部、何もかも、誰よりも大きな仕事と誰よりも居心地のいい家とおいしいご飯、仲よしの夫婦、仲よしの母子、いつも一緒の——何もかもを望むという無鉄砲の代償として、ひとの何十倍か身をすりへらす方をえらんだのだということが、必ずわかる、お前にならわかる。

今岡大介が五歳になったころ、かわいがっていたざりがにが死んでしまった。悲しんでいる大介のために中島梓が書いた童話『おたまじゃくしが死んじゃった』が、彼女の没後、二〇一三年に『いつかかえるになる日まで』（スタンダード・マガジン）として、刊行されている。内容を要約すると、次のようなものだ。

かわいがっていたおたまじゃくしもざりがにも死んでしまうように、「だいちゃん」のおじいちゃんもおばあちゃんも、お母さんもお父さんも、だいちゃんもかならず死ぬ。でもそれで生まれてこなければよかったとおもうことはない。わたしたちは時の囚人で、時間の神さまのけらいだけど、それはわるいことではない。だからこそわたしたちは生きていられるのだから……と、泣きながら眠ってしまった五歳のだいちゃんに、語りかける形式をとったこの童話は、子供に対する母親の優しさに満ちている。愛する息子が悲しんでいるときに、中島梓が送ることの出来たプレゼントは、自分の作った物語だったのだ。

『いつかかえるになる日まで』の巻末には、今岡清のこんな文章が寄せられている。

この本は、出版社から依頼されたものでも、また出版するつもりで書いたものでもありませんでした。ただ、自分の息子に語り聞かせようという気持ちだけが栗本薫に書かせたものなのです。七夕の短冊に「赤ちゃん」と書いて授かった我が子。せっかく大人しく寝ている赤ん坊を、もしかしてぐあいが悪いのではないかと突ついて起こしてしまったりするほど、それほどに溺愛をしていた息子のために、この物語は書かれました。

たぐいまれな才能を持ちつつ、一方であまりの感受性の鋭敏さのために不安定な情緒と強いストレスに悩まされていた栗本薫は、母親の役割には決して向いているとは言えませんでした。そのために、親子の葛藤もずいぶんとありはしました。それでも、彼女は息子のためだけに、この物語を書いたのです。まだ人生のスタート地点に立ったばかりのわが子のために。

執筆で多忙を極めていた中島梓のために、よく母・良子が大介の子育ての手伝いに来た。良子が回想する。

「私が手伝いに行っても、あの子は夢中で書いてて、私とろくに話もしない。なんでこんな思いをしなきゃいけないのかしら、って情けなくなっちゃった。大体、あんまり若くして有名になったから高飛車なところがあるようになっちゃって。いつだったか、講談社の人がハイヤーで迎えに来て、あの子を車に乗せるときに深々とお辞儀をしているのを見て、ああ、これじゃあ勘違いしちゃっていけないなあ、と思ったんですよ」

中島梓が作家として認められても、母・良子にとっては、少女・山田純代のままなのである。そのことが、このあとも母と娘の葛藤を深めていく。

『いつかかえるになる日まで』を執筆する四年前の一九八四年三月、中島梓と今岡清、そして今岡大介の一家は、赤坂のマンションを引き払い、学芸大学のマンションに転居している。三階建ての低層マンションの一階にあたる、その後終生を過ごすことになるマンションである。

前にも触れたが、この引っ越しのときには、母・良子が「方角が悪いから三ヶ月待たないといけない」と言い始め、占いを気にしない今岡清はそれに文句を言って、結構ピンチだった、と電子書籍『思い出の街』にある。引っ越しが遅れている間に、新居が空き巣に入られたが、何もなかったので盗られずにすんだ。すると良子が「占いに出た通りだ」と言うが、今岡清は「あけといたから入られたんだ」と、なかなか大変だったようである。

なお、妊娠以来酒を控えていた中島梓であるが、ちょうど引っ越しの前夜に作家の栗本慎一郎と対談があり、そのあと六本木の「インゴ」というバーに一緒に行き、マガジンハウスの編集者や、作家でのちに長野県知事になった田中康夫と飲みあかして、引っ越しの日は二日酔いでへたばっていたということである。

「三年、六本木交差点から三分のとこに住んでたけど、とうとう一回も、夜の六本木へのみに行かなかったね」

引っ越しのとき、今岡清がおかしそうにそう言ったと『息子に夢中』にある。多忙を極めた赤坂時代から、息子の誕生を機に転居し、雑誌掲載から単行本書き下ろしに軸足を移していくことになる。ひとつの狂乱の季節から、円熟期へと入ろうとしていたが、今度は舞台、という新たな狂乱の火種に、中島梓は没頭していく。

なお、転居から二年後の一九八六年には、中島梓は蓼科に別荘を建てた。友人の漫画家・木原敏江の蓼科の別荘を訪れたことからこの場所が気に入り、自分も別荘地に国有地を借りて建設したのだった。山の中腹に建てられた緑と木々の香りに包まれたこの別荘を中島梓は終生愛し、忙しい日々の中訪れては、くつろぎの時を過ごすようになる。

第八章　舞台と小説と（三十一歳～四十四歳）

ふたりの編集者

　中島梓は栗本薫という小説家としての名前を別に持っていただけでなく、ほかにもさまざまな別名義を使って小説を書いていた。このことにも象徴されるように、多面性の魅力を持ったその存在は、関わった人々に、まるで乱反射するプリズムのように、それぞれ彩りの異なる印象を与えている。共通するのは、そのエネルギッシュな才能のほとばしりだ。

　夫・今岡清は、妻である中島梓について、

「彼女のことを神様のように崇めている人がいるかと思うと、本当に嫌いになる人も少なくなかった。その性格についていけないと言って、離れていった人も多いんです」と話す。

　筆者は二〇一六年から二〇一八年にかけて、中島梓を知る人を取材していった。そこで生まれた出会いは、まさに中島梓が紡いでくれた縁のように、筆者には感じられたものである。これからは、やや語られる時代が前後するかもしれないが、中島梓と親交を結んだ人々のそれぞれの視点を連ねていきながら、その創作の遍歴について見ていきたい。
　前出の元講談社の広田真一の取材は、広田と久しぶりに会いたいという今岡にもせっかくなので同席してもらった。お互いに作家・中島梓の編集者同士でもあり、いきいきしたやりとりがあったので、一部を再現してみる。

広田　原稿をもらいに行くと、彼女はワインを飲みながら、つまみをパパっと作ってくれるんだ。冷蔵庫にあるありあわせのものをひょいと見て。すごい料理素早かったよね。
今岡　素早いのと、好きだったんだよね。
広田　作るのが？
今岡　ええ。食べさせるのを楽しみにしてるところはありましたよね。
広田　それで本人はあんまり食べないんだよね。「ひとつぶでお腹いっぱいになる薬みたいなのがあったら、それが一番いい」って言っていたことがあったな。美食家ではあったけども、食べる量はすごく少なかった。
今岡　量は食べられなかったね。
広田　私が〈小説現代〉で彼女の担当をしていたころは、原稿を十枚、二十枚ずつもらったり、結構鷹番のお宅には通ったたな。まだあの頃はファックスがなかったから、近くのコンビニみたいなところでゼロックス（コピー）を取って、元の原稿は彼女が続きを書くのにいるからお返しして。もらったものから活字にしていった。売れっ子だったから、並行していろいろ書いていた気がする。
今岡　そうか。あのころは原稿は締切前にあげていたような気もするけど、そうでもなかったんですね。

広田　そうでもないね。伊集院大介の初めのころ、『優しい密室』とか、長篇でときどき前後矛盾することが起こってきたりする。それは校閲からの指摘がくるんだけど、それを伝えて、どうですかね、って言うと、ささささっと直しちゃうんだよね。

今岡　その場で屁理屈こさえるの上手でしたよね。

広田　すすすっと前後でつじつま合わせちゃうみたいなね。もうゲラの段階なんだけど、一、二行ちょこっと書き足したりすると矛盾がなくなっちゃう。

——作品の注文はどのようにしてたんですか？

広田　伊集院大介ものが始まってからは、あまり細かい打ち合せとかはなくて、ただ何月にお願いしますって。出来上がるまでどういうものになるかは分からない。中身は彼女のなかにたくさんストックも引き出しもあるから、そっから持ってくるんじゃない。

——編集者としてはただ待っていればいい？

広田　そうね。ただよく飲みにいったから、遊びにお付き合いしましたよ。そういうときにいろいろなものを見て、作品に取り込んでるんじゃないかな。赤坂の「与太呂」という店が好きで、その店の名物の鯛飯は必ず持ち帰りにする。自分では食べないで。

今岡　それは私が家で食べてました。

広田　お酒は結構飲んだな。

今岡　わりと強かったですよね。

広田　大体シャブリ・ワインを飲んでる。ボトル一本ひとりで飲んでたんじゃないかな。酒豪だと思うよ。白が好きだった。

今岡　実際のところは、そんなに高級ワインが好きということでもなくて。

広田　そうそう。何年ものとか、そんなことはうるさく言わなかったよ。寿司屋に行ってもシャブリ。寿司屋といえば結構観察眼が鋭くてさ。池波正太郎さんもごひいきにしてた「菊鮨」って店で、ほかに常連客がいて、そっちには注文してなくても特別なもん出すんだよ。そうするとよく見ていて、あれ私にはくれないの、なんて言ったりしてた。

——よく鷹番のお宅に行ったのですね。ほっといても原稿は仕上がってくるけど、顔を見に行くのが大事ということ？

広田　そうね。まあ、遊びにいく（笑）。必ず近くの酒屋で、缶ビールを買って持っていって、行くと料理を出してくれるから、それを飲んでた。

——ビールは買っていくというのは、飲み物まで出してもらうのは悪いからですか？

広田　いや、栗本さんの家にビールがなかったんだよ。

今岡　ビール飲まなかったですね。

広田　で、僕はビール飲むから、夏なんか特に。それで自分で持ってった。大体一本五十枚の原稿をもらうのに、三回くらい通ったかもしれないな。あの頃はファックスもバイク便もないし、とにかく歩いて電車に乗っていく。

——ワープロになってからは印字したものをもらっていました？

広田　ワープロはフロッピーでもらってた。それで苦労したんだよ。栗本さんが使ってるのは「松」ってソフトでさ。会社にそのソフトがなくて。結局買って用意したんだけど。

——どこの会社のソフトですか？

今岡　管理工学研究所というところで。

——じゃあ栗本さんが書いている各社の編集者は「松」を、

今岡　買わなきゃならなかったんだろうな。
――《グイン・サーガ》も。
今岡　《グイン・サーガ》もずっと「松」。ただ途中でDOS/VからWindowsに変わったときに、「松」がそれに対応してないんで、それで「一太郎」に変わった、そのあとは最後まで「一太郎」。
――「Word」とかは使いづらかったんでしょうか？
今岡　日本語の入力を考えるとね。なんで「松」を使い始めたかというと、それは私のせいなのね。日本語入力だと「松」が一番機敏に動くって、私が教えた。
――印象に残ってる作品は何ですか。
広田　僕が担当したのだと、『神州日月変』とか『女狐』とか。あとはとにかく伊集院大介って感じで。特に『天狼星』は印象に残ってる。書いていくうちに、伊集院大介がどう変化していくかというのは、書いている本人も面白がっていたんじゃない？　伊集院大介という人間を外から眺めて、その人間がこれからどうやって生きていくのかなって、楽しみながら書いていたような気がする。伊集院大介と助手の滝沢稔、アトムくんとの関係がどう動いていくのかとか。自分が作り出して動かしていくというわけじゃなくて、自然に伊集院大介が動いていく。
今岡　本人もそういう書き方をしているというのはよく言っていたから。
広田　自然に物語が展開していくというのかな。
今岡　普通はストーリーをこうこう重ねていって、って書くけど、中島の場合は先の場面とか、セリフとか、キメのところだけ決めておいて、そこに向かって動かしていくという、そういうやり方だった。ちょっとほかの作家とは違う感じ。
――広田さんにとっても、栗本薫という作家はほかにいないタイプだったんでしょうか？

広田　そのスピーディーさというのかな。それがもう他の人にはないね。頭の中に書くものが充満しているというかさ。それを文字化していくのがじれったいくらいに、ストーリーがうずまいている。だから肉体が三つか四つ、あるいは自分の分身のロボットかクローンみたいなものが本気で欲しいと思っていたんじゃないかな。

――芝居は見に行きましたか。

広田　『天狼星』は見に行きましたね。でもそのころはもう編集長になってたから、日常の付き合いはなかったかもしれない。あとは、彼女が〈小説新潮〉の編集長だった川野黎子さんと長唄で相弟子になっていて、その発表会に聞きにいったことがあった。確か名取になってたよね。

今岡　ええ。長唄、小唄、清元。全部名取になってた。

広田　なんでもマスターしちゃう人だったからね。

今岡　うちに帰ると全部名取の看板がありますよ。

中島梓は、長唄は「稀音家梓(きねや)」、小唄は「長生雪帆(ちょうせいゆきほ)」、清元は「清元梅美雪(うめみゆき)」、津軽三味線では「小山新華」という名前で名取になっている。「雪」の字を使ったのは、二月生まれであることから来ている。

――稽古はいつしていたんですか。

今岡　先生に家に来てもらってた。自分ひとりの時は練習はほとんどしない。先生に習っているときだけで覚えちゃう。要領がいいというか。

広田　飲み込みが早いんだよね。人が十やらないと分からないところを一やるとパッと分かっちゃうとか。だからクイズ番組出たときもすごかったでしょ。

――編集者として困らされたことはありますか。

広田　まずないな。作家としては楽でしたよ。

今岡　でもあの人ね、うまが合わない人とは全然だめなんですよね。担当者でもだめな人はまったくだめ。そこでは書かないみたいになっちゃう。あと、とにかくやりたいことが一杯あるから歌舞伎とかも書いたけど、書きたくないものもはっきりしてる。

広田　そうね。好き嫌いはっきりしてた。あるとき編集長から「栗本さんに、有吉佐和子の『複合汚染』みたいなのを書いてもらえないか」と言われて、彼女に聞いてみたことがあったんだけど、「そういうリアルな社会問題でデータに基づいて書くようなものはやりたくない」って言下に却下されたよね。そのころは彼女も新人だったけど、はっきりしてたね。

今岡　はっきりしすぎてて、結構喧嘩もしたんですよね。

広田　そうでしょうね。

今岡　一度ある出版社の方から、ファンタジー書かないかと言われて、書いてる途中にやりとりでカチンときてもう嫌だと言いだした。それを角川が聞きつけて、それが『魔界水滸伝』になったっていうことがあった。

――何にカチンときたのでしょうか。

今岡　連絡のやり取りをしてるときに、何か馬鹿にされたと感じたみたい。

広田　若い女性だから軽く見られたように思ったということがあったのかもね。

今岡　特にうちのなかにいるときは、情緒がすごい不安定なところがあったから。

――広田さんには、そういう情緒不安定なところは見せない？

広田　うん。あんまりないね。ぼくらは日常で接してるわけじゃないし、それなりの距離感があるから。今岡さんには気を許してるから、そういうところも見せたんじゃないかな。外では中島梓なり、栗本薫なりを演じているというのはあったからね。

今岡　広田さんが相手だと、この人と一緒にいるときは悪いことは起こらないという安心感があったんだと思う。そうすると情緒が安定する。

――今岡さんとふたりのときは素の自分になる？

今岡　素の自分というより、ある種多重人格的なところがあって、変わってっちゃうのね。おまけに記憶力がいいから、昔の嫌なことを思い出したりとか、トラウマみたいなのがいつまでも残ってる人で、それを思い出してすごく腹が立ってきたりとか、しゃべってて自分のトラウマに引っかかる言葉を聞いたとたんに、それに反応して怒りだしちゃうとか、そういうことがあった。

――たとえばどういう言葉だったんですか？

今岡　いますぐ思い出せないけど、特定の言い回しとか言葉を聞くと、すごい怒りがわきあがってきて、自分でもコントロールできないレベルになってきて、とにかくそれを言うのはやめてくれって。自分のあたまのなかの嫌な記憶がぱっと飛び出してきて、いきなりギャッて言っちゃうような。

――広田さんはそういうところはご覧になってない？

広田　僕にはまったくそういうのはなかった。

編集者が感じた壁

前出の元講談社の内藤裕之は、新入社員時代に〈群像〉に配属となり、これも前出の宮田昭宏の部下として、中島梓と接点があった。その後、〈フライデー〉を経て、〈小説現代〉に配属。同誌の編集長になっていた広田真一の部下として、いわば栗本薫の担当を引き継ぐような形になる。内藤の作家・栗本薫に対する印象は、広田の話とはやや異なり、最初は容易に近づかせない壁のようなものを感じたという。内藤が話す。

「栗本さんは、編集者にとって、非常に厳しい、担当者を選ぶ人でした。意地悪をするわけではなくて、自分の世界に踏み込ませない。たとえば、校閲が用語の統一とか、送り仮名とか、そういうことを言ってきますよね。同じ言葉でもあるところでは漢字を使って、あるところはひらがなで書く、みたいな。それを栗本さんは統一しないんだけど、編集者によっては、校閲がこう言ってますとか、講談社のルールではこうです、とか言うじゃないですか。そういう人間は大嫌いだった。そういうことを言って、『そんなのどっちでもいいのよ』って怒られちゃう編集者は山ほどいましたから」

一九九〇年に〈小説現代〉に配属になった内藤は、広田に連れられて、中島梓の家に挨拶に行くことになった。もともと〈群像〉時代に新人の中島梓と、宮田昭宏も一緒に麻雀卓を囲んだこともあったので、すぐに打ち解けるのでは、という期待もあったのだが、出鼻をくじかれたと振り返る。

「〈フライデー〉とか、週刊誌を経て文芸に配属になると、小説のネタになるようないろんな経験を積んでるっていうので、結構作家に可愛がられるんです。こっちだって、話すネタはいくらでもあるぞ、くらいの気持ちでいるんですよ」

中島梓に久しぶりに会いに行くときもその期待を抱いていたら、勝手が違ったという。

「広田さんが、『今度後任を連れて行きますよ。内藤知ってますよね』と、中島さんに連絡を取って、学芸大学のお宅に行きました。そうしたら、まず学芸大学に着いて駅から歩いている間に、広田さんが私にいろいろ注意を与えるんです。そのころは中島さんはあまり遠いところに食事に行くのを好まないようになっていて『食べる場合はご飯を食べて打ち合せするけど、お店は近所だよ。このお店がそうだよ』とか、お気に入りの店の情報を引き継ぐ。そして、途中で酒屋の自販機があって、『ここでビール買うから』って。『料理はご馳走してくれるけど、酒は自分の飲みたいものを適量持っていくことになっているから』というので五百ミリリットル缶を二本買いました」

そして、中島梓の家に着いて、最初の挨拶をすませると、まず言われたことがあった。

「郵便物は全部今岡梓あてで出してと。つまり栗本薫あての郵便物を送られると、ここに栗本薫が住んでいると周りに分かってしまうのがいやだから、掲載誌も全部今岡梓あてで送ってと。それが一番で、そのまえのゼロ番として缶ビールを自分で持っていくというのがあったから、これは作家と編集者の関係としては厳しいな、と感じました。つまり、すごく生活スタイルに対して厳しくて、自分のルールができあがっているなと。

その次に言われたのが、家に電話はしないでね、ということです。もちろん携帯電話はない時代です。というか、広田さんが聞いたんですね。内藤は電話してもいいですよね、って。『だめ』って、即答で断られました。どうしても連絡を取る時は、神楽坂にある天狼プロダクションに手紙をしてくれと。『来るのはどうですか』と聞いたら、『広田さんがいればいい』と、広田さんは許されてた。各社に何人かずつ、そういう出入りを許されていた人がいるんです。僕は最初の時点では出入り禁止になっちゃった。ゲラは郵便で送って、と。〈群像〉時代に麻雀もしたし、普通に付き合いできるだろう、と思ったら、電話するな、家にくるな、ですから。デビューのころから知ってる人なのに、とショックでした。広田さんも困っちゃって。編集長が直接作家を担当するのはよくないですから、電話するときはまず広田さんが電話して僕に代わるみたいな、変なことになってたんですよ」

最初に広田と一緒に訪問したとき、手作りの食事までご馳走になったのだが、今後のやり取りの仕方などを話すと、壁を感じざるをえない内容だったのである。もっとも、内藤も後には直接連絡を取れるようになった。「あるとき中島さんのほうから一本電話をもらったことをきっかけに、こちらから電話をするのもOKになったのだと思う。ルールを守っていることが分かって、大丈夫になったんだろう」と内藤は回想する。それが許されるまでの最初のハードルは高かったようだ。

「〈群像〉時代、麻雀をしていると、中島さんは勝負が終わると、手を見せないですぐに伏せてかき混ぜちゃう。それと同じように、シャイというか、自分が傷つきやすいことが分かっているから、何か言われないために手を見せないほうがいいと思っている。そんな感じでした。ライブを開いたりして人を招くんだけど、そこから先は入らせない、というラインがある」

作家としての栗本薫は、あまり編集者から小説の感想を聞こうとしなかった。それも自分を守るためだったのではないか、と内藤は言う。

「もちろん編集者だから、小説を受け取ったら感想を言うし、どの部分が好きかも言いますけど、本当は作家が褒めて欲しがっているのはそこではない、という危険性は、編集者という仕事はつねにしょってるわけですよね。私は中上健次さんとも付き合いが長かったんだけど、中上さんはその感想は違う、とか、そこを褒めるお前は偉い、とか言ってくれる方だった。それに対して、中島さんはそれを見せない人でした。編集者として、自分が言った感想が合っていたのか、合っていなかったのか分からない。

だから中島さんは、『この小説どこが面白かった？』というタイプのことは聞かないんです。中島さんのやったお芝居を見に行っても、『面白かった？』『面白かったです』『そう』で、止めてくれる。それ以上の感想は要求しない。細かい感想を求めたら相手も負担だし、意図しない感想を言われたら自分も傷ついちゃう。相手を守ると同時に、自分も守っていたんでしょうね」

それでも、内藤は編集者として、努めて中島梓と会うようにしていた。

「中島さんは、僕の中では会っていないとダメな作家でした。顔を見て、普通の会話をしていないと、壁を作って自分のなかに入り込んじゃう。そうなったら書いてくれない。だから『今月何を食べにいきましょう』って、毎月のように予定を入れて、会ったときには次の予定を決めていました。

取材旅行も行きました。僕は『絃の聖域』が好きだったので、また、ああいう雰囲気で、エラリー・クイーンの『Yの悲劇』の栗本薫版のような、本格推理のトラディショナルなものを書いてほしいとお願いして。そう言うと分かってくださる方だったので。すると、『京都の伝統職人の家の、暗部のようなものが見たい。伝統を代々続けているところに行きたい』というので、京都のコーディネーターに頼んで、二泊三日で焼き物や友禅、西陣の職人さんたちを取材しました。すごくいい取材ができた、と喜んでいたけど、栗本さんという人はそれがどこに使われたというのを聞くのを許さないタイプ。あれは結局どの作品になったのかな」

二〇〇五年に刊行された『陽気な幽霊　伊集院大介の観光案内』のあとがきに、講談社の人たちと京都に取材旅行に行って、西陣織などの職人を取材した。しかしそれをすぐ小説にすることはできず、寝かせた結果、当初の構想とは方向転換した。まず『陽気な幽霊』を書いて、そしてこの京都旅行の本当の成果は、同年の『女郎蜘蛛　伊集院大介と幻の友禅』に結実したとある。『女郎蜘蛛』は、幻の友禅を探すことを依頼された伊集院大介が連続殺人に遭遇するストーリーである。しかし、どの作品になったか、ということを一緒に取材旅行に行った内藤がよく把握していなかったというのが、中島梓が担当編集者にあまり作品の成立過程を報告しなかったことがわかるようで、なかなか興味深い。

一方で、締切は必ず守る作家であった中島梓は、締切前に作品が書き上がっているにもかかわらず、早めにできたことを隠していることすらあった。前出の広田真一はそれに気づいて、「もう実はできてるんでしょ」と言ったこともあった。また、今岡清のあと、〈SFマガジン〉編集長を引き継ぎ、中島梓の生前から、続篇プロジェクトのいまに至るまで《グイン・サーガ》の担当を長く務めている早川書房の阿部毅は、こんなことを言っている。

「ホラー小説の原稿を受け取りに行ったら、宴会が始まってしまって、できているようなのに酒をすすめられるばかりでなかなか渡してくれない。原稿をもらえないんじゃないかとじりじりした私は、『渡してくれないなら原稿はいりません！』と言ったというんですが、実は酔っていて自分ではよく覚えていないんです。翌日謝りに行って、なんとか原稿をいただけたのですが、そのさいにも中島さんから、『阿部くん、原稿いらないんだって？』と執拗に言われました」

《グイン・サーガ》担当

野崎岳彦は、前出の通り、ファンクラブ「薫の会」の初代会長から、早川書房に入社。最初は〈SFマガジン〉、一九八九年にハヤカワ文庫に配属になり、そこで《グイン・サーガ》を担当する。野崎が担当したのは、《グイン・サーガ》の三十巻から五十五巻あたりだ。

「担当と作家としては、当時の感覚としては年も離れていたし、近いところで原稿の内容をやり取りするのはなかなか大変でした。完璧主義な上に、あとは、作品そのものに対する愛着もすごく高いので、どうしても、修正してほしいとか、ある種の感想を言ったりというときに、若い編集者としては臆するわけですよね。その一方で、僕は栗本薫ファンあがりだから、近くで仕事ができるのは、名誉であり、喜びでもあったわけです。だから、原稿をいただきにあがるときには、いつもかなり緊張していました。僕が担当し始めたころはまだ手書きだったから、直筆原稿をもらえるというのも嬉しかったし、四百枚目の最終行で終わるという伝説を目の前で見られたのも感動でしたね。内容に関しては、最初のころはもらうまで分からない。原稿ができたら、『できあがったぞ』と電話をもらうか、今岡さんが上司だったころは、『出来たって言ってるよ』と言われて、連絡してもらいにいくみたいな感じ。そもそもどこまで進捗しているのか聞くのが大変でした。多少付き合いが深くなってからは『次の巻どうします？』と聞いたら『一回舞台がパロに戻るよ』くらいは教えてくれるようになりました。

こっちが言った感想が気に入らないと、特に何も答えてくれない。いくら僕がファンでも、向こうとしてはファンとではなく、編集者と仕事してるわけで。愛想良くされるわけもない。編集者としては怖い作家だと思いますよ。怖くないと思っていたのは、今岡さんと講談社の広田さんくらいじゃないかな。原稿の注文とか、原稿をどう書くかということに対して、強いことを言いづらかった。そのかわり、約束しさえすれば、絶対上がるという人でもあるので、その意味では安心なんだけど。普通の作家と違って、まだ一行も書いてないでしょ、という状態からでも、一週間後には一冊書き上がってますから。でも、いつ取りかかってくれるかが分からない。出版スケジュールというものがありますから、編集としては苦労するんです。結局、栗本さんの原稿が上がるスケジュールに関しては、会社に適当に言っていました。

出来上がったものに関しては、直してほしいところがあっても、こちらからはなかなか言えない。ただ、その後、原稿執筆がワープロになったからか、それとも僕との付き合いが深まったからか、多少は校正ゲラで直してくれるようになりました。矛盾があったところを指摘した結果、なぜか違うところに手が入ったというケースもレアですけどあります」

《グイン・サーガ》の矛盾点などのチェックは、長く野崎が担当していたが、野崎が早川を退社することになった五十巻くらいで「薫の会」の田中勝義が引き継ぎ、九十巻くらいから、八巻大樹も加わっている。その田中勝義は、《グイン・サーガ》のチェック作業について、筆者にこんな風に説明してくれた。

「指摘するのは、前のページでは兵隊が二万三千人って書いているのに、十ページあとでは五万人に増えてますとか、この土地からこの土地に、この時間では移動できませんとか、キャラクターの目の色が青って書いてますけど、前の巻では赤でしたとか、そういうファクトチェックです。文体とかには一切触らせてもらえませんでした。

グインの身長が、最初の設定では、あの世界の架空の単位で、二タール四十タルゴルってなっていたんですけど、ずいぶんあとの外伝で七タール近くと書いてあったことがありました。そこで、『そうじゃないです。これは二タール四十タルゴルです』とチェックしたところ、『三タール近く』と直ってきて、『近く』を直さなかった。四十タルゴルだから、『二タールを超える』のほうが適切だと思うんだけど、文体のリズムでは『近く』じゃなきゃいけなかったのかな」

さて、野崎の話に戻ると、仕事ではピリピリする感じを味わったものの、中島梓は一回プライベートモードになると、歓待する人でもあったという。

「栗本さんは台所で書いていた時代が長かったので、夜に原稿を取りにいくと、その場にあった原稿を渡してくれて、作ってもらったご飯を食べてから帰っていました。その場では原稿は読めなくて、目の前で読ませてくれたのは、だいぶ後になってからだったな。鶴の恩返しみたいに、執筆しているところは見られないです。原稿は会社に帰ってから読む」

一九九〇年に、野崎が『グイン・サーガ・ハンドブック』を作った時に、栗本薫のロング・インタビューをした。そのときに、インタビュアーとして、これまでファンと作家、編集者と作家という関係では聞くことができなかったことを聞くことができたという。その時の話で、野崎には印象に残っていることがある。

「中島さんが、物語とは何か、という話をしていたんです。物語とは、グインが出てきて、ファンタスティックな冒険をすることではなくて、日常的に起きていることでも、フィクションの輝きとして見ることで、どんなものでもロマンになるんだと。だから、あたしはなんだって物語として書けるよ、そんなことを言っていました。あのとき栗本薫さんにインタビューができて、僕としては栗本薫のファンとしての自分に一区切りがつけられた感じがあるんです」

『変化道成寺』

八巻大樹は、中島梓＝栗本薫の活動を俯瞰したときに、一九七〇年代は評論の時代、八〇年代は小説の時代、九〇年代は舞台の時代、そして二〇〇〇年代は音楽の時代であると位置づけている。もちろん、小説は終生を通じて中島梓の活動の支柱であったのだが、八〇年代の半ばから、小説と両輪を為すようにして、中島梓は舞台の活動に注力していく。

このあたりのことは『魔都ノート』に詳しいので、それに沿ってみていくと、前出の『ハムレット』のあと、中島梓の妊娠・出産を経て、脚本の依頼が二件あったが、その企画は二作とも実現しなかった。ひとつは、手塚治虫の『火の鳥』の舞台化で、手塚からの直々の指名であった。中島は畏まって記者会見にも出たが、手塚が胆石で倒れたために、企画は無期延期になった。

もうひとつは、交流のあった映画監督の大島渚から来た話。銀座に西武グループが新しく作る「セゾン劇場」のこけら落としのひとつとして、イタリアの小説家、アルベルト・モラヴィアの『仮装舞踏会』をやるということで、その脚本を依頼されたのだが、そのプロジェクトの中心であり、新しい劇場の支配人となるはずだった人物が急死したことで中止となった。

この二本はいずれも中島梓は、脚本を第一稿から第二稿まで書き上げていたのにかかわらず、オクラ入りになったのだが、結果的にこれらの経験も脚本を書くための練習になったという。

実現する舞台との関わりはその次に来る。松竹の当時の永山武臣（ながやまたけおみ）社長から「至急お目にかかりたい」と電話があり、松竹本社に行くと、永山は、「栗本薫の時代小説『神州日月変』を読んで、この人なら歌舞伎が書けると思った。書いてみないか」と依頼したのだった。

こうして、一九八六年の六月歌舞伎として歌舞伎座で上演されたのが、栗本薫脚本・尾上菊五郎（七代目）、中村勘九郎（五代目）主演で上演された『変化道成寺』である。

顔寄せ、という歌舞伎座で行なわれる内々の顔合わせにも中島梓は出席した。少女時代より母・良子に連れられて歌舞伎見物に勤しんできた中島梓にとって、名だたる歌舞伎役者たちが、自分の台本を演じるところを目の当たりにするのは、作家として自分が「ついにこんなところまで来たぞ」という感慨を味わわせるものだった。なお、この歌舞伎の脚本は中島梓ではなく栗本薫名義。この歌舞伎脚本については、作家・栗本薫のオフィシャルな仕事だと意識していた。

初日を迎えると、歌舞伎座には「栗本薫作　変化道成寺」の看板。揚幕（あげまく）が上がると花道に現れる美しい役者に、どよめく観客。

「それはもう、一ヶ月の夢まぼろしであった。私は三日にあげず歌舞伎座に通った」

と『魔都ノート』に書いてある。それは彼女にとってはひと月の祝祭であった。千穐楽（せんしゅうらく）が過ぎると、

「世界から、ほんのちょっぴり色彩とかがやきが失せたような気がした」。

そのあと同じ年の十一月興行でも、中島梓と親交のあった漫画家、杉浦日向子の作品を原作にした

『彦三太鼓』の脚本を執筆、歌舞伎に明け暮れたのが一九八六年という年であった。
そして、いよいよ舞台に本格的にはまり込むことになる一九八七年がやってくる。

『ミスター！　ミスター!!』

『魔都ノート』によると、中島梓が友人の作詞家から紹介された女性プロデューサーと、その打ち合せをしたのは、彼女が結婚パーティーも行った、戸川昌子経営のシャンソニエ「青い部屋」でのことだった。

一九八七年の十二月に銀座の博品館劇場でやるミュージカルの脚本をお願いしたい、というプロデューサーに、中島が「私はたいてい演出家ともめるし……」と躊躇すると、そのプロデューサーが言ったのは、「ではあなたが演出もやったらいいではないですか」ということだった。

かねてより、脚本だけではなくて、演出も手がけてみて初めて自分の芝居と言えるのでは、と思っていた中島にとって、これは願ったりかなったりの話であった。劇の内容はどんなものを、と聞くプロデューサーに、ほろ酔い加減の中島が提案したのは、男は女が演じ、女は男が演じる、男女の逆転した『ロミオとジュリエット』ということだった。

主演には、まさにそのとき、「青い部屋」に出ていた男性ソプラノ歌手の龍勇太（『魔都ノート』の表記では竜勇太）に、相手役には宝塚を退団したばかりの旺なつきに白羽の矢が立った。

こうして動き出したミュージカル『ミスター！　ミスター!!』は、夜の街で隣り合った、犬猿の仲のゲイバーとレズバーのナンバーワン同士が恋に落ちるという、ロマンチックコメディーだった。そのほかの役者は全員オーディションで決めることになり、東池袋の博品館の稽古場で、百二十人の男女が課題の歌やダンスを披露するのを中島も採点した。
中島梓は『魔都ノート』にこう書いている。

それから一ヶ月半というものを、私は来る日も来る日も東池袋へ通った。休んだのは、たぶん数日であったと思う。あとにも先にも、このミツユビナマケモノを父の先祖に、ものぐさ太郎を母方の先祖にもつわたくしが、こんなに皆勤賞したのは、大学四年の春に、二ヶ月入試事務のバイトをしたときだけであった。大体、早く起きるのがイヤさに自由業に身を投じたわたくしである。同じところへ毎日通うのがいやさに就職しなかった（就職試験におちたからだ、といううわさもありますが）わたくしである！

この恐怖の一ヶ月がおわるころには、私の肩はいまだかつて知らなかった激烈な肩こりで鉄板のごとくになり、夫にアンマしてもらおうと、何しようと治らぬので、ケイコ場に「メンタムラブ」を持参し、肩と首すじに一時間おきにぬりたくりながらああでもない、こうでもないとわめいていた。その上、女だけのスタッフは、ホントに現実にこんなのアリかと思うほど、トラブルがたえなかった。（中略）

かてて加えて私は音楽監督と衝突してしまった。云い忘れたが、これもいろんないきさつがあったすえ、作曲の候補にあげた何人かの作曲家が、すべてイメージとちがったので、結局このミュージカルのナンバーは一から十まで、私が書きおろした――つまり作曲してしまったのである。その数年まえから、私はバンドをやっていて、ぽつぽつオリジナルを作っていた。そして、どうも自分は演奏よりも、曲を作る方が向いているし好きなようだと思っていた。

いざとっくんでみると面白いように、いい（自分の考えでは）メロディーが出てくる。ひとの詞にもはじめて曲をつけてみたが、とても面白い。結局すべてのナンバーを書いたのだが、それがもめるモトとなった。

この音監は男性だが、衝突してこの人が降りてしまったので、もう日もないし、結局アレンジと音楽監督も私がやることになってしまった。もう気狂い沙汰である。

音楽監督と衝突したのは、中島梓が作曲した特殊なコード進行を、音楽監督がメジャー・コードに変更したことがきっかけだった。かくて中島梓は脚本・演出はおろか、作曲・稽古ピアニスト・アレンジャーまですべてひとりで兼任することとなった。この公演を企画した女性プロデューサーは実は演劇を興行するのは初めてで、さまざまな無理を重ねた結果、中島梓はこの女性プロデューサーとも感情的に決裂した。

公演は一九八七年十二月三日から十一日まで、九日間十回行なわれた。客席は大入りで、入れなくて泣き出す栗本薫のファンもいた。

しかし金銭的にはプロデューサーによるスタジオ代などの費用の未払いが生じた。この演劇にかかりきりだった間、小説を書けなかったことを考え合わせると、何千万の赤字といってよかった、と中島梓は『魔都ノート』に書いている。

この公演の中日に、中島梓はキャストをねぎらうつもりで三十人にしゃぶしゃぶをおごった。しかし、プロデューサーは「公演中に夜遅くまでキャストを連れ回すなど非常識だ」と怒り、あるキャストは、「そんなお金があるならギャラに上乗せしたらどうだ」と陰口を言った。だが、そのしゃぶしゃぶ代は中島梓の自腹で、その金額だけでわずかな演出料はふっとんでいたらしい。この公演に関わったことは、中島梓の周辺にさまざまな人間関係のしこりを引き起こした。

『魔都　恐怖仮面之巻』

それでも、中島梓はこの公演をきっかけにいよいよ舞台を作ることの魅力に取り憑かれたのだった。中高生時代より、常にグループの中で疎外感を味わっていた中島梓。想像力ばかりが発達して周囲と調和することの苦手だった彼女にとって、大勢の人間を演出家としてまとめあげることは、性格的に無理のあることだった。だが、そういう孤独な、集団で何かをすることの苦手だった中島梓だからこそ、公演期間中はあらゆる感情を共にする一体感のある、舞台という共同作業は魅力的だった。

そして何より、舞台を作ることで、中島梓は自分の思い描くロマンを現実の世界に映し出し、それをキャストと観客が共有する快感を知ってしまった。

そして中島梓は次のミュージカルを制作する。今度は雇われ演出家ではなく、知り合いのプロダクションに制作を頼み、企画制作は中島梓事務所。つまり自らがプロデューサーであり、自分の資金で公演を行ったのだ。

『ミスター！　ミスター!!』に続いて主演を旺なつきが務めたその舞台は、『魔都　恐怖仮面之巻』という。

『魔都　恐怖仮面之巻』は、公演に先立ち小説版も刊行している。

主人公は、たった二冊の本を出版したひとりの作家。ペンネームを武智小五郎という。彼は現代社会とは決定的に折り合うことができず、自分をいつも誤って異世界に落とされた存在だと感じている。彼が愛したのは、江戸川乱歩の書いた明智小五郎や、イギリスの冒険小説家ヘンリー・ライダー・ハガードの書いた《アラン・クォーターメイン》といったロマンの世界。美しさのかけらもない現代社会において、己は何をしても「不適応」のスタンプを押される存在だと思っている。「うつし世はゆめ、夜の夢こそまこと」という江戸川乱歩が常に色紙に書いた言葉を、中島梓は愛し、ことあるごとに借用した。あるとき乱歩が直筆で書いたその最後の一枚の色紙を入手し、江戸川乱歩賞の正賞「シャーロック・ホームズ像」と、武部本一郎の原画による「征服王コナン」とともに、自らの三つの宝物——三種の神器として大切にしていた。

物語に書かれた幻想の世界こそ本当の世界だと感じ、もうひとつの世界を希求する武智小五郎には、まちがいなく中島梓が投影されている。一方で、この小説の序盤には、武智小五郎を事あるごとに遊びに誘い出し、連れ回す大河原三郎という作家が登場するのだが、この人物にも中島梓は自身を投影していたように思えてならない。それは武智小五郎が大河原三郎について述べる次のような記述からそう思われるのである。

そう、ぼくは、どうして、あのいかにも馴れなれしい、すれっからしの当世才子ふうの外見の下に、含羞（がんしゅう）の分厚い衣に包まれながらおずおずと友達を求めて手をさしのべていた、もうひとりの「地球生まれの銀河人」の少年がいたことに、気づいてやらなかったのだろう。かれとの短いが急速にひんぱんになったつきあいの中で、つねにかれは、あくまでもすべてにおいて先達ぶったたいど、人生の達人で、先輩で、成功者で、何でも知っている悪党が、うぶで物知らずの小憎をからかい、構ってやっている、といったポーズを一瞬たりとも崩そうとしなかった。それでいて、いつも、車でのりつけてぼくを誘い出しにくるかれのようすの中には、ほんの少し、ほんの少しだけ、おそらくかれだけは絶対に認めないであろう、不安そうな、断られることに極度に怯えているようなものが感じられた。

今岡清によれば、中島梓はとある人と急速に仲良くなって、密接に頻繁に遊んでいたかと思うと、あるきっかけで仲違いし、交流が途絶えることがよくあったという。のちに雑誌〈JUNE〉を通じて交流のあった榊原史保美（さかきばらしほみ）（もとのペンネームは姿保美）は、中島梓に「寄る辺のない少女のような」心がひそんでいることを感じ取ることがあったと筆者に言っている。華やかにふるまう中島梓のなかに隠れている、ひそかな不安。同時にそんな自分を冷静に観察する、作家としての中島梓も確かに存在していたのではないか。

大河原と武智の正直な内面については、本作のエピローグでもはっきり書かれているし、大河原が呼びかけることで初めてわかる武智の本名で、作者の意図がはっきり分かるのだが、序盤についての話をすると、『魔都　恐怖仮面之巻』では、その大河原三郎が、酒場の席で、武智小五郎を、自分のなかに壁を作って他人を拒絶し、人を傷つけているといって、激しく罵倒する。乱れた心で夜の街に彷徨い出、意識をなくした武智小五郎が目覚めると、そこは明治時代の日本であった。

しかもそこは現実の歴史上の明治時代とも微妙に違っていた。年号は明治四十七年。本当の歴史では明治は四十五年で終わった筈なのに。さらにその世界では、何もかもが現実よりも鮮やかで陰影が濃く、ロマンの香りに満ちている。まさに武智小五郎が憧れ夢見た、「夜の夢」の世界なのであった。

この世界で、彼は名探偵・武智小五郎として存在しており、カフェーの女給・春子と恋に落ち、殺人鬼・恐怖仮面の正体を追うことになる。まさに栗本薫が愛した物語の美学とロマンに満ちた、会心作である。

『魔都　恐怖仮面之巻』の公演は、一九八九年の八月三日から二十日まで、博品館劇場で行なわれた。その公演が行なわれた夏の強烈な思い出について、中島梓は同作の小説の文庫版のあとがきで「私にとってあるいは二度とない夏だった」と熱っぽく書いている。

そのあとがきが掲載された『魔都　恐怖仮面之巻』の文庫版は、一九九二年八月に刊行されているのだが、同じ一九九二年の十一月に刊行された『アマゾネスのように』（集英社）では、『魔都』についての記述はもっと冷静なものになっていて、休憩込みで三時間という上演時間は長過ぎ、空席のある日もあり、収支としては赤字であったことが書かれている。

『アマゾネスのように』によれば、『魔都』の決算が終わった時点で、中島梓は当時中島梓事務所の社長をしていた公認会計士に、「むこう二年間は今回の赤字をクリアするためにミュージカルに手を出さないこと、もし自分でまたミュージカルを制作したければまず二千万円の資金をプールしてからにすること、この約束を守れないのならば中島事務所は解散し、これ以上私の道楽の面倒は見られないこと」を申し渡されたという。

『マグノリアの海賊』準備中の乳がん発覚

今岡清は、中島梓と演劇の関係について、筆者にこう語った。

「芝居というのは大体ひと月くらいは毎日稽古場に通うわけで、その間は自分の居場所がある生活になるんですよね。そこでは皆が自分の言うことを聞いてくれるし、稽古期間中はすごく仲間意識が強くなって、食事や飲みに行ったりする。それまで自分の所属するグループを持っていなくて、自分の居場所はどこにもないのではないか、という感覚を持っていた中島にとっては、それはすごく魅力的なことで、その雰囲気を味わいたいがために芝居の公演をやっていたところはあったと思います。

でも、芝居をやる人は、中島のような人に表面上はすごく親しくするんだけど、本心では叩き上げの芝居の仲間同士でないと心を許さないところがあって。そのことが中島の疎外感をかえって強めていたところもありました。そして芝居というのはすごくお金がかかるわけで、結局、演出だけでなく資金面の制作者も兼務していた中島が、ある意味スポンサーを求めていた舞台関係者に利用されちゃった面はありますね」

『魔都　恐怖仮面之巻』のあと、中島梓は、同作に出ていたダンサーであり役者の、後藤宏行が運営していた劇団後藤組と組んで、その演出や脚本を担当する形で、公演を手がける。

一九九〇年九月二十七日から十月二日には、不良っぽい女子高生のところに幕末から沖田総司や土方歳三がタイムスリップしてくるというストーリーの『新撰組'90』をシアターVアカサカで上演。この脚本は、後藤組で公演タイトルも物語の設定も決まっているのに脚本が出来上がっていないという話を聞いて、中島梓があかぎはるなのペンネームで急遽書きあげたものだった。

また、同じ年の十月には、早稲田大学文学部百年祭を記念した文士劇として、歌舞伎座で自ら『助六』の舞台に立ち、揚巻、おいらんの役を演じている。そのほかにも長唄や清元の舞台に出たり、まことに慌ただしい毎日であった。

そして九一年には、その後藤宏行をイシュトヴァーン役に、グイン・サーガの外伝『マグノリアの海賊』の興行を打つ。このミュージカルのために小説版『マグノリアの海賊』も書き下ろした、《グイン・サーガ》初めての舞台化である。

『マグノリアの海賊』の稽古中に、中島梓は乳がんにかかっていることが発覚する。『マグノリアの海賊』の企画立ち上げから、病気の発見、治療、入院の経緯は、九二年に中島梓名義で書かれた『アマゾネスのように』に詳しく書かれている。

十一月の十三日、右胸に痛みとしこりを感じた中島が二十七日に近所の家族行きつけの医院に行くと、今すぐに駿河台の日大病院で見てもらってください、と紹介状を持たされた。検査の結果、すぐに乳がんであることが分かり、それから病院と稽古場を行き来する生活が始まる。十二月十七日に入院。十二月二十二日に手術。今岡大介は、当時七歳だったこのときのある鮮烈な思い出を、筆者に語ってくれた。

「夜に僕の手を取って胸のところを触らせてくれて、『ここに堅いでっぱりがあるでしょう。これはお母さんを殺そうとしているのよ』って、そのがんのしこりの堅い手触りと、そのセリフは鮮明にと覚えていますね。そういう怖いことを、小さい子供に対してもはっきりと見せるのがあの母でした」

その息子・大介にあてて、中島梓は病室でレターパッドの冊子半分にもなる、長い手書きの手紙を書いた。そのときの思いと、手紙の一部が、『アマゾネスのように』に書かれている。

　いつもいつも、息子には私のようなものの子供に生まれたばかりにしなくてもいい苦労や悲しみを味わわせてしまっているかもしれない。それでもこれほどにいとしく思っているのだし、そしてまた、いつかもっと彼が大きくなったときに私の生き方を多少なりとも――共感はせぬまでもわかってくれるかもしれない、という希望が私にはとても大きかった。それがもし万一にも伝えられぬままに逝かなくてはならないとしたら、それはとても心残りなことだ。何回、何千回どんなに強く愛していると繰り返しても、朝晩に抱きしめてやっていても、ちゃんと気持を伝えられる気がしない。こういうときにせめてできるかぎり――たまたま文筆をもって世に立つものである私のすべての力をこめて、息子にちゃんと愛していると云っておきたい。

「――いつもあとで後悔しないように生きていって下さい。

あなたの人生が幸せと愛と喜びと、そして苦しみとそれを乗り越える強さに恵まれるように。
——お母さんはこの世で何ものにもかけがえなくあなたを愛しています。お母さんはあなたにあなたのその命をあげました。あなたはおかあさんに、あなたという喜びをくれました。だから、おかあさんは大ちゃんをいつまでも、宇宙一世界一島宇宙一愛しています。たとえいつかおかあさんがこの世にいなくなっても、おかあさんの大ちゃんを愛する思いは、必ず残って大ちゃんを守っているでしょう。

おかあさんの話はこれでおしまい。

あしたはいよいよ手術です。早くわるいものをとってしまって、元気になって大ちゃんのところへかえれるよう、おかあさんはたくさんがんばります。

お休みなさい。

大好きな大好きな大ちゃんへ

宇宙一愛をこめて
大ちゃんのおかあさんより

一九九〇年十二月二十一日PM９：45」

『マグノリアの海賊』は、《グイン・サーガ》の正篇より前の時代、イシュトヴァーンの若き日の冒険を描いている。のちに中島梓の数多くの舞台やライブに出演することになる、歌手・女優の花木さち子は、『マグノリアの海賊』で、イシュトヴァーンの恋の相手のひとり、シリアの役を演じた。当時の芸名は平吉佐千子。花木の回想。

「初めは後藤宏行さんの劇団の舞台に出たのを中島梓さんが見ていて、それで後藤さんに引き合わされたんです。初めて会ったその場で『マグノリアの海賊』のシリア役でお願いします、と言ってくださって。その夜には劇団の皆さんと一緒に飲みに行って、新宿のお店をはしごして酔っぱらって、深夜三時の新宿二丁目の道を手をつないで歩いたのをよく覚えています。私のほうが中島さんよりずっと年下だけど、小さな子供をあやして手をひいているようでしたね。手をつないでいないと変なところに入っていっちゃいそうで、危なっかしいなって」

手術で右乳房を全切除した中島梓は、退院するとすぐ右腕を三角巾で吊ったまま、稽古場に出かけていき演出した。だが、一度中島梓が入院のために抜けたことによる混乱は大きかった。そもそも、中島梓は演出家として人をまとめるのは向いているとは言い難かった。花木が振り返る。

「舞台というのは、本来、脚本家・演出家・音楽と、それぞれのエキスパートが分業して作るのが一番効率よく回るものなんです。だけど中島さんの場合は全部あの人の頭の中にあるからかえって面倒になってしまう。時間的にはひとりではできないから、人に頼んでやってもらうものの、出来上がってきたものが自分のイメージと違う、みたいな部分で結構悩まれていた。その上ちょうどその頃がんで入院なさったので、治田敦（はるたあつし）さんという役者さんに演出代行も頼んだのですが、治田さんが作ったものをあとから中島さんが見て、これは私のとは違うとなったり、そういうギクシャクした様子はまさに稽古場で繰り広げられているので、役者にも丸わかりでしたね」

そもそも舞台作りに関しては素人だった中島梓のやり方には、役者たちも疑問を感じるところがあったようだ。

「舞台作りって、昔から行なわれてきたセオリーみたいなものが多いんですけど、中島さんはそういうのも自分に合わないと思えば踏襲しない。そこが面白いと思って付き合える人ならいいんですけど、それがまんできないって、離れていく人もいました。

舞台作りにおいて素人なので、無駄にお金もかかってしまう。あと、中島さんの場合は、台本が小説みたいになっちゃうんですよね。セリフも長いし、同じことを何回も言ったりする。動きとか、感じさせるだけで伝わるようなところも、言葉にして表さないと気がすまない。だから上演時間も長くなりすぎてしまうので、中島さんが入院して休んでいる間に、治田さんが結構ざっくりと台本を削ったんです。中島さんはそれが気に入らなかったんだけど、いま考えてもあれは切ったほうがよかったです」

花木さち子は、中島梓の舞台だけでなく、舞台をやらなくなってからの中島梓のライブにも、のちのちまでずっと出演していた。花木は中島との関係についてこう言う。

「私と中島さんって、性格は全然違うんですけど、持って生まれたもののなかに共通してる部分がかなりあるんですよね。きっと、生まれながらにして持っている物語の性質が似ているんです。

中島さんが書いた芝居の台本も、ほかの役者さんが、これどういう意味？　って謎に思う部分も、私はわりとすんなり分かることがありました」

中島梓の作る曲も、花木は大好きだったという。

「彼女、わりとジャズのセオリーでは読み解けないような曲を書いたんです。ジャズは結構理論的に構築されている世界なんですけど、彼女の根底にあるクラシックはなんでもありの世界だから、そういう曲を書いたんだと思う。そういうところもクラシック好きの私と中島さんは共通していた」

　小説を書く時の栗本薫と、舞台人としての中島梓は別の人格であるということを、中島本人や、周囲の人はよく指摘している。そのあたりのことを聞いてみると、花木はこんなふうに考えていた。

「彼女の中には豪放磊落に男っぽく見せてる部分と、そうではない部分があった。私が彼女と初めて会ったときに危なっかしいと思って手を引いたのは、彼女の中に、ものすごく繊細で、ある種幼い、守ってあげなきゃいけないって思わせる何かがあったんですよね。だから手をつないだんだと思う」

　花木の話は、中島梓の役者のキャスティングの仕方から、その内面に及んでいく。

「中島さんは、キャストに関してはキャラに合った人をちゃんとキャスティングするし、途中でその役者さんに当て書きもする。だから役者が台本上の人物とかけ離れていることはなかったです。駒田一さんとか、原田優一さんとか、中島さんが気に入って使った若い人で、その後舞台俳優として大成した人って結構いるので、俳優を見る目はあったんだと思います。
キャスティングに関しては、中島さんはすごく人見知りで、人が怖いという臆病なところがあったので、気心の知れた人を使う傾向がありました。だから彼女の舞台の配役を並べて見ていると、結構同じ人が出ています。最初に使うときは、どこかの舞台で見て、いいな、と思ったから起用するんですけど、気心が知れなければ一回きりだし、気心が知れたら何回でも使うという。性格が合う合わないですけどね」

　臆病で人が怖いのに舞台の演出をするというのは、無理していたのでしょうか？　と筆者が聞くと、

「だから舞台をやるのはストレスでもあったと思います。楽しい作業でもあったけれども、ストレスも大きかったような気がしますね」

　中島梓とは親しくなりすぎて、結果的に感情のもつれが生じてしまう人がいた中で、花木さち子は、

中島梓とうまく距離を取っていた、というのは今岡清が言っていたことである。そのことを花木に聞いてみると、

「ああいう人は心の中に入り込んでしまうとすごく危険というか、かわいがりすぎて嫌いになるみたいなことがあるような気がしていました。私は中島さんを好きだったから、パッと決別するようなことにはなりたくなかったので、ほどほどに距離を取りながら、でも常にそばにいるような感じでいました。

でもとにかく中島さんとはよく飲みにいきましたね。バーとかお寿司やさんとかいろんなところに。食べることもとても好きで、お店にいくとどんどん注文して、食べたいものは絶対に食べる。お酒も好きでした。そんなに強くないので、すぐ酔っぱらっちゃうんですけど、お酒を飲む店の雰囲気とか、酔ったときの感じが好きだったんだと思います。よく酔っぱらった中島さんをタクシーに乗せて帰しました。お宅にお邪魔したときには料理をふるまってくれて。まるで作品を作るように、上手に料理を作っていましたよね」

花木が、中島梓のことをよく食べる人と言っているのは、前出の講談社の編集者だった広田が、食べない人だったと言っているのとは対照的である。小説家としてと、演出家として。栗本薫と中島梓では、確かにスイッチが変わるところがあったようだ。

つながってゆく栗本薫ワールド

しばらく舞台のことを見てきたが、もちろん、八〇年代から九〇年代にかけて、作家・栗本薫としての小説執筆もますます広がりつづけていた。

一九八一年から角川書店の〈野生時代〉に連載された『魔界水滸伝』は、アメリカのパルプマガジン作家、Ｈ・Ｐ・ラヴクラフトが中心となって生み出したクトゥルー神話をベースに、地球を侵略しようとする神々に対する、地球古来の妖怪と人類の戦いを描いた一大怪奇ロマンで、《グイン・サーガ》に次ぐ長篇シリーズとなった。漫画家・永井豪のイラストの迫力も相まって、人気を博した。

名探偵・伊集院大介と、《ぼくらシリーズ》の栗本薫は、一九八四年に刊行された『猫目石』で共演を果たす。軽井沢で起こる連続殺人に、栗本薫とアイドル歌手の恋の悲劇的な顛末も織り交ぜられる。なお、この作品で登場する大物女流作家・藤波武子は、親交のあった有吉佐和子がモデル。

その栗本薫が、秘境の島への冒険に出かける『魔境遊撃隊』は、一九八四年に〈野生時代〉に連載された。この作品の中で、栗本薫が豹人の壁画を見つけ、《グイン・サーガ》の着想を得るエピソードが挿入される。これらの仕掛けで、最後、登場人物としての栗本薫と、現実の作者である栗本薫が重ね合わされただけでなく《ぼくらシリーズ》《伊集院大介シリーズ》そして《グイン・サーガ》までもが、相互にリンクしたことになる。のちには《グイン・サーガ》のなかにも『魔界水滸伝』との関連を匂わせる箇所が登場したりして、壮大な栗本薫ワールドが大きなひとつのつながりを見せることになっていく。

そして、《グイン・サーガ》では、パロが占領軍であるモンゴールに勝利し、復活が果たされ、グインは武の大国、ケイロニアに赴き、王座へと続く新しい道を歩き始める。皇帝アキレウスの玉座転覆を謀る宮廷の陰謀劇とともに繰り広げられる、吟遊詩人マリウス――実はパロの宰相、アルド・ナリスの腹違いの弟にして王子アル・ディーンと、男装の剣士イリス――実はアキレウス帝の隠された娘、オクタヴィアの恋物語は、手塚治虫や宝塚のような性を越境する話が大好きだった栗本薫が自信を持って書いた、ロマンに満ちた展開である。

このケイロニア篇の途中から、イラストレーターは、最初から担当していた加藤直之から、ゲーム『ファイナルファンタジー』のイメージイラストで知られる人気絶頂の天野喜孝に交代した。物語の中心は、激動のケイロニア陰謀劇が、グインの活躍によって解決したのちに、イシュトヴァーンに移る。盗賊の首領をしていたイシュトヴァーンは、醜い軍師アリストートスと出会い、囚われの身になっていたモンゴールの公女アムネリスを救い出し、モンゴール再興を掲げる。そして彼はモンゴールの将軍、さらにはゴーラ王への階段を登り始める。壮大な構想に基づいた群像劇が、勢いを見せていった。

〈JUNE〉の仲間たち

中島梓の活動のなかで、〈JUNE〉という雑誌は非常に重要な位置を占めている。同誌がテーマとしていた男性同士の性愛の物語には、彼女の創作意欲が常に注ぎ込まれていた。

この〈JUNE〉で、中島梓は自らの創作だけでなく、小説家志望の同好の士を育てる活動を始める。それが、一九八四年一月から連載され、のちに複数の単行本になった『小説道場』である。

『小説道場』では、〈JUNE〉の読者から自作の小説を募り、送られてきた作品から門番（編集部）が通過させた作品すべてに中島梓がズバズバと講評を加え、常連で上手な小説を書いた作者は門弟としてのランクが上がっていく。作品のジャンルは男同士の性愛を扱ったものに限っていたが、逆にいえばそれさえ踏まえていればなんでもあり。読者との双方向のやりとりで展開するこの連載は長く続き、のちには実際に神楽坂の中島梓の事務所に集まったり、蓼科の別荘で合宿をする、リアルな『小説道場』も行なわれるようになった。このような企画を可能にしたのは、中島梓の類いまれな速読力と読解力であった。『小説道場』が連載された〈JUNE〉の編集長だった、佐川俊彦が回想する。

「彼女が送られてきた原稿を読んでいるのを見ていると、すごいスピードで紙をめくっているのに、あとから聞くとちゃんと内容を把握している。続き物の投稿も『この人の話は前はこうだったよね』と、セリフのフレーズにいたるまで覚えていて、これは常軌を逸した物覚えのよさだと、舌を巻いたものでした」

作家の江森備（えもりそなえ）は、この『小説道場』がきっかけでデビュー。最初の投稿から始まった、『三国志』にJUNEとしての解釈を加えたシリーズは、『私説三国志 天の華・地の風』として、十三年をかけて刊行され、赤壁の戦いから孔明の死までが描かれた。『小説道場』の連載第四回に初登場した江森は、二回目の投稿となる連載第六回で絶賛され、同連載で初めて初段に認定、最終的にこの連載で最高ランクとなった五段まで進む（本当は十段まである設定だったらしい）。中島は「江森くん、君のファン第一号は中島梓さんなのだよ」と賞賛していた。

『小説道場』に投稿したとき、江森備は音大の作曲科の学生で、卒業課題であるオーケストラの作曲に取り組んでいた。新宿の画廊で、NHKの『人形劇三国志』の人形の展示を見たことでインスピレーションを刺激され、『小説道場』に投稿。卒業制作の作曲と並行して、『三国志』の原典にあたりながら投稿を続け、作曲家ではなく作家としての道を選ぶことになる。江森の回想。

「私が投稿を始めると、先生は『小説道場』で、私あてに『顔を見たいから写真を送って』と書いてくれていたんですが、写真よりも直接会えばいいのでは、と編集長の佐川さんが電話で中島先生のライブに誘ってくださったんです。そこで初めてお会いしました。渋谷のライブハウスで行なわれた、中島先生のバンド『パンドラ』のライブでした。先生は私を見ると、『こんな顔なのね。リリカルなんだね』とおっしゃいました。

　後日、〈ＪＵＮＥ〉の作家さんやイラストレーターさんが集まった中島先生のお宅でのホームパーティーに、私も呼んでいただいて。私も音楽をやっているということで、『ピアノを弾きたまえ』って言われて、ドビュッシーのアラベスク一番を弾いたんですけど、あとでほかの人からその曲は、先生の十八番だって教えられて、しまったって思いました」

　江森備を「自身の分身であり、一番の弟子」と言っていた中島梓は、彼女に作家として指導している。

「『現代物を書いて、江戸川乱歩賞に応募しなさい』って言われて、音楽を題材にした、事件の起こる小説を書いたんです。できたものを見せたらまた指導を受けて、『書き直しなさい』って言われたので、書き直して、また見せました。そうしたら乱歩賞に『まあ出してごらん』って言われたんですけど、最終選考まで行きませんでした。やはり私は現代物より歴史物が向いているんだって、それで分かりました。

　中島先生って、中島梓のときと栗本薫のときがあって、小説について指導をしているときは栗本薫だったような気がするんです。私の原稿をドサッと置いて、細かく指導していって、それが本当に厳しくて。『もっと具体的に書いて。描写をきちんとしなさい』と繰り返し言われました。それが終わって『おしまい。じゃあご飯にしましょうね』って言うと、その瞬間に雰囲気が変わって、中島梓になるんです。それからの時間は店屋物のうなぎに、先生手作りの肉じゃがとお味噌汁とか、ご馳走してくれました」

　江森備は、中島梓から持ちかけられたある提案について、打ち明けてくれた。

「中島先生が乳がんで手術するちょっと前のことです。そのときは手術のことは教えてくれなくて、それが手術前だったことは後から知ったんですけど、『私にもしものことがあったら《グイン・サーガ》の続きをあなたが引き継いでね。そのためにあなたをかわいがっているのよ』って言うんです。でも、私にとって先生はモーツァルトのような絶対的な天才ですから。天才の作品を引き継ぐなんてこと、私の力ではできないですよ。だから『先生。そんなことできるわけないじゃないですか』って言いました。その後もときどきそういうことをおっしゃったんですけど、クラシックの世界でも弟子が師匠の曲の続きを書くっていうことは、ありえないことなんです。それに私、《グイン・サーガ》は、最初の一巻だけ読んで、これを読んだら自分の小説に影響を受けすぎてしまう、と思って、読んでいなかったんです。読み通したのは、『私説三国志 天の華・地の風』を完結させてからでした」

一九九〇年の乳がん手術の時点で、もう中島梓が、誰かに《グイン・サーガ》を引き継いでもらいたい、と思っていたことは、この作品についての彼女の考えを知る上で、非常に興味深い。当時は、今以上に乳がんは若くしてかかると危険な病気だと考えられていた。自分の身にもしものことがあるかもしれないと考えたとき、自分の創造した世界がこのまま終わってほしくないと考えた。それが《グイン・サーガ》という世界についての、彼女の姿勢であったのだ。

同じく〈JUNE〉などで活躍し、『荊の冠』『ペルソナ』など多くの作品がある榊原史保美は、中島梓の弟子でなく、小説家としての後輩という間柄であるが、中島梓は作家として自身のことを非常に気にかけてくれたと振り返る。

〈JUNE〉は一九七九年の八月号で一旦休刊し、一九八一年に復活している。また、一九八二年には、小説を主体とした〈小説JUNE〉が別雑誌の増刊として創刊されている。榊原がデビューしたのは、その間のことだった。榊原が振り返る。

「私が最初に投稿したときには〈JUNE〉は休刊中で、そのあと〈小説JUNE〉の創刊号に掲載されたんです。でも私はそれからしばらく次の作品を書かなかった。そうしたら佐川さんが『中島梓さんが、榊原さんのことを、あの子いまどうしてるの、って気にしてるよ』って言うんです。『このままだと作家として消えちゃうよ』って心配してくれてるって。それから中島さんから『遊びに来ない？』とお誘いがあって、当時お住まいだった六本木のおうちに、佐川さんと二人で伺いました」

そのときにも、中島梓は榊原史保美に、いろいろな小説家としてのアドバイスをした。そのうちのひとつは、榊原に対して、「あなたは小説のタイトルでテーマを示唆しすぎる。それだとタイトルにストーリーが縛られてしまうから、もっと広めの言葉でタイトルをつけたほうが、自由に話を展開できるんじゃないか」というものだった。

〈JUNE〉を出していたサン出版は雑誌中心の出版をしていて単行本を出していなかったので、中島梓は榊原のために、自身の本も出している光風社出版を紹介した。その話は編集長の佐川を経由して榊原のところに来たので、当初榊原はそれがそもそも中島の口添えだったことに気づかなかったという。

「それで光風社からはハードカバーで単行本を出していただいたんですが、その後別の出版社から出すときに、編集者から『新書判なんですが、よろしいでしょうか？』と聞かれたんです。判型にはこだわっていなかったので、新書の方が部数は多く出せると聞いて、その方が地方の読者の方も入手しやすいと思い『それでは新書で』とお願いしました。そのことを中島さんに報告したら、『新書で出すの？　あなたは国書刊行会みたいなところから全集を出すようなタイプの人なんだから、安売りしちゃだめよ』って注意されて、新書判なら多くの人に読んでもらえるのに、なんでいけないのかな？って、困った記憶があります」

自身も新書や文庫で多くの本を出し、ペーパーバック・ライターをもって認じていた中島梓としては意外な発言であるが、それも彼女にとっては後輩への気遣いだった。

「とにかく中島さんからは、このJUNEというジャンルで、後に続く人を育てようとされている気持ちを感じました。この分野を世の中に定着させたいという意志で私たちのことも応援してくれた。デビュー当時から売れっ子作家だった中島さんにとって、こういうジャンルの小説を書くのはリスクでしかなかったはずです。それをあえてやりつづけたというのは、彼女のなかにやらなければならない必然性があったのでしょう。私はJUNEという一つのジャンルが立ち上がるときにそこにいられたことは幸せでしたし、中島さんがその場所を作ってくれたことは、本当にありがたかったです」

なお、〈小説JUNE〉で一九八七年六月から一九八九年十月まで連載され、光風社出版から単行本化された『紫音と綺羅』は、上巻が、栗本薫、江森備、野村史子、吉原理恵子、森内景生、榊原姿保美によってリレー小説形式で書かれていき、その続きの下巻を栗本薫ひとりでまとめあげた珍しい作品。あえてやりすぎな程にベタベタな設定のキャラクターに、各執筆者がおのおの自分の持ち味を加えていき、榊原姿保美などは、栗本薫にバトンタッチする直前にまったく新しいキャラクターを前面に登場させてしまった。それを栗本薫が力技でまとめあげたのだが、雑誌連載時に編集を担当した佐川俊彦によると、「中島さんにはナイショでしたが、各作家さんには、自分の個性を強く出してください、とお願いしていました」とのこと。

JUNE小説というジャンルに、自らの創作欲を託した中島梓だったが、そもそもなぜJUNEだったのか。

『小説道場』一巻のあとがきのなかで、中島梓は、JUNE小説とは、孤独な少女たちのための物語なのだと書いている。孤独とは、友達がいないという意味ではない。それは、「理解されないのではないか」という孤独、「私と似たものはいないのではないか」という孤独、そして「私は一人の人間であることの中にとじこめられていて、他の人間とひとつになることができない」という、ある意味では人間としての本質的な孤独のことである。

大人になってしまった男女が愛よりも生活を重視するのに対し、孤独な少女は愛と、他人から理解されることを求める。世界で一番孤独で不安な少女たちが、他人と自分との間を隔てる存在の壁をセックスによって超えられるのではないかと考えるとき、ＪＵＮＥが生まれる。それを表現するためには、もともとお互いがセックスするように作られている、男女の交わりであってはならない。つまりは、ＪＵＮＥにおける男どうしの必然性というのは「この個人でなくてはならない」ことの強調性である——そう中島梓は書いている。

一九九一年に筑摩書房より刊行された『コミュニケーション不全症候群』は、オタクやダイエットといった、当時話題になっていた観念にも触れながら、こういったものを求める少女たちの心性を「現代社会への過剰適応」というキーワードで分析した評論で、幅広い反響を呼んだ。同書のなかで、中島梓はこう書いている。

> ＪＵＮＥに心を寄せる少女たちの描いたり、あるいは愛したりする世界のなかには、少女たちの居場所はあらかじめ失われており、そのなかで行なわれる恋愛には「異なる性」である相手の性は存在しない。
> （中略）
> 彼女たちの夢見る愛情は、ほとんど常にありうべからざるような強烈な執着と、これまたありうべからざるほどに強い性的欲求とによって成立しなくてはならない。その世界のなかでは、極端にいえば「セックス本位制」とでもいったものがまかり通る。そのなかでは性は、すべての男

たちをあやつり、とりつき、狂わせて、何もかもを投出させるだけの力のあるものでなくてはならぬ。それはもちろん実際の性とは様相を異にしているといわなくてはならないが、しかしそれは願望からというよりも、切迫した必要に迫られてあらわれた様相であると云える。

『コミュニケーション不全症候群』は、最近の読者にとっても胸に響く本であるらしい。『人生を狂わす名著50』(三宅香帆・ライツ社)の著者は一九九四年生まれの若い女性だが、同書の中で『コミュニケーション不全症候群』を紹介している。この著者は、少女たちがダイエットをするのは、社会が「求めるいい子」像から外れないためだ、という中島梓の分析から、どうして女の子はこんなに選ばれたいのか、と思いを馳せる。そして読んでいるうちに、最後は泣いてしまったという。この本を読むことで自分の病を自覚することができる、と書く著者はまた、現在あふれかえる、選ばれることに一生懸命なアイドルの女の子たちを見ると切なくなるともいう。

中島梓が『コミュニケーション不全症候群』を書いた頃から、女の子たちは自由になるどころか、男性からも同性である女性からも選ばれるようにかわいい存在でいなければならない、という観念はさらに強くなっているように思える。中島梓が『コミュニケーション不全症候群』で憂慮した現代社会の病はむしろ悪化していて、女の子たちは少しも楽になっていない。

かつて筑摩書房の編集者として『コミュニケーション不全症候群』を担当した、評論家の藤本由香里は、筆者に次のように語った。

「梓さんとはかなり仲良くさせていただいて、一緒に泊まりがけで宝塚の公演を大劇場とバウホールとはしごで見にいったり、たびたびおうちにうかがったりしていました。最初に担当したのは、ほかの社員から引き継いだ『わが心のフラッシュマン』という、二次創作論のはしりとも言える評論でした」

『わが心のフラッシュマン』は、家にテレビのなかった中島梓の息子・大介が、祖母がビジュアル絵本を買ってきたことで、一回もテレビ放映を見ないまま、戦隊シリーズの『超新星フラッシュマン』に熱中。そのことをきっかけに、中島梓が、人はなぜ物語を求めるのかを論考していく本である。

「『コミュニケーション不全症候群』の企画は、あとがきに書いてあるように最初はダイエット論として書き始められたのですが、それはうまくいかず、やめにするという連絡がありました。その後、ダイエットとJUNEとオタクとを並べて論じることで、問題がクリアになったんだと思います。私は『私の居場所はどこにあるの？』という帯をこの本につけたのですが、それは、それがこの本のテーマであり、時代のテーマだと思ったからでした」

藤本由香里は、彼女が感じた中島梓の人間性については、こう話してくれた。

「中島さんはすべてに対して全力で戦っていた人だと思います。ある種依存症になりやすい、つまり極端なところにいきやすい体質だというのは著書にも書かれています。しかもエネルギーが人の三倍くらいあった方なので、それをものすごい力でコントロールしていた。エネルギーというのは仕事量や想像力もそうですけど、飲んだり食べたりするのもそうです。ひとりでワイン七本くらい一晩で明けるのも平気だったようです。酔っぱらった状態にはなるんですけど、翌日はわりと平気で。

ピアノも歌も本当にうまくて、コンサートもよく開かれていましたが、一度カラオケを御一緒した時に聞いたジョージ・ガーシュインの『サマータイム』が忘れられません。最期のときは、ご病気だというのはきいていましたが、亡くなられたことは私新聞社の方からの電話で初めて知ったんです。その場でコメントを求められたのですが、泣き崩れてしまって、『すみません』と電話を切りました。梓さんとは親しくさせていただいていたので、ショックが大きくて話せなかったんです」

『終わりのないラブソング』

〈小説JUNE〉で一九八七年の六月号に始まり、一九八八年の九月号からは〈JUNE〉に、一九九五年の五月号まで連載された『終わりのないラブソング』は、中島梓にとっても、極めて思い入れの深い作品となった。

暴走族のリーダーの〝女〟として性の対象にされる日々を送っていた十六歳の村瀬二葉は少年院送りとなり、そこでも毎日不良少年たちに体を犯され続ける。そのなかで、一際激しく彼を愛し、求めた獣のような不良少年、三浦竜一。例によって始めは暴力的な愛し方ながら、ふたりはいつしか心を通じ合わせるようになる。

だが、二葉が少年院を出ることによって二人は離ればなれになる。連絡先も分からない。このふたりの恋の行方に読者は熱狂した。

中島梓のもとには、拒食症や自傷行為に悩む少女たちから、「私は幸せになれないけど、二葉と竜一には幸せになってほしい」という手紙が山のように届いた。〈JUNE〉に毎号、『終わりのないラブソング』本篇の連載とともに掲載された「終わりのないラブソング　応援コーナー」には、読者からの手紙や、イラスト付きのハガキが大量に掲載されているが、物語の展開に一喜一憂し、ふたりの主人公の幸せを願うそのコメントを見ていると、いかに熱い支持を受けた作品だったかがよく分かる。

特に女性読者の心を惹き付けたのは、この作品が、親から愛されなかった少年である二葉が竜一から激しく愛されることで初めて自らの存在価値を知るという、孤独な魂を持つ者のための物語だったことだろう。人生や人の暖かみを知るより前に、あまりにも多くのセックスを知ってしまった二葉は、やがて少年院を出て自分の居場所を見つけ、少年院で一緒だった伊賀清正や、その妹菜々、そして少年院に入る前の高校時代から彼のことを気にかけていた麻生勇介といった人たちと食卓を囲むようになる。自分の知り合いと知り合いを引き合わせるといった、当たり前の人としての温かさにようやく気づき、自分の人生に間に合うまでの物語なのである。それは、七巻の次のような文章にも表されている。

（みんな……）

みんな、同じだったのだ。——いや、みんな仲間だったのだ。だからひかれ、だから身をよせあい、だからこんなにも互いを求め合い——

（ぼくたちは捨てられた子犬、はみだしてしまった路上の子供たちだったのだ）

でも、そのうらみをいつまでも抱いてそのうらみのためにとどまっていることはもうぼくにはできない。もうぼくは知ってしまった——もしかしたら、そうだ、もしかしたらぼくたちを捨てた親たちもまた、自分たち自身が、捨てられた子犬だったのかもしれないということを。かれらもまた可哀想な子供たちで——だからこそ子供を育てることができなかったのだということを。

ぼくにはわからなかった。誰がいつ、どのようにして、どの子犬をちゃんと育て、どの子犬を捨ててしまうかを決めるのかを。だけれどもいまはもう、ぼくは自分で歩いてゆこうと決めたのだ。

もともと、この『終わりのないラブソング』は、栗本薫が『小説道場』用のお手本としてその第一話を短篇として〈小説ＪＵＮＥ〉八七年六月号に掲載したところ、読者の大変な評判を得ただけでなく、同誌にイラストを掲載していた漫画家の吉田秋生がその設定を非常に気に入り、続きを考えてきたりしたことから、連載化されたものであった。以降、全篇を通じて、『BANANA FISH』などの多くのヒット作を持つ吉田秋生がこの小説のイラストを描くことになる。

八巻大樹は、『終わりのないラブソング』について、このように自分の考えを筆者に語った。

「中島さんのＪＵＮＥは、中島さん自身が『コミュニケーション不全症候群』で書いているように、年長の男性と年若い少年の愛の物語であって、それは父親と子供の比喩でもあるんです。でも『終わりのないラブソング』は、村瀬二葉と三浦竜一という、子供同士の物語なんですよね。だから私はこの作品は、中島さんのほかのＪＵＮＥ作品とは、ポジションが違うと考えています」

その八巻大樹は、『栗本薫・中島梓傑作電子全集』の『終わりのないラブソング』が収録された十一巻と十二巻の解題において、栗本薫が二葉と竜一を美しく心中させてしまいたい、という誘惑にかられたこと、そして、物語の最後で二葉の自我を確立させ、読者の少女たちが望むファンタジーから現実の世界に脱出させようとしながら、物語が先へ進むことを望まなかった少女たちの声に影響されてそれが必ずしもかなわなかったことを指摘している。

『終わりのないラブソング』本篇の最終巻である八巻の、最後に書き下ろしで収録された『エターナル―永遠(とわ)に―』という章では、竜一のヤクザの兄貴分である松岡という男に二葉が犯され、絶望した竜一と二葉はふたりで一緒に死ぬことを選ぶ。そしてふたりの心中シーンが描かれるのだが、実はそれは夢で、二葉は竜一からの電話を受けながら、時が止まってしまえばいいと思う。

そして、雑誌連載終了後に書き下ろしで刊行された後日談『終わりのないラブソング　ＴＯＭＯＲＲＯＷ』では、二葉はアパートで竜一の帰りを待ち、竜一を受け入れることで自分を確かめる生活を送っている。ふたりを心中させたい、あるいは二葉をひとりの大人として自立させたいと願いながら、それを結局は望まなかったのは、読者か。あるいは栗本薫か。作者の心の中の惑いがそのまま現れているようである。

創造性の重圧

中島梓は、一九九〇年からは原稿をワープロで書くようになり、九一年には最後まで手書きのままにしていた《グイン・サーガ》もワープロに移行する。中島より早くからパソコンを使っていた今岡清のすすめでタイピングソフトで練習し、タイプが速くなると、手書きのときより早く書けるようになり、「ようやく頭の早さに文章を書く早さが追いついた」感覚があった。このパソコン導入は、中島梓の執筆ペースにますます拍車をかける。

『パソコン日記』という短篇は〈SFマガジン〉一九九〇年十月号に掲載されて、のちに短篇集『さらしなにっき』（ハヤカワ文庫）、および今岡清がまとめた電子出版の短篇集『手間のかかる姫君』に収録されている。これは実体験をベースに、ワープロを導入した結果、そのあまりの入力のスピードに、逆にパソコンに作家が乗っ取られてしまう、という話。ワープロを手にした栗本薫のアドレナリンの出るような快感が伝わって来る。なお、このときのワープロ環境は、エプソンのPC‐286LというマシンのＭＳ‐ＤＯＳで松というワープロソフトであった。

膨大な量の小説を書き続けるだけでなく、舞台では演出・脚本から作曲までこなし、長唄や小唄や清元、さらには料理にまで自らの創造性を発揮し続けた中島梓は、想像力とエネルギーのかたまりのような存在だった。中島梓を知る者は、皆その並外れたパワーについても言及する。

〈ＪＵＮＥ〉の編集長だった佐川俊彦は、こう回想する。

「中島さんはとにかくエネルギーが余りすぎて、何かを作っていないと気がすまない。小説を書くのも曲を作るのも、何かをしていないと正気を保てないというくらい、病的なほどエネルギッシュな人でした」

そのエネルギーの凄まじさは、身近にいるものに対しては、負担を与えることも少なくなかった。今岡清はこのように語る。

「書いている時の集中力は尋常ではなくて、完全に創作の世界に入り込んじゃう。エッセイなんかを書いているときにはまだ問題ないんだけど、小説を書いて勢いがついている時に、いきなり後ろから声をかけられたりすると、ギャッて言葉にならないような絶叫をして、錯乱して体がガタガタ震えだすという、そういう状態になったことが何回かありますね。脳が完全に集中しきっている状態だったから、それを中断されると自分でもどうしていいか分からない状態になる」

一日の執筆量は五十枚を標準としていて、執筆時間は二、三時間だった。時間だけを見ると少ないような気もするが、その間の集中が凄まじかったのである。ワープロになってからの話だが、その執筆中の二、三時間の間はタイピングの音が途切れることがなかったと今岡清が証言している。ごくまれに、一日百枚くらいを四、五時間かけて書くこともあったが、そうすると疲労困憊して起き上がれないほどになった。《グイン・サーガ》は一冊四百枚であるが、これを四日間で書き上げたこともある。六十巻『ガルムの報酬』のあとがきによると、九八年に刊行された《グイン・サーガ》外伝の十四巻『夢魔の四つの扉』も四日間で書き上げている。

今岡清はこう証言する。

「よく作家がスランプになって書けなくなる、という話を聞きますけど、中島はそういうことは一切なかったですね。書きたいことがいつも頭の中でひしめいていましたから。あるとき、彼女がなんかイライラして具合が悪い、と言っていたときに、私が『ひょっとして、このところ忙しくて小説を書いてないんじゃない』と言ったら、あ、そうか、って言って書き始めたらスッキリして、やっぱり書いてないから気持ち悪かったんだ、っていうことが二回ほどありました」

桁外れの想像力を持った中島梓という女性と家族として暮らすということは、相当に大変なことであった。それは、中島梓がよく言っていた、自らの多重人格性ともからんでいる。

「中島という人は自分の中のいろんな要素が強すぎたから、それに振り回されちゃって、一緒に暮らしているほうも巻き込まれちゃう。ひとつには小説を書くための想像力みたいなものが強すぎるというか、脳が暴走したようになってしまうことがありました。たとえば、車に乗っていても、突然向こうから来る車とぶつかることを想像して悲鳴を上げたりとか、外を歩いていて、急に周りの人通りが怖くなって、座り込んでしまうといったこともあったんです。

もちろん、四六時中緊張しているわけではなくて、穏やかにしているときもある。一方で人と激しくぶつかるときもありながら、自分は優しい言葉だけを使って、そういう穏やかな言葉だけに囲まれている環境が一番嬉しいと言ったり、とてもひとりの人が考えているとは思えない振れ幅の大きさというのはありました」

中島梓は、学芸大学のマンションに住むようになってから、長く自分の書斎というものを持たず、家族が食事をする共用スペースで執筆していた。引っ越してきたときに最初は書斎用の部屋を設けたのだが、その北向きの部屋が「何かがいるようで気持ちが悪い」と、そこで過ごしたがらなかったためである。そのため、来客があったり、子供が遊んでいたりといったさまざまな刺激のある場所で執筆を続けていたわけだが、そのことを我慢できていたようでいて、実はかなりストレスがかかっていたのだろう、と今岡は話す。そういった執筆環境は、二〇〇一年にマンションをリフォームして、中島梓専用の書斎を作るまで続いた。そのストレスも関係していたのか、中島梓は今岡清に対して、しばしば感情を爆発させることがあった。

「ひとつのことに怒りだすと止まらなくなって、罵り始めると、過激な表現があとからどんどん出て来る。語彙も表現のレトリックも豊富だから、自分の表現に引きずられて、さらに過激になっていく。しゃべっているうちに話がどんどん拡大して、三、四時間も途切れなく怒り続けるので、本人も声は枯れるし、へとへとになる。聞いている私もものすごいストレスで、それによって受けていた精神的なダメージはかなり大きかった」

怒っているうちに、その怒りの対象はどんどん広がっていき、ついにはどこに向かっているのか分からなくなることもあった。

「ある晩私に向かって怒っていて、それが止まらなくなって何時間も怒鳴り続けている状態のときに、はっと気がつくと、内容が私に対して怒っているのじゃなくて、そこにいないだれかに向かっている。視線自体がもう私の方を向いていない。これはもう幻影みたいなものに向かって怒っているんだな、とぞっとしたことがありました」

そういった中島梓の性格を作り出したのは、幼少期の体験が根底にあったと今岡は言う。

「小さい頃の体験、障害を持った弟との関係で、自分が認めてもらえなくて、だから認めてもらうために頑張らなきゃいけないという思いがあったんだと思います。自分がここにいるのは場違いだとか、ここに本当はいちゃいけないという、そういう感覚を持っていた子供だったし、それは大人になってからも続いていた。もっとも、彼女の場合は一方では親の愛情にすごく包まれて育った面もありました。その全く違う要素がひとりの人間のなかに同居しているということが、彼女の人格を複雑なものにしていたのだと思います」
彼女があらゆる性格のキャラクターを書き分けることができたのも、自分のなかにさまざまな人格を隠していたからだったかもしれない。

『いとしのリリー』

一九九三年一月二十八日から三十一日まで、シアターVアカサカにて中島梓作・演出・作曲・作詞で、上演された『いとしのリリー』は、多重人格をテーマにした作品。この作品は、九三年十二月十七日から十九日まで『いとしのリリー　浅草編』が浅草ときわホールで、九四年九月には、東京・福岡・熊本・大阪・名古屋の各都市で、『いとしのリリー　浅草編'94』として再演された。九四年には栗本薫作の小説版も刊行されている。

女子高生・のぞみが恋をした大病院の跡継ぎであるエリート医師・島村譲は、夜になると「リリー」という女性人格になり、ゲイバーで人気キャストになっている。譲の古くからの友人である高倉ケンは、譲がリリーとしての人格になると、リリーを恋人として愛を交わし、リリーと同じゲイバーでクラブ歌手として働く。小説版では、この高倉ケンも多重人格であるという設定が加わり、多重人格に対する考察を深めている。

自身を多重人格としていた栗本薫は、本作のあとがきで、自身は明白なマルチ・パーソナリティ・ディスオーダーである、という。もっとも「大体八割のケースで『私』として行動するキャラクター」が非常に強力なので、社会生活にはあまり支障をきたしていないが、なんらかの困難に対処している最中などにキャラクターがスライドしてしまうため、はたから見ると支離滅裂な行動をとらざるを得ないときがある。そのため、私のストレスは慢性的に極端に高い状態にある、と書いている。

一九九四年に、中島梓は天狼プロダクションを設立。それまではすでにあった知り合いの化粧品会社の登記を使って「中島梓事務所ベルデジュール」としていたのだが、「天狼プロダクション」となることで、本格的にミュージカルの製作を柱に据えた会社となった。九七年からは今岡清がその社長に就任する。

九四年に設立された天狼プロダクションの第一回製作作品である舞台は、同年五月二十六日から三十一日までシアターVアカサカで上演された『いずみ!!』。平安時代の女流歌人・和泉式部の恋を描いた作品である。『いとしのリリー』は、初演と再演は、劇団後藤組で中島梓が制作するという形式だったが、九四年の『いとしのリリー　浅草編'94』は、天狼プロダクションの第二回製作作品として、中島梓自身がプロデュースした。

『いとしのリリー』を三回にわたって上演したのは、それだけ中島梓にとってこの物語への思い入れが深かったのだろう。『いとしのリリー』の小説版には「石原慎一に」という献辞がある。歌手・俳優として活躍する石原慎一は、『いとしのリリー』の高倉ケン役など、多くの中島梓の舞台に出演したほか、『終わりのないラブソング』のドラマCDにおける三浦竜一役なども務めている。石原が回想する。

「僕ね、あの人のなかには、いろんな人がいて、大ちゃんのお母さんであり、今岡さんの妻であり、作家としても栗本薫であり、中島梓であり、エッセイもSFも、いろんなものを書くじゃないですか。ピアノを弾いているときも、曲を書いているときも、演出しているときも、それぞれ違っていて、『いとしのリリー』は多重人格の話ですけど、きっと中島先生のなかにもいろんな人格があったんだと思うんです。

最初はミュージカルで共演した後藤宏行から紹介されて知り合って。『中島です』って初めて挨拶されたときに、さすがの貫禄だな、と思いました。ちっちゃい人なんだけど、中島梓っていう人が生きていることとそのものの迫力みたいなのがありましたね。

めちゃくちゃエネルギッシュですよね。とにかくずっと書き続けてる。中島さんと知り合ってから最初のころはいろんな稽古場を転々としてたんですけど、じきに天狼プロダクションの稽古場を神楽坂に作ったんです。そこでも、『ちょっと待っててすぐ行くから。いま締切なんだわ。身体ほぐしといて』って言って、会話しながらでもパソコンを叩いている手が止まらない。『あたしは呼吸してるみたいにものが書けるの』っていうんだけど、僕が見る限り、呼吸なんてもんじゃなくて、もうあふれちゃう、もれちゃってるっていう感じ。出てきちゃうものを、あせって必死で書き留めている。だから僕は失礼なんだけど、失禁作家とか言って。あふれて紙おむつしてるみたいだよね、って先生に言ったら、『ひどーい。やめてそんな言い方』って言われました（笑）」

演出家と役者として、よく喧嘩もしたと石原は振り返る。

「僕のセリフの八割がたが『愛してる』みたいな内容で、『こんなことばっかり言う男いないし、これじゃあ僕の中の男性としてのリアリティでは表現できない』って抗議したら、『あたしが演出して制作するんだから、あたしの好きにさせなさいよ。あたしの後ろには、何十万、何百万っていう女子供が読者としてついてんのよ』って」

稽古のあとや、公演中も毎日のように飲みに行った。

「とにかくよく話したし、よく喧嘩したし、よく飲みましたよね。そういう時代でしたし。打ち合せと称しては飲み、本番中は毎日飲み。稽古場のすぐ近くに、『吟遊』っていうお寿司屋さんがあって、そこにはよく行きましたし、役者と飲みにいくときは居酒屋で。支払いはほぼほぼ中島さんが。もちろん今日はわりかんよ、なんて日もあるけど、まあいつも多めに払ってくれたんじゃないですかね」

　大阪や名古屋に旅公演に行くと、中島梓の部屋で役者たちと一緒に部屋飲みをしたりもした。そういうときも、いろいろな話をした。

「『いとしのリリー』は、リリーという人格を葬ってしまう話なので、生まれて来る人格の話をしたりとか。ひとりの人間として生まれてくる命も、病気であったり、虐待されたりして早世してしまう。命って、なんのために生まれてくるんだろうね、とか、結構哲学的な話をしたりして。滅んでいくものに対する憧憬とか、思いもいっぱいあるんです、先生。大正時代が大好きで、上野とか浅草の風情とか。そういうものにすごく愛情を持っていましたね」

　石原慎一は、九四年の『いずみ!!』から、九五年の『ペンギン!』、九六年の『ヴァンパイア・シャッフル』、そして二〇〇四年の『タンゴ・ロマンティック』まで、天狼プロダクションが製作した舞台の始まりから最後まで、多くに出演した。自分の作りたい舞台を実現したいために、中島梓は本業である作家としての稼ぎをつぎこんでしまうので、天狼プロダクションの社長だった今岡清は気が気でなかったのではないか、と振り返る。今岡清は稽古場にはあまり顔を出さないが、初顔合わせのときはいつも挨拶しに来ていたという。

「僕が『栗本薫さん』って呼ぶと、『あたしは中島だから』って。僕が付き合っていたのは、中島梓っていう人だったと思うんです。でも彼女の中核をなすのは、栗本薫という人格なんですよね。その人格で文壇にデビューして、多くの時間をかけて小説を書いて、《グイン・サーガ》っていう膨大な世界を作り続けていたわけですから。その栗本薫が消化しきれないものを中島梓に託していたんじゃないですか。だから僕は栗本薫の小説を読むと、僕がいつも付き合っている中島梓とはすごく別の人格を感じるのね。あの人が書いているものではない、という感じで、僕の知っている中島さんの顔は浮かんでこない。僕の知っている中島梓は小さい身体で肩で風を切って、大きい声で泣いたり笑ったりしている人で。ちなみに僕は天狼プロダクションの舞台にいくつも出たけど、『グイン・サーガ炎の群像』とか『キャバレー』とか『天狼星』とか、栗本薫の小説が原作の舞台には呼んでもらってないんですよね。きっと先生のなかでも、石原慎一は栗本薫の世界観とは違っていて、あくまで中島梓のものだったと思うんです」

一九六〇年生まれの石原慎一は、中島梓が亡くなった年齢を超えたあたりから、中島のことをよく思い出すようになったという。

「三、四年前から、無性に飲んで話をしたくて。生きてたらなあ……。最初のころはずっと喧嘩してたし、喧嘩しては酒飲んで、飲んでは喧嘩して。明け方まで飲みながら『かわいがってた役者に裏切られた』なんて愚痴をきいたりして。でも悪い思い出は全然ないですよ。演出家としても、最初は自分が全部やんなきゃいけないと思って力が入ってたのが、〇一年の『新撰組大変記—夢幻伝説—』あたりから、だんだん役者に任せられるようになってきて、進化したと思ったんだけど、最後は舞台を作らなくなっちゃったのは、一通りいろんなものを作って思いを遂げたのと、あとは経済的なことも当然あったと思うけど。そのあとは何回かライブに出してもらったけど、それも呼ばれなくなって。どうしたんだろうって、花木さち子ちゃんに聞いたら、『先生がいわないならあれだけど、具合よくないのよ』って。結局最期は会えずじまいで、亡くなった後に花木さち子とふたりでお宅にいって、今岡さんが、最期はこんなふうでしたよ、って話をしてくれました。花木と『ほんとにいなくなっちゃったんだねー』って。きれいな男の人もきれいな女の人も好きで、いろんなものを愛せる人でしたよね。役者の間でも『いまはあの人が先生のお気に入りね』なんて言ったりして。一緒によく食べたし、よく飲んだし、いま文学賞のニュースとか見ても、あんなにパワフルな人いないですよね。かっこ良かったね」

世界最長の小説

「最初、文壇は自分たちのフィールドの人間として、私に好意的だったと思います。しかし、栗本薫の名で作家として仕事を始めると、はっきりしているのは確実に無視されること。取り上げられるのは匿名批評によるからかい、嘲笑(ちょうしょう)だけ。著書が約百冊という栗本薫のキャリアも、文壇から見れば無いようなもの。新人賞以来鳴かず飛ばずの新人評論家としか扱われない」

これは、一九八四年四月九日の朝日新聞夕刊社会面、「文芸誌はどこへゆく」という企画での中島梓の発言の一部で、この中で彼女は、自分にとって文学とは物語であり、いまの純文学に魅力はないと述べている。そこには、純文学の世界で受け入れられなかった悔しさも垣間見える。中島梓は、文壇関係のパーティーは好まず、あまり出席しなかったという。

その中島梓が、九一年に刊行された《グイン・サーガ》三十五巻『神の手』のあとがきでは次のように書いている。文壇など気にせず、自分の小説世界を愛してくれる読者のためのストーリーテラーとして書き続けるという意志の表れだ。

最近になってようやくしみじみとわかってきました。栗本薫はマイナーな作家であると思います。たまたまマイナーという以上の部数を売り上げてしまいましたが、私の本質は結局のところ少数の、私を必要とし、私と世界を共有してくれるファンのためのものです。私はトレンディにもポピュラーにもなれません。おそらく評論家受けするようにも、また。私の夢を万人とわかちあえたらという夢はもう持っていません。私は私を待っていて下さる方々だけのために飛び続けます。一人でもそういう人がいるあいだは私はより高みへ飛ぶことを決してやめないでしょう。

九四年に刊行された《グイン・サーガ》第四十四巻『炎のアルセイス』のあとがきでは、この巻をもって、《グイン・サーガ》は世界最長の小説になった、ということが書かれている。これは早川書房の調査によるもので、厳密に言えば、複数の著者によって書かれた《ペリー・ローダン・シリーズ》といった例を除いて、個人が書いた小説として《グイン・サーガ》は世界最長になったというもので、新聞などでも報道された。もっとも、この記録を早川書房がギネスブックに申請したものの、一冊の単行本にまとまっていないため、単一の作品と認められず結果的に登録が叶わなかったのだが、これだけ長大なものを一冊にまとめられるわけがない。実質的には、《グイン・サーガ》が世界最長の小説であることは間違いないだろう。

もっとも、このことを伝える『炎のアルセイス』のあとがきの筆致は、興奮しているというよりは、この滔々たる大河の流れをこれからも紡いでいくのであり、それは自身の力というよりは、《グイン・サーガ》という世界そのものの力であるといった、達観の境地である。

私は最近だんだん自分が小説をかくのに向いていないこと、自分で本当にやりたかったのは舞台であって小説でないこと、ただ生きのびるため、自分を守るために必死で小説を書いてきたのだなあということを自分で理解しつつありますが、グインだけはまったく特別のような気がします。私がすべての小説をかく必要を自分の魂の中からなくしたあとにも、グインだけはまったく別の存在として続いてゆくだろうと思います。これは私が「グイン・サーガ」という作品を書いているというよりも、ただ単に世界のどこか、それともまったく別の世界に「グイン・サーガ」というものが存在して、それがただ「私を通して」だけこの世界に出てこられるのだから、というような感じがあるのです。

これだけ大量の小説を書きながら、「小説をかくのに向いていない」というのは驚きだが、それは書きたいから書くというよりは、書かねば生きていられないほど、栗本薫という小説を書くための人格は中島梓にとって必要不可欠な存在であるということの、逆説的表現ともとれる。そして、《グイン・サーガ》という架空の世界は、もはや栗本薫が創造したというより、確かに存在する世界を、栗本薫という作家が書き取っているだけと思われるほど、確かに実在するものと感じられていた。

それは読者にとっても同じである。《グイン・サーガ》の読者にとって、《グイン・サーガ》の世界は、単なるフィクションではない。そこに生きるキャラクター、国々、風習、文化、食べ物、信仰など、それらは確かに存在する世界のように感じられ、新刊が出るたびに読者は、そのもうひとつの世界へと還ってゆく。そんな懐かしく、馴染みのある、《グイン・サーガ》の中原という世界は、読者の中に存在している。

それは、筆者にとってもそうだった。筆者が初めて《グイン・サーガ》を読んだのは、早稲田大学第一文学部の一年生だった十八歳のとき。一九九五年だった。その当時、すでに単行本は、四十九巻を数え、五十巻が出ようとしていた。

筆者は、中高一貫の男子校から大学に入ったものの、大学生のコミュニケーションに馴染めず、人と親しくなろうと思うと鬱陶しがられて、友人もできずに暇な長い夏休みを過ごしていた。そんなとき、天野喜孝がイラストを描いていることから《グイン・サーガ》の途中の巻を手に取り、グインと、イリス（オクタヴィア）とマリウスの宮廷劇が繰り広げられるケイロニア篇を先に読んでから、最初の巻にさかのぼるという、かなり変則的な読み方で、《グイン・サーガ》を読み始めた。

人生のなかで、あれほどひとつの物語を夢中になって読み進めたことはない。多いときは一日に二冊を読んで、夏休みの間に既刊四十八巻を読んでしまった。

大学の後期が始まると、高校時代の同級生が所属していたワセダミステリ・クラブに顔を出し（結局そこもすぐやめてしまうのだが）、その同級生を誘って、五十巻を記念したミュージカル『グイン・サーガ　炎の群像』を見に行った。

そのホールで、筆者は中島梓に会ったのである。

「栗本薫さんですか？」と声をかけると、「そうです」と答えてくれた。二十年以上前のことで細部はおぼろだが、確かに存在感と迫力を感じる方だった。

「私も早稲田の一文なんです」「じゃあ後輩ですね」と会話を交わし、当時長く登場していなかったスカールのことが気になっていたので、

「スカールは出ないんですか？」と聞くと、「また出ますよ」と少しだけ笑いながら教えてくれた。

そのとき、たまたま持っていた《グイン・サーガ》二巻『荒野の戦士』に書いてもらったサインが、いま手元にある。「里中さま♡」の下に「くりもとかおる」、日付は「1995、11、23　ソワレ　シアターアプル」とある。

筆者がただ一回だけ、中島梓に会うことのできた思い出である。

その後も《グイン・サーガ》を読み続け、筆者にとって《グイン・サーガ》の世界は、二ヶ月に一回、新刊が出るたびに還っていく、自分にとってのもうひとつの世界となった。のちに就職してから、一年程忙しくて趣味の読書をする余裕もなくなり、《グイン・サーガ》を読んでいなかったことがあ

った。そのとき、筆者は心身のバランスを崩し、仕事を休むことになってしまった。とてもほかの本は頭に入らなかったが、《グイン・サーガ》だけは、読んでみようかなと思った。読み始めると、心が自然とあの馴染みのある、懐かしい人物たちのいる世界へと還っていった。それはちょうど八十巻前後の、パロ、ゴーラ、ケイロニアの三国が三つ巴の戦いを繰り広げている非常に盛り上がっているころで、夢中で読んでいるうち、筆者の精神はいつの間にか回復していった。筆者はあのとき、《グイン・サーガ》に救われたと思う。

筆者が中島梓とただ一回会うことにもなった、グイン・サーガ正篇の舞台化である『グイン・サーガ　炎の群像』は、東京のシアターアプルで一九九五年の十一月九日から二十六日まで、大阪のシアター・ドラマシティで同年の十二月一日から十日まで上演された。

ストーリーは一巻から十六巻のパロ奪還までのダイジェストだが、主人公のグインは、豹頭の巨体を生身の人間が演じるのは困難ということで登場しない。舞台も、広大なノスフェラスの砂漠ではなく、リンダやレムスはパロの首都、クリスタルの下町であるアムブラに潜伏していることになっており、そこでイシュトヴァーンと出会う。アルド・ナリスは、NHK『おかあさんといっしょ』の四代目うたのおにいさんでもあった、ミュージカル俳優の宮内良が務めた。

この『グイン・サーガ　炎の群像』の大阪公演のさなか、十二月二日に中島梓の父・山田秀雄が死去している。家族を愛し、妻・良子が芝居や俳句の会など、活動的にすればするほど、「お前がそうやって楽しそうにしているほど、俺は働きがいがあるんだ」と言っていた秀雄。石川島播磨の重役から、子会社の石川島コーリングの社長になり、晩年まで相談役を務めた。吉行淳之介などが通った伝説の文壇バー「眉」の常連でもあった。法名・秀徳院釋誠念。

秀雄の妻であり、中島梓の母の良子は、夫、秀雄が亡くなったときのことをこう回想する。

「あたしってね、泣かないんですよ。あんまり。主人が死んだときもね、『長い間世話になったなあ。幸せだったよ。ありがとう』って言って逝ったんですね。その言葉を聞いたら出かけてた涙が引っ込んじゃった。ああよかった。あたしはこの人を幸せにできたんだな、と思って」

それぐらい、秀雄の最期は、未練のない見事なものであった。大阪公演のために最期のときに立ち会えなかった中島梓のことも、悔いを残すことなく送りだした。中島梓は『ガン病棟のピーターラビット』にこう書いている。

私事ですが、肺ガンで、でも死因は肺炎だった私の父は、私がミュージカルの大阪公演のために出発する前、さいごの見舞に実家に戻ったら「今度帰ってくるまではパパはいないだろうからね。だが何もパパの一生は思い残すことはなかったから、何も心配しないで行ってきなさい。何ひとつ思い残すことのない一生だったから。じゃあ、これが最後だと思うから、さよなら」と実にこう、堂々とした別れをわが娘に告げて、そしてそのことばどおり、大阪公演の初日の幕があいた夜に亡くなりました。偉い男だったよなあ、とその死に方や、また私が「不倫の恋問題」を起こしたときのまたきわめて堂々としていた父親の対処のしかたはいつまでも心に残っています。死ぬ直前まで晩酌をしたがり、好きな洋画を見、さいごは恰幅のよかった男が痩せ細ってはしまいましたけれど、身ぎれいにしていて、感情を制御して決して爆発させることなく、いつも穏やかな、いい男だったなあ——と思うにつけ、不機嫌や不快感をあらわに人前で垂れ流しているおじさんたちを見ると……私って結局ただのファザコンだった、ということかな（苦笑）。

中島梓の息子、今岡大介に、なぜ良子と中島梓は反発しあっていたのかと聞いたときのことは、最初のほうに書いた。そのときに、それでは、なぜ良子から性格の違う娘が育ったのか、と続けて聞くと、今岡大介は、自身の祖父である秀雄についてこう言及した。

「その理由は祖父のほうにあるんですね。祖父の山田秀雄はかなり意志の強い、強烈な自我を持った人でした。かといって母（中島梓）のようにヒステリックなところのある人格だったわけではなくて、むしろすごく人格者で、会社でも好かれている人物だったんです。強い意志とか、何があっても貫き通す心の強さといったものを、母はたぶん祖父から受け継いだんですね。

一方で、祖母は穏やかな一方で芸術的な素養もある人ですが、祖母にとって芸術というのは、趣味、手なぐさみでやるもので、決して人生をかけるようなものではなかった。そこのところが祖母と母は全然違うんですね。

祖母の持つ芸術的素養と、祖父の持つ強い意志が合体した結果、母のような芸術一本やりの人間が生まれてきたということがあるんですよ」

まぎれもなく、中島梓という人間を形作った大きな存在が、彼女の父、山田秀雄だった。

天狼パティオ

中島梓は毎年一月三日頃に親しい人を集めたホームパーティーを自宅で開いていた。二十人ほどが密集して立ち飲みで会話を楽しんだその新年会には、本書に登場する人も多く招かれている。よく人を家に招いた中島梓は、そのたびにたくさんの手料理を出したが、そのなかに必ずといっていいほど登場するのがまぐろキムチである。中島独自のレシピによるこのメニューは、キムチとまぐろと明太子と海苔がごま油とともに皿に入っており、ぐちゃぐちゃに混ぜて食べる。まぐろと明太子はかなりの高級食材を使っており、その組み合わせの妙もあいまって、なかなかの絶品だったと皆声をそろえる。そのほかにも、セロリとナッツのじゃこ炒めや、空豆が中島の作るおつまみの定番であり、ローストビーフも手作りしていた。《グイン・サーガ》の担当を長く務め、『グイン・サーガ・ワールド』や、現在進行している続篇プロジェクトを企画した、元〈SFマガジン〉編集長の阿部毅は、「中島さんは、『お酒が足りないなら一升飲んでみる？』って飲ませようとしたりして、人に酒と食べ物を与えたらどういう行動を起こすか見ている、観察者のようなところがあった」と回想している。そのためもあって、料理にはかなりのこだわりを見せていた中島梓だが、その一方で、夫の今岡清は冷蔵庫に大量に高級食材が仕舞われ、奥のほうではとっくに賞味期限が過ぎていることにかなりのストレスを感じていたそうである。

人の集まる場所を作ることが好きだった中島梓は、自分のファンたちが集う場所をパソコン上に作ることになる。

九二年ごろから中島梓は本格的にパソコン通信を始める。最初は、今岡清が、創成期のパソコン通信を使って海外とやりとりしているのを見て、興味を抱いたのだった。パソコン通信については、栗本薫は、パソコン通信のコミュニティ上で展開される事件を伊集院大介が謎解きする『仮面舞踏会伊集院大介の帰還』という小説も九五年に刊行している。若い読者のために説明すると、画像を含んだインターネットが普及する前の、文字情報だけでやりとりしていたのがパソコン通信である。

その九五年九月から、中島梓は当時ニフティ株式会社が提供していたニフティサーブというパソコン通信サービス上で、「天狼パティオ」というコミュニティを開設する。「天狼パティオ」にも参加していた、「薫の会」会長の田中勝義が振り返る。

「それまで執筆という孤独な作業をしていた中島さんが、お芝居で役者さんと組むようになって、その宣伝のためにニフティサーブで『天狼パティオ』を始めて、一般のファンとコミュニケーションを持つようになった。天狼パティオには、栗本薫のファンが何百人も集まるようになって、掲示板形式で書き込んでいく。そのひとつひとつに中島さんが丁寧に返事をするものだから、ファンはそれは喜んで、ますますものすごい量の書き込みがされるようになった。ひとつの会議室では収まらなくて、分館ができたり、『お芝居』とか『雑談』とか、テーマごとに分かれるようになりました。

天狼パティオには『タイトル当て』というイベントもありました。これは《グイン・サーガ》の次の巻のタイトルを当てるというものです。ヒントは『カタカナと漢字です』とか、ある時など『汁です』といって、正解はうしお汁との連想から『時の潮』とか、それだけなんですけど、不思議と当てる人がいる。この『タイトル当て』用の会議室もあったくらいです。正解した人には、栗本作品の端役のキャラクターに好きな名前を付けられる命名の『おねだり権』が与えられたりしていました。どういう性格のキャラクターにしてほしい、とかはダメで、付けられるのは名前だけなんですけどね」

天狼パティオでは、ハンドルネームに「さま」を付けて呼び合うことになっており、中島梓は「あずささま」と呼ばれていた。パソコン通信の影響は、中島梓や栗本薫の実際の書籍にも表れて、特にあとがきに顕著だったのだが、（笑）や、爆笑を意味する（爆）、さらには（大爆）など、パソコン通信独特の用語が使われるようになった。天狼パティオの話題があとがきで多くなるにつれて、天狼パティオに参加していない昔からのファンのなかには、疎外感を感じるようになった人もいたと、田中勝義は話す。

とはいえ、そこに集まるファンにとっては、それまで作品を読むだけだった中島梓・栗本薫本人とやり取りをかわせる、素晴らしい場所であった。

いまも毎月お茶会に集まる「薫の会」のメンバーも、このころ「天狼パティオ」に参加している。

浅田明日香が栗本薫の作品を読むようになったのは、職場の同僚から、『息子に夢中』を貸してもらったのがきっかけだった。栗本薫ワールド、特に《グイン・サーガ》を浅田に読ませたかったその同僚は、《グイン・サーガ》は長くてとっつきにくいと思ったので、まずは当時二歳半の子供を育てていた浅田が親しみやすそうな『息子に夢中』を貸したのである。浅田が気に入ると、今度は《グイン・サーガ》やその他の作品を次々と貸してくれた。

「一冊目から栗本薫の作品に惹き付けられた私は、彼女が多作であることは知っていたので、今年（一九九三年）中に、栗本薫を百冊読む！　と宣言したんです。それからは、家事をしても片手で読書。会社の昼休みもちょっとしたスキマ時間にも栗本薫を読んでいて、『浅田さんはエレベーターでも本を読む』と言われたくらいでした。それだけ、読みたくてたまらなかったんです」

本を読むと、読了した日付とタイトルを手帳に書いていた。二十巻ほど読んだころ、「ぼくらの集会」というファンイベントが「薫の会」主宰で開催されることを知り、「薫の会」に入会した。

九三年の三月二十八日に、「薫の会」会長の田中勝義が主宰して開催された「ぼくらの集会」では、「カルトKクイズ」という、《グイン・サーガ》や栗本薫についての知識の量を競うクイズも開催された。まず会場の全員に問題が出され、正解数の多い五人がステージ上にあがって、さらにクイズで競う。正解するとその人の前に《グイン・サーガ》が一冊ずつ積み上げられていった。最後の問題は、《グイン・サーガ》第一巻の最後の一文を答えるというもの。ちなみに正解は「そして運命とに向かって。」である。このカルトKクイズで優勝したのが高妻誠司。この日のために栗本作品を読み返して予習して臨んだという高妻は「ステージに上がったのが、私以外は全員女性で。男性だって栗本薫が好きなんだ、っていうことを証明したくて、絶対優勝してやるーって思いました」と振り返る。この優勝にちなんで、天狼パティオでは「カルトキング」のハンドルネームを名乗るようになった。

宮崎の書店で店長をしていた高妻は、当時《グイン・サーガ》の新刊が出ると、仕事が休みになるように調整して宮崎から飛行機で東京に行き、正規の発売日よりも早売りしている神保町の書店で購入していた。東京のほうが宮崎より三日ほど発売が早く、その二、三日が待ちきれなかったためである。宮崎に帰る飛行機の中で読み始め、家に着くまでには読み終わってしまう。飛行機代を考えると、一冊五万円の《グイン・サーガ》である。

高妻は、何巻がどのタイトルで、何年の何月に発売されたかなど、いまでも完璧なデータベースを記憶している。天狼パティオのタイトル当てクイズでは、「大正ヴァンパイア伝説」というタイトルを書いたところ、すでに決まっているタイトルを当てたというよりは、高妻の案を中島梓が気に入って採用したという形で『六道ヶ辻　たまゆらの鏡――大正ヴァンパイア伝説』（角川書店）というタイトルの作品が誕生した。同書のあとがきにも、ハンドルネーム「カルトキング」として登場している。

「ぼくらの集会」が開催された一九九三年は、十月に、四十二巻『カレーヌの邂逅』の一冊しか《グイン・サーガ》が出なかった。年一冊しか出なかったのは、後にも先にもこの年だけである。毎回「地獄のヒキ」と言われた、次が気になって仕方がない終わり方をする《グイン・サーガ》なので、ファンは次巻が待ち遠しくて仕方がない。「薫の会」に入会したころ、まだ既刊全部を読み終わっていなかった浅田明日香は、「まだすぐに続きが読めるところにいていいなあ」と羨ましがられたのを覚えている。もっとも、その浅田もすぐに既刊全部を読み終わって、次巻を待ちこがれる仲間に入ったのだったが……。実際に九三年中に読破した栗本薫の本は百三十四冊になった。浅田が言う。

「私はあずささまの人間を見る深い視点に共感して、あずささま、という方の心からのファンになりました。あの手塚治虫氏に、『彼女は二十世紀最大のクリエーターだと思う』と言わしめたという話は衝撃でした。あらゆるジャンルの物語を無限に紡ぎ出していかれること、そして、作曲、脚本、舞台監督、長唄、三味線などの名取であると同時にジャズピアノを弾きこなし、はたまた着物や料理にも造詣が深く本を出すほど、などという多才ぶりに驚かされ、この方はどこまで走っていくんだろう、とワクワクしながら、その先を見極めるまでどこまでもついていきたい、という思いでファンを続けていました。あずささまのファンの方々と、あの世界を共有して、共感できたことは、私にとって宝物のようなものなんです」

山田勝典は、高校生のときから栗本薫のファンになり、やがて「薫の会」のメンバーに。九五年の七月にテレビとパソコンが一体となったテレビパソコンを購入したところ、その矢先の九月に天狼パティオが始まり、参加するようになった。

「最初はSFのフォーラムに入っていたのが、栗本さんのパティオができるという情報が掲示板に流れて来て、すぐに入りました。まだダイヤルアップで接続していて、夜の十一時からはテレホーダイといって通信費が安くなった。そんな時代です」

天狼パティオの記事はツリー構造になっていて、自分の発言にその後どういう返事がついたかを追いかけることができる。当時は長時間ネットに接続しているとそれだけ通信費がかかったので、参加者は時折アクセスしてはログをまとめてダウンロードして読んでいた。

「最初のころは発言が五百十二件しか保存されなくて、それを超えると消えちゃうんですよ。だから消える前にダウンロードしないと話の流れが分からなくなる。だから家にいないときでも自動でダウンロードするように、通信ソフトを設定するんです。当時は仕事で岡山と東京を行ったりきたりしていたので、途中からはノートパソコンを買って、公衆電話からダウンロードしていました。当時はグレーの公衆電話にはモデムの線があって、インターネットに対応していたんです」

天狼パティオのやりとりでお互いを知るようになったファンたちは、中島梓のライブや芝居、各種イベントで顔を合わせるようになり、独特のコミュニティが形成されていった。さまざまな地域、さまざまな職種の人が、自分たちの好きな小説や舞台の話だけをしていられる空間がそこにはあった。

山田勝典が言う。

「天パテ（天狼パティオ）に入ったとき、私はそこから『ここにいていいんだよ』というメッセージをもらったんです。あそこではどんなことをしゃべっても受け入れてくれる仲間がいた。当時、天パテに集まった中には、心を病んでいたり、悩み事の多い人もいて、それで救われた、という人も結構いたんです。梓さん自体が、ここでは何を話してもいい、というメッセージを書いて、天パテをそういう誰でも許される場所にしようとしていたんです。当時、天パテは、苦しい思いをしている人にとっての一時避難所のような、いずれは外に出ていかなければならないとしても、いまは安心していていい場所、という側面がありました。同時にそれは鏡みたいなもので、梓さん自身がそういう場所を求めていたから、天パテを作った、ということはあったと思います」

この話は、田中勝義と高妻誠司も一緒に聞いたのだが、ここで田中が言ったのが、この問題は、「栗本薫の内向性と中島梓の社交性」という両面性が、天狼パティオの成り立ちにも関わっているということだった。その話を受けて、山田はこう続けた。

山田「梓さん自体が、外に出て行こうする中島梓と内に行こうとする栗本薫という二面性を持っていましたからね。栗本薫は基本的に成長しないんですよ」

田中「作家としても成長しようとしては批判されたりして挫折を繰り返しているんですよね」

山田「あの人の弱さのところに共感して、強さのところに憧れる、そういうところが私にはありました」

田中「中島さんの熱狂的なファンって、皆そうだと思うんですよ。でも栗本薫の弱さに共感できない人は、愛情が裏返って、彼女を批判したりするようになっちゃうんですよね。そういう人は、もう中島梓という人は自分を支えてくれないんだ、と思って嫌いになっちゃったりするんだけど、我々は中島梓っていう人は気分にムラもあるし、神様じゃないってことも分かっているから」

山田「だからこそ魅力的なんですよね」

『天狼星』と八千万円の赤字

一九九七年には、栗本薫原作、中島梓脚本・作詞・作曲・演出による舞台『天狼星』が上演される。名探偵・伊集院大介と、殺人鬼・刀根一太郎を操り、伊集院の生涯の宿敵となる魔人・シリウスを書いた同名小説はシリーズ化され、《伊集院大介シリーズ》は一時期シリウス一色に染まることにもなった。一九八六年に刊行されたその第一作の舞台化である『天狼星』は、一九九七年三月十三日から三十日まで東京・シアターアプルで、四月十一日から十三日まで名古屋の愛知県勤労会館で、四月十五日から二十日まで大阪・シアター・ドラマシティで上演された。天狼プロダクション第八回製作作品である。

この作品で、中島梓は多額の借金を背負うことになった。筆者が早川書房を通じて「中島梓の評伝を書きたい」という手紙を今岡清あてに書いてしばらくたってから、今岡から返事があり、表参道の喫茶店で二〇一六年の四月十一日に初めて会った。その時に今岡が最初にしたのも、この『天狼星』の話だった。

「天狼星でできた赤字は八千万円くらい。そもそも、『グイン・サーガ　炎の群像』のときも、三千万円の赤字ができたんですよ。それでも、そのときはまだ芝居を始めてからそんなに時間が経ってなかったから、なんとか切り抜けられた。だけど、『天狼星』のときは、すでに累積していた赤字もあったから、大変でした。私はそれ以前は天狼プロダクションの、あくまで名目上の社長でした。しかし、『天狼星』が大赤字を出して、その対応をするのは身内でないと、ということで、実質的にも天狼プロダクションの社長業をするようになりました。私の社長としての最初の業務はその借金取りの対応だったんです。私は芝居についてはいっては裏表を嫌というほど見ちゃったから、芝居について話そうとするとどうしてもネガティブな話になっちゃうんですよね」

その続きは、日を改めて今岡清の自宅で聞くことになった。

「『炎の群像』も連日満員というわけではないにしても、それなりに客が入ったのに、三千万円の赤字になったのは、結局、プロデューサーはいたんだけど、資金を用意したのはその人じゃなくて、中島が資金面でもスポンサーになっていたことが関係しています。普通は大道具の制作費とか照明代とかを絞るのがプロデューサーの腕の見せ所なんだけど、自分のお金ではないということで、そのあたりがどうしても無責任になっていきました。いくらかかるかの読みが浅くて予算は最初の予定からどんどん膨らんでいった。それで三千万の赤字が出たわけだけど、中島がそれでもまた芝居がやりたいというので、今度は《伊集院大介シリーズ》を芝居にしようという話が持ち上がった。でも、《グイン・サーガ》はあのころ勢いがあって初版二十万部は軽くいっていたけど、伊集院大介の読者はそれほど多くはない。だから公演規模は小さくするのが普通の考え方なんだけど、逆に『炎の群像』より大きくして、東京、大阪に名古屋公演も付け加えちゃった。ふたを開けてみたら、『天狼星』の名古屋公演はかなり大きい劇場のなかで、お客は真ん中にぱらぱらっといる程度だったんです」

スタッフや関係者の、製作にかかったお金の請求の仕方も、今岡には疑問に感じることばかりだった。

「中島は『天狼星』で苦しくなる前はお金に余裕があったから、役者とかスタッフもわりと平気で相場以上の料金を言ってくるところがありました。舞台設営でこれだけの人数と時間がかかります、といって請求してきたけど、様子をみると明らかにそんなに人数も時間もかかってないとか、請求書通りに払ったら、打ち上げでその人が酔っぱらったときに『いやあ。随分ふっかけたつもりだったんですけど、そのまま払ってくれて嬉しかったです』とか、そういうことがいろいろあった。だけど私がそれを中島に伝えようとすると、中島と私の夫婦間のぶつかり合いになっちゃうところがあって。あげく、公演が終わったら、プロデューサーはどの業者にいついつにいくら支払うことになっています、というのがずらーっと並んでいる支払い予定表だけ渡して姿を消しちゃった。その支払い予定の総額が八千万円です。それで私が天狼の社長業務として、それぞれの業者に支払いを待ってもらうようにお願いに回ったりした。あのころは本当に一番つらい時期でしたね」

それでも、そのころは中島梓の年収は一億五千万円近くあったため、八千万円の未払い自体は二年かからずに完済した。ただ、そのために払えなくなった税金の滞納が続くようになる。それは後々まで続き、滞納した税金を完済したのは、亡くなる一、二年前だったと、今岡は説明する。

中島梓の舞台は、彼女独特の美学に基づいたロマンのなかに、笑いやドタバタも織り交ぜたものである。筆者は『グイン・サーガ　炎の群像』を見た時、かなりギャグが入ることに《グイン・サーガ》の世界観と合わないような違和感も持った。それでも、中島梓作詞作曲の歌とともに繰り広げられる舞台は、確かに異なる世界に連れていってくれるものであった。

本書の取材をはじめてから、歌手の水上まりが出演したライブや、電子出版社のボイジャーが主宰した『グイン・サーガ　炎の群像』の上映会で、ふたたびその歌を聞くことになった。

グイン　物語いま　グイン　語り伝える
時は流れゆく　いついつまでも永遠(とわ)に
と謳われる『グイン・サーガのテーマ』。
そして、

愛したのは蜃気楼の魔法(まぼろし)
それでもいい　いまはただ二人
まぼろしに酔い痴れて　夢みていさせて
蜃気楼はいつかきっと消えてゆくと知っているから
いまだけの夢に溺れる　ああ……

と、イシュトヴァーンとリンダがふたりで歌う『蜃気楼の恋唄』のメロディに、二十年以上前に一回聞いたことがあるだけなのに、はっきりと記憶が蘇るような懐かしさを感じた。

思えば、中島梓が情熱を傾けた舞台の世界も、そのときだけ現出し、跡形もなく消えてしまう蜃気楼のようなものである。紙の上に残る小説とは違い、まぼろしのように消えてしまう舞台の夢に、中島梓もだからこそ溺れたのであろう。

田中勝義によると、中島梓の舞台は宝塚と歌舞伎の影響を多分に受けている。場面の美しさや様式美に見所があるのだが、ストーリー全体で見るとぎくしゃくしているところがあるため、一回だけ見るとトまどっているうちに終わってしまうことがあるという。しかし二回以上見ると、ストーリーが頭に入っているために純粋に場面を楽しむことができて、面白さが分かる。実際に『天狼星』を全公演見たファンもいたという。

　ただ、普通のファンは一回しか見ないから、面白さがよく分からなかったり、学芸会のような印象を持つこともある。そのために、興行的には小劇団の規模を抜け出せなかったのではないか、というのが田中の分析である。

《グイン・サーガ》の執筆ペースはちょうど『天狼星』の公演があった九七年から早まり二ヶ月に一冊の刊行ペースとなる。これについては九六年十二月発行の五十四巻『紅玉宮の惨劇』のあとがきに「来年から刊行ペースを上げたい」と書いており、九七年二月発行の五十五巻『ゴーラの一番長い日』のあとがきにミュージカル『天狼星』について「会場ひろくて期間がながくてとっても不安です」と書いてあるので、『グイン・サーガ　炎の群像』で発生した借金に加えて、『天狼星』も、もしかしたら中島本人にも赤字になる予感があったのかもしれない。

　二ヶ月に一冊の刊行ペースが定着するのは、創作意欲はもちろんだが、『天狼星』で抱えた借金の影響もあった。《グイン・サーガ》は中島梓の最大の収入源だったからである。

　このことについて八巻大樹は、筆者に「舞台で作った借金というのは中島さんにとって本当に大変でしたけど、私たち読者にとっては、それがあったから、あれだけ沢山《グイン・サーガ》を読めた、ということもあるんですよね」と口にしている。

　刊行点数を増したのは《グイン・サーガ》だけではない。九七年に沖田総司を主人公にした伝奇シリーズ『夢幻戦記』をスタートさせ、翌九八年には、伊集院大介とシリウスの対決を、全六巻で毎月一冊刊行するという、『真・天狼星ゾディアック』も始まった。

　なお、《グイン・サーガ》では、外伝は九七年六月刊行の『幽霊島の戦士』から、正篇は九七年八月刊行の『ヤーンの星の下に』からイラストレーターが末弥純に交代している。この時期グインはさらわれた皇女シルヴィアを探す探索行に出ており、長く正篇に登場しない。その時期は、実に九四年九月刊行の四十五巻『ユラニアの少年』から、九九年八月の六十七巻『風の挽歌』にまで及ぶ。その間の異界での冒険は、外伝で六冊をかけて書かれた。主人公が刊行時期にして五年間、二十三冊も登場しないという小説などほかに例がないだろうが、この長きにわたる主人公の不在こそ、まさに《グイン・サーガ》らしい構造だとも言える。そこにいないことで、かえってグインの存在感は際立つし、その空洞を取り巻く人物や国々のドラマが織りなす群像劇こそ、《グイン・サーガ》という物語の構造的な本質なのである。

役者・歌手・運転手から見た中島梓

俳優の佐藤和久は、一九九九年の『KILALA―ロミジュリ仁義―』を最初として、その後中島梓の舞台やライブにいくつも出演した。中島梓のライブとは、演劇的色彩が強いもので、歌の合間に、中島梓の脚本によって、劇のワンシーンのようにセリフが読み上げられたりもした。また、佐藤は、一時期中島の運転手も務め、付き人のようなポジションだったこともあった。現在はエフエムさがみのラジオ番組『テイクハートタイム』のパーソナリティも務め、同番組で中島梓の思い出について語ったこともある。

佐藤和久は、千葉真一が創設したJAC（ジャパンアクションクラブ）や、つかこうへいの劇団で活動。中島梓とは、演劇仲間の仲介で知り合った。佐藤が振り返る。

「初めてご挨拶したときには、昔クイズ番組で見たことのある派手なおばさんだな、という印象でした。その日も中島さんのライブだったんだけどいきなり、『舞台でなんか言ってはけてこい』って言われて、訳も分からず、『佐藤和久、二十四歳。いまちょっと風邪引いてます。ヨロシクウ！』って言って、そのまま楽屋戻っただけなんですけど、意外にお客さんに受けたらしくて。

それで中島さんの『KILALA』っていうミュージカルで初めて役をもらいました。そのときに『お前歌をちゃんと練習したほうがいいぞ』って言われて、中島さんのうちで教わることになったんです」

佐藤の話のなかに出て来る中島梓のセリフが男っぽいのは、佐藤自身の口調が混ざっている部分もあるかもしれないが、舞台の稽古場などでは、中島梓はかなり男言葉を使うことも多かったようである。

「それでお宅にいって中島さんのピアノで、発声練習から始めることになって、毎週通っていたんです。その間中島さんの舞台に出たり。ライブも、たまに単発でやらせてもらってたのが、そのうち『毎月やるか』って話になって、俺も最初はノリノリでやってたんですけど、一回ライブやって、終わった次の日から、『じゃあ来月何歌う？』って始まるので、もともと自分は歌い手でもなかったし、だんだんつらくなって、もうムリですって（笑）言って、月イチのライブはやめてもらいました」

ライブは中島梓がピアノを演奏し、佐藤が歌うもので、一回に十三、十四曲はある本格的なプログラムだった。主な会場は、新宿二丁目と三丁目の境にあった「11区」というシャンソニエ。そのオーナーと中島梓が親しくて、中島梓も時折ママのようなことをしたり、よくライブで使っていた。

「曲も、その時々の俺の状況を見て、中島先生が作ってくれるんです。あるときプライベートで嫌なことがあって、自分では気づいてなかったけどイライラしてたらしいんですよ。そんなとき曲渡されて、『お前のこと見てたら出て来た』って、曲名が『ムカムカブギ』。〝なんでもかんでもムカムカ

〜〟って、そんな歌詞でした。

そのうちまたノリで『CD作るか！』ってなって、スタジオでレコーディングしたんです。さっちゃん（花木さち子）とのデュエット曲だったんですけど、俺と彼女は別々に録音するんです。俺が歌うじゃないですか。『ストップでーす』『はいもう一回いきまーす』って、指示を出している中島さんの声は聞こえなくって、どこが悪かったか教えてくれない。それが半日です。俺のあとがさっちゃんだったんだけど、彼女は二時間で終わって、すげーな、と。あれはほんと申し訳なかったですね」

佐藤和久は、中島梓の舞台は、角川で映画化もされた自作を改めて舞台化した二〇〇〇年の『キャバレー』、沖田総司は三つ子だったという発想の、『新撰組大変記―夢幻伝説―』（二〇〇一年）にも出演している。

「『キャバレー』の公演のときに、台本を読んで、『このキャラクターでこのシーンで歌いだすって絶対おかしいですよ。俺こんなところで歌えないですよ』って話をしたら、『そうか、わかった』って言うから、よしなくなるわ、って思ったら、次の稽古に行っても問題のシーンはなくなってなかったです（笑）。

中島さんは演出家としては基本怖いです。怒られるとすごいんですけど、俺は疑問があったら中島さんに直接言っていました。他の役者たちはというと、ここで歌えねーだろ、とか、この役はどういうことなんだろう、っていうのは結構ぶーぶー言っていました。特に、これだと上演時間が長くなりすぎる。どうすんだよ、っていうのはかなりストレスでした。それを中島さんに話して、削ってくれたと思ったら、一シーンまるまるばっさり取って、これ切ったら前とのつながりおかしくなるだろ、とか、そういうことは結構ありましたね。

舞台でも趣味でも、中島さんはやりたい、って思いついたら必ずやろうとするんですけど、それが度を越してわがままになるときもあるんですよ。そういうときは、『いや、中島先生それはだめっすよ』とか、『それをやったら今岡さんが大変でしょ』とか、俺は言ってました。俺の言葉にそのまま従うことはまずないんだけど、その場は『ああそっか』って収めていましたね」

佐藤和久は中島梓の運転手として、日常を共にすることにもなった。

「中島さんを車で送り届けると、俺も店の中まで連れてってくれることもあって、会員制の高いバーとか、神楽坂のいい料理屋さんとか、浅草の着物や三味線の道具を売っているところとか、いろんな店にお供しました。

中島さんが飲んでいる間、俺は車で待ってることもあって、六本木の店に送り届けて『九時か十時に戻って来るから、待ってろ』って言ったのに、時間になっても戻ってこない。携帯に電話がかかってきて、『もうすぐ出るから』って、言ってもなかなか来ないな、と思ったら、フラッフラしながら車のところに来るんで、身体を支えて車に乗せたんです。『和久ごめんな〜』って言うから、『いや、その分お金もらえればいいです』って言ったり、そんなこともありました。でも着物を着てるから、酔っぱらってもだらしなく姿勢を崩したりはしないんですよね。とはいえ人と会ったあととかは『疲れたー』って感じで、車の中は休む場所だったんだと思います。あとそういえば、中島さんってなぜか後ろの席じゃなくて、助手席に乗るんです」

ちなみに、運転手としては日給五千円、二、三時間夜に延長したら一万円ほど貰っていたそうである。

「中島さんを送り届けて、銀座、六本木、赤坂といったお金持ちの方が飲む界隈の駐車場にはしょっちゅういきました。ルイ・ヴィトンの店の前で『ちょっと止めて』って言って、パーッと出て行ったと思ったら、でっかい鞄ふたつ抱えて『買っちゃったー』って言って戻って来たりとか。

神楽坂に天狼プロダクションの事務所兼スタジオ兼稽古場があったから、そこに着いたらまず中島さんを下ろして、そこにあったベローチェで俺の分と中島さんの飲み物を買って、荷物を持ってスタジオに入るというのがいつものことでした。

運転手をしてるといっても、俺が用事で行けないこともあって、そういうときは中島さんはタクシーに乗ってたんですよ。あるとき『最近あたし電車乗れるようになったの』って言っていて、『この人電車乗ったことなかったの？』と思いました」

実際に、中島梓は電車が苦手であまり乗らなかったようである。

「俺は本を読むのが好きじゃなくて、栗本薫の本も一冊も読まないままだったんですけど、読め、とかは言われませんでしたね。俺が先生に変に気を使わなかったのも、中島さんにとってはよかったんだと思います。みんな先生先生っていうけど、そういうふうに扱われると疲れちゃうというのはあったかもしれない。

酔っぱらうとしつこくなったりして、めんどくさいな、と思うことはあったんですけど、会いたくなくなることはなかったですね。中島さんという人間が好きだったんだと思います。歌も踊りも中島さんのところで初めて練習させてもらったし、CDも出させてもらったり、中島さんと出会ったことがいまの自分を形作っていることとって、大きいと思いますよ」

佐藤和久が接していたのは、お酒好きで男っぽい言葉で話す中島梓だったが、あるとき、自宅に行ったところ、まだ執筆中だからちょっと待ってて、といって出て来た彼女の雰囲気は、緊張していて、いつもとは全く違った様子だったと振り返っている。活動的な中島梓という別の顔を持つことで、栗本薫は創作をし続けることができたとも言えるのだが、彼女に幸福感を与えた舞台の世界は、同時に大きなストレスと借金を残すことにもなったのだった。

第九章　メメント・モリ（四十五歳〜五十六歳）

百巻を視野に入れて

生涯のほとんどを青戸の家で過ごした障害のある弟・山田知弘が四十三歳で亡くなったのは、一九九八年十二月二十七日のことであった。法名・釋弘誓。

亡くなる直前は身体が弱り、病院に入っていた知弘は、自宅を出て看護師やスタッフと接することで刺激を受けたのか、家にいるときよりも、人に対して反応を見せることもあったという。

「メメント・モリ」とは、ラテン語で「死を忘れるな」、つまり自分がやがて死ぬということを思え、という意味で、中島梓は自分のエッセイでよくこの言葉を使っていた。中島梓にとって、「やがて自分がいなくなる」ということは非常に関心をひかれることであり、いくら華々しく成功して、活動的に人と会ったり、食べたりしていても、それが決して当たり前の状態ではないことを、常に身近にいた弟の存在から感じていたのだった。

《グイン・サーガ》は、二ヶ月に一冊の刊行ペースを保ち、まるで物語そのものに導かれるように、書き続けた。九八年刊行の六十二巻『ユラニア最後の日』のあとがきでは、『『その小説そのものの自走性』とでもいったものがありまして、私が書いているのではなく、その小説自体の必然性におされるようにしてただ書きとめてゆけばいい」状態になり、「このところ、一日百枚書いても特に特別にたくさん書いた、という気さえしません。（中略）何か、神が、とにかくこの未曾有の長篇を何がなんでも完結させるべく焦っている、私にさらなる加速装置をつけている、という気さえいたします」と書いている。このころは、ちょうど百巻で終わりそうな気がする、といったことも書くようになった（もっとも二〇〇〇年刊行の七十巻『豹頭王の誕生』では早くも、百巻で話が収まる気がしない、という意味のことを書いている）。

その一方で、一九九九年には、天狼プロダクションの出版部門として、天狼叢書の刊行を始める。そのラインナップとして、歌集に続き、《グイン・サーガ》の脇役である、ケイロニアの盲目の選帝候・ロベルトを主人公としたやおい小説『ローデス・サーガ　南から来た男』を上下巻で刊行する。これはもともと天狼パティオの中で、ある《グイン・サーガ》の読者が、本篇でわずかにしか登場しないロベルトが好き、という話を始め、盛り上がったことから想像を膨らませたものであった。

自身のプロダクションで、やおいにかける自分の情熱をありのままに表現した栗本薫。その後、メインキャラのアルド・ナリスとヴァレリウスを配したやおい小説や、『キャバレー』の主人公、矢代俊一と、彼を取り巻く男たちが登場する長いシリーズを書き継いでいくことになる。

《グイン・サーガ》本篇においては、直接的なやおい描写こそ控えていたものの、登場人物の関係性に、やおいを匂わせるような描写も増えていくことになり、そのことに嫌悪感を抱く、昔からの《グイン・サーガ》ファンもいた。インターネットが活発な時代になっており、ネット上で《グイン・サーガ》や栗本薫について、さまざまな批判を書く読者も増えていた。

七十五巻『大導師アグリッパ』（〇〇年）のあとがきで、中島梓はインターネット上の罵詈雑言に対し、栗本薫が真正面に座っている状態でも同じことが言えるか、という基準で発言を見直していただきたい、と苦言を呈した。それに対して、次の七十六巻『魔の聖域』（〇〇年）のあとがきで、さらにインターネット上で批判が起こったという話の流れで、「グインまでヤオイにした」と怒っている人に対し、それは「あなた自身のホモに対するゆえなき偏見」を証明するものでしかない、と中島梓は反論している。このことが、ある論争を引き起こした。

「栗本・パン子論争」というその一連のやりとりは、第三者によってネット上にまとめられていたが、Yahoo!ジオシティーズのサービス終了のため、現在は閲覧不能になっている。《グイン・サーガ》の読者であった男性同性愛者のpanko（パン子）が、右にある七十六巻のあとがきに対して、「現実の同性愛と、栗本薫の描くヤオイは別物であり、ヤオイを理解しないことがホモに対する偏見であるという見解は見当違いであり、むしろヤオイはホモに対する侮辱である。強姦まがいのストーリーが、なぜ同性愛者を擁護することになるのか」という趣旨のメールを栗本薫に送るとともに、やりとりをネット上で公開したのだ。これに対し、中島梓は「ヤオイもマイノリティであり、ヤオイを馬鹿にするのはやめてほしい」という内容を含む長い返信をする。

一連のやりとりは二〇〇〇年十二月から二〇〇一年一月にかけて、繰り返し行なわれたが、論点はずれ、そのズレを修正しようとして混乱し、平行線のまま推移しているうちに、pankoが死去する、という思いがけない形で中断した。

七十八巻『ルノリアの奇跡』（〇一年）のあとがきには、グインの読者にさまざまな意見の人がいることについて、「やっぱり、読者のかたにも、じっと見守っていて『あなたがやりたいことをやりなさいね』って云ってくださる――それがお心にそむ方向性であろうとなかろうとですね――やさしいかた、というかありがたい読者のかたと、そして一巻一巻、逆にいえばその分グインを愛してくださっているのかもしれませんが、こちらのそういうよろめきやたゆたいや不安を許してくれずにどかんどかん石を投げてくるかたとか、腐ったトマト投げてくるみたいなかたとか、いろんなタイプの読者さんがいるんだなあということも思いました」という文章を書いている。この「腐ったトマト」という言葉がまた一部の読者を刺激して、さらなる批判を巻き起こすことになった。かつて《グイン・サーガ》のファンであったが、《グイン・サーガ》が変質してしまったと感じるそのような読者のなかのある人々は、インターネットの匿名掲示板「2ちゃんねる」の、栗本薫とグイン・サーガについて語るスレッドで、作品をけなし、栗本薫に「御大」をもじった「温帯」という奇妙な俗称をつけて呼んでいた。

二〇〇〇年の九月から始めた個人ホームページ「神楽坂倶楽部」でも問題は起こった。二〇〇〇年に北朝鮮への拉致被害者について、「たぐいまれな悲劇的な運命を生きてくることができたことは、そんなに悲劇的なことでしょうか」と書いたことが、〈週刊文春〉二〇〇二年十月三日号で、「拉致事件を『そんなに悲劇的か』と切り捨てた有名女流作家」という記事で取りあげられたのだった。この記事で週刊文春の記者に対し、中島梓は「私は試練にあって人間は強くなれるという希望を表明したかったのが今回の誤解のもとになって残念です。苦しみや試練というのは、乗り越えられた時に希望に変わるのではないかということを一番言いたかったのです」と答えている。

思ったことをそのまま流れるように大量に書けるからこそ、中島梓・栗本薫はあれだけ多くの文章を生み出したのだが、正直であることは周囲との軋轢を生むことであった。ツイッターが発展し、さらに不寛容になったいまのネット社会だったら、もっと炎上していただろう。

ジャズへの傾倒

中島梓が音楽、とくにジャズへの傾倒を深めてゆくのは、そのような時期のことだった。かつては「パンドラ」というロックバンドでキーボードを担当していた中島梓が、最後に自分を託したジャズ。その世界は、小説とも密接につながっていた。八巻大樹は、そのあたりについてこう説明する。
「中島さんがジャズを始めるきっかけになったのは、二〇〇〇年に『キャバレー』を舞台化して、それをきっかけに『黄昏のローレライ　キャバレー2』（角川春樹事務所）を書いたことだったと思います」

天才ミュージシャンとして知られるようになった矢代俊一が、かつて自分を救ったやくざの滝川と再会する『黄昏のローレライ』は、中島梓の音楽に対する愛情が込められた作品でもある。
「それで二〇〇一年の二月くらいから中島さんはジャズピアノを習い始めるんですよね。それまでもピアニストとしてライブをしていましたけど、それはあくまでシャンソンの歌手のサブとしてでした。それがジャズピアノになると自分で演奏も作曲もするようになる。二〇〇三年の九月には初めてジャズピアニストとしてのライブをしました。二〇〇四年には《伊集院大介シリーズ》の『身も心も　伊集院大介のアドリブ』に矢代俊一を登場させ、二〇〇五年から、天狼叢書で、矢代俊一を主人公とした長いシリーズが始まります。だから、《矢代俊一シリーズ》と中島さんのジャズの経歴はすごくシンクロしている。そして、それとともに舞台をあまりやらなくなり、二〇〇四年の舞台『タンゴ・ロマンティック』の再演を最後に、あとはジャズライブを中心とした活動になるんです」

中島梓にとってのライブは、小説や舞台と同様に、現実世界の中に自分の夢の世界を作ろうとしたものであった。

八巻大樹は、中島梓の没後の《グイン・サーガ》続篇プロジェクトで、円城寺忍というペンネームで、グインの愛妾・ヴァルーサを主人公とした外伝『黄金の盾』を書いている。同作は栗本薫の《グイン・サーガ》の雰囲気を忠実に再現しているとして、ファンの間でも評価が高い。中島梓は、八巻大樹のことを、「私の作品を一番理解してくれるひとり」だと言っていた。中島梓がそう思うようになったきっかけは、mixi上でのやりとりだった。Facebookが広まる前に日本で一番シェアが高かったSNSのmixiは中島梓も使っていて、ファンたちとマイミク（mixi上の友達）になって、やりとりをしていた。

「当時僕は毎日のように本を読んでは書評をmixiにアップしていました。栗本薫さんの本も沢山とりあげていて、それを中島さんが見に来てくれるようになったんです。私が書いたものをすごく気にいってくださって、亡くなる寸前には『男性で東京Sagaを理解して下さる　たいへん貴重な存在です』というメッセージとともに献本をいただきました。

芝居とライブのあとで直接お会いしたときには、いつも僕は緊張して、あまり話せなかったですね。とにかくいつもエネルギッシュで、オーラというか、物を作る人特有のエネルギーみたいなものがあって、わーっとしゃべっているイメージでした」

原子力の研究者として、茨城県の東海村の原発関連施設で働いていた八巻は、現在は産業翻訳の仕事をしている。

「中島さんがああいうJUNEものをどうして書いていたのか、『流星のサドル』（クリスタル文庫・〇六年）という作品を読んだときに、『ああ、そういうことか』って、ようやく自分のものとして理解できた気がします。中島さんのすべての作品のテーマって、結局孤独なんですよね。人間というのは孤独であることを宿命づけられているんだけど、でもひとりでは生きていけない生き物であるということを、あらゆる小説や評論で中島さんは主張していた。それが一番端的に現れていたのがJUNEのジャンルなんだな、と」

久保田利伸の同名の曲からタイトルをつけた『流星のサドル』は、栗本薫が天狼叢書の同人誌の形で出していた《矢代俊一シリーズ》のうち、唯一商業出版で出された番外篇的な作品である。

「矢代俊一のバンド仲間であるピアニストの結城滉が、自分は矢代の才能についていけないことについて、非常に悩んでいる。しかし、矢代からは無邪気に俺と一緒に生きてくれるよね、と云われて、そのことで葛藤している。その持てる者と持たざる者の相克のなかに、孤独というテーマが浮き彫りになっている気がしたんです」と八巻は言う。

「矢代俊一のシリーズではよく、〝ジャズにおけるセッションはセックスのようなものだ〟という発想がキーワードとして出てきます。ここでセッションとセックスに共通するのは、まったく違うふたつの個が融合するにはどうしたらいいのか、ということ。すなわちJUNEにおけるセックスも、矢代俊一におけるバンドのセッションも融合のひとつのあり方であるというのを、栗本薫として書こうとしていた。『流星のサドル』には、それが分かりやすく書かれていたんです。

あるときから、栗本薫の文章や小説の質が下がった、と言うファンがいるんだけど、僕はそうは思っていない。変化はしたと思うけど、それは単にスタイルの変化であって、それが小説としてダメかダメでないかは好き嫌いの問題なのではないかと。たとえば舞台を始めたときには、小説でも舞台みたいな言い回しは増えたし、《グイン・サーガ》もワープロで書くようになってからは饒舌にはなったと思うけど、それはあくまでスタイルの問題で、書いている中身は何も変わっていないと思っていました」

ピアノのレッスン

ミュージシャンの嶋津健一に、中島梓は二〇〇一年ごろからピアノのレッスンを受けている。東大の原子力工学科を出ながら、研究者ではなくミュージシャンの道を選び、渡米。ニューヨークのクラブで演奏し、歌手、ジミー・スコットのレギュラーピアニスト、音楽監督を務めたのち帰国。その経歴は、有名私立大の大学生でありながらキャバレーでピアノを引き、ニューヨークにも行っていた矢代俊一とどこか重なる。

「シャンソンのシンガーの香川有美さんのリサイタルでピアノを弾いたとき、それを中島さんが聞いていて、僕のピアノが印象に残ったんだと思います。ピアノを習いたいというメールをもらって、それから月二回、元住吉の僕のスタジオに通ってくるようになりました。

ピアノの生徒としては、梓さんはとても素直に言うことを聞いてくれました。彼女は色々な面で天才でしたが、それは音楽についてもそうです。誰に作曲を教わったわけでもないのにミュージカルの音楽を作曲してしまうんだから、天才以外の何者でもないですよ。

けれど、天才であるということは、ジャズのピアノをやるうえでは、ときどきマイナスに作用してしまうこともあるんです。というのも、普通の人は耳で対応できないことは別の方法で対応しようとするんだけど、梓さんの場合は、耳に頼って切り抜けてしまう。つまり、耳がカバーできなくなると、対応が難しくなってしまうんです。梓さんはジャズ理論の勉強はまったくしてこなかったので、そっちのほうからのアプローチに関しては苦労していました。でも僕もずいぶん根気よく教えたし、彼女も根気よく練習していましたよ」

レッスンは一回一時間半程度。締切がきつくて日程を変えてくれ、と言われたことは、ほとんどなかった。

「自分の表現をとても強く持っている人でした。たとえば、宿題を出しますよね。うまくできない箇所があると、普通の人は次のレッスンでその部分の音が自信がなさそうに小さくなるんですよ。でも、梓さんの場合は、なんとか切り抜けてやろうという気持ちからか、逆に音が大きくなる。これが表現者とそうでない人の違いなんだなって思いました。

梓さんはピアノを演奏するときには、音楽全体を俯瞰して、とてもドラマチックにストーリーを組み立てようとしていました。いい意味でもそうじゃない意味でも、あまり小さいところにこだわらないところはありましたね」

嶋津健一は、中島梓の最後の舞台となった『タンゴ・ロマンティック』にも、上海租界のクラブのピアニスト役で出演した。

「演出家としての梓さんと接して面白いと思ったのは、あるときは正しかったことはあるときは正しくなくなる。つまり、梓さんが『ここに立って』とある時言ったとして、次のときに同じところに立っていると怒られたりするんですよ。それは前の時と状況が変わっているから、いまはそこじゃないだろうっていうことなんだけど、そうすると言われた子はきょとんとしたり、泣いちゃったりする。どんな役回りの人でも全員が舞台を俯瞰した状態で見て動かないといけないんだな、っていうのがそのとき分かりました。

ジャズの演奏というのも、ある意味で全員が主役の世界だから、そういうところで梓さんが怒った気持ちはよく分かる。小説の『キャバレー』で、矢代俊一が『レフト・アローン』を演奏したり、ステージの上で各パートが丁々発止のやりとりを繰り広げたりするんだけど、自分もジャズピアニストとしてそういう世界を表現したいという思いはすごく強かったんじゃないかな。それが思うようにいかなくて、音が大きくなっちゃうということも時々あったような気がします」

時への思い

音楽と親しく向き合うことで、中島梓の内面は新しい段階を迎えた。

二〇〇一年刊行《グイン・サーガ》八十一巻『魔界の刻印』のあとがきには、音楽が自分にとって文章と同じだけの重みを持つ表現形式になった。そして、小説を書くのは孤立した作業であるのに対し、音楽をやることで、《外》とコンタクトを直接にできる《肉声》ができた、と書いている。

それと同時に、小説家としては、《グイン・サーガ》は百巻という目標に到達しようとしている。また、一九八八年の第一巻刊行から、長い時間をかけて書きついできた、森田透と今西良の物語『朝日のあたる家』が、二〇〇一年刊行の第五巻で完結した。『朝日のあたる家』では、島津正彦という年上のテレビプロデューサーに庇護されながら、ジゴロのような生活を送っていた森田透が、かつて同じグループに所属しながら自分とは対照的にスターの道を歩み、一度は憎んでいた今西良と愛し合い、共に生きようとする。栗本薫は、森田透と今西良が、マスコミから逃れて敦賀などへ逃避行する物語の終わりに今西良を死なせようと思っていたが、まるで今西良が自ら生きようとするように、かつての自分の犯した罪にたいして自首して生きることを選んだことに、書いている本人が腰をぬかすほど驚いたという。《グイン・サーガ》がひとつのクライマックスを迎えようとしていたことと、思い入れの深い『朝日のあたる家』が完結したことも、物語のなかの時の流れとともに、現実の世界の時の流れについても、中島梓にある種の感慨を与えることとなった。

私は結局、その、「どれほどここにいたい、このままでいたいと願ってもそれを裏切って流れていってしまう《時》」というものの物語をずっと書き、芝居にし、歌にしていたような気がするのです。それについてうたう以外に人間は、《時》を超越するすべを知らない、だが、その歌は必ず《時》をこえて残るのである、というような――そんな気が最近、ようやく私のなかにしっかりと定着してきた気がします。（《グイン・サーガ》七十九巻『ルアーの角笛』あとがき）

そして、第八十七巻『ヤーンの時の時』では、物語はひとつの大きな区切りを迎え、あとがきでこのように思いを綴っている。

この世と同じように、「グイン・サーガ」も、あなたがいなくなっても滔々と続き、流れてゆきます。だが、いつかはその滔々たる流れの旅も終わり、そして、その前人未踏の大河の造物主ヤーンその人であったのか、それともただのちっぽけな速記者であったのかだんだんわからなくなりつつあるこの私のこの世での旅も終わります。すべては去ってゆく、このことだけが真実であるのだから。

時の流れはすべてを変えてゆき、何もかも過ぎ去ってゆくことを誰よりも知っていたからこそ、中島梓と栗本薫はこんなにも多くの物語を紡いだのか。「メメント・モリ」という言葉をしばしば用いるのは、自分の死を常に意識していたからでもある。ただひとつ、彼女にとって、時を、死を、超えられるものがあるとしたら、それは物語の力にほかならなかった。

アシスタントの見た中島梓

中島梓のエネルギーは、ますます勢いを増し、衰えることを知らない。二〇〇二年から講談社文庫出版部に異動になり、《伊集院大介シリーズ》の文庫化などを担当した野村吉克は、彼女への印象をこのように語る。

「お話をしていてもすごくエネルギッシュ。話題も豊富だし、とにかく明るくて、結構はっきりとものは言いますけど、あまり他人の悪口とかはおっしゃらなかった気がしますね。

新宿三丁目の『11区』という店にお邪魔したときには、ジャズのスタンダードとか天狼プロダクションで作った曲をピアノで弾いて、『これ家で仕込んできたのよ』って料理もふるまっていた。それでいて、『今日は家で六十枚書いてきたの』って言うんです。一体一日にどれだけのことをやるんだろう、って思いましたね。原稿六十枚書いて料理の仕込みをして着物を着て、店に出てピアノを弾いているわけですから。

おそらく、小説を書くのも考えるのと同じスピードでキーボードを打っていたんでしょうね。シーンが次々にわきでて、それをすぐ形にできたすごい人なんだろうな、ってこれはその『11区』での姿を見た時もそう思いました」

高原翔は、愛知県に住んでいた高校生のころから栗本薫のファンだった。九八年にパソコンを購入したことで天狼パティオにアクセスするようになり、中島梓の舞台や「11区」でのライブに愛知県から通うようになった。やがて中島梓と親しくなり、誘われるようにして、二〇〇二年に上京。〇四年から正式にアシスタントを務めることになった。中島梓が亡くなるまで一番近くでアシスタントを務めた高原翔の名前は、最後のエッセイ『転移』にも登場する。

高原翔とは主にメールでのやりとりで、中島梓の思い出を聞くことになった。高原翔は、天狼パティオ内で皆が中島梓のことを「あずささま」と呼んでいるときからの習慣で、ずっと中島梓のことをそう呼んでいる。

「あずささまのアシスタントになるように誘われたときのことは、いまでも目の前で映画を見ているように、はっきりと思い出せます。二〇〇三年の秋の終わり、学芸大学の近所のカクテルバーで一緒に飲んでいて、『私といっしょに生きてみない？』と言われたんです。声はもちろんのこと、その時の店内の光景や、かさねた手の体温まではっきりと覚えています」

上京した高原翔は、中島梓の自宅から一分ほどの距離の場所に部屋を借り、そこから通うようになった。舞台やライブのリハがない時期は、朝十時くらいに天狼プロダクションの事務所に出勤。なお、事務所は二〇〇五年七月までは神楽坂だが、その後は田町に移転している。

仕事内容として一番大きな割合を占めていたのは車の運転で、事務所や稽古場への往復、劇場やライブハウスやシャンソニエ、新宿、銀座、浅草での買物や、美術館や展示会などへも送り届ける。ライブのあるときは夜十時か十一時に迎えにいき、深夜一時ごろに帰宅することもあった。

「あとは日々の買物や雑事、マッサージやツボ押し、ライブの時はミュージシャンさんたちのスケジュールを聞いてNG表を作り、リハの日程を連絡したり調整したり、ケータリングを用意したり楽譜の整理をお手伝いしたり。合間を縫ってライブのチラシも作りました。あとは二〇〇五年から始めた同人誌〈浪漫之友〉や《矢代俊一シリーズ》の編集、入稿、発送作業。変わった仕事としては、何度もご一緒に仕事をされていた日本舞踊の若柳雅康さんとのお仕事で新しく日舞の曲を書かれる際に、桜の資料を国会図書館で集めてまとめたこともありました。

それと月二回、小説塾を開いていたので、その時期には送られてくる小説を、天狼の社員の方と二人で、クラスごとに出力してテキストにまとめたりもしていました。

出勤時間は基本的にはメールで『明日は何時に来て』というのが多かったです。土日は休みが基本でしたが、休みの日は一緒にデパートや美術館へ行くことも多かったので、そういうときは仕事なのか休みなのか（笑）。家までお迎えに行って、車を運転して、お買い物をしたら荷物を持って、というのは仕事でもプライベートでも変わらないですから。

あとはたとえば日曜の夕方とかに『ちょっと疲れたからモミモミきてー』というメールがあったら飛んでゆく（笑）という感じでしたね」

中島梓は慢性的に身体の凝りを抱えていて、週に一度整体師を自宅に呼んで、一時間かけてほぐしてもらっていた。高原によると、それでようやくニュートラル状態に戻り、また次の一週間でだんだん疲れがたまる、という感じだった。

実家が鍼灸や整体を生業としていた高原も、中島をマッサージしていた。執筆が終わったあとに三十分から一時間くらい、頭からつま先までマッサージしたり、空き時間やリハの合間、車移動の信号待ちのときにも肩や手のひらを揉んでいた。ライブハウスの客席でも、目立たないように手の合谷（ごうこく）というツボや指をマッサージしていた。

「あずささまは、小説家の顔、舞台を作り上げる時の監督の顔、ピアノを演奏している時の顔、それだけでなく、やさしいお母さんだったり、とても可愛らしい少女だったり、やんちゃな男の子だったり粋な遊び人だったり、ほんとうにたくさんの顔をお持ちで、それと同じだけのバラエティに富んだ人柄をお持ちだったと思います。

一度、ちょうど小説を書いている真っ最中にお会いしたことがありまして、その時にすごくびっくりしたことがあります。

基本的には、午後の執筆時間が終わった頃にいつも自宅のほうへ伺うのですが、その日はあいにく、約束していた時間に私が行った時、まだ数枚残っていた状態でした。それで『リビングでちょっと待ってて』とだけ告げて、また書斎へ消えていかれたんですが、そのお顔がいつもと全く違ったのです。うまく言えませんが、現代の人でない、というか、大正時代か昭和初期くらいの人みたいな印象でした。よく知っている人が同じ顔のまま、まったく知らない人になってしまったみたいな。で、二十分くらいしてリビングに現れた時には、まったくいつものあずささまで。驚いたのでそのことを言ったら、なんとまさに今書いていたのは大正時代だったのだ、と。『ちょっと待ってて』という一言だけを告げるのに、十パーセントくらい現世へ戻ってきていたけれど、九十パーセントは大正時代にいたからなんでしょうね、きっと」

大正時代を舞台とした小説を書いているときは、その風貌も現世の人のようでなかったという、想像を絶するような話だが、執筆中の栗本薫という人格はひと目に触れさせなかったことや、物語の世界に憑依するような執筆スタイルを考えれば、確かにそのようなこともあったろうか、と思わせる。

「あずささまと一緒にいて嬉しいことは……そうですね。これはアシスタントになるずっと前からですが、なんとなく、会話をしていて、同じタイミングで同じ言葉をいう瞬間がよくありまして、それはなんだか嬉しかったですね。そういう時、あずささまは『ハッピーアイスクリーム！』って言うんですよ。その言葉を聞くのがとても嬉しかったです。

すごいことはたくさんありましたが、中でもとても印象に残っているのは、東京新聞にコラムを連載していたとき、お友達の舞台を見にいったんですよ。で、あと二十分くらいで開演、というもう着席している状態で、その日が締切だったことが分かりまして、舞台を観終わったあとではとても間に合わないので、その場で書いて、私がコンビニでファックスすることになったんですね。それで持っていた白い紙に手書きで四百字のますを書いて、そこにぶっつけ本番でコラムを書かれて、ちゃんと最後の一行で終わったのはほんとにすごかったですね。

思い出に残る出来事はたくさんありすぎて……どうお話ししたらよいのやら、という感じなのですが、一番最初に『かわいい』と感じた出来事にはこんなことがありました。

真冬で雪が積もっている日、出前を頼んだら、やはり道路がたいへんなことになっているので、一時間くらいしても到着しなくて、『遅いねぇ』と言っていたんです。そうしたらそこに『ピンポーン』とチャイムが鳴って。

その時の『来たーーっ!』と、ピョンと跳ね上がって嬉しそうに手をたたいたお姿がすごくかわいかったのを覚えています。

あと、これもかわいい思い出に分類されると思いますが、『玉子屋』ってご存知でしょうか? 宅配のお弁当屋さんの。田町のスタジオに行く途中のことなんですが、何かの話の流れで『おいしい卵焼きが食べたい』という話になりまして。

コンビニとかのじゃなくて、ちゃんとおだしで焼いた、いいところの卵焼き。でもスタジオのあたりは、なんにもないんです。スーパーすらない。ちょっと電車で銀座とか築地へ行けばあるんでしょうけど、向こうに着いたら着いたで、けっこうやることもたまっていて、買いに行けそうにない。

でもそういうのを全部わかった上で、『たーまーご! たーまーご!』と連呼して、そういうやんちゃ小僧みたいな面がとてもかわいらしかったですね。そして、その卵コールが下火になった時に、目の前の交差点に『玉子屋』の車が曲がってきまして(笑)、『玉子~~!!』とまたしても大騒ぎ&大笑いになったわけです。寝た子を起こされたというか。しばらく『玉子屋』さんの後ろを車でついて走る形になって、ずっと笑ってたんですが、最後にスタジオそばの大通りに出る抜け道を曲がったとたん、その路肩に『玉子屋』さんの車がずら〜〜っと六、七台並んでいまして（笑）。ダメ押しの素晴らしいタイミングに、ほんとに二人しておなか抱えて笑いましたね。それからしばらくは、都内を走っていて『玉子屋』さんの車を見かけるたびにおかしかったものです」

母と息子

あたかも虹が人によって違った色を見せるように、あまりにも沢山の要素を自らに抱えていた中島梓。息子・今岡大介と、その母としての彼女との関係も、また複雑なものであった。母親譲りの繊細な感性を持つ今岡大介は、電子出版の会社ボイジャーで働いていることは前にも触れた。幼いころから『三国志』や中国思想に耽溺した彼は、マンガやラノベも好きで、遠野荘一というペンネームで『霊王幻想伝』というファンタジー小説を電子書籍で出版している。いま流行りの異世界もののパワーアップ版というべきか、古代中国を彷彿とさせる異世界に、別の異世界から少女たちがやってくるストーリーなのだが、その少女たちは、人々の想像力が作り出したいくつもの世界を行き来している航海者なのである。筆者はそこに無数の物語を生み出した母親のDNAを感じずにはいられなかった。その今岡大介は、母の小説では、〈週刊実話〉に連載された、『好色屋西鶴』が一番好きであるという。

「『好色屋西鶴』は、井原西鶴という、江戸時代の豪商であり、小説家でもあった人物に、母自身の小説家としての決意表明、思いの告白みたいなものを仮託して作った本でして、僕はこの作品を通じて母の小説家としての思いの深さを知り、母と触れ合うことができたところがあるんです。特に西鶴が家族に対して複雑な思いを抱いていたり、身内よりも芸術の道を優先させてしまう、それほどの芸術家としての思いというか、業の深さについて、率直に母の気持ちが込められていると感じます」

家族として中島梓と一緒に暮らしていた大介にとっても、小説を書くことに全力投球していた母親には近づきがたい部分もあり、特に執筆をする書斎には、気軽に入ることはできなかった。

「そういう点でも、すごく不思議な母だったなあと。少なくとも世間一般の母と息子とは、違っているところがくっきりと現れていたと思います。

母はすごく僕のことを大事にしてくれましたし、いろいろな料理を作ってくれました。それにとにかく才気煥発というか、あれほど話していて面白い人はいないですから、僕もそういうアイデアとか脳みその働きを母から伝授してもらったところはありますね。

一方で芸術家としての母はどうだったかというと、これははっきりと家族とは一線が引かれていた部分がありましたね。仕事をしているときは絶対に邪魔をしてはいけないという、そういう強烈なオーラがビンビン伝わってきていましたし、ヒステリーを起こして父に怒鳴っているときでも真剣勝負というか、何があっても譲らない気迫みたいなものは、普段の生活でも感じました。

母はとにかく書くのが速かったですから、執筆時間というより、書く密度と分量ですね。それこそ剣豪が敵と戦っているときのような集中力といいますか、ものすごいものがありました。

ある時など、書いているときにチャイムか電話が鳴ったかして、すごくショックを受けて一日中半狂乱でいたことがあったんです。作品世界にすごく集中しているときには、完全に外界からの刺激に対して無防備になっているので、そこに唐突に刺激を与えると、むきだしの電線に触ったようにショックを受けてしまうんです。逆に言えば、そういう状態になるくらいに、強烈に集中する能力が母にはあったんですね。

ほかにも、たとえば父が、母のお箸を僕のと取り違えて食卓に置いてしまったとか、あとで食べようと思っていた海老の天ぷらを父が食べてしまったとか、そういう普通の人だったらなんでもないようなことでも、母のような芸術家的なセンスを持っている人にとっては、精神の平衡に影響を与えられるようなすごいショックに感じられることがあるようで、ものすごく怒ってしまう。つまり感受性が強すぎるということなんですね。ささいなことでものすごく大げさにとってしまうということが、小説世界を襞の襞まで繊細に把握していく感覚力につながっていたんだろうと、僕はそういうふうにとらえています」

今岡大介が母親の繊細さを芸術家としての感性ゆえだと理解することができるようになったのは、わりあい最近のことで、生前はなかなか正面から向き合うことができなかったという。

「僕は父とは結構喧嘩したりもしたんですけど、母に対しては、反発することすらできなかった。相手が持っている感情が強烈すぎて、反抗すらできなかったという感じです。ただあるとき父が言っていたのは、母は母で僕に対してどう接していいかつかみかねている部分があったと。ある意味で、母は亡くなるまでずっと少女時代を過ごしていたようなところがあったと思いますし、母は小説を書く人なのだと本当に理解したのは、僕が二十七、八歳になってからのことだったと思いますね」

それは、栗本薫が亡くなって一、二年後ということでもある。

「母からの影響といえば、家にテレビがなかったこともありますね」

かつてはテレビ出演もしていた中島梓だが、テレビの騒々しさは嫌いで、ずっと家にはテレビを置いていなかった。

「僕は今に至るまでテレビを見る習慣がないんですけど、それは僕にとってひとつのアドバンテージになっていると思います。その分、本やマンガを読んで頭の中で反芻するようになりましたから、物をよく考えるようになりました。

あとは母に何回か中国に連れていってもらったことですね。僕は小さい頃から三国志とか水滸伝とか、中国の物語や哲学が好きで、日中学院という中国語の学校にも行ったんですけど、その中国好きは間違いなく母譲りですね」

中島梓は一九八四年にも中国政府と日中文化交流協会が企画した三千人の訪中団に参加し、その体験を『昭和遣唐使3000人の旅』（講談社）という本にまとめているが、一九九九年には自らが団長となり、歌手の香川有美のファドの公演をしながら北京、杭州、上海と回る旅を行なった。この旅には今岡大介のほか、佐藤和久や江森備も同行している。

ライブや芝居、長唄など、さまざまな方面に才能を発揮した中島梓だが、息子の今岡大介は、母親の本領はあくまで文章を書くことだったと考えている。むしろ、基本的には自分ひとりでひたすら孤独に作品の世界に向き合っているのが一番幸せであり、本当は人付き合いは不得手で、人との距離を計りかねていたのではないか、というのが今岡大介の印象だ。

「母と父の関係は、もうこれは運命的に出会ったというか、あんなに個性的なカップルはいないですよね。母はよく父に対して一方的に怒っていて、父は引きずられているようなところはありましたけど、母は本当に父のことを必要としていましたし、父もいまもずっと毎月の月命日にお墓参りに行っているわけで、あんなにひとりの女性に惚れ抜いた男性というのは、そうそういるもんじゃないだろうなと感じます。その点で、僕は両親に対して、どうして息子である僕のほうにもっと構ってくれないのだと思ったこともありましたけど、いまにして思うのは、あれだけ強烈に結びついている男女に対して、息子が割って入る余地はそんなにないということなんです。

これは最期のころの話になりますけど、母の意識がなくなる寸前に、『大ちゃん。愛してるよ』と、そんなふうに口にしたことがあったんです。それを聞いて僕は、いまそれを言われても、もうこれから別れてしまうではないか、なんでもうちょっと早くに言ってくれなかったのかと、何とも言えない複雑な気持ちになったのを覚えています。こうやって母のことを人に客観的に説明できるようになったのもわりと最近ですし、それだけ母と向き合えるようになるまでに時間がかかったということですね」

百巻到達

八十八巻よりイラストレーターが丹野忍に交代した《グイン・サーガ》は、もはや百巻で完結しないことを作者が公言するようになり、二〇〇五年にその百巻『豹頭王の試練』が、ひとつの折り返し点として刊行される。百巻のあとがきに、中島梓はこんなふうに書いた。

なんと長い道のりであったことでしょう、そしてまた、なんと長い旅に御一緒に出たことでしょう。でもまだ道は途中であり、そしてこのさきにまだいろいろな山や谷が続いてゆくのだと思います。世の中も変わっていったし、二十六歳の何もわからぬ小娘であった私ももうようやく「それでは自分も年をとるのだ」ということを認められるおばさんになりました。それでもまだ物語は続いています。百巻をさえ通過点にかえて、どこまでも、どこまでも流れてゆきましょう。それが私の望んだことだったから——ネバー・エンディング・ストーリイ、終わらない物語を書きたいと願った一人の若い娘がいました。そしてその娘はいつまでもいつまでもその物語を書いていたそうです。この世の果てるときまで、その娘がおばさんになり、やがておばあさんになり、その娘の生んだ子どもがひとの子の親になってもなお。——この物語はそのように終わるべきなのだと私は思います。そうとしか終わりようがない。なぜなら。ひとの世もひとの思いも、誰かひとりが死んでいったとて、結局どこまでも続いてゆくものだから。地球が滅びたところで、どこかにある別の惑星の上で誰かがまた夢見て、物語をつむいでさえいれば、《私の思い》は、《あなたの夢》は続いてゆくのだと思います。

本当にありがとう、そしてこれからも一緒にいて下さい、いられる限りのあいだだけ。私はここにいて、そしていつまでも物語っていましょう。誰もこなくなったとしても、この物語をつむいで、いつまでも。そのうちに私という存在はいつのまにか幽霊に化して、それでもなおひっそりと物語の紡ぎ車をまわしている、妖しい時の忘れ物になっていったとしてもなお。それより幸せなことがこの世にあるだろうか。私はないと思う。

二〇〇五年四月九日には、満開の桜が舞う千代田区の九段会館で、六百人のファンや関係者を集めた記念イベント「百の大典」が行なわれた。作者によるライブやトークも行なわれ、それは彼女にとって、《グイン・サーガ》という世界が確かに存在していることを、改めて感じることのできた一日となった。翌二〇〇六年十二月九日には、早くも百十一巻のキリ番を記念して、市ヶ谷の小笠原伯爵邸で、参加者は皆正装しての「パロの大舞踏会」も行なわれている。

百巻を超えて、グインは王としてでなく、またひとりの放浪者として旅を始める。それからの物語は地名のみ繰り返し書かれながら一度も実際に登場しなかった、快楽の都、タイスを訪れたり、お馴染みのキャラクターたちが旅芸人の一座になったり武闘大会に出場したり、この世界にまだ存在していられることを、作者である栗本薫も、そしてキャラクターも読者も、いつまでも楽しんでいるかのようであり……。登場人物たちの子供も登場し始め、いつまでもいつまでも、物語を続けようとしていたかのようであった。そのようにして《グイン・サーガ》は書き続けられた。いつもなら四章で一冊になるうちの、二章しか書かれなかった、没後の二〇〇九年十二月に刊行された、第百三十巻『見知らぬ明日』まで――。

生死一如

二〇〇六年の年末に目眩で突然倒れ四日間入院した中島梓は、それまでもあまり飲まなくなっていた酒を一切やめた。〇七年八月刊行の《グイン・サーガ》百十五巻『水神の祭り』のあとがきには、「摂食障害も治ってしまったし、なんとなく、神様のほうで、よけいな雑物や障碍をみんなとりのけてくれつつあるのかなあ」という感慨を漏らしたりもしていた。

二〇〇七年の十月末には、〇五年にお手伝いの善子が亡くなり、一人暮らしになっていた母・良子のために、自分が住んでいる学芸大学のマンションの隣室を購入。良子と隣同士の暮らしが始まった。中島梓がかゆみのために病院を受診したのは、そんなころだった。

最初はそのかゆみを、マンション購入と引っ越しにともなうゴタゴタや、母親が隣に来ることに対する心理的な過剰反応かもしれないと思っていた。しかし白目が黄色くなっていることに驚いて、乳がんのときにも最初に診察してもらったかかりつけの医院にいくと、「紹介状を書くからすぐ昭和大学病院に行きなさい」と言われた。

中島梓は、最後の闘病記として二冊の本を残している。この病気の発覚から二〇〇八年二月までのことは『ガン病棟のピーターラビット』（ポプラ文庫）に、二〇〇八年九月から亡くなる直前までのことは、没後出版された『転移』に詳しく書かれている。『ガン病棟のピーターラビット』によると、昭和大学病院での最初の診断は、「胆管閉塞による黄疸」というものだった。入院してさまざまな検査をした結果、十一月十七日には「下部胆管がん」という診断を受ける。そして築地の国立がんセンター中央病院に転院して、十二月二十日にすい頭十二指腸切除手術を受けた。手術後の十二月二十日から年があけて二〇〇八年の一月三日までの十四日間は完全絶食であった。手術後、集中治療室に入っていた五日間は、あまりの肉体的なつらさで思い出そうとしても遠い夢のようであるとしているが、それでも、ものを書いていたい、自分の体験を書いて残したい、という中島梓の物書きとしての本能は、片時も収まることはなかった。

二〇〇八年の一月十九日には退院。二月十三日に病理検査の結果があり、胆管がんではなくすい臓がんだったことがわかる。主治医から術後五年生存率は四人にひとりであると告げられ、免疫療法と抗がん剤の併用による治療を始めることになる。『ガン病棟のピーターラビット』の終わりのほうに、生きていくことについての思いを綴った次の文章は、その四日後、二〇〇八年二月十七日の日付になっている。

私はいろいろな折りに「メメント・モリ――死を忘れるな」ということについて書いてきました。このことばが好きで、同時にまた「生死一如」ということばも好きです。この「生死一如」のほうは、今回の入院で、最初に「癌です」といわれてから、ずっと頭のなかに浮かびつづけていました。所詮生も死もひとつものの如し、生のなかにあって死を忘れるな、死の瀬戸際にあっても生きようと思え――というようなことを、漠然といまの私は考えます。でも、それよりも、そういう原則論というか、抽象的な話よりも、それよりも、もっと、もっと、この一日一日、毎日毎日を、生きなくては。

今日は何枚書いただろう。今日は何をしただろう――今日が終わって私の生は「あと何日」にカウントダウンされただろう。でも本当をいうと、そんなことさえもうどうでもいいのかもしれません。

私は生きていることがとても好きです。いろいろ大変なことや辛いこともこれまでに経験してきました。スキャンダルの集中砲火にもやられましたし、ネットでいじめられもしましたし、莫大な借金を背負ってあわや自己破産か、ということもありましたし、とても辛い思いもしました。といって、それから抜け出したときには起死回生の思いだったから、いっぺんも「自殺してやろう」などとは思ったことはないし、どんな辛いときでも、朝がくればやっぱり「生きているというのはいいものだ」と思ってきたと思う。手術のあとでも、管だらけの状態でも、私はそう思っていたのだなと思います。

（中略）

そして私の生もそのうち終わるのでしょう。それがいつくるのか、明日か、一年後か、五年後か、一〇年後か、二〇年後か、万一にもそれ以上の時間を貰えるのか、それは私には知るすべもありませんが、ただひとつ確かなのは、私は生きている限り、生きていることをとても好きだろうということです。だけれども、死ななくてはならないときには、「まあ、しょうがないから死ぬしかないな」ということです。だから、それまでのあいだに、何年かわからない私の残りの人生のなかで、一冊でも多く、一巻でも先へ、一行でも多く――そう思える仕事（どうしても小説書きを「仕事」ということは、私には抵抗があってならないのですが）にめぐりあえた私は、まれにみるほどの幸せ者だと思います。同時にまた、その自分をすべて受け入れ、理解し、愛してくれる伴侶や家族やファンの人達にめぐまれた私は、これまたまれに見るほど幸せな人間だと思います。

生きていることを愛し、物語を愛し、芝居を、音楽を、美味しい料理を、着物を、さまざまなものを愛したからこそ、人の何倍も濃密な生を生きようとした中島梓・栗本薫は、命あることの喜びとともにあった。

それは、四月始め、築地のがんセンターの定期検診で、CTスキャンをとったところ、肝臓への転移が二つ発見されたあとでも変わらなかった。

栗本薫・中島梓にとって、生きることとは書くことである。そして書くこととは生きることである。

中島梓の没後の二〇〇九年九月に刊行された『ムーン・リヴァー』（角川書店）は、『翼あるもの』『朝日のあたる家』『嘘は罪』から続く物語で、森田透を主人公としている。これらの作品は、栗本薫・中島梓は、《グイン・サーガ》や、矢代俊一シリーズ、エッセイなどの原稿を書き続けた。矢代俊一を主人公とした『キャバレー』『黄昏のローレライ　キャバレー2』『流星のサドル』などとも登場人物がクロスしている。この両方を含んだ一連の作品を、中島梓は《東京サーガ》と名付け、矢代俊一に関しては、天狼叢書で発行されることになる長大なシリーズを書き続けた。

《東京サーガ》のなかで、森田透、今西良、矢代俊一といった主人公たちは、現実の人間と同じように年齢を重ねていき、中年といっていい年齢になっていく。それでいて、女の入る余地のない男たちの情愛の物語は、さらに濃密さを増してゆく。

『ムーン・リヴァー』の巻末には、各章が書かれた日付が記されているのだが、一話から五話では、二〇〇五年となっている。この頃は中島梓はがんと関わりのない生活を送っていたはずだが、この物語では、森田透を庇護し、同居しているテレビプロデューサーであり、本作では作家にもなっている島津正彦（彼の代表作は『狂桜記』だが、栗本薫にも同名の作品がある）が、がんに侵されることが重要な要素となっている。島津正彦は治療を拒否し、最後の命の火を燃やすように、目を背けたくなるほどに激しい情欲を森田透と交わす。島津がいなくなり、森田透がそれでも生きている自分を茫然と見つめる最後の第六話だけは、二〇〇八年二月一日の日付になっている。先に記述したように、二〇〇八年の一月十九日に手術後の退院をして、二月の十三日に病理検査の結果を聞いている。その間の日付である。

中島梓が島津正彦に自分の一部分を重ね合わせていたのは間違いないだろうが、治療を拒否した島津正彦とは違い、中島梓は医師の勧める標準医療を素直に受け入れた。医療を拒否することもなければ、特殊な代替医療に傾倒することもなかった。

いま、『ガン病棟のピーターラビット』と『転移』を読んで胸が震えるようになるのは、どんな状態になっても最期の瞬間まで書き続けていたいという、その強烈な意志ゆえである。病院のベッドで管につながれながらも、自宅療養になってからも、決して書くのをやめない。体力が落ちて一日二十枚のペースになってしまったといいながら、《グイン・サーガ》や、矢代俊一シリーズや、ホームページ「神楽坂倶楽部」のエッセイなどを書き続けた。《グイン・サーガ》は、『ガン病棟のピーターラビット』によると、最初の昭和大学病院の入院中に百二十一巻を書き上げたとあるので、それから絶筆となった二章のみの百三十巻まで、実に病気になってからも十冊も進めている。さらにその合間に書いていた《矢代俊一シリーズ》は天狼プロダクションの天狼叢書から出されることになるもので、つまり一般の出版社から依頼されているわけでもないのに、ただ自分がその物語を紡ぎつづけていたいとの思いで、書き続けていたのである。

特に、中島梓の没後に天狼叢書より刊行された『トゥオネラの白鳥』は、二〇〇八年の十二月三十一日から、二〇〇九年の四月七日にかけて書かれた、矢代俊一シリーズの未完で、最後の作品である。この作品では、霧島安曇という男性作家が登場するが、このキャラクターは、評論の賞を取った次の年にミステリの賞を取って華々しくデビュー。美少年作家として一躍マスコミの寵児となり、音楽もこなす。『ゲルマニウム戦記』という長大なシリーズの作者でもあり、元担当編集者で自分を崇拝する男性のパートナーと暮らし、いまはがんを患っている、と明らかに中島梓をそのままなぞって形作られている。

矢代俊一は、霧島安曇と出会ったあと、霧島の代表作のひとつである、『タンゴ・トリステサ』を読む。春川達樹が映画化し、大変な大宣伝が行なわれ、一時テレビは、この映画のテーマソングが一日中流れていた。映画のなかには、大物俳優たちがチョイ役であちこちに登場する。というのも、角川春樹監督が映画化した『キャバレー』そのままである。矢代は『タンゴ・トリステサ』を読み、それが自分の若き日の経験とあまりにもそっくりであるのに震撼する。もちろん、いわば矢代俊一が、矢代俊一が主人公の『キャバレー』という小説を読んでいるのと同じことなのだから、そっくりなのは当たり前なのだが、ここに至って、栗本薫の作り出す小説世界が、メビウスの輪のように円環を為す感にとらわれそうになる。

この作品を書いている最中だった、二〇〇九年二月五日には、『転移』としてまとめられた日記にこう書いている。

結局のところ私の人生とは、小説のなかに封印されてしまったのだ。ほんとに、すべては夢、なのかもしれない。小説が本当で、あとのすべてのほうが夢なのかもしれない。

百個のペンネーム

マンガ家の定広美香（さだひろみか）が中島梓と交遊するようになったのは、ちょうど中島の最期の一年の時期にあたる。もっとも、実際に会う前のメールや手紙でのやり取りは、そのもう少し前から始まっていた。定広は言う。

「そのころ、私はマンガの連載がなくなって、読み切りの仕事ばかりが続き、ちょっと疲れていた時期だったんです。こんな状態が続くんだったら、もうマンガ家をやめちゃおうかな、とも思っていたら、アシスタントに来ていた子が栗本薫先生のファンで、『神楽坂倶楽部』で『BL界の希望の星』のひとりとして私の名前を挙げてくれているって教えてくれたんです。あの有名な、BL、昔で言うやおいのパイオニアの方が、って嬉しくなって、それでやる気が出て、『アンダーグラウンドホテル』っていう話を作ったんです」

『アンダーグラウンドホテル』は、アメリカの地下刑務所に投獄された日本人と、その刑務所のボスとして君臨しているアメリカ人が心も身体も激しい結びつきを持つようになるハードなBL作品。文庫版には栗本薫が解説を書いた（なお、正式なタイトル表記は、『アンダーグラウンドホテル』の「ウ」に「×」がかぶさっており、これは「アンダーグラウンド」な刑務所を囚人たちは「グランドホテル」と呼び習わしているという意味）。

「そうしたら、先生もその『アンダーグラウンドホテル』を楽しみに読んで下さっているということがわかって、『タトゥーあり』（〇五年）という先生の小説のイラストのお仕事をくださったんです。やっとこれで恩返しができると思って喜んで描きました。そのころ私は同人誌を出していて、コミケ会場にアシスタントの高原翔さんが来てくれて先生からのお手紙をくださったりして。それからはお互いの本が出たら、お手紙を添えて送る、というお付き合いをしていました」
○六年には、矢代俊一を主人公にした『流星のサドル』のイラストも、定広美香は担当している。『流星のサドル』は、物語の時期の設定としては、『キャバレー』と、二〇〇〇年に刊行された『黄昏のローレライ　キャバレー2』の中間に位置する。さらに栗本薫は、〇七年から矢代俊一を主人公にした長大なやおいのシリーズを書き始めた。それらは天狼プロダクションの天狼叢書から同人誌の形で刊行されたが、パソコンの中に残されていた原稿の刊行は没後も続き、本篇二十四作、外伝十七作、没後刊行された未完作品集二作にものぼった。
「ジャズもお互いに好きだったので、ぜひライブに来てくださいと言ってくださっていて。そのころ、先生がホームページで、入院されて具合がよろしくないことを書いていたので、退院されてからの最初のライブが、赤坂のリラキシンというライブハウスで五月三十一日にあったんですけど、そこに行ってお会いしました」

その後、定広が住んでいる横浜に遊びに行く、とメールがあった。中島梓はホテルニューグランドに泊まり、会いに来た定広と、中華街で食事をしながら、趣味の話で盛り上がった。その夜は、伊勢佐木町であった嶋津健一のライブに繰り出した。

「これは言っちゃっていいのかな。ホテルニューグランドの格式の高いお手洗いで、ふたりで別々に個室に入りながら、先生が、私がマンガのキャラクターに描いた胸毛がいいよね、って話から男性の胸毛のセクシーさの話になって。それでふたりで同時にドアを開けたら、目の前にいかにもお上品なご婦人が立っていらして、ものすごくバツが悪くて（笑）。そのご婦人が出ていったあとに、ふたりで顔を見合わせて大笑いしました」

矢代俊一をイラスト化した定広美香だが、実は最初に描いたときは、昔映画化された『キャバレー』の矢代俊一と同一人物だということが分かっておらず、長髪のキャラクターに描いてしまった。昔の『キャバレー』のことが念頭にあれば、おそらく違うように描いただろう、という。だが、その定広美香による矢代俊一の絵を中島梓は気に入り、続きの物語もマンガにしたい、と話し合うようになる。実際に、同人誌で出された《矢代俊一シリーズ》の最初の部分は、定広美香によって『コイシラズ YOU DON'T KNOW WHAT LOVE IS』（白泉社）として刊行されたが、それは彼女の没後の二〇一一年になってしまった。

「お会いするときは栗本先生はすごい元気なんですよ。先生を知っていた方はみんな同じことを言うと思うんですけど、とにかくパワフルで。先生としてはたぶん通常よりも低いモードだったのかもしれませんが、それでもパワーにあふれてる。でもご病気のことは、書かれている文章などから察することはありますから、いま会えるだけ会っておこうと。そうでなかったら、私たちの世代にとっては雲の上の人のような方ですから、あんなに親しくお付き合いできなかった気がします。

私は、栗本先生は、かわいい乙女のような方だったな、という印象があるんですよね。『赤毛のアン』を愛読していたり、ガーデニングを見るのもお好きだったりとか。私が男くさいマンガをかいているから、一層先生はかわいい乙女のような感じで私に話しかけてくれていたのかもしれないです」

定広美香には、もうひとつ、桐島ルカというペンネームがあり、その名付け親は中島梓である。ハーレクインロマンスの漫画化をすることになり、BL作品とは別のペンネームにしたほうがいいと考えて定広が中島に相談したところ、名前を考えるのは得意だからと、百通りも候補を考えてメールで送ってくれた。そのひとつ、霧島ルカ、から霧の字だけを桐に変えて使うことにしたこの名前を、いまでも定広は大事にしている。

親友との再会

中島梓の中高時代の親友であった岡田小夜子は、彼女が作家として有名になってからも交遊を続けていたが、だんだん会う間隔が長くなり、そのころは十年ほど会わない期間が続いていた。しかし、新聞で中島梓ががんの手術を受けた体験を語っているインタビュー記事を見て、驚いて連絡を取り、交遊が復活した。

「マナが作家になって、三十五歳過ぎぐらいからかしら。なんとなくもう住む世界が違っちゃったのかな、と思って、私のほうから離れていっちゃったんですね。そうするとあの子はすごい敏感だから、決して追わないんです。でも年賀状は出すと返事をくれるし、本も送ってくれるから、《グイン・サーガ》もずっと読んでました。栗本薫の本だけで本棚二棹になりましたから」

マナは、前出の通り、中島梓、本名山田純代の、中高時代のニックネームである。

「それで新聞でがんのことを知ってびっくりして、電話してすぐに会おうって言ったんです。会ったとたん私は滂沱(ぼうだ)の涙で。でもあの子は泣かないんですね。話し始めたらすぐに昨日別れたばかりみたいに、病気の話とか、家族の話とか、いろいろ話して。それからホテルとか、レストランとか、お寿司屋さんとか、何回か会っていたんです。

最後に会ったときは『外に出るのがつらいから、うちにおいでよ』って言うので、鷹番(学芸大学)のおうちに行きました。何もしなくていいよ、って言ったのにご飯の支度をしてくれるんです」

そのとき食卓に出ていた醬油を、美味しいね、と岡田が言うと、中島は、それが川中醬油というブランドで、わざわざ取り寄せていることを教えてくれた。気に入った岡田も、それから今に至るまで取り寄せていて、家では、「マナ醬油」と呼んでいる。

「マナはずっとこれからやりたいこととか、次のライブのこととか話していましたから、最期まで希望を持っていたと思うんです。だからあんなに急に悪くなるとは思わなかった。そろそろまた会おうかって言っていたんですけど。

そうして会っていた間にも、マナはお母さんの話をよくしていたんですね。マナとお母さんって本当に特別な関係だし、マナの才能はお母さんから受け継いだものなんですよ。マナはお母さんに対して複雑な感情も持っていたんだけど、それは彼女にとってお母さんってスペシャルな人だから、その人に何かはっきり言われると、普通の人よりもグサッと響くんですよ。それがあとに残るっていうことはあったと思います。でもそれは、そうなってしまうくらいに、お母さんのことをすごく気にかけていたという裏返しだと思うんです」

中島梓が亡くなったあと、岡田小夜子は、跡見学園の同窓会誌〈汲泉〉第五十九号に、栗本薫を悼む文章を寄せている。そこにはこのようなことが書かれていた。

本当に何でも出来た人でした。小説は言うまでもなく、三味線や長唄の免状を持っていて、ピアノはプロのように上手でした。作曲はするし、芝居の脚本は書くし、演出もするし、一時期は劇団を主宰していました。

私生活では一粒種の男の子に恵まれ、だんな様は出版界の人なのですが、なにより彼女にとても優しいだんな様でした。そんな家族のために彼女は小説を書くかたわら、毎日料理を作っていました。手早くあっという間に何品も作り、どれもおいしいのです。

神様の祝福を独り占めにしたような彼女でした。だから早くに召されたのでしょうか。そんなに何もかもできなくてもいいから、もう少し生きていて欲しかった。彼女の遺影を見ながら、私は彼女にそう訴えました。もう彼女の快活な話を聞くことは出来ません。
今はただ彼女の冥福を祈り、遠からぬ時に私があちらに行ったら、また思いきり話をしたいと思うばかりです。

最期の日々

退院後の五月三十一日のライブから、亡くなる一ヶ月前まで、中島梓は毎月一回、赤坂の今は閉店したライブハウス「リラキシン」でライブを行なった。『転移』の巻末に掲載されている、田中勝義+薫の会が作成した、栗本薫／中島梓全仕事のリストによると、そのラインナップはこうだ。

『お茶会ライブ』リラキシン　２００８／０５／３１　構成・演奏：中島梓
『ボサノバ　ライブ』リラキシン　２００８／０７／１４　構成・演奏：中島梓
『ゆかた姫ゆかた見せびらかしライブvol.2』リラキシン　２００８／０８／１０　構成・演奏：中島梓
『中島梓の世界』リラキシン　２００８／０９／２０　構成・演奏：中島梓
『スタンダードなジャズライブ』リラキシン　２００８／１０／０４　構成・演奏：中島梓
『音羽みずきバースデイライブ』リラキシン　２００８／１１／０８　構成・演奏：中島梓
『音とコトバのお菓子な関係』リラキシン　２００８／１１／２２　構成・演奏：中島梓
『1年いきてたぞライブ』リラキシン　２００８／１２／２０　構成・演奏：中島梓
『お正月！　晴れ着見せびらかしライブ！』リラキシン　２００９／０１／１１　構成・演奏：

中島梓
『バースデイ&バレンタインライブ』リラキシン　２００９／０２／１５　構成・演奏：中島梓
『音とコトバのお菓子な関係vol.2』リラキシン　２００９／０３／２１　構成・演奏：中島梓
『ジャズライブ』リラキシン　２００９／０４／１２　構成・演奏：中島梓

中島梓は入院・手術をして病院から出て来てからも、嶋津健一のレッスンにも通っていた。嶋津が回想する。

「亡くなる年の始めくらいまでは通ってきていました。入院して出て来てから、梓さんのピアノがとてもよくなったんです。肩の力が抜けたというか、なんとかうまいことやってやろうという欲がなくなったのがよかったのでしょう。僕の見る限りではいつも通りの梓さんでしたけど、一回、複雑なスケール（音階）を教えようとしたら、『これをやるには私には時間が足りない』みたいなことを言ったような気がします。亡くなる一ヶ月前の最後のライブは『The Last Live』というCDにしましたよね。あれを聞き直してみると、僕と勉強して、なかなかできなかったところが、あそこでは全部出来ていますね。本当に素晴らしいですよ」

ジャズヴォーカリストの水上まりは、中島梓の晩年に一緒に音楽活動をするようになり、その没後は、天狼プロダクションのスタッフの一人として今岡清の仕事を手伝い、中島梓の電子書籍の装丁なども手がけている。定期的に開くライブでは、中島梓の作詞・作曲した歌を歌い継ぎ、次世代に伝えようとしている。水上の話。

「私は最初、ニフティサーブの音楽のコミュニティで今岡さんと知りあい、今岡さんと一緒にバンドをやっていたのですが、梓さんが対バンとして出演した私のバンドのステージを気に入り大絶賛してくれたのが、今岡さんの五十歳の誕生日のライブのことでした」

今岡清が五十歳というと、一九九八年のことである。

「私は正直に言うと、作家としての栗本薫さんはよく知らず、周囲の話を聞いていて、へえ有名な人なんだな、と思っていた程度の知識。小さいけど存在感のある人だな、というのが最初の印象でした。舞台を見にいったら客席にキーボードがあって梓さんが演奏していたことがあって、作家で演出家で演奏までするんだ、と驚いた記憶があります。

その後、今岡さんと梓さんとは疎遠になっていたんですけれど、またしばらくして今岡さんのライブにお邪魔した時に飛び入りで歌わせてもらうようになりました。そのときに私がフィナーレという楽譜作成ソフトで譜面を作っているのを、同じソフトを使っていた梓さんが見て、梓さんが分からない操作について私に教えてほしいと言ってきたんです。そして鷹番のおうちにいって私がパソコンの家庭教師をし、ギャラのかわりに、梓さんが美味しいご飯を作ってくれて、大介さんも交えて一緒に食べて帰るということがそれから始まりました。何かリクエストある？　と聞かれたら、私は梓さんの作るまぐろキムチが大好きだったので、いつもそれをお願いしていました」

中島梓と一緒にライブをやることになったのは二〇〇八年。今岡清の還暦ライブのジャズのステージでの共演がきっかけだった。そのライブが十月で、翌月の十一月に予定されていた中島梓のライブで中島が作った歌を歌ってほしい、という依頼で水上は出演することになった。

「梓さんからしてみれば、いままで作ってきたミュージカルのナンバーを、掘り返して私に歌わせるのが楽しかったみたいです。いままで歌ってくれた歌手とは違った私の表現がおもしろいと喜んでくれ、歌が生き返ったっていって、これからどんどんやっていこう、と意気投合し、メールのやり取りも始まりました。そのうち私が梓さんにプライベートな悩みをメールしたら梓さんが返事してくれるようになったりして、私は親しい女友達ができたと思って、すごく嬉しかった」

しかし、そうやって一緒にライブをやり始めたのは、中島梓が手術もして体調もよくないころ。亡くなる半年前を過ぎたころからだった。

「でも私はそんなに深刻だとは思っていなかったんです。それが二〇〇九年のお正月がすぎて、CTの検査の結果がよくなくて、私はそのことを今岡さんから聞いて、そのときに、ああ病気が重いんだ、深刻なんだ、という現実を突きつけられました。

なんでその話を聞くまで深刻に思っていなかったかというと、見た限りでは少しずつよくなっているような印象を受けたからなんです。リハーサルでも本番でも、ピアノのタッチは一生懸命やるし、とてもがん患者がライブをやっているようには見えなかった。いつも一緒にいる今岡さんやアシスタントの高原翔さんから見れば、ピアノを弾くのに無理しちゃって、それ以外のときにぐったりしていることがあったようだけど、私の前では、年明けくらいまでは弱っているところは見せなかったんですね。

今岡さんから、その検査の結果について聞いたときに、『これはもうしょうがないことなんだ』と一言言われたんです。ああしょうがないのか、どれくらいもつかは分からないんだな、と思ったんだけど、そのときに私が決めたことがあって、梓さんの看病とか病気に関する心配は家族の人に任せておいて、私は梓さんに楽しいことを提供する、そういう存在になろうと思ったんです。だから梓さんとは、まりさん着物着ようよとか、今度のライブでどんなことをやろうかとか、そんな話ばかりしていました。

二月十五日のバースデイライブのときには、その数日前に、今書いている曲があるからという話がでました。自分で歌おうとも思ったけど、やっぱりまりさんが歌ってもらえないか、と言われて、それが『誕生日の夜に』っていう曲だったんです。その歌詞がお父さんとお母さんへの感謝の気持と、友達が集まってくれてうれしい気持。そして来年も会えますように、という歌詞だったんです」

ママ　ハッピーバースデイ　ママ　ハッピーバースデイ
今日は誕生日
あなたが私をこの世に送り出してくれたの
そして私がいる
（中略）
友達が集まって　祝ってくれる
あなたに会えて良かったと言ってくれる
それだけで本当に幸せ
だから今日　ハッピーバースデイ　トゥーミー
ハッピーバースデイ
来年も会えますように

「前日にやったリハーサルでその歌詞を見て、私はいままで見ないようにしてきたことを突きつけられた気持になりました。こんな歌とても歌えない、と思いながらも、歌を合わせて、梓さんも私も泣きながらリハーサルをしました。それは来年の誕生日はもう難しいっていうことを覚悟していた瞬間でもあったし、お母さんとの間に軋轢があったということも聞いていたから、ご両親に感謝をする気持を歌詞に書いたというのは、梓さんのなかでの気持の変化も伝わってきて、とても複雑な気持でした。

ライブの本番ではなんとか頑張って歌いきったけれど、涙が流れるのは止まりませんでした。梓さんも、ファンの人たちも泣いていました。来年も会えますように、というその言葉が実現するのは難しいんだろうな、ということを、ファンの人たちも病状を聞いてなんとなく知っていたんでしょうね」

その次の三月のライブで、水上まりは、『グイン・サーガ　炎の群像』のために作られた曲『グイン・サーガのテーマ』を歌った。それまで中島梓と活動してきたほかの歌手に比べると共にした年月こそ短いものの、水上のその迫力ある歌声に中島梓は、「この曲はまりさんにあげる。自分の曲をこれからも歌ってほしい」と言った。

四月十二日に行なわれたライブが、最後のライブとなった。水上まりが振り返る。

「そのときは梓さんは相当身体もしんどかったと思います。だから曲数も減らして、速い曲もほとんどなくして、バラード中心のピアノトリオのライブにしました。今岡さんも胃がんがみつかって手術の話が始まっていたので、その先のライブの予定は入れてなかったんです。直前になって、八月くらいになったらごくごく内輪の小さいライブだったらやりたいね、という話もしていたんですけど、それは具体的ではなかったので、次のライブの予定がないということを、梓さんもすごく寂しがっていたと思います。でもこのライブが寂しいライブになるのはちょっといやだから、アンコールで一曲明るい曲をという話になって、私と今岡さんも一曲歌いました」

四月十八日には、高原翔の運転する車に乗って、漫画家の定広美香と、中島梓のバンドでドラムをやっていた岡田佳大も一緒に、呉服屋の赤札市と銀座の骨董ショッピングモール、アンティークモール銀座に買物に行った。水上が回想する。

「そのころは梓さんは体調があまりよくなくて、足がむくんで足袋も普通に履けず、杖をつかないと歩けないような状態だったんですけれど、それでもすごく楽しかったようです。反物とか帯が並んでいるところをぐるぐる回って、あれかわいい、あれも素敵だってキャッキャといいながら、買物をしたりお茶をしたりして七時過ぎまで過ごしました」

そのときに一緒に行った定広美香もこう振り返る。

「私はそれまで着物って全然興味がなかったんですけど、その日に初めていろいろ見て、袖を通してみて、着物が好きになったのはその時がきっかけなんです。

私がこれいいですね、っていって袖を通した着物があって、でも私にはちょっとお高いので迷っていたら、先生もこれいいねーって袖を通されて、結果先生がお買いになったんですけど、そのときに先生が『私になにかあったら定広さんにあげるから』って言われて、『そんなこと』って私言ったんですけど」

ふたたび水上まりの回想に戻る。同じようなことを、水上も言われていた。

「どの着物を買おう、って話になったときに、『まりさんは私が死んだら、どの着物がほしい』って梓さんが聞くんですよ。ずばり言われたので、ぎくっとして、『いやそんな話はしませんよ。勘弁してください』って言ったんですけど、それは終わりが近いっていうことを、彼女が言った瞬間だったと思って、あとで定広さんとも話したんです」

着物を愛して、マンションの一部屋が着物で埋まっていたほどだった中島梓。水上まりによると、その着物遍歴のなかでは絢爛たるものもいろいろと買っていたが、最後のころは柔らかい色合いのものを好むようになっていたという。高い着物も買ったが、高くなければいけないというわけではなく、柄が気に入れば、ネットで二、三万円の化繊の着物も買っていた。帯は柄が気に入ると色違いで三、四本買ったり、自分流に和柄の布地を縫い合わせるカットソーのアレンジもよくやっていた。その多くは、中島の没後、今岡によって、水上まりや定広美香を始めとした親しかった人たちに、形見分けされて受け継がれることになった。

中島梓の最期の日々を、今岡清はこう振り返る。

「最後まで、普通の日常を送るようにして、毎日を生きようとしていました。二〇〇九年の春先くらいだったかな。昔話をしているときに、中島が『そういう話をするのはもうすぐ死んじゃうみたいで悲しいからやめようよ』って言ったんです。だから、昔を振り返る話もそれからはなかったし、辞世の言葉みたいなものは私たちの間ではないんです」

だんだんと執筆も、いままでのようにはいかなくなっていた。

「最後の最後まで書いてはいたけど、ペースは極端に落ちて、ちゃんと書いているというよりも、とにかく先に書き進もうという感じだった」

中島梓の病気がよくない経過を辿るなか、先の水上の言葉にもあった通り、今岡清の胃がんまでもが発覚した。今岡は四月二十四日に中島梓が入院していたのと同じ昭和大学病院に入院し、四月二十七日に残っていた胃を全摘する手術をすることになる。

そうしている間に、中島梓の病状も悪化し、今岡も入っている昭和大学病院に再び入院したのが、ゴールデンウィーク明けの五月七日のことだった。入院したのは同じフロアだったので、ふたりは食事を同じ病室で取ったりして過ごした。

「だんだん中島の意識が混濁してきて。一番最期のころというのは、ぼんやりしている感じで。医者の話では、まだなんとか意識はあるけれども、完全に意識がなくなってるレベルまで数値は落ちてるって言われましたね」

最期まで書き続けられた『転移』は、最後にパソコンから手書きに移行する。転移には、五月十六日に、薄れゆく意識で書いた手書きの文章の画像が掲載されている。

本当にいったん手書きに馴れてしまうとかんたんで……（判読不能）すぐ書けるとが知れていてもできやしない　書けない。だけ……かき　それ以上にまだやっと「生きること」に目がさめたばかりで、体力との相談あたりから少し…とへし…自分はダメだ。書いている最中に気がつくと…夢に…………それにそ…　まあ……に　これはこれで夢の……と思ってる。世界中を………

最後の最後まで文章を綴ろうとした中島梓。この時になって、「生きること」に目覚めたばかりと記し、夢の……と書こうとした、その続きは何を書こうとしていたのだろうか。

今岡が言う。

「手書きで書いてある部分は、何文字か書いては意識がなくなって、また続きを書きかけて意識がなくなって、の連続なんです」

翌五月十七日には、パソコンで、「ま」とだけ入力し、その後リターンキーのあとが続き、そして「」」（カギ括弧）。これが最期の入力となった。

「パソコンのところも、書こうとして意識がなくなって、リターンキーに指が乗っかって、ずーっと改行マークが入っていった。ああなると字を書き続けたいという執念というか、なんでもいいから書きたい、ということだったんだと思います」

その五月十七日より、昏睡状態に入る。

「最期のほうはだんだん会話ができなくなって、寝たきりの状態になって。おまけに腹水がたまって肺が圧迫されているから、呼吸がすごく困難になってきました。いまでもつらく覚えているのは、意識がなくなると痰がのどにたまるから、それを看護師さんが吸い出すんだけど、見ているとすごくつらそうで。この状態が長く続いたら可哀想だと思った。それからはそんなに長くはなかったです」

二〇〇九年の三月ごろ、中島梓は水上まりとのmixi上のやりとりで、「自分という湖からながれたものが川になって、またいろいろな人のところに流れて海になるのだろうか」という話をしていた。水上まりは、これからも中島梓の曲を歌っていく、という思いを伝えたくて、五月二十二日頃、今岡清にある録音の音源を渡した。それは、伝説の女性ロックシンガー、ジャニス・ジョプリンをモデルにした一九七九年のミュージカル映画『ローズ』の同名主題歌に、中島梓が日本語の詞をつけた曲を、水上まりが自分のライブで歌ったものだった。元の英語の詞とは大幅に異なる、中島梓独自の日本語詞である。

I say love like the flower　愛はバラのように
心に満ちてくる　泣き濡れた夜にも
暗い夜のかなた　月はまたのぼる
いつかはとどくだろう　ぼくの思いが

あなたはバラのように　ほほえみを咲かせて
僕に　愛をくれる　ひとりきりの夜にも
涙がよみがえる　心がふるえる

朝には告げるだろう　愛のことばを

ずっと眠ったままの状態が続いていた中島梓だったが、今岡清がその音源を流している間だけ、一瞬意識が戻ったのか、少し目を開けて、何かを言いたそうに口を少し動かした。曲が終わると目を閉じて、そのまま二度と目を開けることはなかった。そして、二〇〇九年五月二十六日十九時十八分、その人生に別れを告げた。

エピローグ　物語は終わらない

二〇〇九年五月三十日、目黒の羅漢会館で行なわれた葬儀のとき、中島梓の身体には、中村富十郎の母親で高名な舞踏家の吾妻徳穂から紹介された呉服屋で購入した、桜の柄で金の刺繍のある豪華な着物がかけられた。山田良子は、そのとき、子供が亡くなったときに親は焼場へ行ってはいけないという慣習により、火葬場へは行かなかった。良子の友達が、良子がひとりでは可哀想だから、といって、葬儀場のお茶屋で良子と向かい合ってお茶を飲んでいた。すると、その友達が、良子の後ろの壁を、金色の波がパーッと流れていったのを見たという。それを聞いて、良子はいま、娘が旅立ったのかな、と空を見上げた。

五月の葬儀が、ごく身近な人だけに見送られる、いわば今岡純代としての葬儀だとしたら、中島梓と栗本薫の葬儀は、二〇〇九年の七月二十日に九段会館で行なわれた「栗本薫さん、お別れの会」だった。

会は、角川書店、講談社、天狼プロダクション、早川書房の四社からなる実行委員会で企画され、関係者だけでなく、広く参加者を募り、およそ八百七十名のファンが招待された。その中に、筆者もいた。

早川書房社長・早川浩、作家・田中芳樹、講談社文芸局長・内藤裕之、アニメ《グイン・サーガ》プロデューサーの後藤秀樹、そしてピアニストの嶋津健一が送る言葉を述べた。

そのあと、嶋津健一が演奏した『Tender Road To Heaven』という曲は、中島梓が亡くなった翌日か翌々日に、天から降りてくるように、嶋津の中にわき上がってきたもので、曲が完成した時、嶋津はまさに「梓さんが降りて来たに違いない」と思った。

優しい調べのその曲は、必死に人生を駆け抜け、片時も立ち止まることのなかった中島梓が、穏やかに、安らかに休息の時を過ごしている姿を思わせるメロディだった。

今岡清が挨拶を述べた後、ファンがひとりひとり用意された花を中島梓・栗本薫の祭壇に捧げていった。その間、中島梓が作曲したいくつもの曲が演奏された。演者は以下の人たちだった。

花木さち子（歌）、水上まり（歌）、坂元理恵（フルート）、柚木菁子（チェロ）、嶋津健一（ピアノ）、加藤真一（ベース）、山下弘治（ベース）、菅原正宣（ベース）、岡田佳大（ドラムス）。いずれも、中島梓と生前から音楽活動を共にして来たメンバーである。

なお、会場の九段会館はその後、二〇一一年三月十一日の東日本大震災で天井が崩落し、二人が死亡する事故が起こり、閉鎖された。

《グイン・サーガ》は初となるアニメ化が実現し、全二十六話で、二〇〇九年四月から九月まで、NHKのBSで放映された。アニメ化を機に、初期の巻を二巻ごとに一冊にまとめた新装版が刊行され、そのあとがきは新たに書き下ろされた。そこには《グイン・サーガ》という未曾有の大長篇に託す中島梓・栗本薫の最後のメッセージが綴られている。新装版第八巻のあとがきは、亡くなる一ヶ月前の四月二十五日に書かれたものだ。

毎回引き合いに出す「炎の群像」のなかで「物語は終わらない」という、エンディング・テーマのなかのことばがあり、それが私はとても好きだったです。「グイン、物語いま、グイン、語りつぐため　人は　歌い出す　はるかな時をこえて」——これはそのエンディング・テーマの歌詞の一節で、今回のアニメのエンディング・テーマとはまったく違うものですが、このフレーズは自分的にとても気に入っていて、本当を云えば自分がもしかなり早く死んでしまうようなことがあっても、誰かがこの物語を語り継いでくれればよい。どこかの遠い国の神話伝説のように、いろいろな語り部が語り継ぎ、接ぎ木をし、話をこしらえ、さらにあたらしくして、いろんな枝を茂らせながら、それこそインターネットが最初空想していたような大樹になってもよいではないか——などということも昔ぼんやりと夢想していたこともあります。

二〇一一年より、『グイン・サーガ・ワールド』の刊行が始まり、その掲載作をもとに、久美沙織や牧野修、前出の円城寺忍らによる、外伝の刊行も二〇一二年から始まる。その外伝の作者のひとりであり、中島梓の開いていた小説塾の弟子でもあった宵野ゆめ。そして、SF作家としてすでに『機械じかけの神々』などの作品を発表していた五代ゆうのふたりによる続篇も、まずその最初の部分が『グイン・サーガ・ワールド』に掲載され、二〇一三年に正篇の正式な続篇として、百三十一巻『パロの暗黒』が刊行。その後も巻を重ねている。《グイン・サーガ》という川の流れが海に注ぐように、自分がいなくなったあとも続いてほしい。それこそが、中島梓と栗本薫の望んだことであった。

二〇一九年五月で、《グイン・サーガ》は百四十五巻を数える。語り部は変わっても、そこには中島梓・栗本薫が創りあげた果てのない世界が広がっている。そして、物語は続いていく。

取材協力者（五十音順・敬称略）

浅田明日香　迹見令子　阿部毅　石原慎一　井上和代　今岡清　今岡大介　牛島三枝子　江森備　岡田小夜子　鏡明　高妻誠司　榊原史保美　佐川俊彦　定広美香　佐藤和久　嶋津健一　高原翔　田中勝義　寺島俊雄　内藤裕之　中嶋公明　野﨑岳彦　野村吉克　花木さち子　広田真一　深井えり子　藤本由香里　水上まり　宮田昭宏　森脇摩里子　八巻大樹　山田勝典　山田良子

取材にご協力いただいた皆様に心から御礼を申し上げます。

主要参考文献

中島梓名義

(単行本の出版年を基本とし、文庫化されたものも参照した場合は、そちらの出版年も記載した。栗本薫名義についてもこれと同様にした)

『マンガ青春記』集英社　一九八六　集英社文庫　一九八九
『転移』朝日新聞出版　二〇〇九　朝日文庫　二〇一一
『小説道場』I~II　新書館　一九八六
『小説道場　III　実技編』新書館　一九八九
『着物中毒』ソフトバンククリエイティブ　二〇〇六
『くたばれグルメ』集英社　一九八七
『文学の輪郭』講談社　一九七八　講談社文庫　一九八五　ちくま文庫　一九九二
『あずさの元禄繁昌記』読売新聞社　一九九四　中公文庫　二〇〇一
『美少年学入門』新書館　一九八四　ちくま文庫　一九九八
『魔都ノート　異形の演劇論』講談社　一九八九
『コミュニケーション不全症候群』筑摩書房　一九九一　ちくま文庫　一九九五
『あずさの男性構造学』徳間書店　一九八〇
『息子に夢中』角川書店　一九八五　角川文庫　一九八九
『あずさのアドベンチャー'80』文藝春秋　一九八一

『にんげん動物園』角川書店　一九八一
『アマゾネスのように』集英社　一九九二　ポプラ文庫　二〇〇八
『わが心のフラッシュマン』筑摩書房　一九八八　ちくま文庫　一九九一
『ガン病棟のピーターラビット』ポプラ文庫　二〇〇八
『昭和遺唐使3000人の旅』講談社　一九八五
『タナトスの子供たち　過剰適応の生態学』筑摩書房　一九九八

栗本薫名義

『グイン・サーガ』1〜130　ハヤカワ文庫　一九七九〜二〇〇九
『グイン・サーガ外伝』1〜22　ハヤカワ文庫　一九八一〜二〇一一
『時の石』角川書店　一九八一　角川文庫　一九八三
『優しい密室』講談社　一九八一　講談社文庫　一九八三
『接吻——栗本薫十代短編集』角川書店　二〇〇二
『翼あるもの』上・下　文藝春秋　一九八一　文春文庫　一九八五
『伊集院大介の私生活』講談社　一九八五　講談社文庫　一九八八
『ネフェルティティの微笑』中央公論社　一九八一　角川文庫　一九八六
『キャバレー』角川書店　一九八三　角川文庫　一九八四　ハルキ文庫　二〇〇〇
『カローンの蜘蛛』光風社出版　一九八三　角川文庫　一九八六
『真夜中の鎮魂歌(レクイエム)』角川書店　一九八六　角川文庫　一九八八
『真夜中の天使』上・下　文藝春秋　一九七九

『真夜中の天使』Ⅰ・Ⅱ・Ⅲ　文春文庫　一九八二
『ぼくらの時代』講談社　一九七八　講談社文庫　一九八〇
『朝日のあたる家』Ⅰ〜Ⅴ　光風社出版　一九八八〜二〇〇一
『ムーン・リヴァー』角川書店　二〇〇九　角川文庫　二〇一七
『死はやさしく奪う』角川文庫　一九八六
『嘘は罪』角川書店　二〇〇八
『終わりのないラブソング』1〜8　角川スニーカー文庫　角川ルビー文庫　一九九一〜一九九五
『火星の大統領カーター』早川書房　一九八四
『天国への階段』角川文庫　一九八一
『ぼくらの気持』講談社　一九七九　講談社文庫　一九八一
『ぼくらの世界』講談社　一九八四　講談社文庫　一九八七
『セイレーン』早川書房　一九八〇
『絃の聖域』講談社　一九八〇
『絃の聖域』上・下　講談社文庫　一九八二　角川文庫　一九九七
『幽霊時代』講談社　一九八〇　講談社文庫　一九八五
『鬼面の研究』講談社　一九八一　講談社文庫　一九八四
『女狐』講談社　一九八一
『怒りをこめてふりかえれ』講談社　一九九六　講談社文庫　一九九九
『魔剣　玄武ノ巻』CBS・ソニー出版　一九八一　角川文庫　一九八五
『エーリアン殺人事件』角川書店　一九八一　角川文庫　一九八二

『行き止まりの挽歌』角川書店　一九八一　角川文庫　一九八三
『魔界水滸伝』1〜20　角川書店　一九八一〜一九九一　角川文庫　一九八六〜一九九三
『神変まだら蜘蛛』桃源社　一九八一
『心中天浦島』早川書房　一九八一
『いつかかえるになる日まで』スタンダードマガジン　二〇一三
『神州日月変』上・下　講談社　一九八二
『陽気な幽霊　伊集院大介の観光案内』講談社　二〇〇五　講談社文庫　二〇〇八
『女郎蜘蛛　伊集院大介と幻の友禅』講談社　二〇〇五　講談社文庫　二〇〇八
『魔都　恐怖仮面之巻』講談社　一九八九　講談社文庫　一九九二
『猫目石』上・下　講談社　一九八四　講談社文庫　一九八七
『魔境遊撃隊』第一部・第二部　角川文庫　一九八四
『紫音と綺羅』上（江森備・野村史子・吉原理恵子・森内景生・榊原姿保美との共著）光風社出版
一九九〇
『紫音と綺羅』下　光風社出版　一九九〇
『終わりのないラブソング　TOMORROW』角川ルビー文庫　一九九六
『さらしなにっき』ハヤカワ文庫　一九九四
『いとしのリリー』角川書店　一九九四　角川文庫　一九九八
『仮面舞踏会　伊集院大介の帰還』講談社　一九九五　講談社文庫　一九九八
『六道ヶ辻　たまゆらの鏡――大正ヴァンパイア伝説』角川文庫　二〇〇四
『天狼星』講談社　一九八六　講談社文庫　一九八九

『夢幻戦記』1～15　角川春樹事務所　一九九七～二〇〇六
『真・天狼星ゾディアック』1～6　講談社　一九九八
『黄昏のローレライ　キャバレー2』角川春樹事務所　二〇〇〇
『身も心も　伊集院大介のアドリブ』講談社　二〇〇四　講談社文庫　二〇〇七
『流星のサドル』クリスタル文庫　二〇〇六
『好色屋西鶴』第一部・第二部　実業之日本社　一九九四～一九九五
『好色屋西鶴』実業之日本社　二〇〇一
『狂桜記　大正浪漫伝説』角川文庫　二〇〇五
『タトゥーあり』クリスタル文庫　二〇〇五
『木蓮荘綺譚　伊集院大介の不思議な旅』講談社　二〇〇八　講談社文庫　二〇一二

その他

『グイン・サーガ・ワールド』1～8　ハヤカワ文庫　二〇一一～二〇一三
『今岡家の場合は　私たちの結婚』中島梓　今岡清　学習研究社　一九九四
『千曲川のスケッチ』島崎藤村　岩波文庫　一九六一
『私の父　私の母』阿刀田高・渡辺淳一他　中央公論社　一九九四
『石川島播磨重工業社史』石川島播磨重工業株式会社総務総括部社史編纂担当編　石川島播磨重工業株式会社　一九九二
『アガサ・クリスティー自伝』上・下　アガサ・クリスティー　乾信一郎訳　早川書房　一九七八
『アガサ・クリスティーの生涯』上・下　ジャネット・モーガン　深町眞理子・宇佐川晶子訳　早川

書房　一九八七
『出家とその弟子』倉田百三　岩波文庫　一九六二
『愛と認識との出発』倉田百三　岩波文庫　二〇〇八
『森茉莉全集』2巻　森茉莉　筑摩書房　一九九三
『恋人たちの森』森茉莉　新潮社　一九六一　新潮文庫　一九七五
『あのころ、早稲田で』中野翠　文藝春秋　二〇一七
『突破者　戦後史の陰を駆け抜けた五十年』宮崎学　南風社　一九九六
『栗本薫・中島梓　JUNE（ジュネ）からグイン・サーガまで』堀江あき子編　河出書房新社　二〇一〇
『蜂起には至らず　新左翼死人列伝』小嵐九八郎　講談社　二〇〇三
『海辺のカフカ』上・下　村上春樹　新潮社　二〇〇二
『壊れものとしての人間』大江健三郎　講談社　一九七〇　講談社文芸文庫　一九九三
『密やかな教育〈やおい・ボーイズラブ前史〉』石田美紀　洛北出版　二〇〇八
『風と木の詩』（小学館叢書版）一〜九　竹宮惠子　小学館　一九八八〜一九八九
『復刻S-Fマガジン〈No.1-3〉』S-Fマガジン編集部　早川書房　一九九五
『反対進化』エドモンド・ハミルトン　中村融訳　創元SF文庫　二〇〇五
『ハッカーを追え!』ブルース・スターリング　今岡清訳　ASCII　一九九三
『江戸川乱歩賞と日本のミステリー』関川苑生　マガジンハウス　二〇〇〇
『コナンと髑髏の都』ロバート・E・ハワード　宇野利泰訳　創元推理文庫　一九七一
『グイン・サーガ・ハンドブック』1〜3、Final　ハヤカワ文庫　一九九〇〜二〇一〇
『地球生まれの銀河人』リイ・ブラケット　関口幸男訳　ハヤカワ文庫　一九七一

『太陽の世界』１　半村良　角川書店　一九八〇
『シルクロードのシ』木原敏江編著　白泉社　一九八三
『語り継ぐハンセン病――瀬戸内３園から』山陽新聞社編　山陽新聞社　二〇一七
『天の華・地の風　私説三国志』１　江森備　光風社出版　一九八六
『荊の冠』上・下　榊原史保美　勁文社　一九九四
『荊の冠』榊原史保美　双葉社　一九九八
『ペルソナ』榊原史保美　双葉社　一九九七
『やおい幻論　「やおい」から見えたもの』榊原史保美　夏目書房　一九九八
『人生を狂わす名著50』三宅香帆　ライツ社　二〇一七
『グイン・サーガ外伝』26　円城寺忍　ハヤカワ文庫　二〇一四
『アンダーグラウンドホテル』上・下　定広美香　双葉文庫　二〇〇九
『コイシラズ　YOU DON'T KNOW WHAT LOVE IS』定広美香・栗本薫　白泉社　二〇一一
『グイン・サーガ』１３１～１４４　五代ゆう　宵野ゆめ　ハヤカワ文庫　二〇一三～二〇一八
『グイン・サーガ外伝』23～25　久美沙織　牧野修　宵野ゆめ　ハヤカワ文庫　二〇一一～二〇一三
『グイン・サーガ読本』栗本薫他　早川書房　一九九五
『それでは小説にならない―元編集長が語る創作の作法―』今岡清　ボイジャー　二〇一七

同人誌・非売品

『YOU DON'T KNOW WHAT LOVE IS　「恋の味をご存知ないのね」』上・下　栗本薫　天狼プロダクション　二〇〇七

『SOUL EYES』栗本薫　浪漫倶楽部　二〇一二
『MY ONE AND ONLY LOVE』栗本薫　浪漫倶楽部　二〇一五
『OBLIVION—忘却』栗本薫　浪漫倶楽部　二〇一六
『トゥオネラの白鳥』栗本薫　浪漫倶楽部　二〇一六
『みずうみ』栗本薫　浪漫倶楽部　二〇〇九
『浪漫之友』創刊号　栗本薫　浪漫倶楽部　二〇〇五
『浪漫之友』第20号　栗本薫　浪漫倶楽部　二〇一〇
『珠玉　天王寺屋　五世中村富十郎』山田涼子　天狼プロダクション　二〇一五
『跡見学園中学校高等学校』（学校パンフレット）　跡見学園中学校高等学校　二〇一六
『白壁』第二十六号〜第三十一号　跡見学園文芸部　一九六九〜一九七四
『ローデス・サーガ1　南から来た男』上・下　栗本薫　天狼プロダクション　一九九九
『矢代俊一シリーズ　コラボレーション1　GIG!——ギグ——』栗本薫　定広美香　天狼プロダクション　二〇〇八
『汲泉』第五十九号　跡見校友会泉会　二〇〇九
『栗本薫&中島梓　BOOK　LIST　1978〜2002』著作編・関連編　薫の会　二〇〇三
『栗本薫&中島梓　BOOK　LIST　2003〜2004』薫の会　二〇〇五

電子書籍

『栗本薫・中島梓傑作電子全集』1〜17　小学館　二〇一七〜二〇一九
『新版・小説道場』1〜4　中島梓　天狼プロダクション発行　ボイジャー・プレス発売　二〇一六

『小説道場　ご隠居編』中島梓　天狼プロダクション発行　ボイジャー・プレス発売　二〇一七
『思い出の街』中島梓　天狼プロダクション発行　ボイジャー・プレス発売　二〇一六
『京堂司掌編全集』栗本薫　天狼プロダクション発行　ボイジャー・プレス発売　二〇一六
『弥勒』中島梓　天狼プロダクション発行　ボイジャー・プレス発売　二〇一七
『キモノにハマってね！　あずさの着道楽』中島梓　天狼プロダクション発行　ボイジャー・プレス発売　二〇一八
【新装版】私説三国志　天の華・地の風』一　江森備　復刊ドットコム　二〇一七
『手間のかかる姫君――夫、今岡清が選ぶ栗本薫短篇集』栗本薫　天狼プロダクション発行　ボイジャー・プレス発売　二〇一八
『霊王幻想伝』遠野荘一　ボイジャー・プレス　二〇一七
『本音のコラム』中島梓　天狼プロダクション発行　ボイジャー・プレス発売　二〇一七
『グイン・サーガ　炎の群像』天狼プロダクション発行　ボイジャー・プレス発売　二〇一七
『始まりは頻尿　PSA44からの前立腺がん闘病記』今岡清　天狼プロダクション発行　ボイジャー・プレス発売　二〇一八

雑誌

『COM』一九六八・四月号　虫プロ
『蒼生』11号　早稲田大学第一文学部文芸研究室　一九七六
『流動』一九七六・六月臨時増刊号　流動出版
『SFマガジン』一九七九・十月臨時増刊号　早川書房

『幻影城』一九七七・一月号　幻影城
『幻影城』一九七八・九月号　幻影城
『幻影城』一九七八・十月号　幻影城
『幻影城』終刊号　二〇一六・一月号　幻影城終刊号編集室
『群像』一九七七・六月号　講談社
『小説現代』一九七八・九月号　講談社
『群像』一九七九・一月特大号　講談社
『ｃｏｍｉｃＪＵＮ』創刊号　一九七八・十月　サン出版
『ＳＦマガジン』一九七八・十二月号　早川書房
『ＳＦマガジン』一九八二・十二月号　早川書房
『小説現代』一九八〇・一月号　講談社
『小説現代』一九八〇・三月号　講談社
『小説現代』一九八〇・四月号　講談社
『小説現代』一九八〇・五月号　講談社
『小説現代』一九八〇・七月号　講談社
『小説現代』一九八〇・九月号　講談社
『小説現代』一九八〇・十月号　講談社
『小説現代』一九八〇・十一月号　講談社
『小説現代』一九八〇・十二月号　講談社
『ＪＵＮＥ』一九九二・九月号　マガジン・エンタテインメント

雑誌記事

「森茉莉との出会い」中島梓　『文藝別冊』二〇〇三・二・二十八　河出書房新社（『森茉莉全集2』月報　再録）
「評論も推理小説も〝二刀流才女〟中島梓（25）の気軽人生」『週刊朝日』一九七八・七・十四
「パロディの起源と進化」栗本薫　『別冊新評』一九七六年七月
「語り終えざる物語〈ヒロイック・ファンタジー論・序説〉栗本薫　『SFマガジン』一九七九・十臨時増刊号
「都筑道夫の生活と推理」栗本薫　『幻影城』一九七七・一月号
「島崎博論――幻影城主の想い」野地嘉文　『幻影城』終刊号　二〇一六・一月号
「横田順彌の不思議な世界」中島梓　『SFマガジン』一九七八・六
「居場所を求めて――ある青い鳥の物語」今岡清　『幻影城』終刊号　二〇一六・一月号
「2年間ゴロ寝の成果がみのりました!!　第20回群像新人賞に決定した中島梓さん（24）」『女性自身』一九七七年五月十九日号
「ブックエンド　ミスリーディング　栗本薫『ぼくらの時代』」『週刊文春』一九七八・十・二十六日号
「ブック名店街　ぼくらの時代　栗本薫・著」『週刊プレイボーイ』一九七八・十・十日号
「夢見る権利　探偵小説の精神」栗本薫　『幻影城』一九七七・三月号
「攻撃的感性に賭けて」中島梓・平岡篤頼　『早稲田文学』一九七九・六月号
「特別対談　ぼくら、恥かしさの時代」つかこうへい・栗本薫　『小説現代』一九七八・十月特大号

「ボクとアタシの奇妙な1人対談　栗本薫vs中島梓」『平凡パンチ』一九七八・十一・二十日号
「ジュスティーヌ・セリエと私」中島梓　『JUNE』一九八七・九月号
「彼の奥さまには申しわけありません！　でも…　中島梓さん（28歳）〝不倫の恋〟」『週刊女性』一九八一・三・三号
「中島梓さん（29）と今岡清氏（33）がすでに入籍、香港へハネムーン！」『女性自身』一九八二・三・十八号
「拉致事件を『そんなに悲劇的か』と切り捨てた有名女流作家」『週刊文春』二〇〇二・十・三日号
「負け惜しみでなく、私、がんになった自分がそんなに嫌いじゃありません　作家中島梓さん55歳」『いきいき』二〇〇九・一月号
「想像力の塊「栗本薫」伝」里中高志　『新潮45』二〇一七・二月号

新聞記事

「早大生リンチで殺される」朝日新聞　一九七二・十一・九　夕刊
「栗本薫さん　未発表の私小説」読売新聞　二〇一八・八・十　夕刊
「「ハンセン病へ誤解助長」作家栗本薫さん謝罪」朝日新聞　一九八二・三・十六　朝刊
「文芸誌はどこへゆく　中島梓氏」朝日新聞　一九八四・四・九　夕刊
「ゆうゆうLife作家　栗本薫さん（55）上　苦労した膵臓がん手術　優先順位つけるように」産経新聞　二〇〇八・五・二十九
「ゆうゆうLife作家　栗本薫さん（55）下　執筆量減も話の展開速く　モト取ろうと闘病記完成」産経新聞　二〇〇八・五・三十

ウェブサイト

「葛飾区立図書館　かつしかデジタルライブラリー　栗本薫・中島梓コレクション」

https://www.lib.city.katsushika.lg.jp/area/dc_kk_na.shtml#path
「ぐら・こん　白石晶子」

「栗本・パン子論争『グインサーガへの手紙』」

右記二件は、二〇一九年三月三十一日のYahoo!ジオシティーズのサービス終了により閲覧不能。

「栗本薫　全著作レビュー　浜名湖うなぎ」

https://kakuyomu.jp/works/1177354054882021661
「栗本薫／中島梓記念館」

https://www.facebook.com/knmuseum/

栗本薫と中島梓
世界最長の物語を書いた人

二〇一九年五月二十日　印刷
二〇一九年五月二十五日　発行

著　者　里中高志
発行者　早川　浩
発行所　株式会社　早川書房
郵便番号　一〇一・〇〇四六
東京都千代田区神田多町二ノ二
電話　〇三・三二五二・三一一一（大代表）
振替　〇〇一六〇・三・四七七九九
http://www.hayakawa-online.co.jp
定価はカバーに表示してあります

印刷・株式会社亨有堂印刷所　製本・大口製本印刷株式会社
JASRAC 出1904438－901
ISBN978-4-15-209865-8 C0095